CHRISTIAN KLINGER

Die Geister von Triest

Gedruckt mit freundlicher Unterstützung von Stadt Wien Kultur.

Klimaneutral
Druckprodukt
ClimatePartner.com/17357-2306-1002

FSC
www.fsc.org
MIX
Aus verantwortungsvollen Quellen
FSC® C106954

Grafische Gestaltung: Dorothea Löcker, Wien
Umschlagabbildung:
© Austrian Archives / brandstaetter images / picturedesk.com
Druck und Verarbeitung:
Florjančič Tisk d.o.o., Maribor
ISBN 978-3-7117-2122-8

Informationen über das aktuelle Programm
des Picus Verlags und Veranstaltungen unter
www.picus.at

CHRISTIAN KLINGER

Die Geister von Triest

Gaetano Lamprecht ermittelt

Kriminalroman

PICUS VERLAG WIEN

VERZWEIFLUNG IST EIN SCHLECHTER GEFÄHRTE

Es hatte schon vor Wien begonnen. Der Trübsinn hatte sich seiner bemächtigt. Wie ein Totenmantel hatte er sich auf ihn gelegt und von Tag zu Tag war er bleierner geworden. Die Reichshauptstadt der Österreicher hatte ihn letztlich erdrückt. An eine Weiterreise war unter diesen Umständen nicht zu denken gewesen. Er musste zurück in den Süden, der Norden war eine böse Drohung. Da half es auch nichts, dass er ihm Heimat war. Allein der Gedanke an die Berge und Städte, fernab von Meer und wärmender Sonne, bereitete ihm Unwohlsein. Seine Hände zitterten, die Augen brannten und das Blut kroch fiebrig durch die Adern. Er öffnete das Fenster und sog die kühle Abendluft ein. Sie schmeckte salzig nach dem nahen Meer. Die Sonne drückte sich durch graue Wolken und hatte die Adria in geschmolzenes Eisen verwandelt. Über den Dächern konnte man die schaukelnden Spitzen der Mastbäume sehen. Eine Möwe schwebte frei und erhaben über den großen Platz, leicht wie eine Feder, seine Glieder jedoch fühlten sich an wie mit Ketten an Steine geschmiedet. Er seufzte und ließ sich wieder auf das Bett fallen.

Sie hatten sich getrennt. Der Freund hatte ihn verraten, so wie er jetzt den Freund verraten würde. Aus Rache? Ja, sicher. Seine Rache am Untreuen, der ihn im Stich gelassen hatte.

Er holte die braune längliche Kiste unter dem Bett hervor und öffnete die Schlösser. Er betrachtete das mit nur wenigen Zügen schlicht geformte Gesicht, die dicke Nase, die geschlossenen Augen und den Haarschopf, den er sich blond vorstellte. Der Körper aus Bronze war übertrieben lang gezogen und dürr, als hätte man ihn auf der Streckbank misshandelt, und dennoch wohnte ihm etwas Erhabenes, Majestätisches inne.

Er hörte Schritte am Gang. Sein Körper richtete sich in Alarmbereitschaft auf. Schnell schloss er die Figur wieder ein und versteckte den Behälter, den er unbemerkt seinem Reisegefährten in Wien abgeluchst hatte, so wie dieser die Statuette ihren Eigentümern entwendet hatte. Doch er würde sich nicht bereichern, er würde das Richtige damit tun.

Die Schritte kamen auf sein Zimmer zu. Er spürte das Schlagen seines Herzens, von außen hörte er das Klopfen gegen die Tür. Sicher wieder sein Zimmernachbar. Schnell schob er die Kiste mit der Ferse weiter unter das Bett und achtete darauf, dass der Überwurf bis zum Boden reichte, um neugierige Blicke abzuhalten.

»Avanti«, rief er in Richtung Tür, deren Schnalle zaghaft gedrückt wurde.

»Ah, du bist es nur«, sagte er und lächelte dem Knaben zu, der bloßfüßig in staubigen Hosen vor ihm stand, das schwarz gelockte Haupt leicht gesenkt, und er wunderte sich, dass man ihn so überhaupt in den Gasthof eingelassen hatte. Er verneinte dessen Frage, ob er noch einen Botengang oder sonstigen Auftrag für ihn hätte, gab ihm aber dennoch ein paar Soldi, allein weil ihn dessen fröhliche und ungezwungene Art aufheiterte und ihn für kurze Momente seine Schwermut vergessen ließ. Der Junge streckte die Hand nach den Münzen aus. Das Metall der Geldstücke hob sich gegen die geschwärzten Handflächen ab. Der Knabe deutete einen Diener an und stürzte überglücklich die Treppe hinab zum Ausgang. Er konnte sich vorstellen, wie der Bursche aus dem Gebäude eilte und über die Piazza San Pietro davonlief. Er lächelte, doch seine Züge gefroren wieder, als er daran denken musste, dass er immer noch keine Überfahrt hatte, weil der Kapitän der Barke schon seit Tagen mit der Ladung herumtrödelte.

Nach einem kargen Mahl auf seinem Zimmer, das wie so oft nur aus etwas Wein und Brot bestanden hatte, schlief er unruhig ein.

Am nächsten Morgen stand sein Entschluss fest: So oder so, heute würde er abreisen, und wenn nicht mit dem Schiff, dann zur Not eben über Land. Da klopfte es und herein kam der Zimmernachbar, der Kaffee auf einem kleinen Tablett brachte und es auf dem Schreibtisch zwischen den Fenstern abstellte.

»Ich werde heute jedenfalls abreisen«, sagte er zu dem flüchtigen Bekannten, der kurz vor ihm die Stadt erreicht hatte. Er war etwas kleiner als er selbst, war aber trotz der Pockennarben im Gesicht mit dem schwarzen Haar und den dunklen dichten Augenbrauen durchaus eine edle Erscheinung. Sie hatten, kaum, dass er dieses Gasthaus am großen Platz bezogen hatte, schnell Freundschaft geschlossen und hatten die letzten beiden Tage ausgedehnte Spaziergänge unternommen oder gemeinsam Kaffee getrunken. Als er sich ihm gestern genähert hatte, mehr als es unter Männern üblich ist, hatte dieser zunächst unwirsch und abweisend reagiert. Er hatte sofort Sorge gehabt, dass er sich ganz von ihm abwenden könnte. Daher hatte er ihm die Münzen, die ihm aus allerhöchstem Haus geschenkt worden waren, präsentiert. Sofort hatte sich der Nachbar wieder von seiner freundlichsten Seite gezeigt, auch als er ihm über die Wangen gestrichen hatte. Doch nun drängte dieser darauf, seinen Namen zu erfahren und nochmals die Schaumünzen zu sehen.

Kaum hatten sie aus ihren Tassen getrunken und der Nachbar ihn aus seinem runden Gesicht angegrinst, da sagte er: »Ich will heute nochmals mit Kapitän Ragusini ein ernstes Wort sprechen, und wenn das nichts hilft, werde ich mit der

Postkutsche die Reise fortsetzen. Ich würde Sie, lieber Freund, bitten, mir bei diesem Gespräch Beistand zu leisten. Diese Schiffer sind ein raues Volk.«

Kaum hatte er sich erhoben, um den Sitz des Gehrocks zu richten, da sprang auch der Nachbar von seinem Platz auf, legte hinterrücks eine Schlinge um seinen Hals und zog sie fest, bis er kaum mehr Luft bekam. »Du wirst so oder so auf eine lange Reise gehen«, zischte er.

Sein saurer Atem kroch ihm über das Gesicht wie eine langbeinige Meeresspinne.

Die Todessehnsucht der letzten Tage war im Nu verjagt. Der Überlebensinstinkt verlangte, ja er brüllte: Luft! Luft! Er war von der Attacke völlig überrascht worden. Wie ein Blitz aus heiterem Himmel hatte sich der andere auf ihn gestürzt. Wehr dich! Das Adrenalin schoss durch den Körper, übernahm die Befehlsgewalt. Die Muskeln kontrahierten. Das Denken war überlagert vom alleinigen Auftrag: WEHR DICH!

Und er wehrte sich, und weil er größer und stärker war als der Attentäter, konnte er den Angriff einigermaßen abblocken.

Die beiden Männer wankten im Kampf durch den Raum, bis sie gegen den Türstock stießen und beide zu Boden gingen. Er fand sich plötzlich unter dem Angreifer wieder, der ein Messer gezogen hatte und es ihm mehrmals in den Bauch und die Seite stieß. Die Klinge brannte in seinem Fleisch, als hätte ihm der andere einen glühenden Stab in den Leib gestoßen. Immer tiefer drang sie durch die Haut und zerstörte Epidermis und Gewebe. Blut begann zu rinnen. Warm und dick. Er versuchte, um Hilfe zu rufen, doch mit der zugeschnürten Kehle brachte er nur ein paar krächzende Laute zustande. Dennoch konnte er den Schurken in Schach halten. Der andere hatte ihn unterschätzt. Jetzt versetzte er ihm einen Schlag gegen den Adamsapfel, dass dem andern die Luft wegblieb und er ihn von sich abwerfen konnte. Bei so viel Gegenwehr bekam es der Nachbar anscheinend doch mit der Angst zu tun. Er rappelte sich hoch und flüchtete aus dem Zimmer, hastete die Treppe hinunter und rannte aus dem Gasthaus über den Platz davon.

Sie hatten ihn wieder auf sein Bett gelegt. Zuvor war ihm niemand zu Hilfe gekommen, also war er selbst mit den klaffenden Wunden die Treppen hinab, um Hilfe zu suchen. Dabei hatte er den Weg von Therese gekreuzt, seiner Stubenmagd, die ihm die letzten Tage das Zimmer in Ordnung gehalten hatte. Er hatte ihr dabei immer ein Trinkgeld zugesteckt, damit sie nicht zu neugierig seine Sachen durchstöberte, wenn er auswärts war. Vorhin war sie so über seinen Anblick erschrocken, dass sie Reißaus genommen hatte und bislang nicht zurückgekehrt war. Jetzt war eine andere Magd gekommen, um frische Verbände zu bringen.

Er spürte, wie er trotz des Verbands beständig Blut verlor und wie damit auch sein Lebensgeist schwächer wurde. Viel Zeit blieb ihm nicht. Er hatte testiert und nun wich der herbeigerufene Kapuziner nicht von seiner Seite. Dabei hatte er bereits gebeichtet und alle Sakramente empfangen. Eine Sache harrte noch der Erledigung, irgendwie, doch das Reden strengte ihn sehr an. Er verlangte nochmals einen Bogen Papier und flehte leise, ihn allein zu lassen. Die Herren vom Gericht würdigten diesen Wunsch, doch der Priester harrte an seiner Bettstatt aus. Der Sterbende bat: »Vater, seien Sie doch so gut und zünden Sie mir eine Kerze in der Kirche di San Pietro gegenüber der Gastwirtschaft an, um für meine Seele zu bitten.«

Der Geistliche nickte und verließ das Zimmer. Endlich war er allein, aber zu schwach, um aufzustehen. Zum Glück lagen Feder und Papier neben dem Bett. So konnte er die nötigen Anweisungen niederschreiben und dann nach der Magd läuten. Als sie eintrat, erkannte er, dass sie guter Hoffnung war und kaum Deutsch verstand, also sprach er mit ihr in ihrer Muttersprache. Sie beugte sich zu ihm hinab, um ihn besser zu verstehen, als er ihr den Auftrag gab, die Kiste unter seinem Bett den rechtmäßigen Besitzern zukommen zu lassen, und ihr ein Lederetui in die Hand drückte.

Doch kaum hatte sie die Kiste unter seinem Bett hervorgeholt, erkannte er an ihrem Blick, dass sie ihn verraten würde. Er stieß einen Fluch aus, mit letzter Kraft, dann versank er in der finalen Ohnmacht.

Und die Kiste samt Inhalt versank in den folgenden Jahrzehnten.

1914

TRIEST, AUGUST 1914

1.
HURRA, WIR ZIEHEN IN DEN KRIEG

Gaetano Lamprecht wich in letzter Sekunde zur Seite aus, andernfalls hätte ihn der entgegenkommende Lastwagen gerammt. Nur mit Not konnte er verhindern, im Straßengraben zu landen. Schnell hob er das Fahrrad von der Fahrbahn, als der Mannschaftswagen der Wiener Automobilfabrik an ihm vorbeirauschte. Diesem folgte eine Kolonne von weiteren Gefährten. Lamprecht stützte seinen Oberkörper auf den Lenker seines Bianchi-Rennrads und schaute den Militärfahrzeugen nach. Auf der Ladefläche saßen junge Männer in Uniform und sangen fröhlich. Einer deutete auf ihn und rief auf Italienisch: »Schluss mit den Kindereien. Ab zum Kommiss, denn nur dort kannst du unserem Kaiser gebührend dienen.«

Die anderen lachten und klopften sich auf die Schenkel oder einander auf die Schulter. Lamprecht betrachtete die Burschen mit ihren Milchgesichtern, wie sie in den schicken Uniformen in den Krieg zogen. Die Kriegsbegeisterung hatte nun sogar die italienische Volksgruppe im Küstenland erfasst. Doch Polizisten wie er wurden wie alle anderen Beamten nicht eingezogen, außer sie meldeten sich freiwillig. Aber wer würde den Burschen, der da in kurzen Hosen und Sporttrikot auf seinem Renner saß, für einen Beamten der Sicherheitswache halten?

Wie leicht Äußerlichkeiten in die Irre leiten konnten, wusste er nur zu gut.

Auch er war zuletzt einem Irrtum aufgesessen, musste er sich eingestehen. Er hatte geglaubt, dass das Schlimmste ausgestanden wäre, wenn die Särge des ermordeten Thronfolgers mit seiner Gattin sicher auf dem Weg nach Wien wären. Doch nach mehreren Ultimaten an das Königreich Serbien hatte Österreich-Ungarn dem Feind den Krieg erklärt. Dabei hatten die Militärs dem greisen Kaiser offenbar weisgemacht, dass der Feldzug in wenigen Wochen beendet wäre. Nun war es bereits Mitte August, knapp vor dem Kaisergeburtstag, der drei Tage nach Ferragosto begangen wurde, und die habsburgischen Armeeverbände hatten zwar gerade die Hauptstadt Belgrad erreicht, doch Serbien war weder besiegt, noch waren sonstige Erfolge in Aussicht. Im Gegenteil: Vor Galizien waren die Truppen des russischen Zarenreichs mit einer gewaltigen Armee aufmarschiert und die Österreicher schickten gerade jeden Nachschub, den sie bekommen konnten, an die Ostfront. Außerdem hatten Großbritannien und Frankreich Österreich-Ungarn nach dem deutschen Einmarsch in Belgien den Krieg erklärt. Schon Ende Juli war die Generalmobilmachung ausgerufen worden und sämtliche waffentauglichen Männer hatten sich zum Dienst zu melden. Von seinen Kollegen hatte etwa Mollieri sofort freudig Uniform gegen Waffenrock getauscht, ebenso wie einige der ganz jungen Wachen, die hofften, im Feld schneller Karriere zu machen oder ihren Heldenmut unter Beweis stellen zu können. Zu Mollieris normalem Rausch war der Kriegsrausch hinzugekommen.

Der Konvoi war an Lamprecht vorbeigezogen, doch dem Polizisten war die Lust vergangen, seine Tour nach Großrepen fortzusetzen. Er hob sein Vorderrad wieder auf die Straße und setzte zum Heimweg an. Dabei hatte er heute sein Trainingspensum nicht annähernd erreicht. Denn eigentlich musste er sich in Form bringen. Obwohl er sein Qualifikationsrennen Anfang Juli versäumt hatte, war ihm infolge der Hartnäckigkeit, mit der er danach Briefe an die *Gazzetta dello Sport* als Veranstalterin geschrieben hatte, ein Startplatz für diesen Herbst beim Giro di Lombardia zugesagt worden. Schon aus diesem Grund war er froh, dass Österreich-Ungarn mit dem Königreich Italien verbündet war. So würde es wohl kaum Probleme geben, wenn er zum Start nach Mailand reisen wollte. Der Zugverkehr würde aufrecht bleiben, meinte er, denn schließlich waren auch die Fährverbindungen nach Venedig nicht durch den Krieg beeinträchtigt.

Als er die elterliche Wohnung auf dem Hügel von San Giusto erreichte, traf er seine Eltern beim Tee auf der Terrasse an.

»Buongiorno, Mamma! Grüß Gott, Vater!«

Seine Mutter blitzte ihn aus ihren hellen Augen in dem dunklen schmalen Gesicht an und nickte ihm lächelnd zu, während sich der Vater zuvor erhoben hatte und nun mit dem Rücken zu Gaetano stand, das Geländer mit den Händen umklammernd. Ohne sich umzudrehen, hob er nur eine Hand, um die Begrüßung zu erwidern. Gaetano trat näher heran und ließ für einen Moment die Aussicht auf sich wirken.

Alles wirkte wie immer, das Meer zeigte sich unbeeindruckt von der Kriegslust der Stadt, die auf den ersten Blick unverändert ihren Geschäften nachging. An den Molen drängten sich die Schiffe, um Passagiere von Bord zu lassen oder um diese aufzunehmen, und die Kräne beim neuen Hafen waren eifrig damit beschäftigt, Waren aller Art umzuschlagen. Wäre er nicht überall auf seinem Heimweg den verschiedensprachigen Kundmachungen über die Mobilisierung der Armeen begegnet und wären nicht am nahen Kastell die Kriegsflaggen im Wind geflattert, er hätte den Eindruck haben können, sein letzter

Einsatz hätte tatsächlich Schlimmeres verhindert und die Katastrophe abwenden können. Doch vielleicht hatte der Verräter recht gehabt und eine Strafaktion gegen einen vermeintlichen Ring aus Abtrünnigen und Verschwörern hier hätte den Fokus der Kriegstreiber ins Küstenland gelenkt und der Rachedurst wäre mit einer Verhaftungswelle unter den führenden Irredentisten gestillt gewesen.

»Warum so nachdenklich, mein Sohn?«, fragte Elodie Lamprecht und fuhr Gaetano sanft über die Wange. »Ist etwas nicht in Ordnung?« Sie sprach Deutsch, denn in der Situation, in der sich das Kaiserhaus aktuell befand, musste nach Ansicht von Franz Lamprecht Patriotismus in allen Belangen des täglichen Lebens und Zusammenlebens gezeigt werden. Schon das »Buongiorno« zuvor hatte den Vater erkennbar zusammenzucken lassen.

Gaetano klebte das verschwitzte Wolltrikot am athletischen Oberkörper. Er schüttelte den Kopf. »Nein, alles in Ordnung. Ich habe nur über etwas nachgedacht.« Er deutete auf seinen Vater, der immer noch abgewandt dastand und tat, als würde er die Schiffe im Hafen beobachten. »Aber ich bin hier wohl nicht der Einzige, der Gedanken wälzt. Ist etwas vorgefallen?«

Die Mutter versuchte ein Lächeln zu unterdrücken, doch ihr rechter Mundwinkel zuckte. Ehe sie etwas antworten konnte, drehte sich der Vater um. Sein Gesicht war rot und Gaetano entging das Zittern seiner Lippen nicht, als er ihm antwortete: »Sie haben mich weggeschickt, einfach wieder nach Hause geschickt.«

»Wer hat Sie nach Hause geschickt?«

»Die Pfeifen von der Armee, als ich mich zum Dienst melden wollte.«

»Aber werter Vater, die Mobilmachung betrifft doch nur Männer bis zweiundvierzig Jahre. Der Krieg ist etwas für die Jungen, ohne Ihnen nahetreten zu wollen.«

»Blödsinn«, wurde Lamprecht senior lauter, »der Krieg braucht vor allem Männer mit Verstand und Erfahrung. Diese Knaben taugen doch nur als Kanonenfutter. Und wenn wir beide …«

»Streitet doch nicht schon wieder«, mischte sich Adina ein, Gaetanos um fast zehn Jahre jüngere Schwester, die nun auch dazugestoßen war. Sie trug ein hellblaues Baumwollkleid und trotz des Hutes auf ihrem Kopf hatte die Sonne einzelne Sommersprossen in ihrem Gesicht hinterlassen. Gaetano betrachtete sie und dachte sich wieder einmal, wie hübsch dieses ehemals kleine Küken geworden war. Ihre heitere Art entspannte die Situation und der Vater verstummte. Mit beschwingten Schritten kam sie auf Gaetano zu, umfasste seinen Oberarm mit beiden Händen und streckte sich, ein Bein vom Boden abgewinkelt, zu ihm hinauf, um ihm ein Küsschen zu geben. Mit breitem Grinsen flüsterte sie ihm zu: »Ich habe endlich Nachricht von Viola!« Lamprecht legte ihr seine flache Hand auf den Mund, um sie zum Schweigen aufzufordern. »Warte bitte.« An den Vater gerichtet: »Es tut mir leid, wenn ich zuvor unhöflich war. Ich wollte Sie nicht beleidigen und möchte Sie höflichst um Verzeihung bitten.«

Adina ließ Gaetano los und er machte einen Diener in Richtung von Vater und Mutter, die versöhnlich meinte: »Schön, wenn ihr eure Streitigkeiten beilegen könnt, macht euch lieber Sorgen um den Sonntagsbraten.« Sie erntete von beiden Männern einen ungläubigen Blick und setzte fort: »Luisa hat diese Woche schon wieder kein brauchbares Fleisch bekommen. Bald werden wir uns von Gras und Gemüse ernähren müssen.«

Der Vater strich sich über den Bart. »Wieso denn das? Es wird doch noch genügend Kühe bei uns geben?«

»Genau!«, pflichtete ihm Gaetano bei. »Auf den Weiden steht ausreichend Vieh.« Tatsächlich war ihm das auf seinen längeren Ausfahrten aufgefallen, wenn er durch den Karst in Triests Hinterland fuhr und dort über die niedrigen Steinmauern auf die Wiesen schaute. Auch er hatte sich schon gefragt, ob der Krieg, selbst wenn er woanders stattfand, für sie hier Auswirkungen haben würde. So fern lag Serbien nun auch nicht. Eigentlich gar nicht so viel weiter weg als Wien.

»Offenbar hat die Armee für den Nachschub fast alles aufgekauft«, erläuterte die Mutter. »Wie auch immer, Fisch gibt es wenigstens noch genug.«

Lamprecht senior verzog das Gesicht bei dieser Ankündigung. Bevor Meeresgetier auf seinem Teller landete, da fastete er lieber. In Richtung von Adina und Gaetano machte er eine wegweisende Geste: »Ihr dürft euch gern entfernen, wenn ich mit eurer Mutter den Speiseplan für Sonntag diskutiere.«

Als sie aus dem Blickfeld der Eltern verschwunden waren, fassten Bruder und Schwester einander an der Hand und liefen über den Gang in Gaetanos Zimmer. Luisa, die Haushälterin, schickte ihnen durch die offene Küchentür einen verwunderten Blick nach. Noch einmal dachte Gaetano an die Enttäuschung von vor drei Wochen zurück, als er von Ungeduld getrieben in Umago angekommen war und die Türen des Hauses der Familie Cressini verschlossen vorgefunden hatte. Er hatte extra seinen guten dunklen Anzug angezogen, mit weißem Hemd, Krawatte und gestärktem Kragen. Als er die Familie von Viola einige Wochen zuvor kennengelernt hatte, musste er, damals gehetzt wie auf der Flucht, einen ramponierten Eindruck hinterlassen haben. Dieses Bild wollte er nun zurechtrücken. Doch niemand öffnete auf sein Klopfen und auch die Nachbarn konnten keine Auskunft über den Verbleib der Familie geben.

Mit einem riesigen Blumenstrauß war er angerückt. Aber er hatte zuvor weder telegrafiert noch angerufen. Auch Adina hatte er verboten, die Freundin mit einer Brieftaube vorweg zu informieren. Er hatte Viola überraschen wollen. Doch er kehrte unverrichteter Dinge mit dem welkenden Blumenstrauß zurück.

Die Geschwister setzten sich auf das Kanapee neben dem Bett und Gaetano fragte: »Also, was ist mit Viola?«

Durch das offene Fenster drang das Zirpen der Grillen, die heiße Luft tanzte vor den geöffneten Schlagläden.

»Ihr Vater wurde zum Festungsbau nach Czernowitz in die Bukowina berufen. Sie und ihre Schwester sind mit der Mutter in Mürzzuschlag. Sie nennen es Sommerfrische, doch der Vater hatte Sorge, dass die Front vom Balkan bald auf Istrien übergreifen könnte, und wollte die Familie bei seinen Verwandten in Sicherheit wissen.«

Gaetano rückte näher an seine Schwester heran. »Und deine Brieftauben finden zufällig nach Mürzzuschlag?«

Adina schmunzelte. »Nein, tun sie nicht, leider.« Sie zog einen Brief hervor. »Aber ich habe hier ihre Adresse.« Sie legte das Kuvert mit der Anschrift der Freundin auf den Beistelltisch.

»Das Kuvert ist ja leer«, stellte er fest.

»Der Brief geht dich auch nichts an. Briefgeheimnis«, sagte sie frech.

»Im Krieg herrscht Zensur«, entgegnete Gaetano darauf.

Adina rümpfte die Nase und rückte demonstrativ von ihrem Bruder ab. »Du solltest dich waschen, du stinkst nach Schweiß.«

SEPTEMBER 1914

Die Läden waren geschlossen und sperrten Licht und Luft aus. In der Kammer roch es muffig und der Tod schien schon auf der Bettdecke zu hocken, um jeden Moment seine knochigen Finger auszufahren und die Ernte einzuholen.

Sie betrachtete das spitze Gesicht der alten Frau, die sie Freundin nannte. Die Einzige, die es in ihrem Leben gegeben hatte, damals, bevor ihre Mutter sie in das dunkle Geheimnis eingeweiht hatte, das ihre Familie umgab. Mit einem Schlag war aus ihr, einer lebenshungrigen jungen Frau, eine alte Priesterin geworden.

Sie strich der Freundin über die schweißnasse Stirn, diese öffnete langsam die Augen.

Die Besucherin trat irritiert einen Schritt zurück, sie hatte die Kranke fast im Jenseits gewähnt. Als die Todgeweihte schwach einige Worte durch die Lippen presste, beugte sie sich zu ihr hinab.

»Wenn ich gehe, wird von mir nichts bleiben, außer Schulden und meinem Kind, das noch mehr Schulden hat. Ich habe nie verstanden, wie du das geschafft hast. Allein, mit Kind, in diesem schönen Haus. Ich bin dir über mein Grab hinaus dankbar, dankbar, dass Lodo bei euch immer ein Gedeck gefunden hat, wenn ich nichts mehr zu essen für ihn hatte.«

Sie legte ihr die Finger sanft auf die trockenen Lippen, doch die Kranke hob den Kopf an und sprach weiter: »Ich weiß, die Leute munkeln viel Unsinn, aber du hattest nie länger einen Mann bei dir unter dem Dach und dennoch hat es euch an nichts gefehlt, auch nachdem du aufgehört hast zu arbeiten.«

Sie ließ den Kopf wieder sinken und schien nun der Welt erneut völlig entrückt. Der Sensenmann würde sie holen kommen. Jetzt oder in den nächsten Stunden.

Der Besucherin lief ein Schauer über den Rücken. Sie dachte an ihre eigene Vergänglichkeit und dass es bald Zeit sein würde, Flora zu instruieren. Flora war ihr Leben lang wie ein bockiges Fohlen gewesen, das sich seinem Schicksal hatte widersetzen wollen. Dabei hatte sie es ihr von klein auf einzutrichtern versucht. Jetzt würde sie endlich die Zusammenhänge begreifen. Es fehlte ihr jedoch der Mut, sie ihr persönlich zu erklären, sie hatte alles schriftlich festgehalten. Sie würde ihr einen detaillierten Brief hinterlassen und den vergilbten Umschlag mit den Zeilen, die schon ihre Mutter von der Nonna erhalten hatte und diese von der Bisnonna, beigeben. Ein Geheimnis, das eigentlich zu schwer wog, um es alleine zu tragen.

Einer Toten konnte sie sich aber wohl anvertrauen und so begann sie zu erzählen, was ihrer Familie seit fast hundertfünfzig Jahren Segen und Last zugleich war.

2.
EIN SPIELER AUF DER JAGD NACH DEM GLÜCK

Die ersten Sonnenstrahlen kitzelten Lodovicos Gesicht. Doch die Nacht hing ihm nach. Zornig trat er einen kleinen Stein weg. Er kniff die Augen zusammen und fuhr sich über die Wangen. Die rauen Bartstoppeln erinnerten ihn daran, dass ein Besuch beim Barbier überfällig war. Im Gehen wurde ihm warm. Er schlüpfte aus der Jacke und warf sie über die Schulter. Für Ende September und die frühe Stunde war es ziemlich schwül. Über den Gärten dampfte es in den ersten Sonnenstrahlen, die sich auf die von der Nacht feuchte Vegetation legten. Er griff in seine Hosentasche. Bis auf die nutzlosen Wettscheine hatte er nur mehr ein paar Münzen. Für einen Kaffee würde es immerhin reichen. Er zählte das Kleingeld und steckte es wieder ein. Er zerknüllte die Zettel, die ihm schmerzlich seinen verlorenen Einsatz vor Augen führten, und warf sie vor sich auf die Straße. Er hatte kein Glück. Weder bei den Pferden in Montebello noch mit den Karten, die er den ganzen Abend über gespielt hatte, und auch nicht beim Würfelspiel, dem er sich den Rest der Nacht in der Gegend um den Hafen gewidmet hatte. Das wenige Geld von seiner Mutter war verbraucht und dazu gab es wieder einige mehr, die einen Schuldschein von ihm hatten. Seine Mutter lag im Sterben, vielleicht war sie auch schon tot, und er würde nach ihrem Tod nicht einmal mehr eine Bleibe haben.

Langsam zwang er sich bergan, auch wenn er todmüde und betrunken war. Nachdem er die Via Fabio Severo verlassen hatte, passierte er bald das Gelände, wo Ende des vorigen Jahrhunderts die K. K. Staatsgewerbeschule Triest errichtet worden war. Erste Fenster waren geöffnet und bald würden die Schüler den Ausführungen der Lehrer dort lauschen. Er wollte jetzt endlich schlafen gehen und dann einen Plan aushecken, wie er das Ruder herumreißen konnte, um nicht in der Gosse zu landen.

Als er seine Häuserzeile erreicht hatte, rechnete er damit, dass seine Mutter schon gestorben war. Daher schlüpfte er wieder in seine Anzugjacke, steckte das zerknitterte Hemd ordentlich in die Hose und versuchte, sich die Haare mit den Fingern zurechtzumachen, um ein halbwegs gepflegtes Erscheinungsbild abzugeben. Das Haustor war verschlossen, doch das kleine Tor in der ans Haus angeschlossenen niedrigen Betonmauer stand offen. Durch den kleinen Garten, unter den Weinreben hindurch, die prall vom Vordach hingen, betrat er die Küche. Das Schlafgemach lag, wie es bei diesen winzigen Häuschen hier üblich war, im oberen Geschoß, das bloß aus zwei kleinen Kammern bestand. Er stieg die Stufen hinauf und erreichte den Gang, der in zwei Schlafzimmer führte.

Vor der Tür zu dem seiner Mutter saß auf einem wackeligen Stuhl Signora Clemonti, eine Alte aus der Nachbarschaft.

»Signor Biecher, da sind Sie ja endlich. Ich fürchte, mit Ihrer Mutter ist es bald zu Ende.«

Lodovico nickte und versuchte, beim Sprechen an ihr vorbeizuatmen, damit sie seine Alkoholfahne nicht sofort riechen konnte. »Ist gut, Sie können jetzt gehen.«

Die Clemonti packte ihre Häkelnadeln samt dem begonnenen Deckchen in ihre Tasche und schob den Sessel an die Wand, um den Eingang in das Schlafzimmer freizumachen, das er nun betrat. Drinnen lag alles im Halbschatten der zugezogenen Vorhänge. In der stickigen Luft überkam ihn Ekel. Er rechnete damit, seine Mutter wie in den letzten Tagen vor sich hin dämmernd anzutreffen, doch da sprach sie ihn an: »Lodovico, bist du es?«

»Mamma, du bist wach! Geht es dir besser?« Er beugte sich zu ihrem runzeligen Gesicht hinab.

»Wie siehst du denn aus? Warst du wieder die ganze Nacht unterwegs? Du sollst doch das Spielen lassen, hab ich dir gesagt, mein Junge.«

Lodovico legte ihr die flache Hand auf eine Wange. Er erschrak, wie heiß sie sich anfühlte. Sie griff mit ihren faltigen Fingern nach seiner Hand und zog ihn zu sich. Sie hauchte mehr, als dass sie noch sprach. »Komm näher, ich muss dir etwas anvertrauen. Hör zu, es ist wichtig ...«

Als Lodovico nach einer Stunde, in der er sich auf seinem Bett ausgestreckt hatte, wieder das Zimmer seiner Mutter betrat, war die glühende Stirn für immer erkaltet. Er schloss ihr die Augen und legte sich wieder hin. Offenbar hatte das Schicksal sein Flehen erhört.

OKTOBER 1914

3.
DER KLEINE GIRO

Lamprechts Herz hämmerte wie verrückt, dabei trat er noch gar nicht in die Pedale. Er stand im Pulk, eingeklemmt zwischen einer Vielzahl von Rädern, deren Fahrer so wie er in Trikots steckten und den Fuß auf ein Pedal gestellt hatten, während sie, auf den Lenker gestützt, auf den erlösenden Startschuss warteten. Auch wenn es sich um ein Rennen für Amateure handelte, wirkten manche, als stünden sie am Start für eines der bekannten Rennteams der großen Rennen wie etwa Atala, Legnano oder Bianchi. Und manche der Starter erfuhren sogar Unterstützung durch einzelne Zuschauer, wenn diese aus dem Rudel am Straßenrand zu den Athleten durchbrachen, um ihnen über die Köpfe der anderen hinweg einen stärkenden Trunk zu reichen oder etwas zu essen. Wahrscheinlich fühlten sich in diesem Moment die meisten wie eines ihrer Vorbilder: Giovanni Gerbi, Luigi Ganna oder Giovanni Rossignoli.

Lamprecht schloss die Augen und atmete tief durch. Diesmal hatte er nicht die Ankunft verschlafen, diesmal hatte alles geklappt und er stand mit den anderen Fahrern im Startfeld, hier in Oggiono, von wo aus der Piccolo Giro seinen Ausgang nahm. Jeder versuchte, dem anderen ein paar Zentimeter Platz streitig zu machen. Es gab ein Schieben und ein Drängen und die Hoffnung, sich schnell eine Schneise durch diesen Wald aus Speichen, Beinen und Kurbeln zu schlagen, wenn es losging.

Ein dumpfer Knall beendete alles Sinnieren und alles Taktieren. Wie von Riesenhand wurde das Rudel aus Rennfahrern vorwärtsgeschoben. Beständig drängte der Haufen nach vorn und nur langsam wurde dieses Bündel immer länger und länger wie ein Wurm, der von einem Vogel aus seinem Erdloch gezogen wird. Erste Fahrer wurden brutal zur Seite gedrängt, stürzten und rissen im Sturz noch andere mit. Lamprecht konnte zweimal ausweichen und vermeiden, ebenfalls zu Boden zu gehen. Nach wenigen Minuten hatte sich die Situation beruhigt und jeder hatte den nötigen Platz auf der Straße gefunden. Alle Fahrer pedalierten nun weniger hektisch. Die meisten hatten in ihren Tritt gefunden und zogen an den jubelnden Zuschauern links und rechts der Straße vorbei. Lamprecht fand sich mitten im Feld wieder. Nur wenigen der Starter aus den vorderen Reihen war es auf den ersten paar Hundert Metern gelungen, ein wenig Vorsprung herauszufahren. Noch war lange nichts entschieden. Lamprecht hatte sich eine Taktik zurechtgelegt, und die sah vor, dass er auf den nicht wenigen Anstiegen attackieren würde. Er durfte nur nicht den Anschluss an die Spitzengruppe verlieren.

Nach einer lang gezogenen Rechtskurve flitzte er knapp an einigen langsameren Fahrern vorbei, als ihm einer der Überholten einen Rempler gab, der Lamprecht zwang, auszuweichen und abzubremsen. Sobald Platz war, startete er wieder los und trat wütend in die Pedale, als würde er sie gegen den unfairen Sportsmann einsetzen. Als er aufgeschlossen hatte, versperrten ihm die Fahrer den Weg, indem sie nebeneinander fuhren und so die Fahrbahn blockierten. Offenbar waren es Freunde oder Fahrer aus demselben Radklub, die sich gegen ihn verschworen hatten.

Endlich verlief die Strecke ein gutes Stück lang gerade und eine leichte Steigung setzte ein. Lamprecht schaffte es, sein

Vorderrad und dann den Lenker zwischen zwei der Blockierer zu bringen und genau in dem Moment, als sie ihn wieder in die Zwickmühle nehmen wollten, abrupt abzubremsen und dann einen Haken nach links zu schlagen, vorbei an dem einen Fahrer, der mit seinem Kumpel zusammenstieß und beide zum Sturz brachte. Vielleicht hatte Lamprecht sogar ein wenig nachgeholfen, doch das hatte niemand gesehen.

Nach einer weiteren guten Stunde und einigen weiteren abgewehrten Attacken hatte er sich fast bis an die Spitze des Feldes vorgekämpft, als es zum ersten wirklich kraftraubenden Anstieg kam. Der Colle Brianza lag vor ihnen. Er umklammerte den Lenker und erhob sich aus dem Sattel, um im Stehen mehr Kraft auf die Pedale zu bringen. Jetzt war seine Stunde gekommen.

Die Zuschauer neben der Fahrbahn zogen vorbei, aus dem Augenwinkel sah er, wie sie auf ihn deuteten. Wahrscheinlich fragten sie sich, wer der Mann war, der eben im Begriff war, das Spitzenfeld zu erreichen. Immer näher sah er die Athleten, die in einem kleinen Grüppchen das Rennen anführten. Er hörte, wie sein Name gerufen wurde. »Gaetano!« Es konnte Belloni gelten, aber warum nicht auch ihm, sagte er sich. Heute konnte er Geschichte schreiben, heute war der Tag gekommen, für den er die letzten Jahre trainiert hatte, heute konnte die Stunde des Triumphes sein, seines Triumphes.

Er atmete tief ein, spürte, wie sich sein Brustkorb blähte, wie der Sauerstoff durch seine Blutbahnen floss, wie er die Muskeln stärkte. Er trat fest in die Pedale, immer schneller wirbelten seine Waden um die Kurbeln, doch er verlor zugleich immer mehr an Fahrt. Bis er endlich bemerkt hatte, wie er ins Leere trat, da war er beinah schon umgekippt. Ein Zuseher verhinderte einen Sturz, denn er war zu ihm hingesprungen und fing seinen Oberkörper auf. Als Lamprecht endlich wieder aus seinem vermeintlichen Siegestaumel erwacht war, hörte er seinen Retter lapidar sagen: »Es ist die Kette.«

Lamprecht nickte und stieg vom Rad ab, um sich das Malheur näher zu betrachten, doch das änderte nun auch nichts mehr daran, dass das Rennen für ihn gelaufen war. Ohne die Unterstützung eines Mechanikers war hier, mitten auf der Strecke, nichts mehr zu machen. In der bitteren Realität angekommen fühlte er sich, als wäre mit der Kette auch sein Lebensfaden gerissen. Er dachte nicht einmal daran, die letzten paar Kurven zur Anhöhe im Laufschritt neben seinem Bianchi hinter sich zu bringen, um dann einfach in Richtung Ziel zu rollen. Er setzte sich in den Sattel und rollte den Anstieg zurück ins Leere, nach nirgendwohin.

Als er zwei Tage danach nach Triest zurückkehrte, verbat er es sich, auf den Piccolo Giro angesprochen zu werden. Es dauerte fast eine Woche, bis er davon zu erzählen begann, eine weitere Woche später stellte sich sogar so etwas wie Zufriedenheit ein. Nicht über das jähe Ende seiner Verfolgungsjagd, sondern über die Erkenntnis, dass er fähig war, auch sportlich Größeres zu leisten. Nächstes Jahr würde er jegliches Verschleißteil an seinem Rad vor dem Rennen austauschen, und dann …

NOVEMBER 1914

4.
DAS ENDE EINER UNGELIEBTEN

Mit November war es kälter geworden. Die Nächte waren dunkler und der Boden war schon ausgekühlt, als eine Gestalt zu später Stunde den kaum beleuchteten Weg um eine Biegung entlangkam.

Der Mann umklammerte das Messer in seiner Manteltasche. Er würde heute töten, alles war vorbereitet.

Die enge Straße führte den steilen Berg hinauf. Der Mond legte ein blutleeres Licht auf die Dächer. Sein langer Schatten folgte ihm bergan. Es war eine kalte, beinah klare, fast wolkenlose Nacht. Der Borino am Nachmittag hatte den Dunst aus der Stadt vertrieben. Jetzt war der Rauch der angefeuerten Kamine zu riechen, sonst war es ruhig und in den meisten Fenstern war das Licht schon lange erloschen. Die Straßen waren leer, sein einziger Begleiter war sein rasselnder Atem. Doch selbst wenn ihm jemand begegnen würde, war das egal. Was hatte er schon zu verlieren?

Die Häuser waren klein und windschief, die winzigen Gärten ernährten ihre Bewohner kaum. Die Ziegel auf den Dächern waren angeschlagen oder zum Teil gebrochen. Sie glänzten feucht. Die Straße machte eine Kurve, dahinter lag sein Ziel. Auch wenn er hier wieder ein Fremder geworden war, kannte er das Haus, in dem die Alte wohnte. Fast jeder in dem Viertel hier wusste, wo dieses Haus lag, das einzige Gebäude von einem bescheidenen Glanz. Und doch mieden es die meisten, wie sie auch dessen Bewohnerinnen auswichen, wenn sie ihnen auf der Straße begegneten. Sie hatte ihm einmal erzählt, dass die Leute hinter ihrem Rücken tuschelten und sie als Hexe bezeichneten, was ihr ganz gelegen kam, da sich das neugierige Gesindel damit von ihr fernhalten würde. Er dachte daran zurück, wie ihn die Alte hinausgeworfen hatte. Kein Mann dürfe ihr unter diesem Dach beiwohnen, sie wolle ihn nie wieder sehen, hatte sie ihn angebrüllt, die Augen feurig wie eine Irre. Ganz normal war sie nicht. Kein Wunder, dass die Menschen sie fürchteten, eine verschlossene Frau allein mit der Tochter, ohne einen Mann an ihrer Seite. Auch ihn hatte sie nur im Schutz der Dunkelheit empfangen wollen.

Er war vielleicht auch krank, zumindest sagten sie ihm das schon seit seiner Kindheit. Die Leute schauten ihn schief an, wie sie ihn schon als Kind schief angesehen hatten. Von den Schwestern im Waisenhaus angefangen hielt das bis heute an. Weil er anders war, weil er groß war und weil er dünn war. Sie mussten zu ihm aufsehen, wenn sie sein ausgemergeltes Gesicht betrachten, ihn mustern wollten, doch er erwiderte niemals einen Blick. Seine Augen blieben leer, in die Seele ließ er sich nicht schauen.

Er stand vor der Eingangstür. Eines der straßenseitigen Fenster war eingeschlagen, der zweite Flügel war durch eine Holzplatte ersetzt worden. Vielleicht die Folge einer Mutprobe von Jugendlichen, die untereinander gewettet hatten, oder die Rache eines Nachbarn, der die Alte für ein kürzlich erlittenes Unglück verantwortlich machte. Es war still, nicht einmal das Kreischen der Möwen war hier zu hören. Er tastete den Türstock ab. Hier sollte der Schlüssel liegen. Ein heller metallischer Klang verriet ihm, dass er ihn aus seinem Versteck auf den Boden befördert hatte. Er hob ihn auf und drehte ihn leise im Schloss um.

Vorsichtig tastete er sich über den schmalen Gang vor. Er hatte die Eingangstür einen Spaltbreit offen stehen lassen. Der Widerschein der Laterne vor dem Haus schnitt ein Dreieck in das Holz unter seinen Füßen. Der Boden knarrte leise bei jedem Schritt, ein sanftes Ächzen, das die sonst gespenstische Stille durchbrach. Er wusste, wo die Alte zu finden war. Erst jetzt wunderte er sich, dass sie das Haus versperrte. Niemand aus der Gegend würde hier freiwillig einsteigen. Die Menschen fürchteten die Frau, die ihr aschegraues Haar lang und offen trug. Nicht wenige munkelten, dass sie mit dem Teufel zugange wäre. Satan, ihr Liebhaber, der sie nährte.

Er musste grinsen. Er wusste es besser. Und weil er auch wusste, wo das Schlafzimmer lag, konnte er sich in der Schattenwelt, die ihn umgab, ausreichend orientieren. Als etwas über seinen Nacken strich, zuckte er zusammen. Doch es war wohl nur der Luftzug gewesen, sagte er sich, als die Tür ins Schloss fiel. Nicht laut, aber hörbar. Die Dunkelheit umgab ihn jetzt wie ein Sarg. Mittlerweile hatte er die Stiege erreicht und setzte nun so langsam, als steckte Blei in seinen Gliedern, einen Fuß nach dem anderen auf die Stufen, bis er vor der Tür zur Schlafkammer zu stehen kam. Er verharrte kurz in der schwarzen Stille. Sein Atmen war das einzige Geräusch. Wie von außen nahm er sich selbst wahr, hörte, wie er Luft einatmete und sie langsam durch die Nasenflügel ausblies. Er drückte die Türschnalle und schlich in den engen Raum, der von dem Bett an der Stirnseite und dem Kasten an der gegenüberliegenden Wand fast gänzlich ausgefüllt war. Die Fensterläden waren geschlossen, doch durch die gekippten Lamellen fiel das opake Licht der Laterne von draußen herein und warf Linien auf die Bettwäsche. Unter der Decke zeichnete sich der Unterleib ab. Wie aufgebahrt lag die Alte ausgestreckt auf dem Rücken. Heute würde sie ihn empfangen müssen, dachte er sich und umfasste den Messergriff fester. Plötzlich bäumte sich das dunkle Bündel unter der Decke auf und er starrte in ein Gesicht. Sein Arm schnellte vor, doch seine Hand blieb am Betthaupt hängen und das Messer fiel zu Boden.

5.
DER TOD IST UNVERRÜCKBAR, DOCH DIESER WIRFT VIELE FRAGEN AUF

Lamprecht wurde von einer der uniformierten Wachen instruiert: »Buongiorno Ispettore, wir haben Sie schon erwartet. Das Opfer liegt im ersten Stock in der Kammer. Die Frau heißt Olivetta Franciulo und wohnte hier. Kein Zweifel, dass es sich um ein Gewaltverbrechen handelt, aber Sie werden gleich sehen. Bitte, passen Sie auf Ihren Kopf auf.« Der Polizist deutete auf den Balken nach dem Eingang.

Als er das Haus betrat, musste er sich ducken. Die Treppe war eng und die Decke niedrig. Dennoch wirkte das Haus, abgesehen von dem beschädigten Fenster, ordentlich und in gutem Zustand, ganz anders, als er es in dem eher ärmlichen Viertel erwartet hätte. Hier mussten sich die wenigen Häuser aneinanderklammern, um nicht mit der Regenflut im Winter fortgespült zu werden.

Der Polizist blickte sich weiter um. Die Wände waren gerade und mussten nicht mit Trägern gestützt werden, sie schienen sauber verputzt und der Anstrich hatte noch nicht viele Thronjubiläen Franz Josephs erlebt. Lamprecht hatte im Lauf seiner jungen Karriere als Kriminalinspektor bereits unzählige Palazzi visitiert, wo der Putz an manchen Stellen feucht war oder abblätterte und die Wände mit Schimmel überzogen waren. Gut, solche Häuser waren vielleicht nicht in der Neustadt zu finden, wo sich in den modernen und prunkvollen Bauten Behörden, Versicherungen und Banken niedergelassen hatten, aber gar nicht so fern seiner eigenen Wohnstätte gab es in der Città Vecchia genügend solcher alten Häuser, die sich wie Kletten an die Steilhänge des Colle di San Giusto hefteten.

Lamprecht zwängte sich langsam durch die Tür in den engen Raum. Viel Platz ließen das breite Bett und der Kasten nicht, zumal sich in dem Raum neben ihm bereits eine Person befand. Ein Mann in einem grauen Wollmantel stand über das Bett gebeugt und begutachtete einen weiblichen Körper, dessen Zustand der Grund für das Erscheinen der hier Anwesenden war.

Über dem Betthaupt prangte ein Kreuz. Doch es war kein Heiland auf einem Holzkreuz. Jemand hatte es mit Blut an die Wand geschmiert. Die Unterseite des rostroten Querstrichs war verronnen und einzelne Bahnen liefen die Wand hinab wie Tränen. Auch auf der Bettdecke und dem Leintuch fanden sich einige Flecken von eingetrocknetem Blut.

Lamprecht räusperte sich. »Ich bin Ispettore Lamprecht von der Polizeidirektion Triest. Wo ist denn Dottor Tripcovich?«

Der Angesprochene beendete seine Leichenbeschau und drehte sich zu Lamprecht. Unter dem Mantel trug er einen langen Rock und hatte eine schwungvolle Masche um den gestärkten Stehkragen seines Hemds gebunden. Er sah mehr nach einem Theaterbesucher aus als nach einem Totenarzt.

»Der flickt irgendwo im Hinterland von Czernowitz die Verwundeten an der Ostfront zusammen. Sie werden mit mir vorliebnehmen müssen. Antonio Skerl, piacere.«

Der Leichenarzt streckte Lamprecht seine Hand entgegen. Die Untersuchung der Toten hatte dort ihre Spuren hinterlassen. Lamprecht nickte nur, trat einen Schritt zurück und rammte mit der Schulter den Kasten hinter sich. Dottor Skerl betrachtete die zurückgewiesene Hand und nickte dann verständnisvoll, ehe er sie sich an einem Stofftuch abwischte. Er lächelte. »Sie werden doch als Polizist an ein wenig Blut gewöhnt sein? Außerdem, wenn Sie eines Tages an die Front müssen, sollten Sie lernen, mit derlei Dingen umzugehen.«

Der Ispettore zwirbelte seine Bartspitze und stellte trocken fest: »Ich denke, unsere Aufgaben hier sind genau definiert, weitere private Ausführungen erübrigen sich. Was können Sie mir also über die Tote sagen?«

»Wissen Sie, wie die Leute im Viertel sie genannt haben? Die Hexe von Cologna.«

Lamprecht machte einen Schritt auf die Tote zu. Sie hatte zwar eine spitze Nase, aber sonst wirkte sie mit dem grauen Haar, den schmalen Lippen und dem fein gezeichneten Gesicht nicht so, wie man sich eine Hexe vorstellt. Er deutete auf das Kreuz über ihrem Kopf. »Und das hier ist dann das Werk eines Exorzisten? Ist das ihr Blut?«

»Anzunehmen. Und was sagen Sie dazu?«

»Ich denke, wir sollten rational und wissenschaftlich vorgehen und nichts auf den Aberglauben der einfachen Menschen geben.«

Ohne Ankündigung zog Dottor Skerl die Decke weg und Lamprecht wich zurück. »Und wenn der Aberglaube solch ein Handeln gebiert?«

Der Täter hatte den Körper mit unzähligen Kreuzen überzogen. Von den Waden bis zu den Schultern hatte er das heilige Zeichen in das Fleisch geschnitten. »Aber daran ist sie nicht gestorben.« Der Arzt hob den Kopf der Toten an und Lamprecht sah die aufgerissenen Augen der Frau, in deren toten Pupillen noch ein Rest ihres Todeskampfes wie in einer Fotografie festgefroren schien. »Sie wurde erwürgt.« Er deutete auf die Male an ihrem Hals. »Der Tod ist durch Ersticken eingetreten.« Er hob den Oberkörper ein wenig mehr an und wies mit der freien Hand auf die Augen. »Sehen Sie hier die Einblutungen bei den Augenlidern? Das ist typisch. Und hier die Petechien?«

Lamprecht nickte. So genau wollte er es hier noch gar nicht wissen. »Aber Sie machen noch eine Obduktion der Leiche, oder?«

»Natürlich! Was glauben Sie denn. Das Beste erfährt man immer erst auf dem Seziertisch.«

Der Arzt ließ nun den Körper los. Wie bei einer abgelegten Puppe fiel der Kopf zurück auf den Polster. Schnell brachte der Arzt das Opfer in die ursprüngliche Lage zurück, so, wie er sie vorgefunden hatte.

»Ich bekomme also noch einen detaillierten Bericht von Ihnen?«

»Natürlich, auch wenn ich jetzt schon fast mit Sicherheit behaupten kann, dass sich in Aorta und Pulmonalis schaumiges Blut nachweisen lassen wird, alles andere würde mich überraschen. Aber das hier sollten Sie sich vielleicht noch ansehen. Auch wenn es für mich als Arzt ohne Belang ist.« Skerl deutete auf eine große Kerbe im Betthaupt. Lamprecht trat heran und betrachtete die abgeschlagene Stelle. Mit freiem Auge war zu erkennen, dass die Beschädigung im Holz frisch war.

»Also wenn Sie mich fragen, der Täter wollte sie erstechen, blieb aber im Dunklen hier hängen und hat dabei das Messer fallen gelassen. Weil die Alte von dem Lärm aufgeweckt worden ist, hat sie der Mörder erwürgt. Es finden sich nämlich kaum Blutspritzer. Sie muss also schon tot gewesen sein, als er wieder an sein Messer gekommen ist. Hätte er sie bei lebendigem Leib so zugerichtet, wäre das alles weit mehr besudelt worden.«

Die Theorie des Leichendoktors war durchaus schlüssig, das musste Lamprecht zugeben, ließ es sich aber nicht anmerken. Er hasste Menschen, die ihm für alles gleich eine Lösung präsentierten. Der Doktor schien die Weisheit mit Löffeln gefressen zu haben. Oft genug hatte er erlebt, wie solchen Dampfplauderern bei kritischer Durchleuchtung ihrer Thesen die Luft ausging wie einem geplatzten Heißluftballon. »Wissen Sie was? Sie kümmern sich jetzt um Ihr Messer, mit dem Sie die arme Frau aufschneiden, und ich kümmere mich um das Messer, mit dem das hier angerichtet wurde. Vielleicht verrät es uns etwas über den Täter.«

Der Arzt nickte und begann seine Tasche zu packen. Als er sich an Lamprecht vorbeizwängte, betrachtete dieser ihn nochmals und stellte fest, dass Skerl neben den Bartstoppeln in seinem Gesicht auch die ungesunde Gesichtsfarbe mit Tripcovich gemein hatte. Entweder färbte der ständige Umgang mit dieser Kundschaft auf die Mediziner ab oder es lag an den Dämpfen, die sie den ganzen Tag über in ihren Instituten einatmen mussten.

»Wo bleibt eigentlich der Fotograf?«, brüllte Lamprecht jetzt ins Stiegenhaus, wo auf dem Treppenabsatz ein uniformierter Polizist vom Wachposten in Guardiella in eine Ecke gezwängt stand.

»Scusi, Ispettor, aber der war schon vor dem Arzt da und hat seine Aufnahmen angefertigt.«

Erst seit wenigen Jahren gehörte es zu den Routinen der Kriminalistik, dass ein Fotograf an den Tatort kam, um Ablichtungen von Opfer und Ort des Geschehens anzufertigen. Oft gingen in der ersten Hektik Details unter, die sich auf diese Weise später offenbarten. Vor allem aber ging es auch um Indizien, die sich in einem folgenden Strafprozess zu einem stimmigen Gesamtbild fügten, nicht alle Verdächtigen waren schließlich bereit, ein Geständnis abzulegen.

Lamprecht betrachtete den wie aufgebahrt wirkenden Körper nochmals, als sein Auge an der nur einen Spalt geöffneten Schublade neben der Toten hängen blieb. Er zog sie auf. Aber außer einer Bibel fand sich darin nichts. Erst jetzt fiel ihm auf, dass in dem Raum, von der blutigen Malerei abgesehen, kein Kruzifix zu finden war, wie sonst in Schlafkammern üblich. Er schloss die Lade und trat zu seinem Untergebenen hinaus, der artig salutierte, dann aber wieder mit seiner Rechten nach dem goldenen Kreuz griff, das er um den Hals trug, und es hastig zu den Lippen führte.

»Wie heißen Sie?«

Augenblicklich nahm der junge Bursche, der wohl erst seit Kurzem seine Ausbildung abgeschlossen hatte, Haltung an und legte beide Arme flach an seine Seiten. »Marco Feruglio!«

»Also, Marco«, Lamprecht deutete in Richtung der Kammer, »was können Sie mir darüber berichten?«

Noch immer stand der glatt rasierte Bursche stramm, der etwas kleiner als Lamprecht war und daher ausreichend Platz unter der niedrigen Decke fand. Er zuckte mit den Schultern: »Mir wurde nur aufgetragen, hier Stellung zu beziehen. Die Ermittlungen führt mein Caporale, Constantin Baiocchi, den müssen Sie fragen.«

»Und wo ist Ihr Caporale?«

»Ich weiß nicht, unten wahrscheinlich, mit den anderen.«

Er nickte dem Milchgesicht zu, dessen Gesichtsausdruck wirkte, als platzte ihm eine Tollkirsche im Mund.

»Ist noch was?«, erkundigte sich Lamprecht.

»Kann ich hier meinen Posten verlassen, ich meine, Sie sind Ispettore, Sie können das anschaffen.«

»Warum sollte ich das tun?«

Feruglio trat von einem Bein auf das andere, bevor er fragte: »Sie sind nicht aus der Gegend?«

»Meine Familie wohnt beim Castello von San Giusto.«

Die Wache nickte nur, und erst nachdem Lamprecht fragend seine Augenbrauen angehoben hatte, sagte er: »Wissen Sie, wie man die Frau hier genannt hat? Die Hexe von Cologna.«

Lamprecht grinste. Der Aberglaube machte nicht einmal vor den eigenen Reihen Halt. »Tatsächlich?«, fragte er nicht ohne Spott im Unterton. »Und wissen Sie warum?«

»Braucht es dazu wirklich eine Erklärung?«

Feruglio sah Lamprecht fest in die Augen und dieser hatte den Eindruck, dass für den jungen Polizisten damit alles gesagt war, doch dann trat er an Lamprecht heran und antwortete im Flüsterton, als ob die Leiche im Nebenraum sie belauschen könnte: »Sie ist nie in die Kirche gegangen und Nachbarn wollen sie bei Vollmond durch den Wald streifen gesehen haben.«

»Und deswegen war sie eine Hexe?«

»Die Leute werden schon gewusst haben, wovon sie reden. Eine alte Frau, die hier ohne Mann mit ihrer Tochter lebt. In diesem schönen Haus. Viele Männer, die in diesem Viertel zur Miete wohnen, arbeiten hart dafür, und wenn es einmal doch nicht reicht, dann werden sie hinausgeworfen. Man hat sich auch immer gefragt, woher sie das Geld für die Reparaturen am Haus hatte. Erst vor zwei Jahren hat sie das Dach neu decken lassen.«

»Das mag vielleicht aufklärungsbedürftig sein, hat aber doch rein gar nichts mit Hexerei zu tun.« Lamprecht hatte zu diesen Ausführungen seine eigene Interpretation. Wenn die Tote tatsächlich ein lediges Kind gehabt hatte, was sich in den Personendaten der Stadt leicht prüfen lassen würde, war es gut möglich, dass der Vater sich zwar nicht zum illegitimen Nachwuchs bekannte, aber seinen Unterhaltspflichten nachkam.

»Es gibt aber noch eine andere Geschichte.«

»Ich höre.«

Jetzt grinste Feruglio selbstsicher und hob den Zeigefinger. »Einmal soll hier ein Mann verschwunden sein. Einer, der ganz kurz bei der Frau gewohnt hat. Plötzlich war er weg, wie vom Erdboden verschluckt.«

»Und um wen hat es sich dabei gehandelt?«

»Das weiß man nicht, der Mann war ein Fremder, nicht von hier, so wie Sie. Aber meine Nonna hat es mir erzählt. Darf ich jetzt meinen Posten verlassen?«

»Sie werden gefälligst dort bleiben, wo man Sie hinbefohlen hat. Ich gehe jetzt Ihren Caporale suchen.«

Feruglios Augen verengten sich zu zwei Schlitzen, in denen Flammen loderten. Doch noch bevor Lamprecht sich umgedreht hatte, drangen die Wortfetzen eines Streites aus dem Untergeschoß zu ihm herauf. Er duckte sich wieder und überwand die schmalen Stufen in Eile. Eine aufgebrachte Frau diskutierte mit einem Mann, wobei sie auch nicht davor zurückschreckte, gar nicht damenhafte Kraftausdrücke zu verwenden.

»Signora, ich habe es Ihnen schon erklärt. Mein Vorgesetzter hat mir verboten, jemanden ins Haus zu lassen.«

»Bei Ihrem Vorgesetzten handelt es sich um Baiocchi?«, mischte sich Lamprecht ein, der nun den Hauseingang erreicht hatte. Auf der Straße stand eine Frau, die in etwa das Alter seiner Mutter haben mochte. Sie trug die Haare zu einem Kranz geflochten, aus dem einzelne Strähnen hingen. Eine davon blies sie nun aus dem Gesicht. Lamprecht fielen die schwarzen Ringe unter den Augen auf. Die Wangen waren vom Zorn gerötet. Der Polizist, der die Frau daran hinderte, das Haus zu betreten, wandte sich zu Lamprecht und nickte. »Ja, der war vorhin mit einem Kollegen von mir im Haus. Er ist jetzt zurück zum Posten, weil wir im Haus einen Mann überrascht haben, der uns erst erklären muss, was er hier zu suchen hatte.«

Bevor Lamprecht etwas sagen konnte, hatte die Frau den Wachposten abermals angerempelt. Jetzt wurde es ihm zu bunt. »Per favore! Signora, si calmi!«, herrschte er die Frau an, die zunächst von dem Einschreiten des jungen Mannes in Zivilkleidung überrascht schien oder sogar ein wenig von dessen Autorität eingeschüchtert. Doch dann fasste sie sich und hatte ein neues Opfer gefunden.

»Sie kommen mir gerade recht. Sagen Sie, tragen Sie für das hier die Verantwortung?«

Lamprecht musste seine Bartspitze zwirbeln. Händeringend sagte er: »Was ist hier das Problem?«

»Ich will zu meiner Mutter!«

»Ihre Mutter?« Die Frau wies nach oben und nickte stumm. Lamprecht schob den Uniformierten zur Seite und deutete zur Haustür.

»Ich kann Sie leider auch nicht zu Ihrer Mutter lassen, aber wir finden drinnen sicher einen Platz, wo wir uns unterhalten können.«

Die ruhigen Worte Lamprechts besänftigten offenbar die Wut der Frau. Sie fragte: »Was ist passiert? Ist sie tot?«

Lamprecht legte ihr die Hand auf die Schulter und drückte sie in Richtung Haus, als eine Frau mit gebräuntem Gesicht und einem in die Haare geflochtenen Tuch vorbeikam. Sie trug einen Bastkorb auf dem Rücken, in dem Krautköpfe gestapelt waren. Sie machte, kaum, dass sie das Haus erreicht hatte, einen Schritt zur Seite und schlug ein Kreuz. Lamprecht wunderte sich, wie schnell die Kunde vom Tod der Frau die Runde gemacht haben musste.

Im Haus zeigte die Tochter der Toten nach hinten zur Küche. Dort hatte bereits ein Polizist in Uniform an einem Tisch Platz genommen. Als Lamprecht ihm seine Kokarde hinhielt, schnellte der Mann in die Höhe und erklärte, dass ihm sein

Caporale befohlen hatte, hier aufzupassen. Lamprecht wiederholte seine Frage nach Baiocchi und erfuhr erneut, dass der mit dem Verdächtigen zum Wachzimmer aufgebrochen war, um diesen sogleich zu vernehmen.

Lamprecht knallte die flache Hand auf den Tisch, was von der Spitzendecke kaum gedämpft wurde. Er brüllte: »Es reicht. Ich bin der zuständige Ispettore von der Polizeidirektion, den man hierherbestellt hat, weil da oben eine entsetzlich zugerichtete Leiche mit unzähligen Wunden liegt, und niemand findet es der Mühe wert, mich entsprechend ins Bild zu setzen!«

Als er die aufgerissenen Augen der Tochter des Opfers bemerkte, wusste er, dass er zu weit gegangen war. Das war alles andere als taktvoll gewesen, um die Frau über das gewaltsame Ableben der Mutter zu informieren. »Es tut mir sehr leid«, sagte er in ihre Richtung und zog einen Stuhl heran, damit die Frau sich setzen konnte, während er dem Polizisten deutete, mit ihm den Raum zu verlassen. Draußen verlangte er, nun endlich auf den bisherigen Ermittlungsstand gebracht zu werden.

»Also, heute Morgen ist eine Frau aus der Nachbarschaft auf unseren Posten gekommen und hat angegeben, dass sie letzte Nacht verdächtige Geräusche aus dem Haus gehört habe, und später will sie auch eine Gestalt auf der Straße gesehen haben.«

»Und da kommt sie erst am nächsten Tag?«, fragte Lamprecht.

»Nun, hier wohnt ein besonderer Menschenschlag, der ist molto particolare, also sehr speziell, viele Witwen etwa, die in ihrer eigenen Welt leben. Und dieses Haus meiden die meisten, wenn sie vorbeigehen, bekreuzigen sie sich, eben weil sie glauben, dass hier …«

»Das habe ich schon gehört, aber mit Aberglauben werden wir im zwanzigsten Jahrhundert keinen Fall lösen können. Also die Fakten bitte!«

»Gut, als wir dann hier anrückten, trafen wir einen Signore an. Er behauptete, dass er nichts mit dem Mord zu tun habe. Angeblich ist er der Neffe der Toten.«

Lamprecht strich sich über das Kinn. Er nickte und sagte dem Polizisten, dass er sein Erscheinen auf dem Wachposten ankündigen solle. »Wenn ich hier fertig bin, breche ich sofort auf.« Dann wandte er sich an die Frau: »Signora, …«

»Signorina, per piacere«, fiel ihm die reife Dame ins Wort und Lamprecht versuchte, sich nichts anmerken zu lassen. Stattdessen lächelte er und sagte: »Certo! Also, vielleicht sollten wir uns an einem anderen Ort zu einer passenderen Zeit unterhalten. Am besten bei mir in der Polizeidirektion. Sie sehen ja, hier sind die Ermittlungen im Laufen. Können Sie für ein paar Tage woandershin?«

Die Frau strich sich eine Strähne aus dem Gesicht und schüttelte den Kopf. »Ich fühle mich wie erschlagen, ich habe die halbe Nacht gearbeitet.«

Jetzt bildeten sich Runzeln auf Lamprechts Stirn. Nach so einer hatte sie ihm nicht ausgesehen, aber man konnte sich in diesen Dingen immer wieder täuschen. Als Polizist wusste er nur zu gut, dass man den Menschen ihre Fehler oft nicht anmerkte.

»Nicht, was Sie denken. Ich bin Zimmermädchen im Hotel Europa an der Piazza della Caserma. Ich könnte dort fragen, ob ich die kleine Kammer für ein paar Tage haben kann. Ich heiße Flora. Flora Franciulo.«

»Natürlich, wo sind nur meine Manieren? Ich bin Ispettore Gaetano Lamprecht von der Polizeidirektion Triest. Ich kenne das Hotel und weiß, wo ich Sie finden kann. Ich werde Ihnen eine Wache schicken, die sie abholt, damit ich Ihre Aussage protokollieren kann. Gehen Sie sich ausschlafen. Sie sehen, wenn Sie mir die Bemerkung erlauben, wirklich müde aus.«

»Ich habe nur eine Bitte. Dürfte ich sie noch sehen?«

»Das wollen Sie nicht sehen, glauben Sie mir.«

Doch der Blick aus den schwarz umrandeten Augen hatte eine hypnotische Wirkung und Lamprecht willigte schließlich ein und folgte ihr die Stiegen hinauf, bis sie in der Schlafkammer angekommen waren. Die Tochter der Franciulo hielt sich die Hand vor den offenen Mund. Dann drehte sie sich zu Lamprecht um und fiel ihm schluchzend um den Hals.

»Ich habe Sie gewarnt, dass dies nichts für die zarte Seele einer Frauensperson ist. Kommen Sie, ich bringe Sie hinaus.«

Er drückte die Trauernde in Richtung der Tür, als ihm etwas einfiel. »Dürfte ich Sie doch noch etwas fragen?«, setzte er an, »aber nur, wenn es Ihnen nicht zu viel ist.«

»Es geht schon, es war nur der erste Schock. Fragen Sie!«

»Haben Sie eine Ahnung, warum man Ihrer Mutter das angetan haben könnte?«

Die Frau blieb für einige Sekunden stumm und Lamprecht konnte nicht abschätzen, ob sie nachdachte oder noch vom Anblick des entstellten Körpers schockiert war, ehe sie den Kopf schüttelte. »Nein, eigentlich nicht. Man behandelt uns hier zwar nicht besonders gut, aber bedroht hat uns bislang noch niemand. Unser Haus wird eher gemieden.«

Lamprecht ging darauf nicht näher ein, er hatte an diesem Morgen schon genug Gespenstergeschichten gehört. Und für die Frage nach dem Verhafteten, der sich als Neffe der Ermordeten ausgegeben hatte, schien es ihm verfrüht, solange er noch keine genaueren Informationen besaß.

»Kommen Sie, lassen Sie uns gehen«, schlug er vor und blickte ihr dabei direkt ins tränennasse Gesicht. Irgendwie hatte er das Gefühl, dass aus den Augen auch etwas wie Erleichterung oder Hoffnung funkelte. Er konnte es nicht genau deuten. Er nickte ihr zu und blickte ihr dann noch eine Weile nach, wie sie in Richtung Stadtzentrum verschwand, ehe er eine letzte Runde durch das Haus drehte. In der Küche fielen ihm die geöffneten Flügel der Kredenz auf.

Lamprecht schritt flott die steil abfallende Straße an der K. K. Gewerbeschule vorbei. Sein Fahrrad hatte das Haus heute nicht verlassen, er wusste, wie sich der Vicolo del Castagneto Ende November nach starkem Regen mit einsetzenden Hagelschauern in eine spiegelblanke Rutschpartie verwandeln konnte. Auch Pferde fanden dann keinen Halt mehr, im letzten Winter war sogar ein Bauer von seinem eigenen Wagen überrollt worden. Als er die Via Fabio Severo erreicht hatte, überquerte er sie und bog in Richtung Guardiella ein.

Am Wachposten dann der nächste Ärger: »Sie wollen mir also erklären, dass Sie den einzigen Verdächtigen haben laufen lassen?«

Baiocchi fuhr sich an die Stirn und raufte die Haare. »Der Mann hatte ein Alibi. Wir haben seine Aussage protokolliert und nachgeprüft. Er hat den ganzen Abend über mit einigen Leuten im Caffè Nuova York Karten gespielt.«

»Und was ist mit der Nacht?«

»Da ging es dann im Ghetto weiter. Wenn Sie verstehen, was ich meine.«

»Wenn Sie auf die Bordelle in der Via della Pescheria anspielen, dann kann das alles heißen oder nichts. In so einem Etablissement kann ein Mann tagelang verschwinden und keiner weiß, wo er wirklich ist.«

Baiocchi schnaufte. »Wir prüfen das gerade.«

»Einer Ihrer Männer hat mir gegenüber erwähnt, dass es sich bei dem Mann, der die Tote gefunden hat, um ihren Neffen handeln soll?«

»Auch das prüfen wir. Lodovico Biecher heißt er, und er hat

immer von seiner Tante gesprochen. Ich mache Ihnen den Vorschlag, dass wir das hier alles für Sie zusammentragen, und sobald wir die Ergebnisse haben, können Sie damit machen, was Sie wollen.«

Einen eindringlicheren Hinauswurf unter Einhaltung des Dienstwegs hatte Lamprecht noch selten erlebt.

Am Abend wollte er endlich den Brief an Viola schreiben. Er saß vor dem Bogen Büttenpapier und rang nach Worten. Zudem war ihm bewusst geworden, dass die Zensur diesen Brief wohl auch lesen würde. Das Schreiben kam zwar nicht von der Front, immerhin lag Triest im Schutz des benachbarten und verbündeten Italien, aber es musste doch ein paar Hundert Kilometer bis in die Steiermark reisen. Auf dem Weg gab es sicher einige neugierige Augenpaare. Er verließ seinen Schreibtisch und machte sich auf ins Zimmer seiner Schwester. Auf dem Gang blieb er kurz vor der Tür seines Onkels stehen und lauschte. Kein Geräusch drang nach außen. Jetzt blieb der Onkel wieder abgetaucht und zeigte sich nicht mehr in der Öffentlichkeit. Das war in diesen Zeiten wohl auch besser. Der Vater hatte Gaetano bald wieder den Schlüssel abgenommen und gesagt, in unruhigen Zeiten würden manche Schiffe besser im Hafen bleiben. Aufgrund seines Alters war Onkel Ladislaus ohnehin nicht von der Mobilmachung betroffen.

Gaetano klopfte an Adinas Tür und wurde hineingebeten.

»Sag mal«, setzte er ohne lange Einleitung an. »Ihr habt euch doch früher auch in eurer eigenen Sprache unterhalten, oder täusche ich mich?«

»Wenn du unsere Abkürzungen meinst, dann ja«, sagte Adina. Ihr Gesicht leuchtete und Gaetano war glücklich darüber, dass seine kleine Schwester auch jetzt ihre Frohnatur nicht eingebüßt hatte.

»Die auch, aber hattet ihr nicht auch noch so etwas wie Codes?«

Adina verstand langsam, worauf ihr Bruder hinauswollte. Ihre Mundwinkel wanderten nach oben. Sie sagte: »Also wenn du damit meinst, wie wir der anderen mitteilten, dass wir jemanden kennengelernt haben, der uns gefällt …«

»Genau das«, antwortete Gaetano und fuchtelte mit dem Zeigefinger durch die Luft, so als würden sich dort seine Gedanken manifestieren und die Sache damit klarer werden. Doch seine Schwester hatte auch so verstanden.

»Honigkuchen.«

»Was?«

»Na, wenn es im Bauch gekribbelt hat, dann haben wir einander geschrieben, dass wir im Glas mit den Essiggurken ein Stück Honigkuchen entdeckt haben.«

»Hast du deinen Brunner am Ende auch so beschrieben? Als Honigkuchen?«

Adina ließ sich aufs Bett fallen und wälzte sich kichernd auf der Decke.

Lamprecht stürzte aus Adinas Zimmer, weil er endlich in der Lage war, seine Gefühle für Viola zu umschreiben. Das Blatt, dessen Leere ihm zuvor die Luft abgeschnürt hatte, füllte sich wie von selbst Zeile um Zeile. Er erzählte, wie das war, nachdem sie sich getrennt hatten, und dass er sie hatte besuchen wollen, aber dass er sein Kommen nicht angekündigt hatte, weil es eine Überraschung hätte werden sollen, und daher vor verschlossener Tür ausharren hatte müssen und so weiter, bis er zum Schluss seiner Nachricht an Viola kam. Er hielt inne, machte einen tiefen Seufzer, der einem Geständnis gleichkam. Und dann schrieb Lamprecht, dass er sich wünschte, Viola würde bei ihm an Honigkuchen im Gurkenglas denken.

Nachdem er den Brief ins Kuvert gesteckt hatte, nahm er noch einen Bogen Papier und schrieb einen weiteren Brief, dessen Verfertigung ihm aus anderen Gründen ungleich schwerer fiel.

6.
DER UNFREIWILLIGE, DER IN DEN KRIEG ZIEHT

Am nächsten Morgen traf Lamprecht etwas später in seiner Dienststelle ein. Er hatte noch einen Umweg über die Hauptpost eingelegt, um den Brief an Viola nach Mürzzuschlag zu senden. Außerdem war dort noch ein rekommandiertes Schreiben für ihn hinterlegt gewesen. Es stammte von der Militärbehörde. Als Lamprecht das Wappen darauf sah, ahnte er sofort, dass es nichts Gutes verhieß. Man habe sein Gesuch, ihn freiwillig einrücken zu lassen, positiv beschieden, sofern er die Zustimmung seiner Dienststelle beibringen könne. Lamprecht las den Brief mehrere Male und fragte sich, wieso das Militärkommando davon ausgehen konnte, er habe sich freiwillig melden wollen.

In der Polizeidirektion wandte er sich deswegen sofort an seinen direkten Vorgesetzten, Ispettore Capo Spetich. Der Oberinspektor schloss die Tür, damit sie ungestört waren, und lud ihn ein, auf einem der Stühle an seinem Besprechungstisch Platz zu nehmen.

»Ich vermute, Sie kommen, um mich über den Mord an dieser Frau in Cologna zu unterrichten. Gibt es schon erste Ergebnisse? Ich habe gehört, ein Verdächtiger wurde in flagranti am Tatort betreten?«

»Ja, wir haben einen Verdächtigen im Haus erwischt, der behauptet, der Neffe der Toten zu sein und sie nur gefunden haben will. Die Erhebungen sind allerdings noch im Gange, und ich warte auf den Bericht des Postens in Guardiella. Außerdem traf ich am Tatort auf die Tochter des Opfers. Sie arbeitet als Zimmermädchen in einem Hotel und kam gerade von der Arbeit nach Hause. Ich werde Unterstützung bei den Ermittlungen benötigen, wenn Sie mir womöglich ein paar Leute zuteilen könnten?«

Spetich drückte den Rücken gegen die Lehne seines Stuhls. Wie gewohnt übertrieb er maßlos, wenn es darum ging, einzelne Polizisten von ihren üblichen Aufgaben zu entbinden. »Das will ich Ihnen glauben, doch ich habe keine Leute. Sehen Sie sich doch um. Jedes zweite Büro ist unbesetzt, viele von uns sind an der Front oder auf dem Weg dorthin. Wir haben einfach zu viele Reservisten in unseren Reihen, die sich freiwillig melden, aber wem erzähle ich das. Dazu kommt noch, dass wir uns jetzt auch noch mit allerlei Blödsinn abgeben müssen, doch von oben legt man größten Wert auf vorrangige Behandlung dieser dummen, wie soll ich sagen, Streiche.«

»Ich verstehe nicht ...«

»Haben Sie es noch nicht gehört? Gestern Nacht hat jemand die Statue von Leopold von Österreich in Grün, Weiß und Rot überpinselt.«

Lamprecht unterdrückte ein Grinsen, aber nur schlecht. Spetich wehrte mit der Hand ab. »Ich weiß«, setzte er fort, »lächerlich, vielleicht dem ersten Anschein nach, und doch schändlich, weil es sich gegen das Herrscherhaus richtet. Der Statthalter hat deswegen bei Manussi interveniert und der Polizeidirektor hat schon zweimal bei mir nachgefragt. So gesehen ist es vielleicht nicht schlecht, wenn sich demnächst ein anderer um derlei Dinge kümmern muss. Denn auch ich habe mit meiner baldigen Einberufung zu rechnen. Immerhin bin ich Offizier der Reserve.«

»Das ist ein weiterer Grund, warum ich Sie sprechen wollte.« Lamprecht holte seinen Einberufungsbefehl hervor und legte ihn vor seinen Chef. Der erfasste den Inhalt des Schreibens mit einem schnellen Blick und seufzte. »Ich weiß, auch Sie wollen das Vaterland mit der Waffe verteidigen. Äußerst ehrenhaft, was soll ich dazu sagen? Meinen Segen haben Sie jedenfalls.«

Lamprecht fühlte sich ins Eck gedrängt. Vielleicht handelte es sich um eine Rache des Militärs für seine Ermittlungen im Sommer.

Spetich griff nach einer Zigarre, obwohl es erst früher Vormittag war. Er roch daran und drehte sie vor seinen Augen, bevor er fortsetzte: »Nun werden also auch Sie bald den Waffenrock anziehen. Und jetzt verstehe ich auch, warum das Büro des Bürgermeisters nach Ihnen verlangt hat. Sie mögen bei Valerio erscheinen.« Er faltete das Schreiben der Militärbehörde und reichte es Lamprecht zurück. Spetich hob eine Augenbraue. »Vielleicht will Ihr Förderer noch ein Wörtchen mitreden, bevor Sie in die Schlacht ziehen dürfen.«

***

»Wenn Sie denken, dass ich Ihnen für ein Hirngespinst mein gutes Geld in den Rachen werfe, haben Sie den Falschen vor sich. Buongiorno«, empörte sich der Mann hinter dem Pult und schloss die Lade der schweren Registrierkasse dermaßen harsch, dass das Metallgeld darin schepperte.

»Es ist kein Hirngespinst. Ich habe diese Informationen aus erster Hand.«

»Wenn es diesen Schatz wirklich gibt, wieso hat dann noch keiner davon gehört?«

»Weil dessen Existenz ein gut gehütetes Geheimnis war. Aber wenn Sie mir nicht glauben, dann vielleicht dem hier.« Er holte einen abgegriffenen Umschlag aus seinem Jackett und reichte ihn dem Titolare des Ladens. Der fuhr mit Daumen und Zeigefinger über das alte, fleckige Papier und holte dann behutsam den gefalteten Bogen Papier heraus, den er aufmerksam zu lesen begann. Zweimal las er den Brief mit gerunzelter Stirn.

Ebenso sorgsam, wie er den Brief geöffnet hatte, faltete er ihn wieder und steckte ihn ins Kuvert zurück. »Das ist natürlich etwas anderes. Wenn das stimmt, wäre das eine Sensation und diese beiden Artefakte von …«

»… unschätzbarem Wert«, ergänzte der andere mit erwartungsvollem Blick. »Kommen wir nun ins Geschäft?«

»Haben Sie die Ware?«

Der andere setzte das Lächeln auf, mit dem er normalerweise seine Pferdewetten abschloss. Er holte einen anderen Brief hervor und fächelte damit in der Luft. Der Mann griff über den Ladentisch, doch der andere zog den Brief zurück.

»No, no, Messere. Das ist meine Schatzkarte. Nur ich weiß, wo die guten Stücke zu finden sind.«

»Warum holen Sie sie nicht und wir machen den Kauf perfekt?«

»So einfach ist das nun auch wieder nicht. Die Suche ist aufwändig und ich habe kein Geld für die notwendigen Spesen. Deswegen mein Vorschlag mit dem Vorschuss.« Er musste sich eingestehen, dass sein erster Erkundungsversuch nach dem Versteck fehlgeschlagen war. Er hatte zwar eine Beschreibung der Örtlichkeit, diese war aber so vage, dass sie auf tausend Orte in Triest und Umgebung passen konnte.

Der Geschäftsmann wog seinen Kopf hin und her, ehe er sagte: »Meinetwegen. Ich strecke Ihnen fünfhundert Kronen vor.«

»Tausend. Sie wissen, das ist eine Petitesse in Relation zu dem späteren Kaufpreis.«

»Das werden wir sehen, wenn es so weit ist. Finden Sie die Stücke, während ich mich nach einem Käufer umsehe.«

Er streckte seine Hand vor, um die getroffene Vereinbarung zu besiegeln, doch der andere hielt nur die flache Hand entgegen, um die Geldscheine in Empfang zu nehmen.

»Affare fatto! Ecco, uno, due, tre …«, sagte der Mann im feinen Anzug und zählte die Banknoten in die Handfläche des anderen.

***

Valerio wirkte gehetzt. Das war nicht verwunderlich, in diesen unruhigen Zeiten musste enormer Druck auf dem Podestà ruhen. Jetzt war er mehr noch als Lamprecht zwischen zwei Stühlen gefangen, von denen er auf keinem ganz sitzen konnte. In den wenigen Monaten seit Beginn des Konflikts mit Serbien hatte eine Strömung eingesetzt, die nicht wenige Mitglieder der italienischstämmigen Gemeinde den Gestaden des benachbarten Königreichs zutrieb. In den letzten Wochen war an verschiedenen Orten wiederholt die Tricolore aufgetaucht. Die Aktion der letzten Nacht würde nicht die letzte bleiben. Und diesmal prangten die verbotenen Farben direkt vor den Nasen von Statthalter und Bürgermeister, und dass Prinz Hohenlohe seine mehr rümpfen würde als Valerio die seine, schien Lamprecht auch klar. Durch das Fenster sah man von Valerios Büro auf die Piazza Grande. Die verunstaltete Säule mit Leopold lag direkt im Blickfeld. Sie stach wie ein aufgestellter Stachel hervor. Arbeiter hatten Leitern angelehnt, waren der nationalen Schande Habsburgs mit Putzkübeln zu Leibe gerückt und schrubbten nun die Farben des Anstoßes vom Stein.

Lamprecht hatte Platz genommen, und einer der Amtsdiener hatte eben zwei kleine Caffè serviert. Valerio wandte den Blick vom Fenster ab und meinte, recht allgemein: »Sonderbare Zeiten sind das, die uns das Schicksal aufbürdet. Da leben wir in einer Epoche des technischen Fortschritts, der unser aller Leben vereinfacht. Die Zukunft war noch nie so nah wie jetzt. Auch die Medizin macht epochale Fortschritte, man sollte meinen, glücklicher und zufriedener können wir nicht sein, und dann schlagen wir uns wieder die Köpfe ein, weil der Wunsch nach dem eigenen Idiom, das Verlangen nach der eigenen Fahne größer ist als der nach Wohlstand.«

Der Ispettore klammerte sich an seine Tasse. Er war nicht nur über die Worte verwundert, sondern noch mehr darüber, aus wessen Mund sie kamen. Aber vielleicht hatten die österreichisch-ungarischen Behörden Valerio eingeschüchtert und ihm zu verstehen gegeben, dass er sein Amt räumen müsste, wenn diese gegen die Krone gerichteten Aktionen sich häuften. Valerio war immer offen für die Anliegen der italienischen Bevölkerung eingetreten, aber vielleicht gab es jetzt ein paar Anhänger des Risorgimento, die er nicht mehr unter Kontrolle hatte. Vielleicht wollte er Lamprecht bitten herauszufinden, wer dahinterstecken könnte.

»Wenn ich Ihnen zu Diensten sein kann, dann lassen Sie es mich wissen«, merkte Lamprecht an.

Der Bürgermeister nahm einen Schluck aus seiner Tasse, dann winkte er ab. »Darum geht es mir gar nicht. Mir geht es um Sie. Ich habe gehört, Sie haben sich freiwillig zum Kriegsdienst gemeldet?«

Jetzt begriff Lamprecht. Er zog seine Einberufung aus der Sakkoinnentasche. Valerio schüttelte ungläubig den Kopf: »Ich habe Ihnen versprochen, dass ich Sie nach all meinen Kräften fördern und unterstützen werde. Aber Sie können sich vorstellen, dass im Moment mein Verhältnis zu den Autoritäten Österreich-Ungarns nicht das beste ist. Ich kann froh sein, wenn sie mir nicht sofort die Società Ginnastica zusperren, dabei ist gerade jetzt die körperliche Ertüchtigung für uns alle besonders wichtig. Um es kurz zu machen: Als ich davon erfahren habe, dass Sie sich gemeldet haben, war ich zunächst verwundert, aber dann wollte ich einem jungen, zielstrebigen Mann seinen Willen lassen. Aber Sie müssen auch verstehen, dass ich Sie nicht so einfach gehen lassen kann.«

»Bei allem Respekt«, unterbrach Lamprecht Valerio, »aber ich ersuche, mir keine Sonderbehandlung angedeihen zu lassen.« Ihm war gar nicht recht, dass der Bürgermeister für ihn interveniert hatte. Wenn das rauskäme, wäre er untendurch. Auch sein Vater würde ihm deswegen grollen. Immerhin war er ein Leutnant der Reserve und wusste, was die Pflicht von ihm verlangte.

Valerio hob beschwichtigend die Arme. »So habe ich das nicht gesehen. Sonderbehandlung? Ein Polizist, der unter Einsatz seines Lebens für Recht und Ordnung sorgt? Sie lagen doch schon im feindlichen Kugelhagel. Vergessen Sie das nicht.« Valerio hatte den Zeigefinger erhoben, jetzt machte er eine Pause. Er beugte sich zu Lamprecht vor: »Ich denke, dass es in solch turbulenten Zeiten wichtig wäre, jemanden wie Sie in der Stadt zu wissen. Nur darum habe ich bei der Armee gebeten. Denn auch das gehört zu Ihren Pflichten.« Valerio wandte den Blick von ihm ab und lächelte. »Und ganz konnte man mich doch nicht brüskieren. Also habe ich zumindest diese Zusage: Solange Sie einen Fall bearbeiten, sind Sie hier unabkömmlich. Sie haben doch einen Fall zu klären?«

Lamprecht nickte. Jetzt war er noch mehr verwirrt. Er hätte doch Valerio nur zu erklären gehabt, dass er sich nicht gemeldet habe, aber irgendwie nagte diese Unterredung an seinem Stolz.

»Dann wünsche ich Ihnen nicht zu schnellen Erfolg und möglichst verschlungene Wege bis zur Lösung. Haben wir uns verstanden?«

Es war bereits später Vormittag, als Lodovico Biecher das Portal der Sartoria Rigutti am belebten Corso betrat. Clemente Rigutti traute seinen Augen nicht, als er erkannte, wer da soeben in seinen Laden gekommen war. Die Verwunderung und Verachtung in seinem Blick mischten sich in seinen geschäftlichen Tonfall: »Signor Biecher! Mit Ihnen hätte ich jetzt am wenigsten gerechnet, angesichts dessen, was Sie mir schulden.«

Biecher grinste. Wie ein Kavalier ließ er seinen Spazierstock über den Boden kreisen, bevor er dessen Spitze aufsetzte und einen weiteren Schritt machte. Er hatte die Haare frisch geschnitten und sein Hals duftete nach dem Rosenwasser, mit dem ihn der Barbier eingerieben hatte. Er griff in seine Hosentasche und legte ein paar Scheine auf das Verkaufspult vor Rigutti hin.

»Das sind hundertsechzig Kronen. Der Rest ist für Zinsen und einen Kaffee für Sie.« Er stützte sich zufrieden auf seinen Spazierstock und wartete die Reaktion seines Gläubigers ab.

Skeptisch nahm Rigutti das Geld an sich und zählte es nach. Er hielt die Scheine gegen das Licht.

»Keine Sorge, die sind echt. Und jetzt darf ich Sie um den Schuldschein bitten.«

Rigutti öffnete eine Lade auf seiner Seite des hölzernen Pults, auf dem auch die Kassa postiert war, und kramte darin herum, bis er das Passende gefunden hatte. Er händigte Biecher die Urkunde aus, legte das Geld in die Kassa und meinte: »Es geht mich zwar nichts an, aber Sie scheinen ja einmal Glück gehabt zu haben.«

»Da haben Sie recht, es geht Sie nichts an. Was kostet der Anzug da?« Biecher deutete auf einen Zweiteiler aus dünn gewebter Sommerwolle in hellem Grau mit dunklen Längsstreifen, der an einem Haken hinter dem Schneider hing.

»Das war eine Anfertigung für einen Kunden, der ihn leider nicht mehr braucht.«

»Ist er gestorben?«

»Noch nicht, aber vielleicht bald. Anstelle dieses Anzugs trägt er jetzt den Rock des Kaisers.«

Ungeniert trat Biecher hinter das Pult und betastete das Kleidungsstück. »Ist doch besser, der Körper des Unglücklichen wird in der Uniform durchlöchert als in diesem feinen Stoff. Wäre jammerschade darum.« Er wandte sich zu Rigutti, der einen Schritt nach hinten gemacht hatte, und klopfte ihm mit dem silbernen Knauf seines Stockes auf die Schulter. »Also, was soll das gute Stück kosten?«

Rigutti überlegte, ehe er sagte: »Zweihundert Kronen inklusive der Umänderungen, damit er Ihnen passt. Der Signore, der ihn bestellt hat, war etwas korpulenter als Sie.«

Biecher trat wieder vor das Pult und schüttelte den Kopf. »Sie Gauner! Zweihundert Kronen für einen Ladenhüter. Wer soll das Stück denn kaufen?«

Rigutti stammelte etwas davon, dass für Stoffe im Moment horrende Preise an die Großhändler zu zahlen seien, weil derzeit alles für Uniformen aufgekauft werde. Doch Biecher ließ nicht locker: »Ich bin sicher, Sie haben rechtzeitig Ihre Lager aufgefüllt. Aber wer wird jetzt noch Herrenanzüge kaufen? Die armen Leute müssen doch alle in den Krieg. Ich biete Ihnen hundert Kronen. Oder er bleibt die nächsten Jahre hier hängen, bis ihn die Motten zerfressen haben.«

»Meinetwegen«, stimmte Rigutti zähneknirschend zu und bat Biecher ins Nebenzimmer, um seine Maße zu nehmen. Als Biecher sich wenig später anschickte, den Laden zu verlassen, hielt ihn Rigutti noch mit einer Frage zurück, die ihm die ganze Zeit über auf der Zunge gelegen war: »Und wer sagt Ihnen, dass es nicht bald Ihr Körper ist, der von Kugeln durchsiebt wird? Auch Sie werden einrücken müssen.«

Biecher stand an der geöffneten Tür und lachte auf. Der

Lärm einer vorbeiziehenden Tramway übertönte kurz sein Lachen, ehe er lautstark antwortete: »Keine Sorge. Ich habe schon zu oft Vollpension auf des Kaisers Kosten genossen, mich wollen die nicht haben.«

Er setzte seinen Hut auf und wollte den Gehsteig betreten, als ihm Rigutti nachrief: »Aber diesmal kann ich Ihnen keinen Kredit geben. Die Zeiten sind zu unsicher.«

Biechers Hand wanderte nochmals in die Hosentasche und er holte ein weiteres Bündel Geldscheine hervor. »Keine Sorge, ich bin flüssig.«

Er drehte sich um und lief in eine junge Dame, die eben am Geschäft vorbeiging. Biecher zog seinen Hut und sagte: »Scusi, signorina!«

Adina Lamprecht blickte schnell zu Boden, als sie von dem Mann angesprochen wurde. Ihr war es peinlich, die letzten Fetzen der Diskussion mit angehört zu haben. Sie nickte nur kurz und ging flotten Schrittes weiter, spürte aber, wie ihr der Mann mit Blicken folgte.

7.
EINE UNANGENEHME BEGEGNUNG FÜR ADINA

Valerio sollte recht behalten. Nach nicht einmal zwei Tagen hatte Spetich einen Anruf aus dem Armeekommando erhalten, wonach die Einberufung von Lamprecht vorläufig aufgeschoben war. Der Inspektor hatte gemischte Gefühle: Er wusste nicht, ob er sich darüber freuen sollte oder ob dieses Warten die Ungewissheit, welches Schicksal ihn erwartete, nicht vergrößerte. Und noch weniger wusste er, wer ihm diese ganze Malaise eingebrockt hatte. Er selbst hatte kein Ansuchen gestellt und er war auch kein Trunkenbold, der so etwas im Vollrausch tat. Warum er so nachdenklich sei, fragte sein Vorgesetzter. Ob es mit dem Fall dieser ermordeten Frau zu tun habe? Welche Ergebnisse man habe?

»Wir haben das Messer und den Tatort mit Wiener Folie untersucht.«

»Aber die Fingerabdrücke scheinen in unserem Archiv nicht auf«, unterbrach Spetich Lamprechts Ausführungen. Dieser schüttelte den Kopf. »Nein, wir haben gar keine darauf gefunden. Der Täter muss Handschuhe getragen haben. Außerdem haben die Kollegen von der Wachstube in Guardiella den ersten Verdächtigen zu schnell von der Angel gelassen. Jetzt versuche ich schon seit zwei Tagen, seiner habhaft zu werden, doch der Kerl ist immer abgetaucht.«

»Wenn die Truppe in Guardiella die Verantwortung trifft, dann sollen die ihn doch wieder einfangen?«

»Die meinen, sein Alibi sei überzeugend.«

»Aber nicht für Sie, nehme ich an«, folgerte Spetich, der Lamprecht und seine oftmaligen Zweifel an zu logischen Erklärungen der Verdächtigen nur zu gut kannte. Lamprecht nickte mit einem unterdrückten Lächeln und zog aus dem Akt das Protokoll der Vernehmung Biechers hervor.

»Der Typ ist ein notorischer Spieler. Solche Gestalten meiden das Licht und verkriechen sich in der Schattenwelt von Spelunken und Hinterzimmern. Doch genau an diesem Abend scheint er es darauf angelegt zu haben, dass er allen in Erinnerung blieb. In jeder Gaststube hat er lautstark gegrüßt, und wenn er nur irgendein ihm vertraut wirkendes Gesicht erkannte, verwickelte er den Betreffenden in ein kurzes Gespräch, als ob sie die besten Freunde wären. So etwas brennt sich in die Erinnerung ein.«

Spetich nickte, als vom Gang her ein Tumult die Unterredung störte. Man hörte, wie jemand gegen die Tür gerempelt wurde und dabei lautstark aufschrie. »Oppressori! Tiranni! Trieste libera! Viva l'Italia!« Danach waren dumpfe Schläge gegen einen Körper zu hören und ein erstickter Schmerzensschrei, dann kehrte wieder Ruhe ein.

Spetich fuhr sich durch das schüttere Haar. »Auch nicht unbedingt das, was wir uns unter unserer Arbeit vorstellen, aber es ist wichtig, solche Krakeeler zum Verstummen zu bringen. Man hat heute Morgen ein paar Männer beobachtet, wie sie am Hafen Farbkübel mit weißem, rotem und grünem Lack versteckten. Bevor sie wieder ein Denkmal verschandeln konnten, haben wir sie verhaftet.« Spetich schielte nach der Kiste aus dunklem Walnussholz, in der er seine Zigarren aufbewahrte. Er spielte kurz mit ihrem Deckel. Lamprecht wartete. Er war noch nicht aus der Unterredung entlassen. Spetich klappte den Deckel wieder zu und sprach weiter: »Sie haben doch zuletzt in diesen Kreisen ermittelt. Es schiene mir angebracht, wenn Sie Ihre Kontakte nochmals spielen lassen würden. Vielleicht bekommen Sie heraus, wer diesmal hinter diesen Aufwieglern steckt. Wenn wir die Anführer zu greifen bekämen, wäre dem Spuk wahrscheinlich schnell ein Ende bereitet. Außerdem hielte ich es für besser, wenn wir uns nicht ständig mit diesem Abschaum«, er deutete mit seinem Blick zur Tür, hinter der es zuvor zu dem Tumult gekommen war, »abgeben müssten. Womöglich färbt so etwas auf die Mannschaft ab. Es gibt ja nicht nur solche Männer wie Sie, wir haben ja auch ganze Italiener bei uns.«

Lamprecht schluckte die letzte Bemerkung hinunter. Offenbar hatte ihn der Ispettore Capo nicht beleidigen, sondern ihm den halben Österreicher, den er seinem Vater zu danken hatte, als positive Eigenschaft anrechnen wollen. Er ging darauf nicht ein, sondern beschränkte sich auf die Fakten.

»Aber die meisten Unruhestifter wurden zuletzt doch verhaftet und warten auf ihren Prozess.«

»Richtig. Aber was ist mit dieser Schauspielerin?«

Spetich spielte damit auf Maria Liberale an, mit der er es im Sommer zu tun gehabt hatte. Sie hatte ihn damals in ihre Kreise eingeführt und Lamprecht war, wie es wohl jedem Mann ergangen wäre, dem Charme der aparten Frau erlegen. Er hatte läuten gehört, dass sie eine der Ersten gewesen war, die nach Kriegsausbruch Triest verlassen hatte. Wahrscheinlich war sie jetzt in Italien. Dort würde man sie mit offenen Armen empfangen, und das Publikum, vor allem das männliche, würde ihr auch dort oder gerade dort zu Füßen liegen. Er sagte: »Angeblich hat sie Triest verlassen. Aber ich werde mich in den entsprechenden Kreisen umhören, ob da was dran ist.«

Lamprecht hasste diesen neu entflammten Nationalismus. Auf allen Seiten. Als er vor einigen Jahren gezwungenermaßen mit der Familie nach Triest zurückgekehrt war, hatte er bald erkannt, dass, auch wenn ein Teil seines Herzens in der Reichshauptstadt geblieben war, die Rückkehr in die Stadt seiner Geburt ein Glücksfall war. Nicht nur für seine Leidenschaft, den Radsport, nein, was ihm gefiel, war der Umstand, dass Triest ein eigener Kosmos war. Ein Schmelztiegel unzähliger Ethnien. Mehr noch als Wien. Hier gab es nicht nur Deutsche, Slowenen oder Italiener, hier lebten Juden, Türken, Griechen, Armenier, Levantiner, Serben, Kaukasier und noch viele mehr auf viel kleinerem Raum zusammen. Friedlich. Und das sollte jetzt dieser Krieg zunichtemachen? Lamprecht dachte an Valerios Worte, an die Menschen, die aus blinder Wut all den Fortschritt der letzten Jahre mit Zorn in den Augen wegfegten, um zu den Waffen zu eilen. Auch sein Vater war so ein unverbesserlicher Monarchist, dem Habsburg über alles ging, der bereit war, auch jetzt noch, als alter Mann, für den Kaiser zu sterben.

»Sonst noch etwas?«, riss ihn Spetich aus seinen Gedanken.

»Wegen des Falls der Ermordeten in Cologna.«

»Diese Hexe?«

Nicht schon wieder, dachte Lamprecht, ging aber darauf nicht weiter ein und berichtete, dass er nun die Tochter des Opfers vernehmen werde. Er habe mit dem Spital telefoniert und Skerl, der Gerichtsmediziner, habe seine Untersuchungen abgeschlossen. Der Doktor hatte ihm am Rande noch mitgeteilt, dass ihm bei der Untersuchung ein verstümmeltes Fingerglied am kleinen Finger der linken Hand aufgefallen war. Entweder es handelte sich um eine sehr alte Verletzung oder, in diese Richtung tendierte Skerl, diese Verkümmerung war angeboren. Lamprecht maß diesem Umstand keine große Bedeutung zu. »Ich kann der Signorina Franciulo daher mitteilen, dass sie ihre Mutter beerdigen kann.«

»Das wird wohl ein Armenbegräbnis werden.«

»Nicht unbedingt, wenn ich Ihnen noch das hier zeigen darf.« Lamprecht holte einen Auszug aus dem Katasteramt hervor. »Das Haus gehörte dem Opfer, und auch wenn ich auf das Geschwätz der Leute dort nichts gebe, die Finanzen sollen nie ein Problem gewesen sein.«

Spetich hielt sich das Blatt ans Auge, um die zum Teil verblasste Schrift besser entziffern zu können: »Das ist interessant, da sollten Sie dranbleiben.«

Adina hatte heute nicht die Schule besucht. Sie hatte gesagt, dass sie sich krank fühle, und jetzt stand Luisa, die gute Seele des Hauses, vor ihrer Tür und brachte einen Brodo di Manzo, eine kräftigende Rindsuppe, die sie mit Gemüse und Knochen gekocht hatte und die jeden Kranken auf wundersame Weise schnell wieder zu Kräften kommen ließ. Mit Glück hatte sie heute ein kleines Stück Fleisch ergattert.

Es hatte Adina leidgetan, der Schule fernzubleiben, versäumte sie doch die Stunde mit ihrem Lieblingsprofessor, Dottor Kopich, ihrem Geschichtelehrer. Sie wiederholten die Kulturen der Antike und waren in der vorrömischen Zeit bei den Etruskern angelangt. Es war erstaunlich, wie wenig man über dieses Volk wusste, das vor allem in Mittelitalien, auf dem Gebiet der heutigen Toskana, beheimatet gewesen war. Trotz der vielen Kunstschätze, die von der hoch entwickelten Kultur erhalten waren, war über den Alltag der Etrusker kaum etwas überliefert. Die wenigen schriftlichen Quellen waren nur bruchstückhaft einer Übersetzung zugänglich, die Sprache völlig anders als die der früheren oder späteren Völker in diesem Teil Italiens. Doch das Wenige, das über die Etrusker bekannt war, fand Adina faszinierend, etwa dass die Frauen in dieser Kultur besonderes Ansehen genossen und mehr Freiheiten als die Frauen späterer Epochen.

Luisa klopfte nochmals an die Tür, und endlich konnte sich Adina dazu durchringen, sie hereinzubitten. Die Hausangestellte gehörte für sie zur Familie. Sie war immer schon da gewesen, seit Adina auf der Welt war, und hatte sich bei ihr und ihrem Bruder schon als Kindermädchen bewährt. Jetzt sah man ihr schön langsam das Alter an. Die Haare waren grau und der Rücken hatte sich auch schon gekrümmt. Doch das Leuchten in den Augen war dasselbe wie damals, als Luisa sie als kleines Mädchen zu Bett gebracht hatte. Es gab, dessen war sich Adina bewusst, eine Verbindung zwischen ihr und Luisa, und die ging weit über ein Lohnverhältnis hinaus.

Luisa stellte die Suppe auf dem Tischchen neben dem Bett ab. »Hat es mit deiner Monatsblutung zu tun?«, fragte sie die junge Frau. Sie war die Einzige, die das offen ansprechen konnte und dafür auch keine Umschreibungen benötigte. Adina schüttelte den Kopf.

»Va bene, wenn du nicht willst, dann überlasse ich dich wieder deinem Schicksal.« Luisa drehte sich um und ging auf die Tür zu.

»Warte!«

»Ja, was ist denn?« Luisa wandte sich wieder Adina zu und strahlte die junge Frau an. Sie hatte den gütigen und beruhigenden Blick, den sonst Großmütter haben, die in einem erwachsen werdenden Körper noch immer das kleine Mädchen sehen können, das mit Bauchweh oder nach einem bösen Traum getröstet werden will.

»Danke«, sagte Adina und zum ersten Mal an diesem Tag lächelte sie. Zwar lastete immer noch das Erlebnis vom Vortag auf ihrem Gemüt, aber sie war nicht allein, das beruhigte sie ein wenig. Luisa sorgte sich um sie, Luisa kümmerte sich um sie. Und Gaetano würde sie beschützen. Als Polizist und als großer Bruder. Doch sie wollte den passenden Moment abwarten, ehe sie sich ihm anvertraute. Luisa hatte sanft die Tür hinter sich geschlossen. Adina roch an der Suppe, doch der Appetit war noch nicht zurückgekehrt, auch wenn die Suppe anregend duftete und wahrscheinlich köstlich schmeckte.

Gestern hatte sie der Mann, dem sie unlängst unfreiwillig in die Arme gelaufen war, auf ihrem Heimweg abgepasst. Und sie war sich sicher, dass er gar kein Signore und auch kein ehrlicher Kavalier war. Auch wenn er seinen Oberlippenbart wie ein Offizier trug, die Haare frisch geschnitten hatte und sein Anzug gebügelt war. »Signorina«, hatte er sie angesprochen, »so ein Zufall. Jetzt begegnen wir uns wieder. Che piacere!«

Er hatte gegrinst, sein schmutziger Blick war ihren Körper entlanggeglitten und Adina war sicher, dass er gern seine Hände hätte folgen lassen. Und er hatte ungeniert gelogen, denn Adina war er schon am Vormittag aufgefallen, wie er um ihre Schule geschlichen war, da hatte sie es tatsächlich noch für einen Zufall gehalten.

»Ich muss nach Hause«, hatte sie knapp geantwortet und »meine Mutter erwartet mich« nachgesetzt, in der Hoffnung, dass er von ihr ablassen würde. Doch er hatte sich vor ihr aufgebaut und den Weg verstellt.

»Aber auf eine heiße Schokolade werde ich Sie doch einladen dürfen? Junge Damen mögen doch heiße Schokolade.«

Bevor er ihr seinen Arm hatte antragen können, war ein rettender Engel aufgetaucht und hatte den Wüstling zur Rede gestellt.

»Was bilden Sie sich eigentlich ein? Sehen Sie nicht, dass Sie dem Kind Angst einjagen? Machen Sie, dass Sie fortkommen, sonst rufe ich nach einem Wachmann«, hatte die selbstbewusste Frau den aufdringlichen Menschen zur Rede gestellt, dem auf diese Standpauke tatsächlich der freche Mund offen stand. Adina ließ den Mann nicht aus den Augen, gleichzeitig musterte sie die mutige Frau, die nur wenige Jahre älter schien als sie selbst. Sie hatte braunes Haar, halblang geschnitten, ein modischer Haarschnitt, wie sie ihn aus Magazinen kannte. Auch in puncto Kleidung ging sie mit der Zeit. Ihr Gesicht war zart mit einem ebenmäßigen Profil, fast wie bei einer klassischen Statue. Sie war jung und sie war hübsch, ja, sie war sogar sehr hübsch, fand Adina, die für einen Moment vergessen hatte, dass sie knapp zuvor noch in Bedrängnis gewesen war.

Die Unbekannte hatte Adina mit sicherem Blick zugenickt und diese war davongeeilt, ohne sich lange zu bedanken. So hatte er ihr zunächst nicht nachgehen können, doch Adina war sicher, je länger sie darüber nachdachte, dass er ihr mit Verzögerung und Abstand letztlich doch gefolgt sein musste. Jetzt wusste der Kerl womöglich, wo sie wohnte.

Adina ging zum Fenster und schaute hinaus. Unterhalb des steilen Gartens führte ein Weg hinab in die verwinkelte Altstadt. Aus den engen Gässchen ragten schiefe Dächer mit verwitterten Schindeln, Wäscheleinen waren zwischen den Mauern gespannt, irgendwo sang jemand ein Lied und dahinter war das Meer wie ein ausgerollter nachtblauer Teppich zu sehen. Sie suchte draußen die Winkel ab, prüfte, ob sie ihn irgendwo entdeckte, ob er sie heimlich in ihrem Heim beobachtete, doch sie konnte ihn nicht sehen.

Sie seufzte und legte sich wieder auf ihr Bett. Dort hatte sie zuvor in ihrem Geschichtebuch gelesen. Über die Gegend um Volterra, wo man viele Zeugnisse der versunkenen Kultur der Etrusker gefunden hatte. Seit hundertfünfzig Jahren wurden diese Kunstschätze im Museo Guarnacci öffentlich ausgestellt und Adina träumte davon, in die Toskana zu fahren und die Stadt, die wie ein Adlerhorst auf einer Anhöhe lag, besuchen zu können. Sie dachte an Ferdinand, ihren wahren Galan. Ihren einzigen. Wenn er von der Front kommen würde, dann wollte sie mit ihm diese Reise unternehmen.

»Pass auf«, sagte sie mit geballter Faust zu sich, als sich das Gesicht des Widerlings wie ein reflektierter Strahl plötzlich in ihre Erinnerung drängte, »du legst dich mit der Falschen an.«

ENDE NOVEMBER 1914

8.
EINE NEUE MITARBEITERIN STELLT SICH VOR

»Sparen Sie sich Ihre Entschuldigungen«, grantelte Lamprecht in den Hörer. »Da haben wir einen Verdächtigen, der sogar in unseren Akten verzeichnet ist, mehrmals verzeichnet«, betonte er, »und Sie lassen ihn laufen!« Er beendete das Telefonat. Die Rechtfertigung Baiocchis, dass man erst später festgestellt habe, dass Lodovico Biecher wiederholt wegen diverser Vergehen im Kerker gesessen hatte, hörte er nicht mehr. Er war in den letzten Tagen zweimal in Cologna gewesen. Laut Einwohnermeldeamt bewohnte Biecher ein Haus ganz in der Nähe der Toten. Das Viertel war nicht zu dicht besiedelt und in mehrere Vororte aufgeteilt. Einer war Cologna in Monte, und Lamprecht hatte den beschwerlichen Anstieg zu den paar Hütten auf sich genommen, aber an der aktenkundigen Adresse niemanden angetroffen. Dafür waren die Nachbarn umso geschwätziger gewesen. Man kannte den Verdächtigen und sein Laster, es war kein großes Geheimnis, dass er allerorts verschuldet war und deswegen schon das eine oder andere krumme Ding gedreht hatte. Man sagte ihm auch nach, dass er sehr an seiner Mutter gehangen ist. Carla Biecher war erst vor Kurzem gestorben, auch das hatte Lamprecht mittlerweile in seinem Akt stehen. Nach Meinung der Leute konnte jemand, der seine Mutter liebte, kein gänzlich verderbter Mensch sein. Lamprecht ließ sich lieber von Fakten als von Gefühlen leiten.

Solange er Biecher nicht vernommen hatte, verzögerte das den Gang der Ermittlungen. Was hatte der Kerl in dem Haus zu suchen gehabt? Wenn er diesen Falotten ordentlich in die Mangel nähme, dann würde der schon gestehen, dass er seine angebliche Tante ermordet hatte. Aber auch die Beantwortung seiner Anfragen an andere Dienststellen dauerte ungewohnt lange. Auch in den anderen Ämtern hatten sich viele Männer zu den Waffen gemeldet, und deren Posten waren nun von Frauen besetzt. Ihn störte das weit weniger als seinen Vater, der sich unlängst bei Tisch darüber ausgelassen hatte, aber die Damen waren eben noch nicht eingearbeitet und hatten nicht annähernd den Überblick wie die bisher damit Betrauten. Und selbst wenn er sich das nie hätte träumen lassen, sogar Mollieri ging ihm ab, der wenigstens für Hilfsdienste wie das Durchstöbern der Archive gut gewesen war.

»Kann ich etwas für Sie tun?«

»Wie bitte?«

»Haben Sie etwas, das ich für Sie erledigen könnte?«

Lamprecht hatte konzentriert in seinem Akt geblättert und gar nicht bemerkt, wie sich die Tür nach einem sanften Klopfen geöffnet hatte und die junge Frau in sein Zimmer gekommen war. Sie hatte braunes, knapp schulterlanges Haar, das sie offen trug, dunkle Augen und steckte in einem fast knöchellangen Rock, der eine Spur zu eng um die Hüften saß und daher ihre Figur betonte. Darüber eine Jacke mit Veloursrevers. Sie sah aus wie eine dieser Damen, die seine Schwester in den Modemagazinen bewunderte.

»Der Ispettore Capo schickt mich, er hat gemeint, Sie haben vielleicht einige Aufgaben, bei denen ich Sie unterstützen könnte.«

»Es tut mir leid, aber ich habe im Moment nichts für Sie, Fräulein, wie sagten Sie …?«

»Verzeihen Sie, ich habe mich noch gar nicht vorgestellt. Ich bin die neue Aushilfe, Clara Sacher.« Sie streckte Lamprecht die Hand entgegen. Er war überrumpelt. Er wusste nicht, ob er ihr jetzt einen Handkuss auf den Handrücken geben sollte, ergriff sie aber dann einfach und schüttelte sie kurz. Für eine seines Dafürhaltens in etwa gleichaltrige Person des anderen Geschlechts die angemessene Geste. Dabei fiel ihm sofort auf, dass sie keinen Ring trug.

»Sacher, wie das …?«, fragte er.

»Ja, wie das Hotel, aber nicht verwandt oder verschwägert, also erwarten Sie jetzt nicht jeden Tag eine Torte.« Sie lächelte ihn kurz an, so wie man das auf Geheiß eines Fotografen machte, und verschwand so plötzlich, wie sie bei ihm aufgetaucht war, wieder aus Lamprechts Büro.

Der Inspektor schaute der Frau nach, die ihr Becken mit jedem Schritt wippen ließ wie die Tänzerin eines Varietétheaters. Wäre sie ihm auf einer Bühne aufgefallen, musste er sich eingestehen, hätte sie durchaus eine Anziehung auf ihn ausüben können. Doch hier, an seiner Dienststelle, hatte er so eine Ablenkung so nötig wie einen platten Reifen in Zgonik.

Hilfe hätte er gut brauchen können, aber eine bei der Ermittlungsarbeit. Hilfe, die ihn von diesen Recherchen über sogenannte politisch unzuverlässige Personen freispielte. Meist handelte es sich um Reichsitaliener, die nur in Triest ansässig waren, jedoch keine Untertanen Seiner Majestät. Allerdings nicht nur. Auch einige Hundert Namen von Triestinern kursierten, die der italienischen Sache anhingen. Wer zu laut den »Marcia Reale« summte, landete schnell auf so einer Liste, vor allem, wenn sein Name auf -i oder -o endete.

Statt Unterstützung bei der Aufklärung des Mordfalls zu erhalten, musste er also solch unangenehme Einsätze begleiten, wenn ein paar Uniformierte zusammen mit Beamten in Zivilkleidung wie ein Rollkommando in irgendeines der Bürgerhäuser einfielen. Die wenigen Österreicher in den niederen Rängen waren mit Begeisterung bei solchen Einsätzen dabei, doch ihm waren sie eher peinlich. Die Hausmeister, die ihn argwöhnisch durch ihren Spitzenvorhang hinter der Glasscheibe beäugten, wenn er seine Kokarde präsentierte und dabei in akzentfreiem Italienisch nach dem gesuchten Signore fragte. Dann das Getrappel der schnellen Schritte über die Stiegen und Gänge. Der Einfall der Wachebeamten wie ein feindliches Heer in die Privaträume irgendeines Lehrers oder kleinen Angestellten, der dem Kreis seiner Familie entrissen wurde, um dann nach ein paar Tagen im Gefangenenhaus wieder in Freiheit entlassen zu werden, gefestigt in seiner Einstellung, dass Habsburg nicht auf seiner Seite stand. Fast zwei Wochen hatte er mit solchem Unsinn vergeudet.

Doch heute war kein solcher Einsatz angesagt und Lamprecht fand endlich Zeit, den überfälligen Gang nach Cologna anzutreten. Er hatte die Tochter der Ermordeten vorladen lassen wollen, doch sie war nicht mehr im Hotel Europa. Traf er sie im Haus ihrer Mutter an, würde er sie dort befragen. In der kühlen Atmosphäre eines Amtszimmers wäre sie vielleicht weniger redselig als in den eigenen vier Wänden. Selbst wenn der Ort durch die Bluttat nun belastet war, würde sie sich dort immer noch wohler fühlen als in einem Verhörzimmer der Direktion. Und weil Biechers Haus nicht weit entfernt vom Tatort lag, wollte er zuvor auch dort noch nachsehen, ob er heute Glück hatte und diesen Burschen endlich dingfest machen konnte. Zunächst wollte er aber noch Erkundigungen über die Frau einholen, und dazu bot sich eine Vernehmung ihres Arbeitgebers an, denn offenbar pflegte auch Flora Franciulo nicht viele Freundschaften.

Mit gezückter Kokarde wurde er schnell zum Direktor des Hotels vorgelassen.

Direttore Benussi bot Lamprecht einen Stuhl an. Lamprecht nahm Platz und sah sich dabei im Büro um. Er hatte sich die Räume eines Hoteldirektors etwas weitläufiger ausgemalt. Auch geschmackvoller gestaltet. Ein nüchterner Aktenschrank, wie er auch in die Polizeidirektion gepasst hätte, baute sich hinter dem Rücken des etwa fünfzigjährigen Mannes auf, der von schlanker, großer Statur in seinem dunkelbraunen Anzug durchaus gute Figur machte. Umso verwunderlicher die Beengtheit, die hier herrschte, denn der Schreibtisch mit den zwei Stühlen und dem Schrank dahinter füllte den Raum beinahe komplett aus. Zur Rechten von Lamprecht gab ein zweiflügeliges Fenster den Blick zur Piazza della Caserma frei, an der linken Wand hing ein Ölbild mit einer ästhetisch wenig ansprechenden Veduta des Kastells vom Hafen aus gesehen. Adina hätte das Bild besser zu malen vermocht, dachte er, als Benussi ihn ansprach: »Sie kommen wegen Signorina Franciulo, wie man mir sagte?« Benussi hatte einen toskanischen Akzent wie Lamprechts Mutter.

»Esatto!«

»Sie arbeitet nicht mehr für uns. Aber das habe ich Ihren Leuten doch bereits erklärt. Sie hätten sich deswegen nicht selbst hierherbemühen müssen.«

»Ich weiß, aber dennoch habe ich einige Fragen an Sie. Hat die Signorina Ihnen einen Grund genannt, warum sie ihre Stellung bei Ihnen gekündigt hat?«

Benussi faltete die Hände vor seinem Mund, überlegte kurz, dann fragte er: »Kann ich Ihnen etwas aufwarten?«

Lamprecht schüttelte den Kopf. »Danke, wenn Sie nur meine Frage beantworten, bitte.«

Benussi erhob sich und öffnete das Fenster. »Sie gestatten, aber es wird so schnell stickig hier drinnen. Ich bin erst vor

Kurzem hier zum Direktor berufen worden, mein Büro wird noch umgestaltet und so lange muss ich mit dieser Besenkammer vorliebnehmen.«

»Das heißt, Sie kannten die Signorina Franciulo nicht näher?«

»Bedaure, nein, mi dispiace, aber sie hat keinen Grund für ihre Kündigung genannt. Ich habe nur erfahren, dass es einen Unglücksfall in ihrer Familie gegeben hat, da schien es mir logisch, dass sie Zeit benötigt, um ihre Dinge zu ordnen.«

»Sie hätte sich beurlauben lassen können.«

Benussi winkte ab. »Das gibt es bei uns nicht. Wer nicht arbeiten kann, muss gehen. Zum Glück haben wir nicht Sommer und das Haus voller Gäste, und ich habe schnell Ersatz gefunden.«

Lamprecht zwirbelte seinen Bart und brummte. »Auch wenn Sie die Signorina nicht näher kannten, ist Ihnen eine Veränderung an ihr aufgefallen?«

Jetzt war es Benussi, der kurz brummte. »Hm, jetzt, da Sie das fragen, irgendwie schon. Aber das liegt schon Wochen zurück.«

»Wochen? Also nicht erst mit dem Unglücksfall, wie Sie es nannten?«

Benussi nickte. Lamprecht fragte weiter: »Und wie hat sich diese Veränderung manifestiert?«

»Ihr gesamtes Wesen schien verändert, die Frau war plötzlich fahrig und wirkte immer gehetzt, so als ob etwas hinter ihr her wäre. Und dann hat sie von einem Tag auf den anderen ihre Anstellung bei uns gelöst.«

»Danke, ich denke, das reicht fürs Erste. Ich danke für Ihre Zeit.« Lamprecht erhob sich, doch Benussi hob die Hand.

»Etwas ist mir noch aufgefallen: Die Signorina trug von einem Tag auf den anderen eine Halskette mit einem Kreuz daran.«

»Was ist daran auffällig? Wir sind doch ein katholisches Land«, erwiderte Lamprecht, der natürlich wusste, dass sowohl die Serben als auch die Griechen ihre orthodoxen Gotteshäuser in der Stadt hatten. Und auch die lutherische Kirche fand sich an der Piazza dei Carradori ganz in der Nähe. Und sogar die hebräische Gemeinde hatte vor zwei Jahren die von den Brüdern Berlam geplante Synagoge hinter dem Caffè San Marco inauguriert.

»Das hatte mit Gläubigkeit nichts zu tun. Dieses Kreuz schien mir eher wie ein Fetisch oder ein Talisman.«

»Nochmals zum Todesfall: Sie haben sicher davon gehört, dass die Mutter der Signorina Franciulo das Opfer dieses Unglücksfalls, wie Sie es nannten, war.«

»Ich dachte es mir, denn die Signorina war ja kinderlos.«

Lamprecht strich sich über das Kinn. Er reflektierte, ob der Direktor einfach aalglatt war und mehr wusste, als er zugab, oder ob er tatsächlich nichts auf Gerüchte gab. »Dann haben Sie sicher auch gehört, was die Leute sich über die Frau zuraunten?«

»Ich stamme nicht aus Triest und ich gebe auch sonst wenig auf das, was die Leute sagen. Wie ich Ihnen schon sagte, kann ich wenig zur Aufklärung beitragen. Wenn Sie also gestatten, ich hätte ein paar dringende Angelegenheiten zu besorgen.«

»Certo, buon lavoro.«

Lamprecht hatte sich ein paar Notizen gemacht. Auch wenn er nicht viel erfahren hatte, war vielleicht doch ein passendes Stück für sein Kriminalpuzzle dabei. Am Anfang jeder Ermittlung stand das Sammeln und Zusammenfügen, bis sich allmählich ein Bild erahnen ließ.

Obwohl es kühl war, holte er sein Fahrrad. Ihm hingen die Fußmärsche, die er bei den sonstigen Einsätzen hinter sich bringen musste, schon zum Hals heraus, er war froh, wenn er ein wenig in die Pedale treten konnte. Der Weg war steil und der Mantel, den er heute Morgen übergeworfen hatte, behinderte ihn bei seinem Tritt, doch er hatte die Adresse bald erreicht. Er zog die Kette für die Glocke. Das Haus der Biechers war im Vergleich zu dem des Mordopfers heruntergekommen. Der Putz an der Mauer war an den feuchten Stellen abgeblättert, das Dach hatte Lücken, die man nur mit Brettern abgedeckt hatte, und die meisten Mauern hingen auf die eine oder andere Seite und man musste Sorge haben, dass die Bora die Wände mal dorthin und der Scirocco sie wieder dahin drücken würde, bis das Gemäuer aufgab und in sich zusammenfiel.

Lamprecht blickte die Hausmauer empor. Die Fenster waren geschlossen, auch kein Vorhang bewegte sich. Der Polizist zog nochmals die Kette, das Bimmeln wurde fordernder. Das beeindruckte aber niemanden und die Tür blieb verschlossen. Lamprecht hatte sein Rennrad an die Mauer gelehnt. Da, wo dahinter ein kleiner Vorgarten liegen musste, war sie nicht sehr hoch. Er suchte Halt an einem Riss in der Mauer und stieg auf den Sattel des Rades und kauerte sich darauf zusammen. Vorsichtig erhob er sich nun, die zittrigen Bewegungen der Laufräder ausbalancierend. Wenn er sich streckte, konnte er die Oberkante erreichen und auf den zum Teil hervorragenden unverputzten Steinen Halt mit einem Fuß finden. Er blickte in das Gärtchen. An einem Spalier hingen vertrocknete Blattreste einer Glyzinie und erinnerten an die Vergänglichkeit alles Schönen. Mit einem Klimmzug hatte er die Mauer überwunden und landete in einem kleinen Beet, in dem Kohl wucherte, weil ihn niemand schnitt. Er ging zur Tür, die von einem überdachten Vorplatz ins Haus führte, und drückte die Türschnalle, doch sie war verschlossen. Er tastete den Türstock ab, ob sich dort ein Schlüssel fand. Auch die zwei Blumentöpfe hob er an, fand darunter jedoch nichts, außer einigen Asseln, die flüchteten.

»Che ci fa qui? Hallo! Was machen Sie da?«

Die Worte schienen an Lamprecht gerichtet. Der wartete ab, bis der Mann, der ihm von der Straße zugerufen hatte, den Schlüssel im Schloss gedreht hatte und durch das Gartentor zu ihm gestoßen war.

Lamprecht erwartete ihn mit gezückter Kokarde. Der Mann hatte fettiges Haar und war fast so breit wie hoch. Über dem Anzug trug er ein Cape, und auch wenn es sich dabei um einen englischen Stoff handeln mochte, machte es auf Lamprecht einen speckigen Eindruck. Dieser Eindruck traf auch auf den Träger insgesamt zu. Das mochte an den kleinen Augen in den feisten Bäckchen liegen oder an den geröteten Wangen. Auch die auf dem Kopf klebenden Locken würden wohl keine Frau dazu verleiten, hindurchstreichen zu wollen, außer man bezahlte sie dafür.

»Ah, polizia.« Es kam mehr als Feststellung denn als Frage. »Das ist Privatbesitz, Sie haben kein Recht, hier einzusteigen.«

Lamprecht hob die Hand und ballte sie zur Faust. Bellende Hunde musste man treten, das hatte ihn die Erfahrung gelehrt. »Sie würden sich wundern, welches Recht mir zukommt. Sind Sie Lodovico Biecher?«

Der Mann lachte auf, hielt sich den Bauch und Lamprecht verspürte tatsächlich Lust, ihm einen Faustschlag zu versetzen: »Ich bin nicht zu Ihrer Belustigung gekommen. Reißen Sie sich zusammen, sonst wird Ihnen das Lachen schnell vergehen.«

Der Mann wehrte ab. »Nein, es ist nur wegen Biecher, den Kerl würde ich zu gern selbst in die Finger bekommen. Der schuldet mir noch einen Haufen Geld. Das hier ist mein Haus und ich hab ihn wegen der Mietrückstände hinausgeworfen.

Solange seine Mutter lebte, brachte ich das nicht übers Herz. Heute war er anscheinend da. Hat noch einen Haufen Sachen in der Hütte. Das meiste wertloses Zeug. Das gehört aber trotzdem alles mir, das steht mir als Vermieter zu!« Der beleibte Mann redete sich immer mehr in Rage, Lamprecht gebot ihm Einhalt und der Mann verstummte keuchend und mit rotem Kopf.

»Jetzt, da Sie sich beruhigt haben, sagen Sie mir, kennen Sie Biechers neue Adresse?«

Der Vermieter schüttelte den Kopf. »Was glauben Sie, so einer taucht schnell unter. Aber einem der Nachbarn hat er angeblich erzählt, dass er jetzt in der Via di Cavana eine Wohnung bezogen hat.«

»Und Sie wissen das von diesem Nachbarn?«

Der Mann nickte. Lamprecht holte ein kleines Heft aus seinem Mantel und zückte einen kurzen Bleistift. »Ich brauche noch Ihre Personalien.«

»Warum? Ich habe nichts getan!«

»Sie sind ein Zeuge. Außerdem würde ich Sie informieren, wenn ich Biecher finde.«

Dieses Argument überzeugte schließlich den anderen, der sich als Emilio Fratti vorstellte und Lamprecht eine Adresse in Rozzol nannte, die der Ispettore notierte. Abschließend meinte Lamprecht, dass Fratti sich wegen seiner Forderungen an den Notar wenden solle, der die Abhandlung über Auftrag des Gerichts abzuwickeln hatte. Fratti lachte erneut schadenfroh auf und entgegnete: »Die wird sicher armutshalber abgetan werden. Die Verstorbene hatte sicher nur das, was sie am Leibe trug. Was soll denn ein ehemaliges Zimmermädchen für Reichtümer anhäufen?«

»Ah, die verstorbene Signora war Zimmermädchen?«, fragte Lamprecht.

»Sì, una cameriera.«

9.
LAMPRECHT WIRD BEIM VERHÖR LAUT

Es hatte zu regnen begonnen und die Straße war rutschig geworden wie ein Eislaufplatz. Sofort waren die Bilder wieder da. Wien, der Eislaufverein. Die kurze Zeit, die ihm mit Marie-Sophie in Wien gegönnt gewesen war, hatte auch über den einen Winter angedauert. Er erinnerte sich daran, wie sie zum ersten Mal zum Heumarkt gefahren waren, wohin der Eislaufplatz erst vor Kurzem verlegt worden war. Neben das Konzerthaus, das sie zusammen mit Cajetan, ihrem Bruder, auch wiederholt besucht hatten. Sie hatten sich Schuhe ausgeborgt. Sie waren unbequem zu tragen, mit eisernen Kufen an den Sohlen, die ein sicheres Gleiten über das Eis ermöglichen sollten. Doch kaum hatten sie die glatte Fläche betreten, gab es für ihn kein Halten mehr. Diese Schuhe rutschten ärger davon, als er es sich im Schlimmsten ausgemalt hätte. Jeder Fuß in eine andere Richtung. Kaum möglich, sie zu bändigen oder ihnen seinen Willen aufzudrücken. Marie-Sophie lachte herzhaft auf, als sie sah, wie ungeschickt Lamprecht sich anstellte.

»Kannst du denn gar nicht Schlittschuh laufen?«, fragte sie kichernd, als er sich mit Mühe an der Bande festklammerte, um einen Sturz zu vermeiden. »Bei uns lernt das jedes Kind.«

Lamprecht richtete sich auf und rückte seine Kappe zurecht, die ihm halb ins Gesicht gerutscht war. »Bei uns lernen die Kinder schwimmen und tauchen. In Triest dauert der Winter meist nur wenige Tage.«

Seine Begleiterin stieß sich von der Bande ab und zog auf dem Eis mit betörender Grazie einige Kurven. Abwechselnd hob sie das eine, dann das andere Bein, bis ihre Kreise immer enger wurden und sie vor ihm zu stehen kam. Sie trug über ihrem knöchellangen Kleid eine beigefarbene Jacke, die tailliert mit ihren Hüften abschloss und mit einem dunklen Pelzkragen aus Nerzfell besetzt war. Ihr Atem kondensierte vor Lamprechts Gesicht.

»Komm, ich werde es dir beibringen.«

Sie reichte ihm die Hand und plötzlich hielten seine Kufen die gewünschte Richtung ein. Am Ende des Abends konnten sie Hand in Hand nebeneinanderher fahren, auch wenn die neu erworbenen Fertigkeiten Lamprecht noch nicht ermutigten, erste Kunststücke zu wagen.

Die Bilder verschwammen, einzelne Regentropfen waren ihm in die Augen geronnen und er wischte sich mit der flachen Hand über das Gesicht. Ob Viola schon seinen Brief erhalten hatte, fragte er sich, wieder in der Gegenwart angekommen.

Lamprecht schob sein Rad die steile Straße bergab. Er hatte kurz versucht, vorsichtig abzufahren, doch ständig hatte das Vorderrad die Haftung verloren. Auf einen Ausflug in die Botanik hatte er keine Lust. Der Weg war jedoch nicht weit, bald hatte er sein Ziel erreicht. Dennoch war sein Mantel durchnässt und hing ihm schwer am Körper. Er stand vor dem Haus im Vicolo del Castagneto und betätigte die Glocke. Es dauerte nicht lange, da wurde die Tür geöffnet. Vor ihm stand Flora Franciulo.

»Ah, Sie sind es.«

Sie bat den Ispettore hinein, nachdem er sein Rad gegen die Hausmauer gelehnt hatte. Bei diesem Wetter würde wohl keiner sein Fahrrad stehlen, sagte er sich. Doch ganz wohl war ihm nicht dabei, es auf der Straße stehen zu lassen.

»Sie können Ihr Rad in den Innenhof stellen. Warten Sie, ich mache Ihnen das Tor auf«, sagte die Signorina, die wohl erraten hatte, warum der Polizist diesen Blick aufgesetzt hatte. Lamprecht stellte sein Bianchi unter einem kleinen Vordach ab.

Sie hatten in der Küche Platz genommen, an genau dem Tisch, wo er vor etwa drei Wochen mit dem uniformierten Beamten aneinandergeraten war, weil man ihn nicht umgehend in die Ermittlungen einbezogen hatte. Er sagte: »Ich habe vor ein paar Tagen einen Polizisten ins Hotel Europa geschickt, damit er Sie zu mir in die Direktion bringt, doch der Beamte konnte Sie dort leider nicht antreffen.«

»Ich habe vor Kurzem gekündigt.«

Lamprecht legte den Kopf schief. »Wegen einer neuen Anstellung, wenn ich fragen darf?« Dass er bereits mit dem Direktor gesprochen hatte, sparte er aus.

»Nein, ich höre auf. Ich muss mich jetzt um das Haus kümmern, außerdem musste ich die Beerdigung ausrichten. Es gab viel zu tun.«

»Das sehe ich«, gab Lamprecht zur Antwort und deutete auf die Möbel, die alle offen standen, der bisherige Inhalt darum verteilt: Geschirr, Töpfe, Gläser, Tischtücher, Stoffservietten und allerlei Papiere. »Ein gut ausgestatteter Haushalt, muss ich sagen. Wollen Sie etwas aussortieren oder suchen Sie nach etwas?«

Die Frau blickte ausweichend zur Seite und betrachtete die sie umgebende Unordnung aus offenen Türen und Laden. Niemandem würde bei dem Anblick entgehen, dass hier jemand nach etwas gesucht haben dürfte.

»Sie müssen verzeihen, Ispettore, ich war vorhin beim Notar, das hat mich aufgehalten, ich hatte noch nicht die Zeit, Ordnung zu machen.«

Sie lächelte und Lamprecht wusste, dass sie ihn anlog. »Wenn ich Sie jetzt nach oben bitte, um nochmals den Tatort zu besichtigen, so nehme ich an, wird sich uns dasselbe Bild bieten, habe ich recht?«

»Sehen Sie doch einfach nach«, bekam er zur Antwort. Er wusste, dass die Frau etwas vor ihm verbarg. Es war Zeit, die Taktik zu ändern. Er schlug mit der flachen Hand auf den Tisch und wurde lauter: »Jetzt hören Sie aber auf. Ich bin nicht hier, um Spielchen zu treiben. Hier hat jemand nach etwas gesucht, und wenn Sie das nicht waren, würde ich gerne wissen, wer es sonst war!«

Der Frau schossen die Tränen in die Augen und ihre Lippen begannen zu zittern, ehe sie nicht weniger laut den Kriminalpolizisten anschrie: »Was wollen Sie von mir? Meine Mutter wurde ermordet und statt dass Sie der Toten den nötigen Respekt zollen oder mir wenigstens das gebotene Beileid, brüllen Sie mich in meinem eigenen Haus an, als ob ich etwas damit zu tun oder zu vertuschen hätte. Tun Sie Ihre Pflicht und finden Sie endlich den Mörder!«

Sie bettete das Gesicht in die Hände und schluchzte laut auf. Lamprecht erkannte, dass es geboten war, sich etwas zurückzunehmen. Wie eine leichte Bremsung bei der Abfahrt, damit man nicht aus der Kurve flog. Sein Tonfall wurde konzilianter. »Ich muss mich entschuldigen, offenbar haben Sie mich vorhin missverstanden. Genau deswegen bin ich hier. Ich suche denjenigen, der Ihrer Mutter das angetan hat.«

Er fragte erneut, ob sie einen Verdacht habe, wer hinter der Tat stecken könnte, doch sie schüttelte den Kopf. Er musste sich eingestehen, dass er bislang wenig Handfestes in Händen hatte, um mit einem baldigen Erfolg rechnen zu können. Als die Frau sich beruhigt hatte, sprach er in ruhigem Ton, wie ein Pfarrer bei der Andacht: »Ich nehme an, Sie haben vorhin die Erbfolge mit dem Notar klären können?«

Sie nickte. »Ich bin das einzige Kind. Natürlich. Ich erbe das Haus.«

»Und sonst auch noch alles, nehme ich an.«

»Sicher, was immer es hier noch gibt.«

Lamprecht griff sich an die Bartspitze. Er hatte während der Konversation überlegt, ob er diesen Punkt ansprechen sollte, und sich jetzt dafür entschieden, es zu tun. »Ich habe übrigens den Namen Franciulo mehrmals im Grundbuch gefunden. Dieses Haus, zum Beispiel, hat Ihre Mutter kurz nach Ihrer Geburt erworben.«

Es dauerte einige Sekunden, bis sie darauf etwas erwiderte. »Ich kenne nur dieses Haus, und ich weiß nicht, inwiefern das mit dem Mord an meiner Mutter zusammenhängen soll. Was wollen Sie damit andeuten?«

»Nichts«, antwortete Lamprecht. »Ich wollte gar nichts andeuten. Und ihrem Neffen hat Ihre Frau Mutter nichts vermacht?«

»Ich weiß nicht, von welchem Neffen Sie sprechen.«

»Lodovico Biecher.«

Flora Franciulo lachte zum ersten Mal. »Ich weiß nicht, woher Sie das haben, aber Lodovico war nicht ihr Neffe. Er ist, nein, er war der Sohn von Mamas Freundin, die auch vor Kurzem gestorben ist.«

Lamprecht machte sich ein paar Notizen. Das stimmte mit dem Personenstandsregister überein. Die Franciulos und die Biechers standen in keinem verwandtschaftlichen Verhältnis zueinander. »Sie kennen ihn also?«

»Certo! Wir sind fast wie Geschwister aufgewachsen. Es ist schon richtig, Lodovico hat Mamma immer Zia genannt.«

»Dann wissen Sie sicher, wo ich Signor Biecher finden kann?«

Die Franciulo schüttelte den Kopf. »Nein, ich habe Lodovico schon seit Langem nicht mehr gesehen. Ich habe den Kontakt abgebrochen, als er begonnen hat, das Geld seiner Mutter im Glücksspiel zu verlieren.«

»Das ist schlecht, denn wir suchen nach ihm, schließlich war er es, den wir hier unmittelbar nach der Tat angetroffen haben. Trauen Sie ihm den Mord an Ihrer Mutter zu?«

Lamprecht erkannte am Gesichtsausdruck seines Gegenübers, dass seine Frage wie Salz in einer offenen Wunde wirkte.

10.
VOM GLÜCK DER ERDE UND VON DEM AUF DEM RÜCKEN DER PFERDE

Montebello war der Ort, wo man zu Ruhm kommen konnte. Dem Fahrer, der seinen Sulky als Erster aus der finalen Kurve Richtung Ziellinie trieb, flogen die Herzen aus dem Publikum zu. Die Männer links und rechts der Rennbahn johlten und rissen ihre Hüte in die Luft. Die Damen ließen ihre Schirme kreisen oder fächelten sich aufgeregt Luft zu. Sogar auf der Tribüne, wo die feinen Herrschaften Platz genommen hatten, wurde es unruhig, wenn die ersten Gespanne sich dem Ziel näherten.

Montebello war auch der Ort, wo man zu Geld kommen konnte. Die Preisgelder waren ansehnlich und lockten, da sie oft auch in Goldfranken anstelle von Kronen ausgezahlt wurden, auch italienische Rennställe an. Zu Geld konnte natürlich auch kommen, wer auf das richtige Gespann gesetzt hatte.

Montebello war aber auch der Ort, wo viele ihr Geld verloren. Die offiziellen Wetten, aus denen sich die Preisgelder und auch der Betrieb der Anlage finanzierten, unterlagen einem strikten Reglement und fixen Quoten. Mehr Geld konnte gewinnen, wer bereit war, ein höheres Risiko einzugehen und seine Wetten nicht bei den offiziellen Buchmachern abzuschließen, sondern bei den vielen Wetthaien unter der Hand zu setzen. Doch oft waren am Ende nicht nur diese, sondern meist auch das gesetzte Geld und der erhoffte Gewinn verschwunden wie der Rauch eines Silvesterböllers. Kein Wunder also, wenn dieser Ort suspekte Gestalten wie Lodovico Biecher zu seinen Stammgästen zählen durfte.

Lamprecht hatte den Platz vor der Pferdearena, die Nuova

Piazza dei Foraggi, erreicht und ging auf den Publikumseingang zu.

Der Komplex war vor nicht ganz zwanzig Jahren unter großem Pomp eröffnet worden. Damit hatte Triest fast zeitgleich mit Wien oder Moskau als eine der ersten europäischen Metropolen seine Trabrennbahn bekommen und diese mit dem Advokaten De Volpi als Initiator und dem Baron De Morpurgo als Präsidenten zwei tatkräftige Proponenten, die es verstanden, ausreichend Zuschauer wie auch Renngespanne ins Hippodrom zu bringen. Schon nach wenigen Jahren gab es einen groß angelegten Umbau, der die Bahn und die Tribüne in den jetzigen Zustand versetzte.

Das Gelände war zur Gänze von einem Ring aus Mauern und Zäunen umzogen. Dahinter verlief der Viadukt der Eisenbahn nach Kozina. Er war zu Fuß gekommen, denn er hoffte, heute und hier den Verdächtigen anzutreffen, und mit einem Verhafteten im Schlepptau fuhr es sich ganz schlecht auf dem Fahrrad.

Durch ein offenes Tor führten zwei Soldaten einen Pferdewagen mit geschichteten Strohballen. Lamprecht verharrte vor der Eingangstür. Er las die affichierte Kundmachung, die das Staatswappen im Briefkopf trug. Die Bahn war behördlich geschlossen, die Ställe für die österreichisch-ungarische Kavallerie requiriert worden. Dennoch drückten sich einige zivile Gestalten im hinteren Eck vor dem Eingang herum. Lamprecht bemerkte sofort, dass nicht nur er ein kritisches Auge auf die Männer in ihren verbeulten Hosen und den staubigen Schuhen geworfen hatte. Auch er selbst stand unter Beobachtung. Er war ein Fremdkörper. Würde er diese Halbweltstypen jetzt befragen, stieße er nur auf eine Mauer des Schweigens. Er drehte ab, steuerte das geöffnete Tor an und betrat das Gelände. Der strenge Geruch von Pferdemist stieg ihm in die Nase. Um die Stallungen herum waren einige Soldaten damit beschäftigt, ihre Pferde zu striegeln, einer stand auf dem Anhänger und lud die Strohballen ab, die von einem seiner Kameraden mit der Heugabel in Empfang genommen wurden. Spreu aus feinen Strohpartikeln flirrte durch die Luft und überlagerte kaum den scharfen Geruch der Pferdeäpfel vom Misthaufen.

»Halt! Stehen bleiben! Was machst du da?«

Einer der Soldaten kam mit der Hand an seinem Säbel auf Lamprecht zu, die beiden Uniformträger beim Anhänger stoppten ihre Verrichtung und stellten sich nun ebenfalls dem Ispettore entgegen, der seine Kokarde zückte und sich als Polizist zu erkennen gab.

»Sie müssen verstehen«, sagte der eine Wachsoldat in versöhnlicherem Ton, »wir müssen aufpassen, dass uns die Bevölkerung nicht alles stiehlt, was man irgendwie essen kann. Auch Hafer oder Heu sind in diesen Zeiten begehrt. Zuerst der Ernteausfall im Sommer und jetzt haben uns die Russen unsere Kornkammer besetzt. Aber was wollen Sie hier?«

Lamprecht deutete hinaus und sagte: »Diese Typen da draußen, haben Sie eine Ahnung, warum die jetzt noch hier herumlungern?«

»Wahrscheinlich wollen die Kerle genau das machen, was wir Ihnen soeben irrtümlich unterstellt haben.«

»Verstehe«, sagte Lamprecht. Er zog seine linke Bartspitze lang. »Ich muss da jetzt wieder hinaus und bitte Sie, so seltsam Ihnen das jetzt anmuten mag, um Folgendes …«

Wenig später wurde Lamprecht von zwei Soldaten aus dem Gelände gezerrt und unsanft vor den erstaunten Augen der gaffenden Männer am Eingang auf die Straße geworfen. Der eine Soldat versetzte Lamprecht auftragsgemäß noch einen Rempler gegen die Schulter, der den Ispettore zu Boden gehen ließ.

»Occupatori austriaci!«, rief Lamprecht mit geballter Faust

den Soldaten nach, deren unterdrücktes Grinsen die Umstehenden zum Glück nicht sehen konnten. Einer der Männer löste sich aus der Gruppe und half Lamprecht auf, der sich den Staub von der Hose klopfte. Die Aktion schien ein Erfolg zu sein, denn die Männer hießen ihn in ihrer Mitte willkommen.

Doch Lamprecht hatte sich getäuscht. Nicht nur, dass einer, den er für den Rädelsführer hielt, weiterhin abseits stand, den Rücken gegen die Wand gelehnt und rauchend, und ihn nicht aus seinem argwöhnischen Blick entließ, lieferten die anderen nur dumme Antworten, als er sie nach dem Grund ihrer Anwesenheit fragte, da doch die Rennbahn geschlossen sei.

»Wir wetten weiterhin.«

»Und worauf?«

»Welche Farbe das nächste Pferd hat, das hereingebracht wird, zum Beispiel.« Grinsen. »Oder wie lange es dauert, bis jemand, der unbefugt das Gelände betritt, wieder hinausgeworfen wird.« Allgemeines Kichern. »Ich hätte vorhin auf dich setzen sollen. Du hast es länger geschafft als die vor dir. Viel länger sogar.«

Lamprecht nickte. Er konnte nicht einschätzen, was das bedeutete, doch der Rädelsführer machte jetzt klar Schiff. Er trug eine dunkle Kappe, aus der seine schwarzen Haare ungebändigt hervorragten, seine grobe Wollhose war von körperlicher Arbeit gezeichnet und die Jacke aus glattem, gestoßenem Samt wurde von seinen breiten Schultern ausgefüllt. Der Bart war dicht wie das Winterfell eines Wolfes, und in seinem gesenkten Blick erkannte Lamprecht den angriffslustigen Straßenköter, der jederzeit bereit ist, sofort zuzuschnappen, auch wenn er dafür geprügelt wird. Er trat seine Zigarette am Boden aus und stieß sich von der Wand ab.

»Oder wir wetten darauf, ob einer ein Polizeispitzel ist oder vielleicht sogar gar selbst von der Polizei.«

Der Ring um Lamprecht wurde dichter, die Männer rückten zu ihm auf, zwei stellten sich hinter ihn. Lamprecht griff sich an die Seite. Der Holster mit der Dienstwaffe lag in der Schreibtischlade im Büro in der Via della Caserma. Aber ein Revolver hätte hier ohnehin nichts genutzt. Vielleicht für eine kurze Drohung, doch in einem Handgemenge wäre er der Überzahl jedenfalls unterlegen. Er musste bluffen, durfte sich nichts anmerken lassen und musste tun, als wäre er Herr der Lage. Im schlimmsten Fall musste er die Soldaten zu Hilfe rufen. Bis diese kämen, hätte er wahrscheinlich schon ein oder zwei Klingen in seinen Rippen stecken. Dieses Gesindel war nicht zimperlich. Aber es war auch geldgierig. Er zwirbelte seine Bartspitze mit der linken Hand, mit der anderen holte er die Fotografie von Biecher aus seiner Manteltasche und hielt sie in die Luft. »Va bene, ich sehe, wir verstehen uns. Wir suchen diesen Mann hier. Es gibt eine Belohnung für denjenigen, der etwas über seinen Verbleib weiß.« Lamprecht ließ die Fotografie kreisen und hielt sie den Männern unter die Nase. Die zeigten sich wenig interessiert, aber Lamprecht hatte den Eindruck, dass sie Biecher erkannt hatten. Unvermittelt setzte Gemurmel ein. Irgendetwas in seinem Rücken hatte Unruhe in ihre Reihen gebracht. Gaetano drehte sich um und sah den Burschen auf der gegenüberliegenden Straßenseite, der seine Schritte stoppte. Er trug einen modischen Anzug, einen feinen dunklen Mantel und stützte sich, obwohl er noch lange keine fünfzig war, auf einen Spazierstock wie ein feiner Herr.

»Lodovico, scappa! Die suchen nach dir!«, rief einer und Biecher rannte in Richtung Via Domenico Rossetti davon. Lamprecht wollte auch loslaufen, doch die Kerle hielten ihn an seinem Mantel zurück. Er blickte dem Verdächtigen nach. Sosehr er sich auch wehrte und sich aus ihren Pranken zu winden versuchte, er steckte fest. »Sofort loslassen oder ich lasse Sie alle verhaften!«

Zum Glück bog jetzt ein Wagen von der Straße ab. »Polizia!«, rief der bedrängte Inspektor. Einer der Soldaten, die das Gefährt begleiteten, erfasste sofort die Situation und kam Lamprecht mit gezücktem Säbel zu Hilfe. Zwei weitere folgten ihm nach. Endlich gaben die Typen Lamprecht frei und machten sich aus dem Staub.

Sofort nahm er die Verfolgung von Biecher auf, der die abwärts führende Straße Richtung Giardino Pubblico entlangstürmte.

Der Vorsprung schien zu groß. Selbst für einen sportlichen jungen Mann wie Lamprecht schien es unmöglich, ihn einzuholen. Biecher legte eine Leistung hin wie ein Läufer auf der 100-Meter-Distanz. Lamprecht gab aber auch sein Äußerstes. Immer wieder verlor er Biecher aus den Augen, musste auf seine Ohren vertrauen und dem Widerhall der trampelnden Schritte folgen. Wäre Biecher in einem Hauseingang verschwunden oder in den Hinterhof einer Werkstätte geflüchtet, Lamprecht hätte keine Chance gehabt, an ihm dranzubleiben.

Doch Biecher hatte die Augen nur nach vorne gerichtet, lief einfach weiter, so schnell er konnte. Mit seinem Spazierstock verscheuchte er Passanten, die sich ihm als Hindernis in den Weg gestellt hatten. Zeit, sich umzudrehen, fand er dabei nicht.

Auch Lamprechts Atem rasselte, der schnelle Lauf war nicht seine Sache.

Die Straße wurde abermals steiler, doch jetzt wechselte Biecher die Richtung und schlug einen Haken in die Via del Boschetto ein. Lamprecht ihm nach, bis sie nach einem weiteren Gefälle über die Via Giuseppe Gatteri die breitere, von Bäumen gesäumte Via dell' Acquedotto erreicht hatten.

Sosehr Lamprecht sich auch ins Zeug legte, Biecher gelang es, seinen Vorsprung minimal zu vergrößern. »Haltet den

Mann!«, rief Lamprecht immer wieder. Ergebnislos und mangels ausreichender Puste auch immer leiser. Lamprecht musste jetzt auf die Straße ausweichen, als ein alter Mann, gestützt auf ein junges Mädchen, aus einem Haustor trat.

Doch das Glück sollte ihm hold sein. Als er Biecher zwei Gassen weiter entdeckte, sah er, wie genau in dem Moment zwei Arbeiter mit einem breiten Kasten auf die Straße traten, in den Biecher beinahe hineingerannt wäre. Er konnte nicht ausweichen, ohne die Tische und Sessel eines Caffès zu rammen, also musste er abbremsen und kurz warten, bis die zwei Transporteure mit dem Kasten vorbei waren. Lamprecht grinste. »Na warte, Bursche, jetzt bist du fällig«, sagte er zu sich und folgte dem Flüchtenden durch die Corsia Stadion weiter über die Via Giosuè Carducci in Richtung Piazza della Caserma. Dort zog Biecher plötzlich sinnlose Kreise, ohne weiter Abstand zu gewinnen. Lamprecht konnte durchatmen und sein Tempo verringern. Als er erkannte, warum Biecher scheinbar orientierungslos über den Platz lief, war es jedoch zu spät.

Biecher hatte nur die Zeit überbrücken müssen, bis die Trambahn nach Opicina, die auf dem Platz ihre Endstelle hatte, endlich abfuhr, und war im letzten Moment über die offene Plattform eingestiegen, als sich der Zug gerade in Gang setzte.

Lamprecht gab sein Letztes. Seine Füße flogen über die Straße und er lief dem Schienenfahrzeug nach, als hinge sein Leben davon ab, dass er diese Straßenbahn erreichte. Sobald die Bahn vor dem ersten Anstieg nach Scorcola tatsächlich etwas langsamer wurde, wagte der Ispettore einen beherzten Sprung, schaffte es tatsächlich, eine Stange an der hinteren Plattform zu greifen, und wurde nun halb nachgezogen. Es gelang ihm, ein Bein auf die Stufe zu stellen, das andere wurde noch nachgeschleift. Als er auch dieses heraufziehen wollte, wurde ihm der Schuh vom linken Fuß gerissen. Sein kurzer Aufschrei alarmierte endlich einen Fahrgast, der vertieft in seine Zeitung gewesen war. Er packte Lamprecht am Oberkörper und half ihm, endlich die rettende Außenfläche des Wagens zu erreichen.

»Scusi, aber später fährt auch noch eine Straßenbahn. Das ist doch Wahnsinn, was Sie da machen.«

Lamprecht nickte dem Mann zum Dank nur zu und suchte die Kabine nach Biecher ab, sah ihn aber nicht. »Es musste aber genau dieser Zug sein«, keuchte er, während der Mann seine Zeitung zusammenfaltete und sie sich unter den Oberarm klemmte. »Verstehe«, antwortete er lächelnd, »Sie sind hinter Ihrem Schatz her.«

»So könnte man sagen – aber es ist ein besonderes Schätzchen.« Dann hielt er ihm Biechers Foto hin.

»Diesen Mann hier suche ich, der muss vorhin an Ihnen vorbeigekommen sein«, sagte er, doch der andere verzog nur angewidert das Gesicht und rückte seine Melone tiefer in die Stirn. »Lassen Sie mich mit Ihren Schweinereien in Frieden. Das ist wider die Natur.« Schnell schlug er die Zeitung wieder auf und versteckte sich hinter den Papierbögen.

Lamprecht betrat jetzt den dicht besetzten Waggon. Die Tram hatte nun das erste Steilstück hinter sich gebracht und wurde langsam bergwärts gezogen, als sich von oben der Gegenzug näherte. Jetzt erst erkannte Lamprecht, dass Biecher beim vorderen Einstieg stand und den Waggon gerade wieder verlassen wollte, den Oberkörper weit hinausgebeugt. Als die Waggons auf gleicher Höhe waren, wagte er einen Sprung und schaffte es tatsächlich, auf dem Gegenzug zu landen. Lamprecht musste sich den Weg zurück durch den vollen Waggon bahnen. Wenn er rechtzeitig die hintere Plattform erreichte, hatte er eine winzige Chance, Biechers Husarenstück nachzumachen.

Als er die freie Fläche am Ende des Waggons endlich erreicht hatte, war der Gegenzug fast schon gänzlich an seinem Gefährt vorbei. Biecher blickte zu Lamprecht hinüber. Sein Lächeln war provokant. Er wähnte sich in Sicherheit. Doch er unterschätzte Lamprechts Trieb, Grenzen auszuloten. Der Ispettore drängte den Mann mit seiner Zeitung zur Seite und sprang unter dessen Protest von der Plattform ab. Doch mit dem Fuß, der nur in einer Socke steckte, fand er auf dem rutschigen Boden keinen Halt. Er verfehlte sein Ziel und landete schmerzhaft auf dem verwilderten Wiesenstück neben den Schienen.

»Das ist Gottes Strafe für Ihr sündiges Verhalten«, rief ihm der Mann auf der Plattform nach, dann verschwanden beide Züge aus seinem Blickfeld.

11.
WIE LAMPRECHT EIN GEHEIMNIS VOR SEINER MUTTER VERBERGEN MUSS

Als Lamprecht nach Hause kam, schmerzte ihn jeder Knochen im Leib. Er humpelte und der bloße Socken am linken Fuß war vom Rückweg verschlissen, seine Fußsohle schwarz, als wäre er über Kohlen gewandert. Auch sein Anzug war mitgenommen. Auf dem Weg ins Badezimmer, wo er sich den Schmutz aus dem Gesicht waschen wollte, lief er seiner Mutter über den Weg, die besorgt wirkte.

»Cosa succede, Mamma?«, fragte er sie, was denn los sei. Auf Italienisch, denn sie waren allein und nicht den strengen Blicken des Vaters ausgesetzt.

»Das muss ich dich fragen. Wie siehst du denn aus? Was ist dir passiert?« Sie deutete auf seinen rechten Ärmel, wo der Stoff eingerissen war. »Jetzt schau dir das an! Ich weiß nicht, ob ich das wieder ordentlich stopfen kann. Wo doch jetzt alles so teuer und schwer zu bekommen ist, können wir uns einen neuen Anzug für dich nicht ohne Weiteres leisten.«

Lamprecht erklärte, wie es zu den leichten Blessuren an Körper und Anzug gekommen war, und erwiderte: »Ich verdiene doch mein eigenes Geld und kann mir sehr wohl einen neuen Rock leisten, wenn es nötig sein sollte. Aber dich bedrückt doch etwas anderes, oder? Sag, ist etwas passiert?«

Elodie Lamprecht ließ den Blick für einen Moment zu Boden sinken. Sie biss sich auf die Lippe, bevor sie antwortete. »Es ist wegen deines Vaters …«

»Dio mio! Ist ihm etwas zugestoßen?«

»Nein, unleidlich ist er.«

»Habt ihr euch gestritten?«

Seine Mutter schüttelte den Kopf. »Es ist wegen seiner Einberufung. Jetzt hat er sich im Kriegsministerium beschwert.«

Gaetano versuchte, es sich nicht anmerken zu lassen, doch innerlich musste er grinsen. Sein alter Herr, der nochmals ins Feld ziehen wollte, obwohl er anstelle des Säbels die letzten Jahre nur den Füllhalter geführt hatte. »Ich nehme an, ohne Erfolg.«

»Man hat ihm gedankt und beschieden, dass er in seiner aktuellen Position dem Kaiser am besten diene. Denn auch im Hinterland seien Patrioten eine essenzielle Voraussetzung für eine siegreiche Kriegsführung.«

»Ich verstehe, dass es nicht leicht für dich ist mit diesem Sturkopf«, machte er kein Hehl aus seiner Meinung.

»Gaetto, ich bitte dich, rede nicht so über deinen Vater. Er ist ein Mann von Prinzipien.«

»Stur eben. Aber ich verstehe ihn. Es ist für einen Mann nicht angenehm, wenn er sich plötzlich seiner Aufgaben beraubt fühlt.«

Elodie Lamprechts Augen wurden zu engen Schlitzen. Sie sah aus wie eine Raubkatze vor dem Angriff. Ihre sonst sanfte

Stimme wurde schneidend. »Was denn für eine Aufgabe? Seine Aufgabe ist es, hier bei seiner Familie zu sein. Aber nein, Krieg spielen will er. Ihr Männer müsst immer unter dem Vorwand eurer Ehre in den Krieg ziehen. Ist das denn nie vorbei? Was meinst du denn, wie viele Mütter um ihre Söhne weinen werden, wie viele Kinder um ihre Väter?«

Gaetano hatte seine Mutter selten so aufbrausend erlebt, es musste sich einiges schon länger in ihrem Inneren aufgestaut haben und jetzt war der Damm gebrochen. Er legte ihr die Hand auf die Schulter, um sie zu trösten.

»Du brauchst dich nicht so aufregen, bitte, Mamma.«

»Certo caro, du hast recht.« Sie wischte sich mit dem Handrücken über die Augen. Dann streichelte sie seine Wange. »Ich bin ja so froh, dass du als Polizist nicht in den Krieg musst. Du kannst dir gar nicht vorstellen, wie glücklich mich das macht.« Der Mutter entging nicht, wie ihrem Sohn die Gesichtszüge erstarrten. »Was hast du, warum schaust du jetzt drein, als hätte man dein geliebtes Fahrrad gestohlen?«

»Es ist nichts, wirklich«, log Gaetano, der in diesem Moment seiner Mutter nicht beibringen wollte, dass jemand für ihn ein Gesuch um freiwillige Einberufung gefälscht haben musste und dass sein Verbleib in der Heimat nicht mehr lange währen würde. Die ganze Zeit schon fragte er sich, wem er dieses Gesuch zu verdanken hatte. Am logischsten schien ihm, dass es eine Racheaktion aus den Reihen der Armee war. Immerhin hatte er sich zuletzt mit einigen höheren Rängen angelegt. Das Schlimme war, dass er aus der Sache nur schwer rauskam, ohne das Gesicht zu verlieren. Würde er bestreiten, jemals ein derartiges Gesuch gestellt zu haben, würde man ihn als Feigling hinstellen, der den Schwanz einzog, wenn es brenzlig wurde.

Wie viele seines Maturajahrgangs hatte er in Wien als Einjährig Freiwilliger gedient, und auch wenn er bald erkannt hatte, dass eine Karriere bei der Armee nicht seinen Interessen entsprach, hatte er die Ausbildung als Leutnant der Reserve beendet. Die meisten bei der Polizei waren Reservisten und viele hatten sich sofort an die Front gemeldet. Aus dieser Nummer kam er nicht mehr raus. Besser das Thema wechseln.

Sie standen noch immer im Flur vor der offenen Tür. Gaetano deutete auf den Flügel, der in einem Eck vor einer Bücherwand stand: »Warum spielst du nicht ein wenig Klavier? Die Musik würde deinen Nerven sicher guttun, angeblich ist sie in der Lage, sogar die Dämonen der Unterwelt zu besänftigen.«

Jetzt lächelte seine Mutter wieder. Gaetano fielen zum ersten Mal die Fältchen auf, die sich dabei um ihre Augen bildeten. Man merkte der Mutter langsam ihre Sorgen und auch ihr Alter an.

»Du weißt doch, dass ich das nicht gut kann. Anders als du und deine Schwester habe ich es nie gelernt.«

»Mich hat es als Kind immer beruhigt, wenn du in Wien Kinderlieder gespielt hast.«

»Ja, für ein paar einfache Melodien hat es gerade gereicht«, sagte sie, »aber willst du dich nicht umziehen? Du siehst ja beinah aus wie ein Landstreicher.«

»Du hast recht«, stimmte ihr Gaetano zu.

In seinem Zimmer legte er den in Mitleidenschaft gezogenen Anzug ab, dann führte sein Weg ins Badezimmer. Er wusch sich Hände und Gesicht und schlüpfte aus dem Hemd. Er stand mit nacktem Oberkörper da und betrachtete seine unzähligen Schrammen und Blutergüsse im Spiegel, die er von seinem Sprung ins Leere davongetragen hatte, als das Gesicht Adinas hinter ihm auftauchte. Offenbar konnte sie es nicht erwarten, bis er mit seiner Toilette fertig war. Sie baute sich neben ihm auf und nahm ihm den Wattebausch und die Wundspüllösung aus der Hand.

»Schön langsam habe ich Erfahrung in der Verarztung deiner Blessuren.« Sanft fuhr sie mit dem getränkten Bausch über Gaetanos Haut und tupfte vorsichtig die Schrammen ab. »Von einem Einsatz?«

»Natürlich, woher denn sonst?«

Adina zuckte mit den Achseln. »Von einem gehörnten Ehemann vielleicht?«

»Jetzt hör auf, du weißt doch …«

»Ich weiß, dein Herz gehört nur Viola. Das ist auch der Grund, warum ich dich, lieber Bruder, zu einer dringenden Audienz bitten muss.«

Gaetano fuhr zu Adina herum. »Sag, ist ein …?«

Er trocknete Gesicht und Hände, schlüpfte in einen Morgenrock und drängte seine Schwester über den Gang in sein Zimmer. »Wieso schickt sie meinen Brief an dich?«

»Sie hat beide Briefe in einen Umschlag gesteckt, der an mich adressiert war.« Sie zog ein weißes Büttenkuvert aus ihrem Kleid und hielt es ihm hin, der den Brief an sich nahm und fragte: »Hast du ihn gelesen?«

»Aber woher denn, Herr Inspektor, was denkst du von mir? Ich bin ja nicht bei der Familienzensur!«

Die Zensur, dachte Lamprecht, natürlich! Aber die staatlichen Spitzel störten ihn weniger als die neugierigen Nasen in seiner Familie. Er öffnete das Kuvert und begann im Beisein seiner Schwester zu lesen. Für Adina war Privatsphäre ohnehin ein Fremdwort.

»Und?«, quengelte sie, neben ihm auf der ausgebreiteten Tagesdecke auf seinem Bett sitzend.

Gaetanos Bartspitzen wanderten zusammen mit den Mundwinkeln hinauf. Sie hatte auf seinen Code geantwortet und die von ihm zum Ausdruck gebrachten Gefühle erwidert – sofern er die verschlüsselten Zeilen richtig interpretiert hatte. Aber ganz sicher war er sich nicht. »Weißt du, was es bedeutet, dass man das Glas noch in der Watte lassen müsse?«

Adina lachte auf. »Das hat sie geschrieben? Da bist du aber schon weit bei ihr gekommen, wenn ihr jetzt ein Geheimnis habt.«

»Und dann schreibt sie weiter, dass man den Fisch erst einsalzen soll, wenn die Zeit reif ist. Aber ich glaube, ich verstehe, was sie damit meint.«

»›Den Fisch einsalzen‹ bedeutet, ein Geheimnis zu offenbaren. Also das will sie noch nicht. Aber das hast du ohnehin selbst begriffen.«

Gaetano lächelte wieder selig. Dann wurde sein Blick in derselben Sekunde ernst, als er sein Gesicht ganz nah an das seiner Schwester führte. Er musste die Warnung nur hauchen, so nah waren sie sich: »Auch du wirst den Fisch nicht einsalzen, ist das klar? Alles, was wir hier besprechen, unterliegt der absoluten Verschwiegenheit.«

Adina nickte, rückte etwas von Gaetano ab und fragte mit zaghafter Stimme: »Ist das so? Auch wenn ich dir etwas erzähle?«

Sein Tonfall wurde fürsorglich, wie es sich für den großen Bruder gehört. »Was immer dich bedrückt, in mir hast du einen Verbündeten.«

Adina stand auf und machte ein paar Schritte durch den Raum. Sie schien mit sich zu kämpfen, ob sie sich ihrem Bruder anvertrauen sollte, als sie vor seinem Schreibtisch plötzlich innehielt und von dort eine Fotografie aufnahm. Es war das Foto von Lodovico Biecher aus den Akten der Polizeidirektion, das Lamprecht heute den bei Montebello herumlungernden Gestalten gezeigt und das er zuvor aus dem Rock genommen hatte.

»Das ist der Kerl, der mir nachstellt«, sagte sie mit gepresster Stimme und drückte ihre freie Hand auf ihren Unterbauch, so, als würde sie gleich zusammenbrechen.

»Wie bitte? Dieser Kerl lauert dir auf?«

Adina nickte und berichtete Gaetano, wie sie mit Biecher vor der Schneiderei Rigutti zusammengestoßen war und er ihr wiederholt nachgestellt hatte.

Lamprecht begann schallend zu lachen.

»Spinnst du?«, ärgerte sich Adina. »Ich erzähle dir, was mich quält, und du lachst nur?«

»Verzeih mir. Das ist es nicht, weswegen ich lache. Seit vielen Tagen versuche ich, den Falotten endlich zu finden. Heute bin ich ihm durch die halbe Stadt nachgelaufen. Dabei hätte ich mich nur meiner Schwester an die Fersen klemmen müssen.«

Adina beruhigte sich wieder und berichtete weiter, was sie vor der Sartoria aufgeschnappt hatte. Biecher musste zu Geld gekommen sein, überlegte Gaetano, aber auf andere Art als mit Glücksspiel und auch nicht durch den Nachlass seiner Mutter. Er war in seine Schlussfolgerungen vertieft, als Adina panisch kreischte und zum Fenster in die einsetzende Dämmerung deutete.

»Da ist er, er ist wieder da!«

Lamprecht stürzte zum Fenster und suchte die Straße vor dem Haus ab. Obwohl es schon fast dunkel war, sah auch er einen Schatten. Er stürmte, so wie er war, aus dem Haus, die Gasse hinunter zu dem Punkt, wo sie die Gestalt entdeckt hatten, doch als er sein Ziel erreicht hatte, war dort niemand mehr zu sehen. Im Gegensatz zu Adina war er nicht überzeugt, dass es Biecher gewesen war, der sie beobachtet hatte. Er hatte kein Gesicht erkennen können, denn die Gestalt hatte eine Kapuze über den Kopf gezogen, die Kapuze einer Mönchskutte.

12.
EIN TELEFONAT MIT DEM ARZT BRINGT WENIG NEUE ERKENNTNISSE FÜR LAMPRECHT

Am nächsten Morgen begleitete Lamprecht seine Schwester bis zur Schule. Doch von Biecher keine Spur. Adina war erleichtert, er hingegen enttäuscht. Es wäre auch zu schön gewesen, den Kerl in die Finger zu bekommen. Zum einen hätte er ihm schnell ausgetrieben, seiner minderjährigen Schwester nachzustellen – ein paar ordentliche Ohrfeigen hätten ihm seine Gelüste schon abgewöhnt –, andererseits musste er ihn auch dringend in der Mordsache vernehmen. Er war bislang sein einziger Verdächtiger.

Adina hatte ihm erzählt, wie er beim Schneider den Lebemann gemimt hatte. Offenbar war also an den Gerüchten, wonach Biecher plötzlich zu Geld gekommen sein soll, etwas dran. So etwas in der Art hatte ja auch Fratti, sein ehemaliger Vermieter, behauptet. Er würde ihm auf den Zahn fühlen, er war zweifellos der erste Kandidat für den Mord an der alten Frau in Cologna. Er musste aufpassen, dass er sie nicht für sich selbst wie all die anderen Hexe nannte. Ein Begriff, der auch gut auf ihre Tochter gepasst hätte. Er hatte das Bild vor Augen, wie sie furiengleich mit dem Polizisten, der sie am Betreten des Hauses hatte hindern wollen, gestritten hatte: das Haar offen, schlingernd wie wilde Wasserpflanzen in der Strömung.

»Aber immerhin habe ich diesem aufdringlichen Mann deine heutige Begleitung zu verdanken«, riss Adina ihn aus seinen Gedanken. Sie hatten das Schultor erreicht und Gaetano verabschiedete sie. Adina zog ihn zu sich herab und drückte ihm ein Küsschen auf die Wange.

»Wie komme ich denn zu dieser Ehre?«, fragte er.

Adina grinste schelmisch. »Ich bin mir sicher, ein paar von den Gänsen aus meiner Klasse starren in diesem Moment von oben auf die Straße. Wenn sie mich jetzt mit dir hier sehen, werden sich einige fragen, wer denn mein Galan ist. Und ich werde ihnen sicher nicht verraten, dass du mein Bruder bist.«

Sie löste sich und verschwand im Gebäude. Lamprecht setzte seinen Weg Richtung Polizeidirektion fort, wobei er überlegte, einen kurzen Umweg über den Corso zu machen, um mit dem Inhaber der Sartoria Rigutti ein ernstes Wort zu reden, ließ diese Idee aber fallen, der Laden hatte sicher noch nicht geöffnet. Auch seine Fragen an Skerl, den Leichenarzt, würde er besser zu einem späteren Zeitpunkt bei einem Kaffee persönlich erörtern. Er würde jedenfalls danach trachten, seine Anwesenheit an der Dienststelle kurz zu halten. Denn er wollte vermeiden, wieder bei einem dieser unnötigen Einsätze gegen vermeintliche Vaterlandsverräter assistieren zu müssen. Die Stadt hatte sich seit dem Sommer in ein Pulverfass verwandelt.

Dabei hatte man in den ersten Wochen des Konflikts mit Serbien noch die Orchester in den Kaffeehäusern angehalten, möglichst oft den »Marcia Reale«, die Königshymne, zu spielen, um die Italiener in Triest von der gemeinsamen Sache, nämlich dem Krieg gegen Serbien, zu überzeugen. Doch das benachbarte Königreich hatte bald eine Begründung für die Verweigerung der Bündnistreue gegenüber dem habsburgischen Kaiserhaus gefunden: Der Pakt erstrecke sich nicht auf einen Angriffskrieg, wie Österreich-Ungarn ihn vom Zaun gebrochen hatte.

Bei einem Kiosk kaufte er sich die Morgenausgabe des *Piccolo,* der sich auch heute, am 30. November, in den aktuellen Frontberichten erging: In den Karpaten hatte man am Vortag die russischen Truppen zurückschlagen und tausendfünfhundert Gefangene machen können. Auch die Stellungen in Serbien hatte man gegen den Feind halten und sogar ausbauen können. Dafür stand es im Kampf um Polen eher schlecht, wo die Entente-Mächte die Oberhand gewonnen hatten. Auch der Krieg um die Ozeane hatte begonnen. Die deutsche Flotte machte der englischen Seefahrt zu schaffen. Wohin das nur alles führen sollte, fragte sich Lamprecht, ehe er weiterblätterte und in der Chronik bei den Veranstaltungshinweisen hängen blieb. Wunderbar, sagte er zu sich, so fügt sich eins ins andere, und faltete die Zeitung zusammen, um endlich Ispettore Capo Spetich die gebotene morgendliche Aufwartung zu machen und seine Anwesenheit in der Dienststelle zu melden.

»Also immer noch nichts Neues«, konstatierte Spetich, und es war für Lamprecht nicht ersichtlich, ob der enttäuschte Unterton in dieser Feststellung dem mangelnden Ermittlungserfolg galt oder dem Polizeialltag im Allgemeinen. Zu wenige Beamte, die sich jetzt vor allem um andere Dinge kümmern mussten. »Wenn Sie so weitermachen, werde ich an der Front stehen, ehe Sie den Mörder gestellt haben, mein geschätzter Lamprecht.«

Lamprecht wunderte sich über die ungewöhnliche Wertschätzung. Dass Spetich seit geraumer Zeit von seinem Kriegseinsatz sprach, ohne tatsächlich einzurücken, war einigermaßen sonderbar.

»Ich habe gestern einen Hinweis erhalten, der eine neue Spur eröffnen könnte.«

»Na bitte, wer sagt's denn. Das ist ja großartig«, reagierte Spetich beinah euphorisch und spielte mit dem Deckel seiner Zigarrenkiste. Lamprecht hatte den Oberinspektor schon länger nicht rauchen gesehen, auch wenn sich der Geruch der über viele Jahre gerauchten Zigarren in Wände und Mobiliar des Amtszimmers eingebrannt hatte. »Und einen Rat will ich Ihnen geben, der Sie schnell weiterbringen wird: Sie sollten sich öfter unserer Informanten bedienen. Die hören und sehen Dinge, die uns Polizisten verschlossen bleiben.«

Lamprecht räusperte sich. Er konnte seinem Chef schwer erklären, dass der Hinweis von seiner eigenen Schwester gekommen war. »Der Hinweis kam aus der Bevölkerung. Aber wenn Sie meinen, werde ich zusätzlich auf die Spitzel zurückgreifen.«

»Was für ein unschönes Wort.« Spetich drückte den Rücken gegen die Sessellehne und ließ den Deckel seiner Kiste zuklappen.

»Ich hatte doch zuletzt mit diesem …, wissen Sie, ob ein gewisser Grembi noch für uns tätig ist?«

»Das soll Ihnen Signorina Sacher aus unseren Unterlagen raussuchen. Dafür haben wir jetzt die Damen bei uns beschäftigt.«

Spetich drehte sich zum Fenster um. Auch Lamprechts Blick wanderte automatisch in diese Richtung. Es hatte zugezogen. Einzelne Tropfen fielen gegen die staubigen Scheiben. Was man vom Himmel hinter dem gegenüberliegenden Dach erahnen konnte, lud keinesfalls zum Besuch eines Straßencaffès ein, also schloss Spetich mit den Worten: »Und einen Kaffee kann mir das Fräulein Sacher dann auch gleich holen. Das wär's. Sie dürfen wegtreten.«

Aufgrund des spontanen Wetterumschwungs hatte Lamprecht entschieden, den geplanten Kaffee mit Dottor Skerl nun doch durch ein Telefonat zu ersetzen. Er ließ sich mit dem Ospedale Civile verbinden und verlangte nach dem Arzt.

»Un attimo«, bekam er zu hören, dann wurde der Hörer offenbar abgelegt und ein undefinierbares Stimmengewirr war durch die Leitung zu vernehmen.

»Sì, pronto!«, meldete sich Skerl nach einer guten Minute.

»Ispettore Lamprecht hier, wir haben uns Anfang des Monats in Cologna kennengelernt.«

»Was wollen Sie? Ich habe Patienten. Ist es dringend?«

Lamprecht hatte den abschließenden Befund von der ermordeten Signora Franciulo vor sich liegen.

»Ich werde Sie nicht lange aufhalten. Ich habe hier Ihren Bericht über die Leichenöffnung im Fall Franciulo vor mir liegen. Sie haben doch zuletzt noch etwas von einem fehlenden Finger gesagt. Dazu finde ich aber nichts in ihrem Bericht.«

Skerl blies hörbar Luft aus. Lamprecht konnte sich den Arzt bildlich vorstellen, wie er die Augen verdrehte, weil ihn ein Laie mit einer für einen Mediziner dummen Frage quälte. »Es handelt sich um ein Fingerglied, keinen ganzen Finger. Und Sie finden dazu nichts, weil der nichts mit ihrem Tod zu tun hatte. War wahrscheinlich sogar angeboren.«

»Angeboren? Könnte das dann ein Familienmerkmal sein, so wie eine große Nase, die von einer Generation an die nächste weitergegeben wird?«

»Hören Sie. Die Wissenschaft von der Vererbungslehre ist noch sehr jung. Wir wissen noch nicht viel von der Genetik, aber Sie haben recht, es scheint, dass solche Defekte unter Umständen vererbt werden. Aber das ist alles noch wenig erforschtes Terrain.«

Während Lamprecht noch über weitere Fragen an den Arzt grübelte, unterbrach dieser ihn: »Brauchen Sie sonst noch etwas? Meine Verpflichtungen …«

Lamprecht hatte kaum den Hörer auf die Gabel gelegt, als sich die Tür öffnete und Signorina Sacher in sein Büro trat. Diesmal trug sie eine weiße Bluse und einen Rock, der einen Blick auf die hohen Schnürschuhe erlaubte. Sie hatte eine Liste auf einem Klemmbrett dabei, das sie ihm über die Schreibtischplatte schob. Langsam. Synchron zu dieser Bewegung wanderte ihr Oberkörper mit nach vor auf ihn zu. Dem Polizisten entging nicht, wie die Bluse um ihre Brüste spannte, und er bemühte sich, der Versuchung zu widerstehen, diese Rundungen länger in Augenschein zu nehmen.

»Was ist das?«, entkam es ihm gepresst.

»Die Liste. Der Ispettore Capo hat mich angewiesen, Ihnen die Liste unserer Informanten zukommen zu lassen. Ich habe sie Ihnen gleich abgetippt.«

»Danke, das war sehr vorausschauend von Ihnen«, lobte er sie, löste die Liste vom Brett und nutzte die Gelegenheit, mit seinem Stuhl etwas zurückzurutschen, um Distanz zu gewinnen. Eine wirkliche Verwendung hatte er für die Liste nicht. Er hatte nur wissen wollen, ob es diesen Grembi noch gab. Er hatte keine Lust, diese Spitzel einen nach dem andern abzuklappern. Irgendwo hatte alles eine Grenze, sogar sein Diensteid. Denn der betraf nur die ordentliche Polizeiarbeit.

Lamprecht blätterte die Seiten durch und pfiff durch die Schneidezähne. »Da sind aber wirklich viele Leute drauf. Hätten wir ein Zehntel davon als Polizeikräfte zur Verfügung, wäre das Verbrechen in Triest längst ausgerottet. Ist noch etwas?«

Er hatte sich wieder der Sacher zugewendet, die immer noch vor seinem Tisch stand, als wartete sie auf weitere Anweisungen. Sie hielt den Stoff ihrer Bluse umklammert und es wirkte, als drückte sie unter der vom Stoff beengten Brust noch ein Anliegen, das sie sich aber nicht auszusprechen getraute.

»Es ist nur …«

»Raus damit«, spornte Lamprecht sie an, der insgeheim eine Vermutung hegte: Die Gute erwartete offenbar für ihre Arbeit weitere Belobigungen oder etwas in der Art. Doch sie war kein kleines Kind, dem man für die ersten Schritte Anerkennung zollte. Sie war eine erwachsene Frau, die für ihre Tätigkeit bezahlt wurde. »Also, ich weiß nicht, was Sie von mir erwarten, aber Sie sind eine kluge Frau …«

»Genau!«, unterbrach die Sacher bei diesem Stichwort seine

Rede. »Ich bin eine gebildete Frau mit Matura und als solche würde ich mir wünschen, dass es nicht nur beim Zusammentragen von Listen bleibt und man mich auch zu anderen Aufgaben heranzieht.«

»Danke, dass Sie das zur Sprache bringen«, fiel nun Lamprecht der Bürogehilfin ins Wort. »Der Chef hätte gerne einen Kaffee. Warten Sie«, sagte er und griff in seine Hosentasche, wo er ein paar Münzen hervorholte, die er der Frau hinhielt. »Kaufen Sie sich bitte auch gleich einen. Das müsste dafür reichen.«

»Natürlich«, kam es eingeschnappt.

Lamprecht hatte Grembis Namen bereits gefunden und wusste nun auch, wo er den Strolch suchen musste.

Er sah nochmals aus dem Fenster. Die Regentropfen waren getrocknet und die Wolken schienen sich gelichtet zu haben. Er holte die Briefe aus seinem Rock hervor, die er letzte Nacht noch geschrieben hatte, nachdem er sich auf die Jagd nach dem heimlichen Beobachter seiner Schwester begeben hatte. Den einen an Viola würde er selbst zur Post bringen, aber den anderen? Er wiegte ihn in der flachen Hand wie eine heikle Porzellanfigurine und fragte sich, warum ihm diese Person nie auf die Briefe, derer er gar nicht so wenige geschrieben hatte, geantwortet hatte. Abermals ein Blick aus dem Fenster. Der Entschluss, das Schreiben selbst abzugeben, war schnell gefasst. Kaffee trinken konnte er auch am Campo San Giacomo.

13.
EIN TREFFEN, DAS SO GAR NICHT ZU LAMPRECHTS ZUFRIEDENHEIT VERLÄUFT

»Bitte gehen Sie wieder.« Die Stimme war schwächer geworden. Nachdem sie den Satz ungefähr zehnmal gesagt hatte, hatte sich die Färbung in ihrem Ton radikal gewandelt. Von ursprünglich resolut und bestimmt hin zu resignierend und verzweifelt. Wie ein Damm aus Lehm, der, lange genug vom Wasser umspült, löchrig wird und knapp vor dem Brechen steht. Die Frau stand neben der Tür, den Rücken gegen die Wand gedrückt, und die Tränen rannen ihr über die Wangen. Immer wieder wanderte ihre Hand in Richtung des Türknaufs, sank dann aber kraftlos hinab, ehe sie ihn drehen konnte. Sie rang mit sich, fand aber letztlich nicht den Mut zu öffnen. Im Hintergrund war eine Kinderstimme zu hören, die wissen wollte, wer da an der Tür war.

Wenigstens war die Kleine wohlauf, dachte sich Lamprecht, der noch immer vor der verschlossenen Wohnungstür ausharrte und den Umschlag in Händen hielt wie ein glühendes Kohlestück. Dabei war der Inhalt alles andere als böse. Wie in den vorangegangenen Briefen enthielt das Schreiben die Frage, ob er der Witwe seines ehemaligen Kollegen in irgendeiner Weise behilflich sein dürfe. Als finanzielle Unterstützung hatte er jeder seiner Nachrichten ein paar Scheine beigelegt. Keine zu hohe Summe, um die Witwe nicht zu beleidigen, aber doch genug, um das Nötigste anschaffen zu können. Geld, um einen Handwerker für eine kleine Reparatur zu bezahlen, um Wolle oder Garn zu kaufen und damit der Tochter für den Winter einen Pullover zu stricken, oder für etwas Kohle, um den Ofen zu heizen, wenn die Temperaturen wie jetzt sanken.

»Lesen Sie wenigstens meinen Brief, Signora Pirona.«

Er klopfte nochmals sanft gegen das Türblatt, legte sein Ohr dagegen und lauschte, ob er etwas aus dem Inneren der Wohnung hören konnte.

»Nehmen Sie ihn bitte wieder mit«, flehte die Stimme von der anderen Seite leise, aber unglaublich nah an Lamprechts Ohr. Es war, als hätte sie ihm diese Bitte ins Ohr geflüstert. Sie musste genau hinter der Tür stehen, keine zwei Zentimeter von ihm entfernt.

Dann vernahm er ein Schaben über die Bodenfliesen und sah, wie unter dem Türspalt all seine anderen Briefe durchgeschoben wurden. »Und die nehmen Sie bitte auch mit«, sagte sie.

»Ich will nur mit Ihnen reden.«

»Es gibt nichts zu reden.«

Lamprecht bückte sich, um die Kuverts vom Boden aufzuheben. »Wissen Sie was«, lenkte er ein. »Ich gehe hinunter und warte in einem der Caffès auf dem Platz eine halbe Stunde auf Sie, wenn Sie noch etwas Zeit brauchen. A dopo, signora.«

Spontan entschied sich Lamprecht dann doch gegen das kleine Lokal im Erdgeschoß ihres Wohnhauses. Er meinte, dass es für die Witwe seines Kollegen womöglich kompromittierend sein könnte, wenige Monate nach dem Verlust des Ehemanns mit einem anderen gesehen zu werden, auch wenn ein Verwandter eines Jugendfreundes von ihm das kleine Lokal führte und die beiden Männer früher manchmal mit einem kleinen Bier oder einem Glas Tokaier bewirtet hatte. Doch das konnten die Leute aus dem Viertel nicht wissen. Der Campo San Giacomo war, seitdem die Kirche in der zweiten Hälfte des vorigen Jahrhunderts errichtet worden war, so etwas wie eine eigene kleine Stadt geworden. Die Leute kannten einander, die Bewohner des Rione beobachteten einander.

Der Platz vor der Kirche war weitläufig und gut einzusehen. Lamprecht beobachtete die Menschen, die hier ihrer Wege zogen, dabei manchmal ein bekanntes Gesicht trafen und anhielten, um ein wenig zu schwatzen. Das Publikum hier war anders als jenes im Zentrum, wo die Herren Anzüge aus den feinsten Stoffen und die Damen rauschende Kleider aus schimmernder Seide trugen. Hier waren die Jacken und Hosen grob gewebt und oft auch geflickt, die Hemden weniger steif gebügelt und viele trugen überhaupt ihre Arbeitsmontur, wenn sie auf einen Nero oder ein Glas Terrano kamen. Arbeiter, Handelsvertreter oder einfache Bürokräfte stellten den größten Teil der Bewohner, die hier um die Mittagszeit die Piazza belebten.

Lamprecht hatte seinen Platz im Freien so gewählt, dass er den Eingang des Hauses im Blick hatte. Die versprochene halbe Stunde war lange überschritten. Er hatte bereits zwei kleine Caffè getrunken und jetzt ein Glas Likör von Luxardo vor sich stehen. Vor sich hatte er auch die zurückgewiesenen Briefe liegen. Er schob seine Finger zwischen die Kuverts auf dem kleinen Stapel. Die Frau hatte sie immerhin geöffnet, doch die Zuwendung hatte sie nicht angenommen. Er wusste nicht, ob sie die Briefe gelesen hatte.

Wie viel Mühe er gehabt hatte, diese Schreiben zu verfassen! Jede einzelne Zeile hatte er sich abgerungen. Natürlich hatte er nicht erwähnt, wie es damals zu dem Unfall ihres Mannes gekommen war. Er hatte es dem sterbenden Pirona noch versprochen. Er hatte der Witwe nur versichern wollen, dass sie sich in allen Belangen, oder wenn sie Hilfe brauchen sollte, an ihn wenden konnte. Er hatte sich nach dem Befinden der Tochter erkundigt und auch, ob die Frau mit der Rente, die sie nach ihrem Mann erhielt – darum hatte er sich schon gekümmert –, auch auskomme. Zwischen den dünnen Papierbögen waren ein paar Scheine eingelegt. Nie zu viele, damit man das nicht sofort von außen erkennen konnte. Er hatte nicht nur dem Stolz der Frau entsprechen wollen, sondern auch an der Ehrlichkeit der Postzusteller gezweifelt.

Lamprecht musste sich eingestehen, dass er nach dem Tod des Freundes keine Freundschaften hier in Triest hatte. Seit der seiner Familie abgenötigten Rückkehr in seine Geburtsstadt hatte er sich von den meisten Menschen ferngehalten. Allzu groß war seine Angst vor Enttäuschungen. Deshalb hatte er auch seinem Impuls, Viola umgehend wiederzusehen, widerstanden und einige Wochen Zeit verstreichen lassen. Doch sein Verlangen, die hübsche junge Frau von Angesicht zu Angesicht zu treffen, war in der Zeit dieser erzwungenen Distanz gewachsen. Mittlerweile war es jedoch noch schwieriger geworden, ein Treffen zu planen. Der Krieg wütete, er musste in Triest bleiben und an seinem Fall arbeiten, sobald er seine Arbeit beendet hatte, würde er Gehrock gegen Waffenrock tauschen.

Er nippte an dem Likör. Dachte an die Witwe, an Alessia Pirona. Er hatte sie noch nie gesehen, auch jetzt nicht, als sie wenige Zentimeter entfernt gewesen waren, nur durch das Holz der Tür getrennt. Sie war etwas älter als er, das war das Einzige, das er wusste, auch Pirona war älter gewesen. Doch ihre Stimme hatte etwas in ihm ausgelöst. Belegt und bedrückt hatte sie geklungen – und geheimnisvoll. Da war etwas mitgeschwungen, das sich nach Hoffnung angehört hatte. Er stellte sie sich vor. Groß, schlank, das Gesicht mit geheimnisvollen, undurchdringlichen Augen, die leuchten konnten. Kräftiges Haar, dicht und lang, das sie zu Hause offen und wild trug und nur auf der Straße mit einem Tuch bedeckte.

Sein Vorhaben war im Grunde dumm. Er zweifelte, ob er sie erkannt hätte, wenn sie seiner Einladung zu einem Gespräch gefolgt wäre. Dann wieder war er überzeugt, dass sie einander jedenfalls erkannt hätten, wenn sie aus dem Haus gekommen wäre, dessen Eingangstor er nun seit einer Stunde beobachtete wie eine Palastwache. Ihre Augen hätten sich gefunden, wenn sie den Platz nach ihm abgesucht hätte.

Das Scheitern dieses Treffens hatte eine verblüffende Wirkung auf ihn. Die Zurückweisung erschien ihm wie eine Einladung, ein Locken. Als er versuchte, dieses eigentümliche und widersprüchliche Gefühl zu ergründen, tauchte etwas wie die Fratze eines Ungeheuers aus dem Nebel auf: ein Verlangen, das er sich nicht eingestehen wollte. Er musste diese Gedanken vertreiben. So etwas hatte in seinem Kopf keinen Platz. Er drückte die Umschläge in seiner Hand und steckte sie achtlos in die Rocktasche. Da brannte noch etwas anderes in ihm: Wut, die sich langsam aus der Enttäuschung schälte, wie ein Insekt aus seiner Larve. Was sollte er denn noch alles tun, damit sie mit ihm sprach? Auf die Idee, die Hinterbliebene könnte ihm die Schuld am tödlichen Unfall ihres Mannes geben, war er bislang nicht gekommen. Ebenso wenig hatte er sich klargemacht, dass sie den wahren Hintergrund dieses tragischen Ereignisses unmöglich kennen konnte, da er dieses Geheimnis für sich behalten hatte. Sein Hals war belegt.

Er kippte den Rest des Alkohols in dem dünnwandigen geätzten Glas in einem Zug hinunter und legte einen Schein auf den Tisch. Seine Anwesenheit hier war unnötig, das war ihm jetzt klar geworden.

Nach einem kurzen Umweg über die Sartoria Rigutti am Corso war er in der Dienststelle gelandet. Der Mann im Laden war ihm keine große Hilfe gewesen:

»Certo, ich kenne den Signor Biecher«, hatte er ohne Umschweife zugegeben, als Lamprecht ihm das Foto aus den Akten unter die Nase gehalten hatte, doch er habe keine Ahnung, wo der Strolch zu finden sei. Lamprecht, der noch immer von seinem Ausflug zum Campo San Giacomo innerlich aufgewühlt gewesen war, fasste den Mann nicht gerade mit Samthandschuhen an und herrschte ihn an: »Wenn Sie glauben, Sie können mir hier den Ahnungslosen vorspielen, haben Sie den Falschen vor sich! Entweder Sie geben mir jetzt, was ich wissen will, oder ich komme mit meinen uniformierten Kollegen und stelle Ihr Geschäft auf den Kopf. Und glauben Sie mir, irgendetwas finden wir immer, und wenn es nur für die Kollegen von der Finanzverwaltung von Interesse ist.«

»Scusi, Ispettore, aber Biecher hat mir so viel Geld geschuldet, dass ich ihm erklärt habe, dass ich ihm nichts mehr auf Pump schneidern kann.«

»Und?«, kam es von Lamprecht.

»Der Kerl hat seine Schulden überraschend bezahlt, der Rest wurde bar abgewickelt.«

»Natürlich gibt es keine Rechnung, weil du unseren Kaiser um die Steuer bescheißen willst.«

Rigutti hob seine flachen Hände zur Verteidigung. »Nein, ganz so stimmt das nicht. Es war ein stornierter Auftrag. Ich hab an dem Stück so gut wie nichts verdient. Was denken Sie, wie viel Aufwand die Änderungen waren?«

»Ich denke gar nicht. Mich interessieren nur Fakten.«

»Warten Sie«, sagte nun der Schneider und blätterte in einem alten Ordner. »Aber von früher habe ich seine Adresse.« Er hielt Lamprecht einen Lieferschein hin, doch der trug nur die Anschrift in Cologna, die ihm bereits bekannt war und daher nichts nutzte. Er nahm dem Schneider den Ordner aus der Hand: »Aber Sie werden doch eine Kundenliste haben? Kann ich die einmal sehen?«

Rigutti räusperte sich und er nahm Haltung an, steif wie ein Reptil bei Morgenfrost. »Natürlich haben wir so ein Verzeichnis, aber der Signor Biecher ist da nicht enthalten. Nur echte Signori.«

Lamprecht blies Luft aus. »Da frage ich mich mittlerweile, vor wem mir mehr ekelt. Vor dem Gauner, der sich einen viel zu teuren Anzug leistet, oder dem Schneider, der von dem Gauner das Geld nimmt, ihn aber für nicht gut genug befindet, sein Kunde zu sein.«

Das Glöckchen bimmelte verlegen, als Lamprecht die Tür fest hinter sich zuzog und den Schneider verdutzt zurückließ.

Lamprecht sah aus dem Fenster seines Büros und lächelte. Bald würde die Dämmerung einsetzen. Eigentlich hasste er sich für diese Idee, aber sie bot die Chance, Biecher endlich ergreifen zu können. Wenn Biecher seiner Schwester nachstellte, musste er eben dasselbe tun. Er wusste, dass Adina ihn zu dem Kerl führen würde, der sie umschwärmte wie die Motten die neuen elektrischen Laternen am Molo San Carlo.

Aber er musste das zuvor mit ihr besprechen. Sie sollte wissen, worauf sie sich einließ, und dafür musste er sie ins Vertrauen ziehen und zumindest ansatzweise über seine Ermittlungen informieren. Und er musste sie vor allem über Biecher ins Bild setzen. Das, was er ihr darüber zuletzt in seinem Zimmer erzählt hatte, reichte nicht aus.

Für ihn stand beinahe fest, dass Biecher die Franciulo ermordet hatte. Auch wenn er nicht an diese Mär mit der Hexe glaubte, umgab die Frau offensichtlich ein Geheimnis. Diesen Eindruck hatte er auch aus den Gesprächen mit der Tochter gewonnen. Den plötzlichen Reichtum, der seltsamerweise zeitgleich mit dem Tod der alten Frau bei ihm ausgebrochen war, musste Biecher ihm erklären.

Lamprecht überlegte, ob er sich vor dem Besuch der Lesung noch umziehen sollte, doch das Konservatorium Tartini in der Via Ghega war so nahe und bequem von seinem Büro aus zu Fuß zu erreichen, dass er beschloss, direkt hinzugehen. Auf dem Weg würde er eine Kleinigkeit zu Abend essen, also wollte er daheim Bescheid geben, damit Luisa ihn für das Abendessen nicht einplante.

14.
EIN GAUNER WILL MEHR GELD UND LAMPRECHT TRIFFT EINE ALTE BEKANNTE

Biecher befand sich unweit der Piazza Lipsia in einer Antiquitätenhandlung in der Via del Lazzaretto Vecchio, somit gar nicht so weit von Lamprecht entfernt.

Libero Suplina stand normalerweise sicher und gebieterisch wie ein Kapitän auf der Kommandobrücke in seinem Geschäft. Jetzt war ihm anzumerken, dass Biechers Besuch ihm nicht sonderlich behagte.

»Sind Sie verrückt? Was machen Sie hier? Ich habe Ihnen doch gesagt, dass Sie erst wiederkommen sollen, wenn Sie liefern können.«

Biecher grinste. Er hielt Suplina die offene Handfläche unter die Augen. »Ich will noch einen Vorschuss.«

Der Antiquitätenhändler stand hinter einem Spieltisch aus schwarzem Ebenholz, der mit grünem Filz bespannt war, wie er in den Zeiten Napoleons in den besseren Häusern zu finden war. Er lachte harsch auf und warf den Kopf in den Nacken. Seine glatten braunen Haare, die er sonst nach links gescheitelt trug, flogen nach hinten und gaben seine Stirn frei. »Ha, er will noch einen Vorschuss! Und ich will endlich die Ware. Mein Kunde ist schon nervös, und ich muss sagen, ich werde es langsam auch.«

»Hören Sie, ich wurde zuletzt aufgehalten, sonst wäre ich

nicht neuerlich gekommen. Aber glauben Sie mir, ich bin knapp dran. Außerdem wollen Sie doch sicher nicht Ihre Anzahlung in den Rauchfang schreiben?«

Biecher streckte nochmals die offene Hand aus und hob die Augenbrauen, um seine Forderung zu unterstreichen. Suplina beugte sich wieder vor, seine Haare rutschten zurück und er musste sich eine dichte Strähne aus dem Gesicht wischen. Dann stemmte er sich auf die Tischplatte. Um ihn standen wuchtige lederbezogene Stühle, an der Wand hingen Ölbilder in vergoldeten, üppig verzierten Rahmen, es gab ein paar Masken aus Afrika und aus Asien. Und überall lagerten begehrte Stücke aus Ägypten. Von kleinen Skarabäen bis zu einer ebenholzschwarzen Büste mit verblasstem Anstrich, im Eck lehnte sogar ein Kindersarkophag. Alles vermutlich Mitbringsel der Seeleute, die das Land am Nil seit der Eröffnung des Suezkanals häufig bereist und sich so ihre Heuer aufgebessert hatten.

»Geld gibt es erst, wenn ich habe, was Sie mir versprochen haben«, versuchte er hart zu bleiben.

»Sie sollten mich etwas besser behandeln, sonst suche ich mir einen anderen Käufer.«

Suplina grinste nun doch, er durchschaute den Bluff des Kleinganoven. Der Händler hatte auffällig vorstehende Schneidezähne. Er deutete zur Tür in Biechers Rücken. »Bitte, da wünsche ich Ihnen viel Erfolg. Und dann darf ich Sie ersuchen, mir gleich hier an Ort und Stelle die Anzahlung zu retournieren.«

»Sie sollten aufpassen, mit wem Sie Geschäfte machen«, entgegnete Biecher und nahm eine Fayence-Vase von einem anderen Tisch. Er ließ sie zu Boden fallen, das Stück zersprang in gut hundert Scherben.

»Sind Sie verrückt? Die war fast zweihundert Jahre alt.«

»Und so hässlich wie Sie. Also was ist jetzt? Oder soll ich mit den Masken hinter Ihnen weitermachen?«

»Hören Sie, Sie kommen ja gar nicht an die Kreise, die in der Lage sind, annähernd den Wert zu bezahlen.«

»Eben. Und jemand, der sich das leisten kann, wird wohl zunächst mit seinem Händler die Geduld verlieren und eher Ihnen als mir gefährlich werden. Also ich brauche Sie und Sie brauchen mich genauso. Aber hören Sie! In wenigen Tagen haben wir beide, was wir wollen, und Sie sehen mich nie wieder.«

Suplina knickte ein. »Va bene. Wie viel wollen Sie diesmal?«

Biecher wiegte seine Hand in der Luft, als würde er etwas abschätzen, und schob die Unterlippe vor. »So wie das letzte Mal.«

»Unmöglich, die Hälfte können Sie haben.« Er holte einen an einer Kette befestigten Schlüssel aus seiner Hosentasche und ging nach hinten, wo er eine Metallkassette aus einem Schrank holte, die er damit aufschloss. Er entnahm ihr ein paar Geldscheine, zählte sie ab und reichte sie anschließend Biecher, der mit einem zufriedenen Lächeln danach griff. Doch im letzten Moment zog Suplina sie zurück. »Wann liefern Sie?«

»Bald, sehr bald. Spätestens bis Weihnachten hat Ihr Sammler das gute Stück.«

Suplina nickte und Biecher verließ den kleinen Laden, der, vollgestellt mit unzähligen alten Stücken, einer alten Grabkammer glich.

Suplina blickte Biecher nach, als dieser in der engen Gasse Richtung Piazza Grande verschwand. Er kam sich vor wie aus einem bösen Traum erwacht, froh, erleichtert. Er ging in die enge Kammer hinter dem Verkaufsraum. Dort hatte er seine Buchhaltung, Belege und, was die wenigsten wussten, auch ein Telefon. Er wies die Nummer, die er erst seit etwas über einem Jahr hatte, weder auf seinen Rechnungen noch auf seiner Visitenkarte aus, da er sie nur für besondere Kunden in Verwendung hatte. Er suchte sein Notizbuch und ließ sich mit einem Klienten verbinden. Dieser musste erst an den Hörer geholt werden und meldete sich ohne förmliche Begrüßung.

»Ja, es tut mir leid, ich weiß, ich soll Sie nur anrufen, wenn es etwas abzuholen gibt ... Nein, noch nicht, aber er war heute nochmals da, weil er mir Geld abnötigen wollte ... Natürlich, was blieb mir denn anderes übrig? ... Ich weiß, aber das ist nur ein Klacks im Vergleich zum wahren Wert. ... Sicher, der Brief, den er mir gezeigt hat, schien authentisch zu sein... Ja, binnen der nächsten drei Wochen, also ein schönes Weihnachtsgeschenk, wenn er hält ... das habe ich mir noch nicht überlegt... Sie meinen, vielleicht später aus dem Weg räumen? ... Gut, wenn Sie das in die Hand nehmen ... ich will damit nichts zu tun haben ... Buongiorno, arrivederla.«

Suplina ließ den Hörer auf die Gabel sinken und starrte ins Leere. Die erörterte Summe war beträchtlich höher, als er erwartet hatte. Das musste mit einem Gläschen Wein begossen werden.

Lamprecht zahlte und wischte sich nochmals den Mund ab. Nicht, dass noch ein Rest des gelben Senfes an einer Bartspitze klebte, wenn er jetzt zu der Lesung aufbrach. Er verließ das Buffet Marascuti, das erst in diesem Jahr in der Corsia Stadion eröffnet hatte. Er hatte Stinco mit Senf und viel frischem Kren gegessen. Dazu hatte er sich ein gepflegtes Dreher-Bier gegönnt, das in einem Backsteinbau in der Via Giulia gebraut wurde.

Er hatte das Konservatorium nach wenigen Minuten erreicht, kaufte am Eintritt eine Karte und nahm in dem Konzertsaal Platz. Er konnte sich vorstellen, was ihn an diesem Abend erwartete. Immerhin hatte er Ida Finzi, die unter ihrem Pseudonym Haydée firmierte und publizierte und die den Abend gestalten würde, erst im Sommer kennengelernt und wusste, über welche Themen sie bevorzugt schrieb.

15.
EIN MÖNCH MACHT NOCH KEIN KLOSTER

Lamprecht hatte sich nicht getäuscht. Ida Finzi brachte wieder vor nationalistischem Pathos strotzende Zeilen zum Vortrag. Kein Wunder, dass Silvio Benco, der Chefredakteur des *Piccolo,* schon den früheren Auftritt hymnisch bejubelt hatte, standen doch beide auf derselben, nämlich der italienischen Seite. Doch im Anschluss hatte sie Lamprechts Einladung zu einem Abendessen ausgeschlagen. Er war geknickt, hatte er doch gehofft, dass es ihm in launiger Stimmung gelingen würde, etwas über die Kreise, die hinter den Schmähungen des Kaiserhauses steckten, in Erfahrung zu bringen. Sie wolle die Stadt verlassen und hoffte darauf, noch am Abend einen Zug ins Königreich zu bekommen. Sie müsse packen, außerdem hatte sie ihn durchschaut und dem Polizisten mit funkelnden Augen erklärt, dass sie sich von ihm nicht aushorchen lassen wolle.

»Sie wären mir eine angenehme Gesellschaft, stünden Sie mir nur als Mann gegenüber, doch auf den Inspektor in Ihnen kann ich verzichten.«

Nach dem missglückten Abend mit der Literatin wollte er keinen weiteren Rückschlag riskieren und ließ von seinem Plan, Grembi zu später Stunde aufzustöbern, ab. So eine zwielichtige Gestalt – da konnte er hundertmal Polizeispitzel sein – traf man besser nicht im Dunkeln. Er wusste ja, wo er ihn morgen wahrscheinlich finden würde, auch wenn das Weinlager jetzt möglicherweise ebenfalls der Versorgung der Armee diente, wie so vieles in der Stadt. Der Krieg konnte einem auch im Hinterland das Leben vergällen.

Der Nebel des frühen Abends war nun dichter geworden. Das Licht der Straßenlaternen durchbrach die Finsternis nur als milchiger Schimmer, der kaum zum Boden reichte. Lamprecht stellte seinen Kragen auf und richtete den Schal, der seinen Hals wärmte. Es waren kaum Menschen auf der Straße und er überlegte kurz, ob er einen Fiaker für den Heimweg anhalten sollte, entschied sich aber dann für den Fußmarsch, denn das Schweinerne hatte sich auch dem Magenlikör noch nicht geschlagen gegeben. Ihm fehlten seine Radtouren, ihm mangelte es an ausreichender Bewegung an der frischen Luft. Es hatte der Dezember noch nicht begonnen und er sehnte schon das Frühjahr herbei. In doppelter Hinsicht, denn da wäre wohl auch dieser Krieg ausgestanden, dann würde wieder Normalität einkehren, ein Leben wie gewohnt, nein, vielleicht sogar besser als vorher, weil sich neue Strukturen auftun würden, wenn die Staaten wieder in einen kulturellen Austausch gingen, statt sich die Köpfe blutig zu schlagen.

Er war so in Gedanken versunken, dass er zunächst gar nicht bemerkte, dass Schritte im Gleichklang mit den seinen über das Pflaster hallten. Erst als er sich intuitiv umwandte, sah er, wie eine Gestalt sich schnell gegen eine Hauswand drückte. In dem fahlen Licht war nichts weiter zu erkennen.

Lamprecht mahnte sich zur Vorsicht. Natürlich hatte er zu der kulturellen Veranstaltung heute Abend keine Waffe mitgenommen, aber er würde auch so seine Haut zu retten wissen. Er beschleunigte und erreichte bereits die Piazza Goldoni. Als er den Platz querte, fiel ihm ein, wie er letzten Sommer besagten Grembi hier gestellt hatte, als der seiner Tochter Gewalt angetan hatte. Er passierte das Gebäude, in dem die Redaktionsräume des *Piccolo* lagen, und stieg nun über die Stufen der Scala dei Giganti, die Stiege der Riesen, in Richtung Colle di San Giusto. Auf dem ersten Absatz legte er einen Halt ein und suchte die Gegend nach einem möglichen Verfolger ab, doch da war niemand mehr zu sehen. Er war allein. In den Häusern waren einzelne Fenster beleuchtet, immerhin ein tröstlicher Gedanke, dass offenbar noch ein paar Menschen wach waren.

Er stieg die Treppe weiter bergan und bog dann in das erste Gässchen der Città Vecchia ein. Hier kannte er sich aus, hier war er zu Hause. Hinter einem Brunnen suchte er Deckung und wartete.

Schritte hallten durch die enge Häuserschlucht, doch dann stoppten sie. Lamprecht hörte nur seinen eigenen Atem, der vor seinen Augen in kleinen Wölkchen kondensierte. Es war kalt, die Lust, hier länger zu warten und zu frieren, war ihm vergangen. Er erhob sich und ging ein paar Schritte weiter, als er sich einbildete, gegen das spärliche Licht eines Hauseingangs einen Schatten auszumachen, der über das Pflaster huschte. Er versuchte, so leise ihm das möglich war, eine Gasse weiter zu laufen, wo er in einer Nische Deckung fand.

Der Schatten bewegte sich ebenfalls auf leisen Sohlen, doch er kam in seine Richtung nach. Zehn Meter, fünf Meter, zwei Meter, bald würde er nur seine Hand ausstrecken müssen, um seinen Verfolger zu fassen zu bekommen. Er sprang aus seiner Deckung.

»Si fermi!«, rief er dem dunkel gewandeten Menschen zu, da wurde er plötzlich von der Seite angerempelt und fiel beinahe hin.

»Scusate«, entschuldigte sich eine heisere Stimme, und ein Mann, der seinen Hut so zog, dass Lamprecht nichts von seinem Gesicht erkennen konnte, huschte um die Ecke, aus der er sich unerwartet gelöst hatte. So wie Lamprecht sich auf die Lauer gelegt hatte, musste auch der dort gewartet haben, unentdeckt vom Polizisten. Schon war er um die nächste Ecke im Gewirr der engen Wege verschwunden, und Lamprecht wollte sich nun wieder seinem Verfolger zuwenden. Doch auch der hatte sich aus dem Staub gemacht. Er sah ihn gerade noch, in eine Kutte gehüllt, hinter einer Ecke verschwinden.

16.
EIN INFORMANT HAT MEHR ZU BIETEN, ALS LAMPRECHT RECHT IST

»Va' in mona de tu mare!«

»Traditore, ti mandiamo all' inferno!«

Lamprecht hatte ein untrügliches Gespür für kritische Situationen. Er wusste, dass sich Grembi untertags meist in der Gegend zwischen Fischhalle und Weinlager herumtrieb und war gleich in der Früh zu den Rive aufgebrochen. Zuvor hatte er Spetich über den wenig ruhmreichen Vorabend berichtet. Der Ispettore Capo hatte geseufzt und resignierend gemeint, es wäre auch zu schön gewesen, hier noch zu Ergebnissen zu kommen, bevor er ins Feld ziehen musste. Nach wie vor wunderte sich Lamprecht, dass Spetich den anstehenden Kriegsdienst stets so betonte, aber niemand in der Dienststelle ein konkretes Datum dafür kannte. Spetich selbst offenbar auch nicht.

Doch die Zellen im Gefangenenhaus füllten sich auch so nach und nach mit vermeintlichen Unruhestiftern. Dafür reichten bösartige Nachbarn, die bloß den Verdacht zu äußern brauchten, sie hätten diesen oder jenen bei abfälligen Bemerkungen gegen den Kaiser, die Armee oder den Krieg gehört, egal, ob das nun stimmte oder nicht.

Lamprecht war am Becken des alten Hafens entlanggeschlendert, vorbei am Palazzo des Lloyd. Zur Rechten ragte der Molo della Sanità ins Wasser, an dem einige kleinere Boote angelegt hatten. Die Masten tanzten neben den Steinquadern, die dicken Taue wetzten über den Stein, wenn sich die Bootsrümpfe hoben und wieder senkten. Das Meer war unruhig heute, aber wenigstens blies ihn die Bora nicht fast ins Meer, wie es einem an einem Wintertag durchaus passieren konnte. Er hatte schon den Molo Giuseppino hinter sich gelassen und war knapp vor dem Bahnhof Sant' Andrea angelangt, als er bemerkte, wie ein paar Männer einen anderen in einem dunklen Hauseingang bedrängten. Er erkannte Grembis Stimme, der sein Gegenüber nicht sonderlich freundlich aufforderte, in den Schoß der Mutter zurückzukehren, was er aber im triestinischen Dialekt weit derber ausdrückte. Ihn zur Hölle schicken, war der nicht weniger rüde Fluch desjenigen, der Grembi ein Messer ins Gesicht hielt. Es waren drei Angreifer. Den aufgekrempelten Stulpen ihrer Hosen nach zu schließen vermutlich Hafenarbeiter, die ihren Zorn an Grembi entluden.

Nun holte auch ein zweiter ein Messer aus seiner Hosentasche, um auf Grembi loszugehen, der seine Kontrahenten nach wie vor mit Kraftausdrücken bedachte. Lamprecht war froh, dass er heute seinen Revolver eingesteckt hatte. Er zückte seine Kokarde und griff nach der Waffe. Dann trat er an die Gruppe heran, doch bevor er noch das Wort »polizia« ganz ausgesprochen hatte, traf ihn der Faustschlag eines der Angreifer mit voller Stärke am Kinn, sodass er zurücktaumelte. Die beiden anderen ließen von Grembi ab und wandten sich nun mit ihren gezückten Messern ihm zu. »Warum nur den Spitzel kaltmachen, wenn wir auch seinen Herrn abservieren können?«

Der Polizist schüttelte den Kopf und war sofort wieder klaren Verstands. Der Schlag hatte seine Wirkung nicht verfehlt, doch Lamprechts Schädel war hart. Mehr als einmal war er bei einer wilden Abfahrt über den Lenker abgestiegen, er war es also gewohnt, so etwas einzustecken. Er richtete seine Dienstwaffe gegen die Männer. Ob er abdrücken würde, ob er jemanden verletzen wollte oder nicht, darüber machte er sich jetzt keine Gedanken. Jetzt musste er Herr dieser Situation werden, sie durfte ihm nicht entgleiten. »Signori!«, rief er und spannte den Hahn, »jetzt beruhigen sich einmal alle, bevor jemand zu Schaden kommt.« Die drei wirkten wie Kettenhunde, die überlegten, ob sie angreifen sollten, und dabei auf die Sicherheit der Kette vertrauten, die sie im letzten Moment zurückreißen würde. Langsam nur kamen sie näher, sie rückten Lamprecht auf den Leib, der den Lauf seiner Waffe zwischen ihnen hin und her wandern ließ. Als der erste mit gestrecktem Messer einen Schritt nach vorne machte, krachte ein Schuss. »Cazzo!«, schrie der Mann und hielt sich die Hand auf die blutende Wange, während ihn die beiden anderen mit schreckgeweiteten Augen anstarrten. Lamprecht hatte seinen Warnschuss auf den Boden abgefeuert, doch die Kugel hatte ein paar Steinsplitter weggefetzt. Einer davon hatte den Mann an der Wange verletzt.

Aber der laute Knall hatte einen weiteren Effekt – nun war entfernt ein Pfeifen zu hören. Polizisten auf Streife waren davon alarmiert worden und rückten nun an. Die zwei warfen ihre Messer weg und begannen zu laufen, der dritte suchte sein Heil ebenfalls in der Flucht. Lamprecht zielte ihm nach, drückte aber nicht ab. Er war kein Mörder.

Nun konnte Lamprecht sich Grembi zuwenden, der den Kragen öffnete, um seinen Hals zu massieren.

»Da bin ich wohl gerade im rechten Moment gekommen.«

»Da sehen Sie mal, wie schwer unsereins heutzutage sein Geld verdient, Ispettore.«

Lamprecht sicherte seine Waffe und streckte der heraneilenden uniformierten Wache seine Kokarde entgegen, wobei er mit dem Kopf in die Richtung der Geflüchteten deutete, deren Verfolgung der Kollege im Laufschritt aufnahm.

Grembi hatte sich sein Gewand abgeputzt und begutachtete nun einen Riss am Ärmel seiner Jacke.

»Dieser Stronzo, jetzt muss ich die Jacke zum Schneider tragen. Was das wieder kostet.«

Der Riss war zwar sichtbar, doch kam er Lamprecht nicht wie ein besonderes Malheur vor, war doch die Jacke auch an anderen Stellen bereits verschlissen. »Scheint mir keine große Sache. Vielleicht kann Signora Grembi das richten.«

»Die Alte liegt am Friedhof.«

»Das tut mir leid, aber Sie haben ja noch Ihre Tochter, wenn Sie mir die Bemerkung erlauben.«

»Die ist zum Glück auch dort, wo sie hingehört. Die in San Giovanni haben sie letzten Monat endlich aufgenommen, jetzt kann mir das Miststück keine Probleme mehr bereiten.«

Lamprecht erinnerte sich. Grembi hatte ja bei der Auseinandersetzung mit seiner Tochter im Sommer behauptet, diese sei im Oberstübchen nicht ganz richtig, aber das Ospedale Psichiatrico auf dem weitläufigen Gelände von San Giovanni war sicher kein angenehmer Ort für eine junge Frau, auch wenn das erst vor einigen Jahren eröffnete Institut sicher besser war als die alte Irrenanstalt in der ehemaligen Kaserne unterhalb von San Giusto. Doch auch zur modernen Psychiatrie gehörten kalte Duschen oder Käfige, in die man die Kranken sperrte, damit sie niemandem Schaden zufügen konnten. Oder man steckte sie in Zwangsjacken, damit sie sich selbst nichts antun konnten. So weit wie in Wien, wo manche Ärzte geistige Störungen wie jede andere Krankheit des Körpers betrachteten und versuchten, den Patienten zu helfen, indem sie die Ursachen dieser Störung ergründeten, war man in Triest noch nicht.

Grembi riss Lamprecht aus seinen Gedanken: »Wollten Sie zu mir oder habe ich Ihr Einschreiten einer glücklichen Fügung zu verdanken?«

»Ich kann Ihnen versichern, dass ich Ihre Gesellschaft nicht aus freien Stücken gesucht habe, sondern wegen dienstlicher Belange hier bin. Haben Sie von dem Mord an der alten Frau in Cologna gehört? Ist jetzt schon einen Monat her.«

»Die Hexe? Ja, aber haben Sie heute nichts für mich?« Er hielt dem Polizisten die offene Hand entgegen, was dieser ignorierte. »Oder Sie laden mich wenigstens auf ein Getränk ein.« Er deutete in Richtung eines kleinen Lokals an der nächsten Hausecke, doch Lamprecht schüttelte den Kopf.

»Ich habe gerade deinen Kopf gerettet, sonst hätten dir die Typen sicher die Gurgel durchgeschnitten. Außerdem sind solche Auskünfte der einzige Grund dafür, dass wir so ein Geschmeiß wie dich frei auf den Straßen herumlaufen lassen. Also entweder du sagst mir, was ich wissen will, oder du kannst die nächsten Wochen in einer feuchten Zelle zubringen. Solche Genossen wie die von vorhin werden es sicher amüsant finden, ihr Quartier mit einem Polizeiinformanten zu teilen.«

Grembis Blick verfinsterte sich, er presste die Backenknochen aufeinander, sodass sich seine Wangen verhärteten: »Capisco, Ispettore, ich sehe, wir bleiben einander heute nichts schuldig. Aber auch mir reicht's, dass ich meinen Arsch für euch hinhalten soll, für einen Staat, der sich immer mehr so aufführt, als wäre er der Besatzer in einem fremden Land. Auch für mich scheint es besser, wenn ich verschwinde. Ich kann es gar nicht mehr erwarten, endlich abzuhauen, aber Sie bekommen Ihre Information. Ist mein Abschiedsgeschenk an euch, die großzügige Polizeidirektion von Triest.« Er machte feixend einen Diener. Lamprecht hätte auch so verstanden, wie Grembi das gemeint hatte, und er forderte ihn auf, endlich auf den Punkt zu kommen.

»Ich habe gehört, dass ihr Biecher sucht, nicht wahr? Sicher, der hängt da irgendwie mittendrin, aber wo sich der Kerl derzeit versteckt, weiß ich auch nicht. Ich habe nur gehört, er soll sich eine feinere Adresse zugelegt haben, direkt hier in der Stadt, aber das werden Ihre Leute doch herausbekommen.« Grembi dehnte die Pause aus. »Ihr solltet vielleicht einer anderen Spur nachgehen. Einer, die möglicherweise schneller ans Ziel führt, als einem versoffenen Spieler zu folgen.«

»Eine andere Spur? Was meinst du?«

Grembi lachte heiser. »Ich wünsche euch viel Vergnügen, wenn ich weg bin. Also hören Sie gut zu, ich sag's nur einmal. Die Alte soll einen Liebhaber gehabt haben.«

»Ein Liebhaber? Aber die Frau war an die siebzig.«

»Und ihr Liebhaber sicher zwanzig oder mehr Jahre jünger.«

»Was? Welcher Mann will denn so eine … alte Frau, also ich meine, wenn sie …«

»Nur nicht so schüchtern, Ispettore. Ja, die alte Hexe hat wohl auch noch körperliche Bedürfnisse gehabt, und der, den ihr sucht, hat es gern mit alten Weibern getrieben.«

»Und erzählt man sich, wer dieser ominöse Liebhaber ist?«

»Namen hab ich keinen, aber er ist sehr groß und hager, vielleicht ist das der Grund, warum sie ihn ›La Cannuccia‹ nennen.«

»Was, der Strohhalm? Mehr weißt du nicht?«

»Doch, er trägt immer Handschuhe, auch im Sommer.«

»Warum das?«

»Das können Sie ihn fragen, wenn Ihre Leute ihn gefunden haben. Er soll aus einem Waisenhaus kommen. Ist aber natürlich viele Jahre her. Wäre vielleicht eine Spur. Passen Sie auf sich auf, Inspektor!«

Grembi zwinkerte Lamprecht zu und verschwand im Getümmel der Hafenpromenade. Der Ispettore zog an seiner rechten Bartspitze. Jetzt war er nicht mehr auf der Suche nach einem einzigen Verdächtigen, jetzt hatte er noch einen zweiten.

17.
ÜBER FLORA FRANCIULOS ERSTE SUCHE UND EINEN NÄCHTLICHEN BESUCH

Mit der Dämmerung war der Nebel eingefallen und die Feuchtigkeit in der Luft kroch durch die Poren der Kleidung und ließ Flora Franciulo frösteln. Sie zog ihr Schultertuch über die Haare und band die Enden enger um den Hals. Mit klammen Fingern öffnete sie die Haustür. Nachdem sie das Schloss aufgesperrt hatte, sah sie sich um, ob ihr jemand gefolgt war. Dabei blieb ihr Blick kurz an dem Fenster hängen, dessen Scheibe sie nun endlich hatte reparieren lassen. Sie betrat den kleinen Vorraum und roch die getrockneten Kräuter, die sie dort aufgehängt hatte. Mit Salbei und Baldrian konnte man sogar gegen den Teufel ankämpfen. Die Büschel würden nicht nur böse Geister fernhalten, sondern auch schlechte Gerüche vertreiben. Seit sie den Brief ihrer Mutter gelesen hatte, war ihr so manches klar geworden und sie legte nun einen ähnlichen Aberglauben an den Tag, wie sie ihn an ihrer Mutter immer verachtet hatte.

Sie war müde, denn sie hatte den ganzen Nachmittag über etwas gesucht, war in jeden engen Winkel gekrochen und hatte jedes der Häuschen aufgesucht, über die man Zugang zu dem Theresianischen Aquädukt finden konnte, leider ohne Ergebnis. Sie wusste, wonach sie zu suchen hatte, und auch vage, wo. Aber leider hatte sie im Moment nur grobe Anhaltspunkte. Womöglich hatte sie etwas in ihrer Erinnerung vermengt oder verwechselt. Wenn sie doch nur den Brief wiederfände!

Sie legte die Oberbekleidung ab und ging nach hinten in ihre Küche. Ihre Küche! Wie das klang. Aber jetzt war es offiziell. Das hier war nun ihr Haus und die Räume darin waren ihre Räume. Sie hatte begonnen, etwas von dem Krempel ihrer

Mutter wegzugeben und sich einige neue Stücke zugelegt. Jetzt im Krieg war zwar vieles teuer geworden, dafür konnte man einiges billig aus zweiter Hand erwerben, weil viele weniger gut Situierte sich von so manchem Hausrat trennen mussten, um für ihre Lieben Ausrüstung für den Kampfeinsatz zu kaufen. Uniformjacken mit eingenähten Metallplättchen, die vor feindlichen Kugeln schützen sollten etwa. Sie betrachtete die neue Teekanne, die sie so einer besorgten Mutter abgekauft hatte, und den neuen Teekessel auf dem Herd. Doch sie hatte jetzt keine Lust auf Tee. Sie dürstete nach einem Glas Terrano. Als sie das erste Glas geleert hatte, ging sie in den oberen Stock, wo sie den alten Kasten ihrer Mutter zur Seite schob. Die Möbel würde sie früher oder später weggeben und sich neue zulegen. Sie hatte den Kasten weit genug bewegt und ging in die Knie, um eine der Bodenlatten vorsichtig anzuheben. Ganz ließ sie sich nicht aufstellen, dazu hätte sie den Kasten auch drehen müssen. Sie holte die Petroleumlampe und stellte sie neben sich auf den Boden. Die Leuchte gab nicht nur Licht ab, sie spürte auch die Wärme auf ihrer Haut und roch das Brennmittel. Das Haus war nicht ans Stromnetz angeschlossen, obwohl es an der Straße schon Laternen gab. Sie würde sich demnächst darum bemühen, auch ihr Haus ans Netz anschließen zu lassen. Diese Öllampen waren unpraktisch und nicht ungefährlich. Nicht selten warfen Hausbewohner ein solches Licht unachtsam zu Boden, wo der Behälter barst und sich die Ungeschickten plötzlich mitten in einem flammenden See wiederfanden, der sich über das Zimmer verteilte.

Sie holte die Schatulle aus dem Hohlraum und legte etwas Geld, das sie heute Morgen eingesteckt, dann aber doch nicht benötigt hatte, wieder zurück. Sie fuhr mit den Fingern über das Goldplättchen, das sie in einem von ihrer Mutter versteckten Kästchen gefunden hatte. Sie hatte es nicht glauben wollen, als sie darüber gelesen hatte, doch es stimmte. Es musste sich um eines der Glieder handeln, aus denen die Kette vor langer Zeit angefertigt worden war. Der Schatz ihrer Ahninnen. Zumindest ein Teil davon. Der Rest des Goldes, und nicht nur dieses, war tief in der Erde verwahrt. Hatte es geheißen. Zumindest war es das, woran sie sich erinnerte.

Sie lehnte sich mit dem Rücken gegen die Wand und blies sich eine Haarsträhne aus dem Gesicht. Aber wo konnte der Brief nur sein? Seit Tagen suchte sie nun jeden Abend jeden Winkel im Haus danach ab. Sie erinnerte sich, wie sie ihn vor gut drei Monaten gefunden hatte, versteckt am Unterboden einer Schublade. Ihre Mutter hatte die im Sterben liegende Freundin besucht und ihr den Auftrag erteilt, die Bettwäsche zu wechseln. Sie war damals verärgert gewesen, schließlich kam sie gerade von der Arbeit, wo sie den ganzen Tag über nichts anderes gemacht hatte, als die Betten der abgereisten Gäste für Neuankömmlinge frisch zu beziehen. Zornig zog sie an der Kommodenlade, die jedoch klemmte. Sie umfasste den Eisenbeschlag darauf mit beiden Händen und stemmte sich mit vollem Gewicht dagegen, als die Lade nachgab und sie zu Boden fiel, ihr Körper begraben unter Leintüchern und Deckenbezügen, den Griff noch immer umklammert. Sie hatte laut geflucht und sich aufgerappelt, als ihr an der Unterseite auffiel, was die Sperre ausgelöst hatte. Nachdem sie diesen Brief gelesen hatte, war sie nicht mehr dieselbe gewesen. Und dann hatte sie begonnen, ihre eigene Geschichte neu zu schreiben.

Ein Geräusch von unten ließ sie hochfahren. Sie fragte sich, ob sie abgeschlossen hatte. Manchmal fuhr bloß der Wind durch den Kamin und ließ ein paar der Klappen auf- und zuschlagen. Doch das klang anders. Schnell ließ sie die Schatulle wieder unter dem Bodenbrett verschwinden und schob den

Kasten zurück. Vielleicht war Lodovico so unvernünftig, sie nochmals aufzusuchen. Er wusste jedenfalls zu viel.

»Stellst du schon um?«

Der Schreck fuhr ihr in die Knochen. Sofort ließ sie von dem Schrank ab.

»Hast du mich erschreckt. Wie bist du hereingekommen?«

In der Tür stand ein großer Mann von ausgemergelter Statur. Seine Wangen waren ebenso eingefallen, wie seine Augen tief in ihren Höhlen hingen. Er wirkte wie einer, der sich in einer unwirtlichen Gegend wochenlang verlaufen und endlich halb verhungert in die Zivilisation zurückgefunden hat.

»Die Tür war offen.«

Flora stellte die Lampe zurück auf das Nachtkästchen, ehe sie sich an ihm vorbeidrängte. »Komm!«, forderte sie ihn auf und ging voraus in die Küche, wo sie ihm ein zweites Glas neben die Weinflasche stellte und beide Gläser befüllte.

»Du solltest doch nicht herkommen, bis ich es gefunden habe. Du weißt, dass das zu gefährlich ist. Mein Haus könnte unter Beobachtung stehen. Unlängst war wieder jemand von der Polizei hier.«

Der Mann legte seine Hand auf ihre. »Ich will dich doch nur beschützen.«

Flora sah auf die Hand, die in einem schwarzen Lederhandschuh steckte, und zog ihre weg. »Hör auf, du machst mir Angst.«

Sie schwiegen, während jeder an seinem Glas nippte. Je länger Flora Franciulo über die Sache nachdachte, desto klarer schien ihr die Lösung. Sie sagte: »Aber wenn du schon hier bist, es gibt etwas für dich zu tun. Ich habe dir doch von Lodovico erzählt.«

Der Besucher nickte.

»Ich bin mir sicher, dass er etwas hat, das uns gehört.«

Der Mann trank sein Glas aus und nickte. Als er sich erhoben und wenig später das Haus verlassen hatte, war ihm sein Auftrag klar. Mehr als dieses kurzen Satzes hatte es nicht bedurft. Es war ein Verständnis, wie es nur unter wenigen Menschen herrscht.

18.
LAMPRECHT HECKT MIT ADINA EINEN PLAN AUS, DER NICHT ALLEN GEFÄLLT

Ein ähnliches Verständnis gab es zwischen Lamprecht und seiner jüngeren Schwester Adina. In letzter Zeit sah Gaetano nämlich nicht mehr das kleine, nervende Mädchen, das sie lange für ihn gewesen war, vor Kurzem war sie so etwas wie eine Verbündete in dieser nicht immer leicht handhabbaren Familie geworden. Das hatte nicht nur damit zu tun, dass sie die Vertraute war, wenn es um den Briefwechsel mit Viola ging, sie genoss sein Vertrauen auch, wenn es um seine Arbeit ging, und das nicht nur, seit sie nach ihrem unfreiwilligen Zusammenstoß mit Biecher auch Teil seines Falls geworden war.

Bevor er der Spur Grembis folgen wollte, beschloss er, endgültig Licht in die Besitzverhältnisse der Familie Franciulo zu bringen. Das Fräulein Sacher hatte ihm die angeforderten Unterlagen aus dem Katasteramt zusammengetragen und sogar noch unaufgefordert einen Kaffee gebracht, den er in Ruhe und kleinen Schlucken zu sich genommen hatte. Er blätterte durch die Seiten und studierte die Spalten. Allzu viel würde ihm der Umstand, dass es in der Familie der Franciulos in Triest immer wieder Grundbesitz gegeben hatte, bei der Lösung des Mordfalls nicht helfen. Ungewöhnlich war einzig, dass auf den

Blättern, die den Eigentümer auswiesen, keine männlichen Namen zu finden waren. Nur, was sollte er mit dieser Information anfangen?, fragte er sich und blickte von den Unterlagen auf. Den Rücken gegen die Sessellehne gestreckt, beobachtete er durch das Fenster das Verglimmen des Tageslichts.

Er kam früher nach Hause und suchte sofort seine Schwester in ihrem Zimmer, traf sie aber dort nicht an. Eigentlich hatte er damit gerechnet, Adina beim Lernen am Schreibtisch vorzufinden, doch der Raum war leer. Er ließ die Deckenleuchte ausgeschaltet und trat ans Fenster, um die umliegenden Winkel und Ecken der Gassen vor dem Haus abzusuchen. Womöglich besaß Biecher die Unverfrorenheit, Adina weiterhin nachzustellen und sie in ihrem Zimmer auszuspionieren. Es waren einige Schatten zu sehen, die draußen über die schwach beschienenen Wände huschten. Aber Passanten waren um diese Zeit ja nichts Ungewöhnliches.

Er verließ den Raum, um seinen Rock aufzuhängen. Auf dem Gang hörte er, wie jemand auf dem Flügel im Salon spielte. Wie die Töne leicht in Kaskaden purzelten, musste ein mehr als talentierter Spieler am Bösendorfer-Flügel sitzen, den sie aus ihrer Wohnung in Wien nach Triest übersiedelt hatten. Da also steckte seine Schwester.

Er blieb im Türstock stehen und wartete, bis Adina, die ihm den Rücken zugewandt und ihn noch nicht bemerkt hatte, die Etüde von Chopin beendet hatte. Gaetano kannte das Stück, er selbst hatte es niemals annähernd so locker aus den Händen geschüttelt wie seine Schwester.

»Brava«, lobte er sie, als die letzten Töne im Raum verhallt waren und er, nachdem er eine Pause von zwei, drei Sekunden verstreichen hatte lassen, in die Hände klatschte. Adina drehte sich zu ihm um und strahlte ihn an. »Du bist schon zu Hause?«

»Wie du siehst.«

Sie tauschten sich kurz über ihren Tag aus, und nachdem er sie nach einer Nachricht von Viola gefragt hatte, schüttelte sie nur den Kopf. Er hatte immer noch keine Rückantwort erhalten und es hätte ja sein können, dass Viola wieder ihren Brief an ihn zusammen mit jenem an Adina in nur einem Umschlag verschickt hatte.

Gaetano schenkte sich Weinbrand ein, schwenkte die goldbraune Flüssigkeit in dem bauchigen Glas und nahm einen Schluck, der Alkohol wärmte. Und erntete einen missfälligen Gesichtsausdruck von Adina.

»Alkohol vor dem Essen? Gibt es einen Grund dafür?«

»Zum Radfahren ist es zu kalt, jetzt muss man trinken, um die Sonne wenigstens im Bauch zu spüren, wenn sie schon auf der Haut fehlt.«

»Wenn du wüsstest, was du deinem Körper damit antust«, belehrte ihn Adina. Und dann stellte sich heraus, dass sie in Philosophie einen neuen Lehrer hatte, der strikter Abstinenzler und auch Vegetarier war und viele soziale Probleme im Missbrauch von Alkohol begründet sah. »Die Welt wäre eine bessere, wenn niemand trinken würde und die Menschen sich gesünder ernähren würden.«

»Die Welt wäre eine bessere, wenn die Menschen nicht so viele Gründe hätten, um zu trinken, und sie wäre vor allem besser, wenn die Leute überhaupt alle genug zu essen hätten.«

Lamprecht leerte den Schwenker und schenkte sich wie zum Protest nach, während Adina in lautes Gelächter ausbrach und gestand: »Ich wollte dich doch nur necken. Aber der Professore behauptet das wirklich, dabei ist er auch immer so komisch gekleidet, als würde er jeden Moment zu einer Bergbesteigung aufbrechen.« Und dann beschrieb sie den Kauz, der immer Hemd mit gestreiftem Pullunder trug und Hosen, die unter dem Knie mit den Wadenstutzen abschlossen.

Gaetano stellte das Glas ab und zog Adina vom Klavierhocker zu sich. Sie blickten einander schweigend an, bis Adina fragte: »Was ist los mit dir? Hast du etwas angestellt?«, weil er vor ihr stand wie einer, der etwas zu beichten hatte. Gaetano schüttelte den Kopf.

»Ich muss etwas mit dir besprechen, es hat mit meiner Arbeit und deinem ungebetenen Verehrer zu tun.«

Und dann erklärte er ihr, dass er sie wegen des kriegsbedingt herrschenden Personalmangels bei seiner Dienststelle um ihre Mithilfe bitten müsse.

»Das kostet dich aber eine Gegenleistung.«

»Und welche?«

»Du bringst mir Radfahren bei.«

»Du kannst Rad fahren!«

»Ich meinte doch Rennradfahren.«

»Aber das ist doch nichts für eine junge Frau.«

Adina machte einen Schmollmund und verschränkte trotzig die Arme. Sie riskierte ein Auge. »Und?«

»Va bene«, gab er sich geschlagen. »Und was sagst du?«

Adina hüpfte vor Freude von einem Bein auf das andere und sagte: »Vo-len-tie-ri! Wenn das meine Freundinnen erfahren, werden die platzen vor Neid. Ich als Hilfspolizistin!«

»Adina!«, bremste Lamprecht die junge Dame. »Das ist kein Spiel. Das ist ernst und es ist auch nicht ungefährlich. Dieser Biecher ist kein unbeschriebenes Blatt.«

»Wenn es gefährlich ist und wenn es meine minderjährige Tochter betrifft, dann habe das wohl ich zu entscheiden und ich sage Nein!«

»Mamma! Wieso bist du hier?«, kam es überrascht von Adina und Gaetano im Gleichklang.

»Ich muss hier eigenickt sein«, erklärte Elodie Lamprecht und erhob sich aus dem Lederfauteuil in der Ecke neben dem modernen Grammofon, mit dem man auch Musik machen konnte, wenn man kein Instrument beherrschte. Franz Lamprecht hatte es seiner Frau vor einem Jahr zum Hochzeitstag geschenkt. »Dann hat Adina zu spielen begonnen und das war so schön, da wollte ich ihr unbeschwertes Spiel nicht unterbrechen. Ja, und dann kamst du, caro figlio mio, und ich bin froh, weil ich so wenigstens gehört habe, was ihr schon wieder aushecken wolltet.«

Sobald die Mutter eine Pause machte, versuchten die Geschwister beide eine Erklärung zu finden, wie sie das schon als Kinder getan hatten, bis ihre Mutter die Hand hob und sie zum Schweigen brachte.

»Basta! Jetzt will ich einmal wissen, worum es geht, dann werde ich entscheiden.«

Gaetano begann von dem Fall zu erzählen und Elodie Lamprecht nickte dazu und warf ein, dass sie von der Frau in der Zeitung gelesen habe. Seine Mutter wusste wohl mehr von der Sache, als er angenommen hatte. Vielleicht hatte sie schon früher eines der Gespräche zwischen ihm und Adina mitbekommen. Seine Mutter war sehr diskret, immer schon, und lauschte nicht, aber so wie vorhin hätte sie auch schon früher zufällig Zeugin einer der Unterredungen zwischen Gaetano und Adina werden können.

»Und dieser Biecher, den du suchst, ist derselbe Strolch, der Adina nachstellt?«

»Ja, aber jetzt schon seit einiger Zeit nicht, deswegen hatte ich gehofft, wenn Adina …«

»… den Lockvogel für dich spielt, kannst du ihn schnappen«, unterbrach die Mutter ihren Sohn, der sich ertappt fühlte, wie früher beim Plündern der Keksdosen mit dem Weihnachtsgebäck, wenn der Heiligabend noch fern war.

»Bitte, Mamma«, flehte Adina und drückte der Mutter die Hand.

»Ich weiß nicht«, entgegnete die Frau mit Kummerfältchen um Mund und Augen. »Da muss es doch andere Möglichkeiten geben.«

»Leider nicht«, erklärte Gaetano. »Aber ich weiß nicht, ob ich euch das überhaupt erzählen soll, ich bin als Polizist zur Geheimhaltung verpflichtet. Nur so viel: An diesem Fall ist alles so verworren, und das Mysteriöse beginnt schon mit dem Opfer selbst.«

»Wie meinst du das?«

Lamprecht überlegte kurz. Die Details mit den ins Fleisch geschnittenen Kreuzen am ganzen Körper sparte er besser aus. Das hätte Adinas Neugier noch mehr angestachelt und seine Mutter in ihrer Ablehnung bekräftigt. Er schüttelte den Kopf. »Offenbar war die Frau nicht nur nicht arm, sondern durchaus begütert. Sie hatte ein eigenes Haus und ihre Tochter konnte jetzt ihre Anstellung als Zimmermädchen kündigen. Hat es offenbar nicht mehr nötig, für ihren Unterhalt zu arbeiten.«

Die Augen der Mutter wurden groß: »Sie war Zimmermädchen?«

»Ja, die Tochter ebenso wie ihre Mutter. Ist das nicht seltsam?«

Die Mutter rückte etwas ab und ihre Züge gefroren. »Was soll daran seltsam sein?«

»Na, der Wohlstand. Als Zimmermädchen kannst du doch kaum ein Kind ernähren. Und schon gar kein Haus kaufen.«

»Ich habe keine Ahnung, worauf du hinauswillst«, entgegnete seine Mutter trocken.

Adina stand der Mund offen, sie sagte kein Wort, die Diskussion spielte sich nur zwischen Gaetano und seiner Mutter ab. Diese meinte nur: »Aber deswegen müssen diese Frauen doch keine schlechten Christenmenschen sein. Und wenn man sparsam ist, kann man auch etwas zur Seite legen.«

»Nein, Mamma. Es tut mir leid, wenn ich dir widerspreche, aber als Polizist kenne ich mich mit den Menschen auch ein wenig aus. Natürlich, eine Möglichkeit gäbe es noch, aber die will ich vor Adina nicht ausbreiten.«

Bevor Adina protestieren konnte, sagte Elodie Lamprecht: »Du willst deine Schwester bei deinem Fall dabeihaben? Dann musst du mit offenen Karten spielen.«

Gaetano räusperte sich. »Also, wenn diese Zimmermaiden den Gästen auch in anderer Weise gefällig sind, also das für Geld machen, wofür andere Frauen sonst in den Häusern um die Piazza di Cavana tätig sind, dann wäre es möglich …«

Die Mutter schüttelte den Kopf. »Wenn man damit Reichtümer anhäufen könnte, wären die Villen in Chiadino voll von solchen Frauen, das sind sie meines Wissens aber nicht.«

»Da hast du sicher recht«, lenkte Lamprecht ein, sponn dann aber einen etwas anderen Gedanken weiter: »Nur wenn solch eine Zusammenkunft Folgen zeitigt und der betreffende Herr vielleicht eine höhergestellte Persönlichkeit ist, dann könnte man mit Erpressung, ihr wisst ja, das öffentliche Ansehen und so. Das lässt sich dann manch einer sicher etwas kosten. Und diese Personen vom Hotelpersonal sollen es ja nicht immer mit der Ehrlichkeit halten, was man so hört.«

»Stai zitto!«, fuhr ihm die Mutter erzürnt dazwischen. »Zimmermädchen ist ein ehrbarer Beruf, so etwas will ich in meinem Haus nicht einmal angedeutet hören, capisci?«

Lamprecht schlug die Augen nieder und nickte einmal.

»Es bleibt bei meinem Nein«, wollte die Mutter die Diskussion beenden.

»Vielleicht sollte das besser Vater entscheiden. Wo ist er heute Abend überhaupt?«

Elodie Lamprecht stiegen die Tränen in die Augen, dann gestand sie, wo sich der Vater in letzter Zeit zumeist aufhielt.

Es waren keine nächtlichen Sitzungen in der Bank, die ihn von seinem Heim fernhielten.

»Angeblich wieder bei so einem Unterstützungskomitee für unsere Soldaten, aber ich habe das Gefühl, bei diesen abendlichen Treffen wird vor allem gezecht, mehr als dass sie Gelder für unsere jungen Soldaten sammeln. Er hat sich völlig in sich zurückgezogen. Er spricht kaum noch mit mir, außer irgendwelche Banalitäten, was es zu essen gibt oder ob es heute noch regnen wird. Euer Vater ist nicht mehr derselbe, und das nur, weil sie ihn nicht haben einrücken lassen.« Sie schluchzte auf.

Gaetano nahm seine Mutter in den Arm.

»Eines noch«, sagte Gaetano abschließend, während er seine Mutter tröstete. »Kein Wort zu niemandem. Ich bitte um absolutes Stillschweigen, nochmals, hier geht es um polizeiliche Ermittlungen.«

Adina hatte verstanden. Das war es dann damit, vor den Klassenkolleginnen zu prahlen.

19.
EINE DÜRRE GESTALT HAT SELTEN HUNGER

Der Lange kam müde nach Hause und verschwand gleich in seinem Zimmer. Das Angebot seiner Zimmerwirtin, eine Kleinigkeit mit ihr in der Küche zu essen, schlug er dankend aus. Wahrscheinlich sehnte sie sich nach ein wenig Ansprache, doch das hätte ihm noch gefehlt, dass sie ihm nach diesem Tag die Ohren vollquatschte. Vielleicht wollte sie auch ein wenig männliche Gesellschaft, jetzt, da ihr Mann tot und der Sohn im Feld war. Ziemlich sicher sehnte sie sich auch nach Zärtlichkeit. Das war es doch, wonach diese alten Weiber ständig gierten: In den Arm genommen und dann, wenn es im Schlafgemach finster war, noch einmal penetriert werden.

Er öffnete das Fenster, denn der derbe Gestank, der von den gegarten Rüben in der Küche rührte, verleidete ihm das Atmen. Er schaute in den kleinen Hof und winkte einem Mädchen, das auf dem winzigen Balkon gegenüber sein Geschäft auf einem alten Emailtopf verrichtete. Die Kleine wirkte angestrengt, als hätte sie eine mathematische Gleichung zu lösen. Als sie ihn sah, schloss sie ganz schnell ihre Augen, vielleicht in der Hoffnung, sich damit unsichtbar machen zu können.

Er wandte sich ab und schlüpfte aus seinen Handschuhen, die er sorgsam übereinanderlegte. Es klopfte an der Tür. Seine Zimmerwirtin.

»Un attimo per favore!«, sagte er und schlüpfte wieder in die Handschuhe, ehe er die Türschnalle drückte. Die Frau lächelte ihn an und hielt einen Teller mit Eintopf in den Händen. Sie richtete den Blick auf den kleinen Tisch unter dem geöffneten Fenster und wollte sich an ihm vorbei in den Raum drängen, wohl um den Teller dort abzustellen, doch er gab den Weg nicht frei.

»Ich habe Ihnen doch gesagt, dass ich nichts essen möchte, Signora.«

»Aber Sie müssen doch etwas essen. Schauen Sie sich doch an, vollkommen verhungert sehen Sie aus, also kommen Sie, ich stelle Ihnen die Suppe hin und vielleicht möchten Sie später davon probieren.«

Der Dürre machte einen Schritt zur Seite und ließ sie in sein Zimmer. Er betrachtete ihr Gesäß, das sich üppig an ihm vorbeischob. Die Frau bewegte sich wie ein Schaf, das bei jedem Tritt mal auf die eine, dann auf die andere Seite wankt. Sie reichte ihm bis zur Brust, aber das taten die meisten Weiber, zumindest die, für die er sich interessierte. Ab einem gewissen Alter schrumpften sie wieder ein wie verdorrte Zwetschken. Er hatte eine Vorliebe für welkes Fleisch und dünne graue Haare und auf dieser Neigung, Frauen zu beglücken, die seine Mutter hätten sein können, beziehungsweise alte Mütter, die so einsam waren, dass sie auch so einen dahergelaufenen Lulatsch begehrten, lange Zeit seine Existenz begründet. Zumeist ließen ihn diese Frauen bei sich wohnen und versorgten ihn mit dem Nötigsten.

Die Wirtin, von der er sich bislang ferngehalten hatte, hatte den Teller abgestellt. Sie streckte ihren Brustkorb vor, damit ihr üppiger Busen auch zur Geltung kam, und schob sich an ihm vorbei aus dem Raum. Sie war nicht sein Typ. Er mochte lieber den Typus Brust, der klein und vertrocknet auf den Rippen hing, wie die vergessenen Trauben im Winter, da, wo die Natur ihr Einsehen mit der Vergänglichkeit gehabt hatte. Sie hatte kleine Augen, die eng beisammenlagen und dem Betrachter immer einen schläfrigen Blick vormachten. Er musste ihr nicht beiwohnen. Dieses Mal nicht, denn er hatte Geld, um das Zimmer zu bezahlen. Sollte seine Barschaft aufgebraucht sein, konnte er immer noch die Miete auf die übliche Art abzahlen.

Er hatte das Zimmer hier bei Valmaura, nahe dem Industriegebiet, erst vor knapp zwei Monaten bezogen. Er kannte das Viertel nicht und ging auch wenig aus. Vor wenigen Jahren hatte nicht weit von hier, in Servola, die Ferriera eröffnet, das Eisenwerk, das Tag und Nacht Feuer und glühendes Eisen spuckte, und viele Arbeiter waren hierhergezogen. Die Häuser hatten enge Wohnungen und die Fassaden waren rußig von den nahen Industrie- und Hafenanlagen, die sich ein Stück unterhalb der Bucht vom Lloyd-Arsenal befanden.

Er stellte den Teller, dessen Geruch nun auch den letzten Winkel seines Zimmers verpestete, auf das Fenstersims und lehnte sich dabei hinaus. Über den Hof spannten sich Wäscheleinen mit zum Trocknen aufgehängten Kleidungsstücken, die den Geruch von Schmierfett und Gosse nie wieder loswerden würden, ebenso wenig wie deren Träger den Nachteil, als einfacher Mensch geboren worden zu sein. Ein Kind weinte irgendwo und man konnte einem Paar bei seinem Streit zuhören, der sich wie so oft darum drehte, dass der Mann zu wenig Geld nach Hause schaffte, um alle zu ernähren, dafür aber die halbe Nacht in Spelunken zubrachte. Es war ein typisches Arbeiterviertel wie überall, wo Fabriken oder der Hafen Arbeit bot, die reichte, um zumindest nicht sofort zu krepieren. Was wussten denn die Leute im schicken San Vito in ihren imposanten Villen mit den von Gärtnern gepflegten Gärten vom wahren Leben? Oder in den Schlössern entlang der Straßenbahn nach Opicina, mit Zierfiguren, Stuck und Terrassen, die zu einem Cognac in der ersten Frühlingssonne einluden, die Türmchen auf den Dächern hatten und große Fenster für helle Salons und Prunkräume. Sogar die Bewohner der vielen kleinen Häuser auf den Terrassen mit den kleinen Weingärtchen oder Gemüsebeeten hinter Roiano, die von Dolinen durchzogen waren, wussten nichts von dem Elend der Menschen hier, weil sie ein Geschäft führten oder als Anwalt oder Handelsangestellter ihr Geld verdienten und sich vielleicht sogar eine Hilfe für den Haushalt leisten konnten, die ihnen kochte und den Abort putzte.

Er zog den Oberkörper wieder zurück ins Zimmer und schloss die Flügel, da die Kälte bereits die letzte Tageswärme vertrieben hatte. Er ließ sich mit den Schuhen aufs Bett fallen, zündete sich eine Zigarette an und dachte darüber nach, was seine Schwester ihm erzählt hatte. Leider war es ihm noch nicht gelungen, diesen Biecher zu finden. Aber nachdem der Spieler jetzt den großen Lebemann gab, musste er Spuren hinterlassen wie ein Hase im Schnee. Kannte man das Muster, wusste man sofort, woher das Tier kam und wohin es flüchtete.

Er zündete sich die nächste Zigarette an der alten an und griff nach dem Buch, das er einem Hausierer vor Kurzem abgekauft hatte. Er las diesen Russen, der mit schwerfälligen Sätzen schwerfällige Menschen beschrieb. Er hatte immer schon viel gelesen. Sein daraus gewonnenes Wissen beeindruckte die meisten dieser Witwen oder alten Jungfern, die seine Existenz sicherten, und manch eine hatte ihn für einen Lehrer gehalten. Er und Lehrer? Er schüttelte den Kopf. Er hasste Kinder! Er hatte seit dem Waisenhaus, als er seinen Spitznamen erhalten hatte, für ein Leben lang genug von Kindern.

Er dämpfte die ausgerauchte Zigarette aus. Langsam erhob er sich vom Bett, der Schwindel ließ die Wände in seinem Kopf rotieren. Er machte einen Schritt vor, öffnete erneut das Fenster und nahm den Teller. Er sah, wie das Mädchen vom kleinen Balkon gegenüber gierig danach schielte. Er winkte ihr zu und leerte den Inhalt des Tellers in den Hof. Sollten sich streunende Hunde oder die Ratten darüber freuen. Besser als dieses Mädchen. Er lächelte es scheel an. Sein schiefer Mund mit den schmalen Lippen war auch kein Schönheitsmerkmal, dessen er sich rühmen konnte.

Er brachte das Geschirr in die Küche zurück. »Grazie per il cibo, signora!« Ganz brav hatte er sich bedankt, so wie es ihm im Waisenhaus eingetrichtert worden war.

Flora Franciulo lag noch lange wach in ihrem Bett. Die Brust war ihr eng und jeder Atemzug war ein Kampf gegen die Beklemmung. Sie sprang aus dem Bett. Länger herumliegen hielt sie nicht mehr aus. Sie stellte sich an das offene Fenster und atmete lang und tief ein, bis sie ein wenig zur Ruhe gefunden hatte. Draußen glitten die Nebelfetzen wie verirrte Seelen über den kalten Boden. Sie schlüpfte in einen Morgenmantel, im Haus war es frostig geworden. Dann bereitete sie sich Tee zu.

Zum Glück hatte sie noch genügend frisches Wasser in dem Krug. Auch wenn der Brunnen nicht sonderlich weit weg lag, hätte sie keine Lust gehabt, um diese Zeit nochmals auf die Straße zu gehen. Da hätte sie sich anderweitig gewärmt, wieder mit einem Schluck Hochprozentigem, doch so konnte sie den Kessel auf den Ofen stellen, der noch gloste und den sie schnell wieder mit etwas trockenem, dünnem Holz zum Brennen gebracht hatte.

Sie saß da und quälte sich mit der Frage, wo sie noch suchen könnte. Im Haus jedenfalls nicht mehr. Für sie bestand kein Zweifel, dass Lodovico den Brief an sich genommen hatte. Wie sonst hätte sie seine Andeutungen verstehen sollen. Sie versuchte sich verzweifelt an die Details zu erinnern, doch sie war damals vom Inhalt so durcheinander gewesen, dass sie offenbar die Hinweise nicht richtig in Erinnerung behalten hatte. Sie hatte das Geheimnis entdeckt, das ihre Familie nun schon seit Generationen hütete.

Das Wasser kochte und sie goss damit ein paar Kräuter auf. In der Kanne war noch ein kalter Überrest vom Vortag, der bitter geworden war. Sie leerte ihn in die Spüle. Das Haus hatte keine Wasserleitung, aber immerhin eine Spüle mit Abfluss, in der man auch Reste entsorgen konnte.

Ihre Mutter hatte immer diesen Vorzug betont. Flora spürte, wie ihr Herz wilder schlug. Und sie hatte dabei stets betont, wie günstig es sei, dass dieser eigene Abfluss sie im Sommer vor dem Gestank bewahrte, wenn sie ihren Dreck wegspülten. Flora zog den Mantel enger über ihrer Brust zusammen. War das ein Hinweis? Wenn ihre Vermutung nicht falsch war, dann würde sie finden, was ihre Mutter vor der Welt verborgen hatte, so wie das schon deren Mutter getan hatte. Aber dafür musste sie hinaus.

Sie schlüpfte mit dicken Wollsocken in alte Stiefel und sperrte die Eingangstür auf, trat hinaus und stieg in das Feld, um zur Rückseite ihres Hauses zu gelangen. Der Boden unter ihren Füßen dampfte. Die Luftfeuchtigkeit ließ den Nebel im fahlen Mondlicht über die Wiese fließen. Dünne Fäden tanzten ihr um die Beine. Die Leute sagten, dabei handle es sich um die Geister der Verstorbenen, die sich hier nachts an ihr verwirktes Leben klammern wollten, so lange, bis ein Sturm sie fortriss oder die Sonne sie auflöste.

Doch für derlei Gespenstergeschichten hatte Flora nichts übrig, jetzt würde sie nicht einmal der Teufel persönlich noch aufhalten können. Sie stieß einen Fluch aus, weil sie über eine unebene Stelle gestolpert war, fing sich aber und kam ihrem Ziel immer näher. Sie erkannte in dem schwachen Licht, wo der Abfluss aus dem Haus trat und wo der kleine gemauerte Kanal dann im Erdreich verschwand, wo er sich wohl mit größeren Wasserkanälen verband. In einem nahen Hügel fand sich ein kleines Eisengitter an einem halb in die Erde gebauten Häuschen. Überall in der Umgebung fanden sich derartige niedrige Gebäude entlang der alten Wasserleitung. Der Eingang in die Unterwelt. Sie steuerte den Eingang an, öffnete das Gitter und bückte sich, um in den engen Tunnel zu steigen. Die kleine Lampe, die sie aus dem Werkzeugschrank in der Küche mitgenommen hatte, konnte wenig gegen die Dunkelheit ausrichten. Sie kletterte tiefer hinein und nahm auch keine Rücksicht darauf, dass ihr Gewand immer nasser und auch mit jedem weiteren Schritt mehr und mehr schmutzig wurde. Bald musste sie in dem Rinnsal auf dem Bauch robben, weil der Tunnel immer enger wurde. Irgendwann erreichte sie einen kleinen Raum. Sie holte die Leuchte näher an ihr Gesicht und ließ sie vor ihrem Körper kreisen.

Wer immer den Spruch, wonach das Gute nahe liege, geprägt hatte, hier konnte man den nicht anwenden. Da war nichts. Flora hatte sich getäuscht, wie schon so oft in letzter Zeit. Wenn sie doch wenigstens den Brief noch hätte, den ihr dieser Gauner gestohlen haben musste, dann könnte sie den vagen Hinweis vielleicht besser deuten. »Tief in der Erde, im Wasser Triests«, hatte ihre Mutter geschrieben, habe sie das neue Versteck gefunden, kurz nachdem sie in dieses Haus umgezogen war. Womöglich hatte sie ein entscheidendes Wort oder eine Vorsilbe, die eine Bedeutung ins Gegenteil verkehrte, vergessen. Und jetzt steckte sie in der engen Röhre fest. Sie kam sich vor wie ein Speläologe in einer Felsspalte in einer der unzähligen Grotten. Kaum hatte sie diesen Vergleich zu Ende gedacht, blitzte eine Erkenntnis in ihr auf und erhellte ihre Erinnerung. Wie dumm von ihr! Das Thema Männer war für ihre Mutter immer tabu gewesen. Fragen nach ihrem Vater hatte sie sich stets verbeten. Nur einmal, in einer gefühlsduseligen Stimmung, hatte sie etwas von ihrer Jugendliebe angedeutet. Sie war eigentlich fast noch ein Mädchen gewesen, da hatte es ihr einer der Grottenarbeiter angetan. Mehr hatte sie nicht erzählt, weitere Fragen nicht beantwortet. Mit einem Mal war Flora klar, welcher Ort ihrer Mutter als der perfekte erschienen sein musste. Welches Versteck konnte besser sein als jenes, das vom Geist des Liebsten bewacht wird?

Sie zwängte sich mühevoll aus dem Mantel und konnte so endlich wieder rückwärts aus dem engen Kanal hinausklettern. Morgen würde die Schatzsuche erneut beginnen.

20.
EINE SELTSAM KLARE NACHRICHT

Lamprecht saß im Caffè Stella Polare an einem der hinteren Tische, die nicht sofort vom Eingang oder von draußen einsichtig waren. Er war von der langen Theke aus bernsteinfarbenem Kirschholz verdeckt und hoffte, seine Ruhe zu haben. Das Problem in Triest, noch dazu so nahe seiner Dienststelle, die auf der anderen Seite der Piazza Sant'Antonio lag, war: Man begegnete fast überall Bekannten, und die sprachen einen ungefragt an. Wie gern dachte er da an Wien zurück, wo er sich mit seiner Angebeteten relativ frei hatte bewegen können, wo man nicht ständig erkannt und nach dem Befinden oder der Familie gefragt wurde.

Er hatte sein Büro an diesem Morgen schnell verlassen und gedachte den Rest des Vormittags im Caffè zu verbringen. Der Billardsaal war um diese Zeit noch nicht frequentiert, heute herrschte wenig Andrang in dem Kaffeehaus, das erst vor zehn Jahren an diesen Standort umgezogen war. Der Kellner hatte den Kaffee gebracht und fragte, ob er auch etwas zu speisen wünsche.

Lamprechts abwehrende Geste genügte, um sofort wieder allein und ungestört zu sein. Er holte noch einmal den Briefbogen aus dem Umschlag, der mitgenommen aussah, fast wie ein Versandstück, das den Weg zur Front und wieder zurück hinter sich hatte, dabei kam der Brief nur aus Mürzzuschlag, das fern jeglicher Frontlinie oder Kampfhandlungen lag. Er las Violas Zeilen erneut, doch wie am Vorabend blieben sie ihm rätselhaft. Die Buchstaben waren klar und strukturiert geformt und ließen Violas freudig tanzende Bögen und Schleifen, die sie oft verspielt setzte, kaum erkennen, dennoch war es ihre Unterschrift. Das hatte gestern auch Adina gemeint, die bereits mehr Botschaften mit ihrer Freundin ausgetauscht hatte.

Versuche Landung in Triest, Vorhaben schwierig, von Vorbereitung werde ich berichten.

Lamprecht schüttelte den Kopf, er verstand die Zeilen immer noch nicht.

»Was bedeutet das?«, hatte er Adina gedrängt, in der Hoffnung, dass sie mehr wusste, als sie zugab.

»Offenbar hat sie vor, uns zu besuchen, was ist daran so schwierig zu verstehen?«

»Aber es klingt nicht nach den von euch benutzten Botschaften und auch nicht nach ihrem sonstigen Stil.«

»Da magst du schon recht haben, aber vielleicht hatte sie wenig Zeit, um diese Nachricht zu schreiben.«

»Du meinst, sie stand unter Beobachtung?«

Adina lachte, was Gaetano zur Frage führte: »Du nimmst mich auf den Arm, oder?«

»Sieh doch nicht immer alles mit deinen Polizistenaugen, keine Ahnung, warum sie so seltsam schreibt, aber dem musst du keine Bedeutung beimessen, wenn sie wirklich kommt, dann wirst du es rechtzeitig erfahren, nehme ich an.«

Gaetano ließ nicht locker: »Gib es zu, du weißt etwas!«

Wieder hatte Adina ihr helles, aufrichtiges Lachen von sich gegeben, so unverdorben, dass man hätte meinen können, es gäbe keine Not und keinen Krieg auf der Welt. Und dann war Franz Lamprecht nach Hause gekommen. Seine Mutter hatte recht gehabt, dem Vater war eine leichte Schlagseite anzumerken, auch wenn er tapfer dagegen ankämpfte wie ein Panzerkreuzer, der sich mit letzter Kraft gegen das Verschlungenwerden durch den Ozean stemmt. Dennoch versuchte Gaetano, ihn in die Diskussion um Adinas Involvierung in seine Arbeit einzubeziehen. Er hatte gehofft, einen Verbündeten gegen die Ablehnung durch die Mutter zu finden, und er hatte ihn tatsächlich gefunden: »Was immer der Aufrechterhaltung von Ruhe, Ordnung und Sicherheit in unserer Monarchie dienen mag, soll meine Zustimmung erhalten.« Am Zungenschlag hätte Gaetano allerdings gleich erkennen können, dass der Vater am nächsten Morgen keine Erinnerung mehr daran haben würde.

»Wünschen der Signore noch einen Kaffee?«

Lamprecht schreckte auf und ließ schnell den Brief in seiner Sakkoinnentasche verschwinden, als handelte es sich um ein Pamphlet gegen die Krone. Er nickte und holte den anderen Umschlag, den er mit der bekannten Adresse beschriftet hatte. Wieder hatte er ein paar Scheine in den Papierbogen geklemmt. Er wollte sich nicht vorrechnen, wie oft er in den letzten Wochen an die Frau gedacht hatte. Er hatte deswegen sogar ein schlechtes Gewissen, fühlte sich als Betrüger, weil er ja mit Viola Botschaften austauschte und gleichzeitig an eine andere dachte. An eine allerdings, die er noch nicht einmal gesehen hatte. Aber gefühlt hatte er sie. Er hatte sie durch die sie trennende Holztür spüren können. Auf irgendeine unerklärliche Weise war eine Verbindung zustande gekommen, die sich gegen die Materie hatte durchsetzen können. Der Klang ihrer Stimme hatte ihn verzaubert und verfolgte ihn seither.

Als der Kellner den Kaffee hinstellte und sich wortlos entfernen wollte, hielt er ihn am Arm zurück. Die Sache verlangte nach stärkeren Hilfsmitteln.

»Bringen Sie mir noch einen Weinbrand.«

»Wollen Sie immer noch nichts essen?«

Gestärkt von Kaffee und Hochprozentigem fasste er sich ein Herz und steuerte frohgemut den Campo San Giacomo an. Dass er nicht der einzige Gast war, der das verrauchte Caffè verließ, bemerkte er nicht.

Auf dem Weg fiel ihm ein Verkaufsstand auf, der Puppen feilbot. Einfache Dinger ohne Gesicht, aus Wolle gestrickt. Er kaufte dem Standbesitzer, dessen Mund voller Lücken war, eine ab.

»Ihre Tochter wird große Freude damit haben«, sagte der Mann, als er zufrieden die wenigen Münzen abzählte, die er dafür verlangt hatte. Mehr als üblich, aber der feine Herr im Anzug konnte es sich bestimmt leisten.

Lamprecht hatte einen Plan. Er hatte keine Ahnung, was er von Violas Brief halten sollte, aber, das musste er sich eingestehen, im Moment hatte sein Interesse ohnehin einen Schritt zur Seite gemacht. Es war über ihn gekommen wie eine Welle und jetzt ließ er sich treiben, ließ die Gefühle zu, die in seinem Inneren miteinander um die Oberhand fochten. Da war seine Zuneigung für Viola, ein starkes Gefühl, ein Zufluchtsort für seine Gedanken, meist kurz vor dem Einschlafen. Doch mit der Dauer der Trennung, von der kein Ende absehbar war, verblasste nicht nur die Erinnerung an ihre Gegenwart, er verlor dieses Band, aus dem man Zugehörigkeit flicht. Der Eindruck, wie es sich angefühlt hatte, an ihrer Seite zu stehen, etwas mit ihr gemeinsam zu machen, und wenn es nur eine Botschaft für eine Brieftaube war – wichtig damals, immens wichtig, keine Frage …

Jetzt, das musste er sich eingestehen, gab es auch ein anderes Verlangen, ein Bedürfnis, das er seit der Zeit in Wien vergessen hatte. Es dürstete ihn auch nach der Geborgenheit in den Armen einer Frau. Die Unerreichbarkeit dieses Begehrens stachelte ihn nur weiter an. Das Herz einer stolzen Frau zu erobern, die noch in Trauer um ihren Mann war. Doch es war wie beim Radfahren: Je steiler der Anstieg und je ferner der Pass, umso ehrgeiziger wollte er sein Ziel erreichen.

Natürlich verstand er ihre Zurückhaltung, gut sogar. Sie war Witwe im Trauerjahr, und der Umgang mit einem unverheirateten Mann in seinem Alter hätte womöglich Fragen aufgeworfen. Dennoch hatte er sich in den Kopf gesetzt, sie zumindest so weit zu bekommen, dass sie ihm endlich öffnete. Wenn es nicht über sie ging, dann über die Tochter. Es war San Nicolò und alle Kinder hofften, dass der freundliche Bischof sie für ihr Wohlverhalten im vergangenen Jahr aus seinem großen Jutesack belohnen würde. Das war sein Plan.

Langsam verschwanden die Farben und die Landschaft wurde von einem zunehmenden Grau verschluckt, letzte lichte Flecken auf den Feldern erinnerten an verirrte Schafe, die ihre Herde suchten. Flora Franciulo trug feste Stiefel und eine dicke Jacke, die mit den Hüften abschloss und damit mehr Bewegungsfreiheit bot als ein Mantel. In einem Rucksack hatte sie ein Seil und eine Grubenlampe. Beides hatte sie heute erst besorgt.

Sie hatte Guardiella hinter sich gelassen, da war es dunkel geworden. Dennoch hatte sie den Pfad, der Richtung Monte Spaccato bei Trebiciano führte, bald gefunden. So verstand sie den Hinweis ihrer Mutter auf das Wasser für die Stadt. Es war so offensichtlich gewesen, dass sie es genau deswegen übersehen hatte, wie einer, der eine verlorene Münze nicht findet, weil er auf ihr steht.

Die Sträucher wurden dichter und der Weg war mehr Vermutung, weswegen sie ihre Tritte trotz des klaren Ziels vorsichtig setzte. Und wahrscheinlich hätte sie den Eingang unter diesen Bedingungen niemals gefunden, wenn sie nicht als Kind mit ihrer Mutter so oft dort gewesen wäre. Die hieß sie, im Frühjahr Blumen und Kräuter zu pflücken und im Sommer nach Pilzen zu suchen, während sie selbst für eine gewisse Zeit verschwand und danach mit gelöstem Blick zu ihr zurückkehrte.

Sie hatte sofort den Eingang in den Felsen gefunden. Hier wollte niemand freiwillig hinunter. Grotta dei Morti hieß der Spalt, der den Weg ins Innere des Berges freigab. Die Wassernot und die wachsende Bevölkerung in Triest Mitte des vorigen Jahrhunderts hatten die Behörden dazu bewogen, hier nach Trinkwasser für die Stadt zu suchen. Das Unterfangen war jedoch böse gescheitert und vier Arbeiter, die meisten aus Trebiciano, waren dabei gestorben. Drei, weil sie die nach einer Sprengung im unterirdischen Tunnelsystem verbliebenen Gasdämpfe eingeatmet hatten und erstickt waren, der vierte wenige Tage später bei dem Versuch, seine Kameraden und Verwandten zu bergen.

Sie zwängte sich durch das steinerne Portal, das die Natur hier errichtet hatte, und stieg, die Grubenlampe vor sich tragend, das steile Gefälle hinab. Das Seil hatte sie an einem Stamm beim Eingang festgemacht und umklammerte es mit der freien Hand. Die Mutter war nie lange weggewesen, also rechnete sie nicht mit einem allzu langen und tiefen Abstieg.

Ein Luftzug strich ihr über die Wangen und die Haare auf ihrer Haut richteten sich auf. Nur Mut, ermunterte sie sich. Die Mühe würde belohnt werden.

Langsam setzte sie Fuß vor Fuß und hielt dabei die Lampe nach unten, um den Pfad besser sehen zu können. Immer wieder rutschte sie auf dem glatten Untergrund und einzelnen losen Steinchen nach vorn und fing sich mit festem Griff im Tau. Immer wieder blieb sie stehen und leuchtete alle Zwischen- und Hohlräume ab. Wenn sie sich nur nicht getäuscht hatte. Das Ende des Seils war erreicht, ihr Ziel aber noch nicht. Sie ging in die Hocke und versuchte, an den Felswänden Halt zu finden. Sie bildete sich ein, das entfernte Rauschen eines Baches zu hören. Vielleicht hatten die Ingenieure doch nicht so unrecht gehabt, hier auf Wasser zu hoffen.

Etwas strich ihr über die Schulter. Sie fuhr herum und hätte dabei beinahe das Gleichgewicht verloren. Als sie die Lampe darauf richtete, erkannte sie, dass die Wurzeln hier durch die Felsdecke kamen und wie Girlanden über dem engen Weg hingen. Sie zog den Kopf ein. Endlich erreichte sie ein kleines Plateau, wo sie sich aufrichten konnte. Sie hielt das Licht in die Höhe und ließ es durch die Kammer, die hier auf natürliche Weise gebildet worden war, wandern. Sie leuchtete in jede Ecke und Nische. Wie vom Blitz getroffen hielt sie plötzlich inne. Sie hob die Leuchte etwas an, machte einen Schritt nach vorn, dann seufzte sie auf. Es war das Schönste, was sie je gesehen hatte.

6. DEZEMBER 1914

21.
EIN KLEINES MÄDCHEN BRICHT DAS EIS

»Gehen Sie bitte weg. Ich weiß nicht, warum Sie mich so quälen!«

Wie beim letzten Mal hatte Lamprecht sein Ohr an die Tür gepresst, er war sich sicher, ihren Atem hinter dem Türblatt zu hören. Er stellte sie sich vor, wie sie sich mit dem Rücken dagegen lehnte und schwer atmete. Er sprach sie mit dem Vornamen an. Sanft, seine Stimme weich und samtig wie ein lauer Luftzug im Sommer.

»Alessia, ich bitte Sie.«

Er sah sie in seiner Vorstellung vor sich, wie sich ihr Busen bei jedem schweren Atemzug hob und senkte und wie sie in zwei große dunkle Kinderaugen blickte.

»Mamma! Ist da der Nikolo draußen?«, hörte er jetzt eine helle Stimme. Gaetano ging in die Offensive: »Ja, mein Kind, hier ist der Nikolo«, log er.

Schweigen.

Stille.

»Ich hab dir auch etwas mitgebracht«, sagte Lamprecht noch immer mit kreideweicher Stimme, und das war nicht gelogen. »Aber nur, wenn du brav warst.«

Es dauerte nicht lange, und die Kinderstimme begann immer intensiver zu quengeln. Bitten folgten auf Weinen und sich damit abwechselnden Zornausbrüchen.

Dann wurde der Schlüssel im Schloss gedreht und die Tür sprang auf.

Alessia Pirona starrte ihn an wie einen bösen Geist. Ihre Wangen waren voll von salzigen Bahnen, doch das konnte ihre Schönheit nicht verdecken. Sie hatte große dunkle Augen, die von langen Wimpern gekrönt waren. Ein schlankes Gesicht und schmale Wangen, die ihre Backenknochen betonten, rote volle Lippen, die jetzt schmal wurden, als sie ihn vorwurfsvoll betrachtete. Die dunklen Haare, beinah schwarz wie Kohle, trug sie offen. Sie musterten einander für wenige Sekunden wie zwei Wölfe aus verschiedenen Rudeln, unsicher und von Angst in Besitz genommen, und beide hofften vom anderen, dass er es ihm nicht anmerkte.

Doch Lamprecht blieb nicht viel Zeit, die Frau, die zu sehen sein bislang ungestilltes Begehren gewesen war, eingehender zu mustern. Wie ein übermütiges Fohlen stürmte die Kleine voller Erwartung aus der Wohnung und rannte die wenigen Schritte auf ihn zu. Sie hatte nicht die Augen ihrer Mutter geerbt, sondern die eher kleinen Augen ihres Vaters und auch dessen Gesichtsform. Hätte sie keine Zöpfe gehabt, Lamprecht hätte meinen können, sein ehemaliger Kollege Pietro Pirona stünde in verjüngter Form vor ihm.

»Aber du bist ja gar nicht der Nikolo«, vermeldete die Kleine enttäuscht.

»Und woher willst du das wissen?«

»Du hast gar keinen Bart.«

Lamprecht deutete auf seine Bartspitzen, die natürlich nicht mit dem Rauschebart des heiligen Nikolaus mithalten konnten.

»Außerdem hast du gar keinen Sack dabei.« Die Tochter schien resigniert zu haben. Die letzten Worte hatte sie kaum hörbar ausgesprochen. Doch bevor sie sich umdrehen und wieder in der Wohnung verschwinden konnte, holte Lamprecht die Puppe hervor, die er die ganze Zeit über hinter seinem Rücken versteckt gehalten hatte. Jetzt wurden die kleinen Augen doch groß. Bis über beide Ohren strahlend packte sie das Spielzeug und hielt es wie eine Trophäe der Mutter unter die Augen. »Siehst du«, forderte sie die Mutter auf, »es ist doch der Nikolo, und schau, was er mir für eine schöne Puppe mitgebracht hat.«

Die Mutter nickte und streichelte der Kleinen über den Kopf, als sie vom Gang zurück in die Wohnung lief.

»Grazie«, bedankte sie sich. Sie wirkte erschöpft, zugleich schien sie auf eine unerklärliche Weise erleichtert. Kurz trafen sich ihre Blicke. Zu flüchtig, um daraus etwas deuten zu können.

Als sie die Tür wieder schließen wollte, machte Lamprecht einen Schritt nach vorn und zückte mit einem Lächeln die Tafel Lejet. Die Schokolade, die er vorhin auf dem Weg in einer Pasticceria erworben hatte, verfehlte die erhoffte Wirkung nicht, wie er am Zucken der Mundwinkel seines Gegenübers erkannte.

»Signora, lassen Sie uns reden. Bitte.«

Als Flora Franciulo wieder an die Oberfläche zurückkehrte, leuchtete der Mond fahl durch die kahlen Äste und überzog den Boden mit seinem milchigen Licht. Zweige knackten. Sie drehte sich um, doch da war nichts. Vielleicht ein Tier, oder das Holz knackte, weil die Nacht den toten Dingen Leben einhauchen konnte. Sie schaltete die Lampe ein und hielt sie in die Höhe, doch da war immer noch nichts zu sehen. Sie löschte das Licht wieder und packte Leuchte und Seil in den Rucksack. Den Schatz, nun ihren Schatz, hatte sie in seinem Versteck gelassen. Es gab dafür keinen besseren Ort und sie wusste ja nun, wo er war, und konnte ihn jederzeit holen. In ihrem Haus wäre er nicht sicher. Sie konnte nicht jede Nacht mit dem Küchenmesser in der Hand in der Stube warten und aufpassen. Auf dem Heimweg grübelte sie, ob ihr Mitstreiter endlich den Namen des Händlers hatte ausfindig machen können.

Lamprecht hatte es geschafft. Alessia Pirona saß neben ihm und trank eine heiße Schokolade. Er hatte versucht, ihr Mut zuzusprechen und ihr versichert, dass er alles ihm Mögliche unternehmen würde, dass ihre Tochter Federica mit allem Notwendigen versorgt werde und eine Schulbildung genießen könne.

»Warum machen Sie das für uns? Sie haben ein schlechtes Gewissen, oder?« Wieder blitzte Zorn aus Alessias Augen.

Lamprecht blieb ruhig. »Nein, Signora, kein schlechtes Gewissen, nur Sorge.« Und dann erzählte er ihr etwas von einem technischen Gebrechen, das dazu geführt hatte, dass sein Kollege Pirona unter den Laster geraten war. Er sei erst an der Unfallstelle eingetroffen, als das Unglück bereits geschehen war.

»Aber Sie haben ihn dazu angestachelt, unvorsichtig zu fahren, nicht wahr?«, gab die Witwe nicht auf.

»So war es nicht, aber ja, vielleicht waren wir nicht vorsichtig genug, doch das hatte mit unserer Polizeiarbeit zu tun, es ging um einen Fall.« Er tat ihren fragenden Blick ab, musste das tun, um nicht noch mehr Wunden aufzureißen. »Mehr kann ich Ihnen leider nicht sagen, es war eine Verschlusssache. Glauben Sie mir, es stand nicht in meiner und nicht in Pietros Macht. Es kam, wie es gekommen ist, aber ich habe ihm versprochen, mich um euch zu kümmern.« Lamprecht hatte einen vertraulichen Ton angeschlagen und zum ersten Mal, seit die Kleine vorhin strahlend mit der Puppe in die Wohnung gelaufen war, lächelte auch Alessia Pirona.

Lamprecht fragte, ob sie nicht noch mit ihm auf ein Gläschen Likör gehen wolle, doch sie winkte ab. »Signora Trifunovich passt gerne und oft auf die Kleine auf, aber ich will die Geduld meiner Nachbarin nicht auf die Probe stellen. Vielleicht ein anderes Mal.«

»Das heißt, ich darf auf ein Wiedersehen hoffen?« Lamprechts Blick hatte sich in ihren langen Wimpern verfangen, die sie nun niederschlug.

»Warum nicht? Sie scheinen ein netter Kerl zu sein. So habe ich Sie mir gar nicht vorgestellt.«

»Sie kannten mich ja gar nicht.«

Sie blickte zu Boden und überlegte für einen Moment, ehe sie sagte: »Pietro hat nicht nur nett von Ihnen gesprochen.« Sie hielt sich schnell die Hand vor den Mund. »Das tut mir leid, das hätte ich jetzt nicht sagen dürfen.«

Lamprecht schüttelte unmerklich den Kopf: »Nessun problema, signora. Ich war eben sein Vorgesetzter, da kann es mitunter zu Differenzen kommen, das ist ganz normal, machen Sie sich bitte keine Gedanken.«

Zum Abschied legte sie ihre Hand auf Lamprechts Schulter und blickte ihm direkt in die Augen. Lange genug, um die Tür für weitere Entwicklungen zu öffnen. Er war versucht, sie an sich zu ziehen, sie in den Arm zu nehmen, da wandte sie sich ab und sagte: »La ringrazio nuovamente. Arrivederla.«

22.
EIN HÄNDLER WITTERT SEINE GROSSE CHANCE

»Bringen Sie das Geld, dann bringe ich die Statuette!«

Die Frau zog ihr schwarzes Schultertuch über den Kopf und bedeckte ihre Haare, bevor sie aus dem Laden auf die Straße trat, wo ein eisiger Wind durch die Gassen pfiff und an den Fassaden kratzte wie trockenes Reisig.

Libero Suplina, der die ganze Zeit während des Gesprächs ein euphorisches Grinsen unterdrückt hatte, lachte jetzt laut auf und tänzelte vor Freude durch sein Antiquitätengeschäft. Im hinteren Teil, wo sein Büro lag, holte er aus dem Schrank die Flasche mit dem guten Wermut aus dem Haus Graf Stefan Keglevich Nfg heraus. Dieser wurde nur besonderen Kunden bei einem Kaufabschluss kredenzt. Jetzt hatte er sich selbst einen verdient. Während er in kleinen Schlucken trank, trat er an das Telefon und betätigte die Kurbel, damit die Vermittlung ihn mit der gewünschten Nummer in Udine verband. Er kam sofort auf das Wesentliche zu sprechen: »Sehen Sie, wie versprochen. Zu Weihnachten ist das gute Stück bei Ihnen. Das Beste wird sein, Sie schicken jemanden, der Ihr Vertrauen genießt, oder Sie kommen gleich selbst. Es wird sich auszahlen. Ich habe die Vermutung, dass wir die Bedeutung des Stückes bislang unterschätzt haben. Na, kein Wunder, bei den vagen Andeutungen, mit denen uns dieser Taugenichts bislang abgespeist hat. Aber vielleicht wusste er es auch gar nicht besser. Zum Glück hat mich meine Intuition nicht im Stich gelassen. Ich habe gleich gespürt, dass wir da an einer großen Sache dran sind.«

Und dann schilderte er aufgrund der Beschreibung der Frau seine Vermutung, worum es sich bei der begehrten Statuette wohl handelte. Das Schweigen am anderen Ende der Leitung verleitete ihn zu der Annahme, dass er den Preis noch sehr viel weiter würde hinauftreiben können als ursprünglich angenommen. Er gönnte sich noch einen Schluck, als sein Gesprächspartner eine Frage stellte. Suplina stellte das Glas ab und kratzte sich am Kopf.

»Ich weiß nicht, das habe ich noch nicht näher bedacht, aber Sie haben recht …«

Es war ihm egal, was mit Biecher passierte, der war jetzt aus dem Rennen, und das Geld, das er ihm als Vorschuss abgeschwatzt hatte, konnte er leicht verschmerzen, wenn er sich mit seinem Kunden über den neuen Aufschlag einig wurde. Das waren kleine Fische.

»Natürlich, wenn Sie das in die Hand nehmen wollen, mich interessiert der Kerl einen feuchten Dreck.«

Er legte auf. Seine Wangen waren rot vor Aufregung und auch vom Alkohol. Dennoch befüllte er das Glas erneut, dann sperrte er sein Geschäft zu. In Triest war derzeit ohnehin kein Geld zu machen. Er blickte aus dem Fenster auf die Straße. Die Plakate, die sonst Werbung für Zahncreme, Damenschuhe oder Konzerte machten, waren überklebt mit Verordnungen, in denen irgendeine Behörde weitere Beschränkungen kundmachte. Er hatte genug vom Krieg, selbst wenn die Schlachtfelder fern sein mochten, und er hatte genug von den österreichisch-ungarischen Behörden, egal wie stark diese auch mit Italienern besetzt waren. Die hingen doch alle am Rockzipfel des alten Kaisers in Wien. Mit dem Geld aus dieser Transaktion würde er sich möglichst schnell ins benachbarte Italien absetzen. Mailand oder vielleicht gleich Rom, auch wenn es da eine wahrscheinlich unbezwingbare Konkurrenz an alteingesessenen Platzhirschen gab. Er wusste aus Eigenem, wie schwierig es war, ein Netz aus vielen verschiedenen Kanälen zu errichten. So ein Kreislauf musste erst ins Fließen gebracht werden. Er benötigte diskrete Bezugsquellen, die ihm lieferten, woran seine Kunden interessiert waren, und diese beiden Gruppen durften einander niemals kennen. Nur so war es zu verhindern, dass sie ihn irgendwann übergingen. Und Neureiche, die ohne Kunstverstand auf der Suche nach Raritäten waren, um damit vor ihren versnobten Freunden prahlen zu können, gab es immer genug, und es gab auch genug Hyänen, die keine Skrupel zeigten, wenn es um ein Stück ging, das ein paar größere Scheine einbrachte. Er selbst tat das, was jeder Händler, was jeder gute Geschäftsmann tat: billig kaufen und teuer verkaufen.

Er gönnte sich ein letztes Glas, dann musste Schluss sein mit der Trinkerei, sosehr er Lust verspürte, sich irgendwo noch einen guten Tropfen zu gönnen, aber wer in diesen Tagen zu viel Lebensfreude zeigte, konnte leicht Misstrauen auf sich ziehen. Von der Missgunst der vielen Männer ganz zu schweigen, die derzeit von der Hand in den Mund lebten und die wenigen Heller, die zum Überleben einer Familie ohnehin nicht reichten, lieber in eine Bottega trugen. Doch das Problem der schlecht bezahlten Arbeiter gab es nicht erst seit dem Ausbruch des Krieges, dieses soziale Thema gab es wahrscheinlich schon, seit es den Hafen in Triest gab. Und manchmal brach es in der Gesellschaft auf wie eine Eiterbeule. Er erinnerte sich an die Tage im Februar kurz nach der Jahrhundertwende zurück, er war damals selbst ein junger Habenichts gewesen, aber von seinen Ideen beseelt, als die Heizer des Lloyd wegen der schlechten Arbeitsbedingungen streikten und zur Piazza Grande ziehen wollten. Das Militär hatte an der Piazza della Borsa eine Sperre errichtet, um genau das zu verhindern. Als die Arbeiter, denen sich aus Solidarität auch Studenten angeschlossen hatten, sich anschickten, die Sperre zu durchbrechen, wurden sie gnadenlos von Gewehrsalven niedergemetzelt und vierzehn Personen fielen dem an die uniformierte Truppe ausgegebenen Schießbefehl zum Opfer.

Suplina sperrte die Flasche in den Schrank und stellte das Glas in einen kleinen Bottich, wo schmutziges Geschirr auf die Putzfrau wartete. Er schlüpfte in seinen Mantel und ließ den Rollbalken niedersausen. Das metallische Scheppern erfüllte die kleine Gasse, doch niemand schenkte dem um diese Zeit üblichen Geräusch besondere Beachtung. Ein Passant zog hinter Suplinas Rücken seinen Hut und murmelte einen Gruß. Aus dem Augenwinkel sah der Händler eine Möwe über das Trottoir staksen. Aus ihrem Schnabel hing ihr als Beute ein Stück Fischabfall heraus. Suplina starrte sie an, ohne sie zu betrachten, denn dem Antiquitätenhändler war soeben bewusst geworden, dass er seinem eigenen Grundsatz zuwidergehandelt hatte, als er seinem Auftraggeber Biecher als Zubringer genannt hatte. Doch dann beruhigte er sich mit dem Gedanken, dass Biecher jetzt gar nicht mehr sein Verkäufer war, er war aus dem Rennen. Die einzige Gefahr, die von ihm ausging, war, dass er von der Transaktion wusste, doch das war Parentins Problem. Der hatte vorhin am Telefon erkennen lassen, dass er sich nötigenfalls darum kümmern würde. Tutto a posto, sagte Suplina also zu sich, und wenn dieses Problem ihn nicht betraf und womöglich auch von anderer Stelle erledigt würde, warum sollte er sich dann nicht doch noch ein Gläschen gönnen. Er drehte sich um und schritt beherzt, wenn auch nicht mehr ganz trittsicher, davon.

23.
EINE WAHRHEIT KOMMT ANS LICHT

»Wir wollten dich studieren lassen, damit du mit dem Kopf und nicht mit den Händen arbeiten musst. Und jetzt machst du sie dir erst recht schmutzig.«

Lamprecht arbeitete im Schein einer nackten Glühbirne, die den aus rohen Ziegeln gemauerten Gang zum Keller nur schwach ausleuchtete. Er wischte sich die öligen Finger an einem Tuch ab und wollte den Vater begrüßen. Doch der bedachte die schmutzigen Hände mit einem abfälligen Blick.

»Wir hätten dich damals in Wien doch entmündigen lassen sollen.« Franz Lamprecht schüttelte den Kopf.

Gaetano spürte, wie ihm der Hals eng wurde und der Blutdruck seine Halsschlagader zum Schwellen brachte. Er säuberte seine Hände nochmals und atmete laut schnaufend aus. Die Rechte war schon in Richtung Bartspitze unterwegs, doch er hielt inne und suchte eine andere Spitze. Eine zum Abfeuern. Er entgegnete, die Lippen zu einem frechen Lächeln angespannt: »Und warum tun Sie das nicht jetzt noch, lieber Vater? Auch in Triest gibt es Vormundschaftsgerichte.« Er machte einen Schritt auf seinen Vater zu, der tatsächlich zurückwich, sich aber hütete, eine Unsicherheit in seinen Blick oder seine Worte einschleichen zu lassen.

»Du weißt doch, wie gern ich beim hiesigen Tribunal auf Italienisch verhandle. Nein, danke!«

Doch Gaetano konnte es nicht dabei bewenden lassen. Offenbar fehlte ihm der Sport tatsächlich als Ventil, weshalb es ihm jetzt schwerfiel, seine Ruhe zu bewahren, wenn er sich angegriffen fühlte.

»Wie Sie wissen, dürfen Sie in jeder landesüblichen Sprache vor Gericht auftreten. In Ihrem Fall würde Ihnen ein Übersetzer beigestellt werden.«

Franz Lamprecht seufzte. »Hättest du dein Studium doch mit demselben Eifer betrieben, mit dem du mir ständig widersprichst, dann wärst du jetzt zugelassener Anwalt und würdest deine Zeit nicht mit solchem Unfug verplempern.« Er wandte sich ab und entfernte sich. Gaetano blickte ihm nach und fragte sich, ob er nicht zu weit gegangen war.

Franz Lamprecht würde nie verstehen, warum sein Sohn seine Zeit damit vergeudete, wie ein Mechaniker an seinem Rennrad zu arbeiten. Noch weniger würde er verstehen, wie gern er das tat. Wenn die Temperaturen sanken und die Tage zu kurz für eine Ausfahrt nach Dienstschluss waren, dann verschwand Gaetano oft im Souterrain vor dem Abgang in den Keller, um sein Bianchi zu putzen und die Verschleißteile zu warten. Fast mit Zuneigung betrachtete er das in einem zarten Himmelblau – offiziell hieß die Lackierung auch »Celeste« – schimmernde Fahrrad. Er drückte auf die schlanken Gummischläuche, die auf Holzfelgen aufgezogen waren, und prüfte vorne und hinten den Reifendruck. Dann trat er einen Schritt zurück und beschaute das Bici da Corsa aus der Mailänder Schmiede. Das Modell »M« war ein Spitzenrennrad, auch wenn er sich nicht die adaptierte Version geleistet hatte, mit der Bianchi seine Squadra für den Giro und sonstige Rennen ausstattete. Aber dreihundertneunzig Lire waren auch für einen Polizisten mit Festanstellung ein Luxus, von dem er noch länger träumen würde.

Er nahm die Wanne, in der er die kleinen Kügelchen in ein Spiritusbad gelegt hatte, und leerte die scharfe Flüssigkeit in den Ausguss. Dann trocknete er die Metallkugeln, baute sie wieder in das Lager ein und gab ordentlich Schmierfett dazu, damit sich die Radnabe wieder rund und leicht drehen konnte. Regen und Staub und auch die salzige Luft setzten den Lagern ordentlich zu, wenn man sie nicht regelmäßig reinigte und fettete. Auch das Tretlager vertrug wieder einiges von dem Gleitmittel. Im letzten halben Jahr hatte er sich nach und nach das nötige Werkzeug besorgt. Einen Spezialschlüssel für das Tretlager und auch solche, um den Lenkkopf bei Bedarf öffnen zu können. Nochmals musste er mit Groll daran zurückdenken, wie ihm beim Rennen im Herbst die Kette gerissen war. So etwas würde sich nicht mehr wiederholen.

Kleine Steinschläge im Rahmen musste er ausbessern, damit der Stahl unter dem Lack nicht zu rosten begann. Auch wenn es einige Werkstätten in Triest gab, die auf derartige Arbeiten spezialisiert waren, so war es für ihn eine Beschäftigung, der er gerne nachging und die ihn auch erfüllte. Er fand die Arbeit mit den mechanischen Teilen mindestens ebenso entspannend wie das Lauschen von Musik oder die Lektüre eines Buches.

An einem solchen Abend fiel er dann, nachdem er die Hände mit Bürste und Schmierseife geschrubbt hatte, müde und zufrieden ins Bett und schlief in der Nacht besonders fest.

Doch heute fand er nicht die erhoffte Ruhe, die ihm diese manuelle Betätigung sonst verschaffte. Sein Hirn marterte ein Gedanke, der sich in dem Gespräch mit dem Vater festgesetzt hatte. Die Sache duldete keinen weiteren Aufschub. Er wischte das Schmierfett ab, entfernte die Ölflecken mit Spiritus und cremte seine Hände ein.

Auch wenn es spät war, musste er nochmals mit seinem alten Herrn reden. Die Mutter schlief schon, doch der Vater war noch nicht zu Bett gegangen. Er fand ihn im Salon, wo er an der halb geöffneten Verandatür in die Nacht schaute. Gaetano räusperte sich.

»Eine Sache noch, werter Vater. Wenn Sie sich in der Rolle meines Vormunds sehen, dann haben Sie sicher auch entschieden, dass wir uns beide freiwillig melden sollten, habe ich recht? Für Kaiser und Vaterland. Dumm daran ist nur, dass sie Sie nicht haben wollen, mich aber schon.«

Die Augen des Vaters waren im Halbdunkel des Raumes kaum zu sehen, aber für Lamprecht glänzten sie. Die Lippen des älteren Mannes zitterten, als er antwortete: »Es tut mir so leid. Ich hoffe, du kannst mir das verzeihen.«

Franz Lamprecht nahm seinen Sohn in die Arme und drückte ihn an sich. Das hatte er das letzte Mal getan, bevor Gaetano damals zu seinem Duell aufgebrochen war und keiner in der Familie wusste, ob sie ihn lebendig wiedersehen würden.

»Bitte verrate mich nicht deiner Mutter«, flehte er und Gaetano streichelte ihm tröstend über die Schulter. In der Nacht lag er noch lange wach und überlegte, ob sein Vater mit dem Gang der Dinge nicht schon ausreichend gestraft war.

Als er am nächsten Morgen in die Dienststelle kam, entging ihm der Trubel nicht, der bereits auf dem Gang zu hören war. Er kam aus dem großen Saal, in dem die niederen Chargen ihren Dienst versahen. Er fragte einen jungen Kollegen, der ihm mit einem Bündel Akten unter dem Arm begegnete, was denn da los sei. Er salutierte. »Haben Sie es nicht gehört, Herr Inspektor, unser Mollieri ist zurück.«

Lamprecht lächelte: »Also hat sogar die Armee es begriffen, dass er nicht einmal zum Kanonenfutter taugt?« Er deutete mit der Hand einen Schluckspecht an, der die Flasche zum Trinken ansetzte.

»Nein, er wurde verwundet und hat nun ein paar Tage Heimaturlaub.«

Lamprecht tat seine gemeine Geste von vorhin sofort leid, denn Mollieri war zwar keine Leuchte, aber auch kein schlechter Mensch. »Hat es ihn schlimm erwischt?«, fragte er besorgt.

»Aber nein, nur ein Streifschuss am Arm. Ist sicher in ein paar Tagen wieder gut.«

Lamprecht betrat den Raum, der von einem Durcheinander an Stimmen erfüllt war. Doch die Klangkulisse entpuppte sich als weniger heiter als noch zuvor von ihm angenommen. Mollieri hatte am großen Tisch auf einem Sessel, der sonst Auskunftspersonen zugewiesen wurde, Platz genommen, den Arm in einer Schleife, und sein Blick wanderte verunsichert durch den Wald aus Gesichtern, die abwechselnd auf ihn einredeten und ihn aufforderten zu erzählen, zu schildern, wie es da draußen, im Feld, wirklich war. Natürlich lachten einige aus der Mannschaft. Sie machten Witze, sie klopften Mollieri auf die Schulter, sie lobten seinen Heldenmut, all das, um den

Kriegsheimkehrer aufzumuntern. Doch Mollieri machte ein Gesicht wie bei einer Beerdigung.

Lamprecht trat an den Tisch heran. Auch er legte einen heiteren Ton in seine Stimme, ließ sie höher als sonst erklingen, wenn er dem meist leicht angetrunkenen Untergebenen einen Auftrag erteilte. »Mollieri, salve e bentornato.«

Mollieri hob kurz den Kopf in seine Richtung und nickte ihm zu. Lamprecht erschrak, als er ihn aus diesen leeren dunklen Höhlen anstarrte. Man sagt, durch die Augen hindurch könne man die Seele eines Mannes sehen. Wenn das stimmte, dann hatte Mollieri keine mehr. Selten hatte so viel Leere aus erloschenen Augäpfeln gesprochen, und Lamprecht hatte berufsbedingt sogar einige Leichen zum Vergleich.

Jemand stellte Mollieri ein Glas Wein hin, erzielte trotz der angestimmten Prostrufe keine wirkliche Reaktion des Gastes, der das Glas langsam wie ein Greis von sich wegschob und leise, kaum hörbar, um ein Glas Wasser bat.

Die Männer blickten einander an, bis einer grinsend vermeldete: »Certo, per lo Spritz.« Die Ah-Laute machten nun die Runde.

Doch Mollieri ließ den Wein unangetastet. Stattdessen nahm er das ihm gereichte Wasser und machte einen Schluck davon. Er zog den rechten Arm aus der Schlinge und umfasste mit beiden Händen das Glas, verschüttete dennoch einiges auf dem Tisch, so stark zitterten seine Hände. Die Umstehenden waren schon zuvor verstummt. Mit regloser Miene und aschgrauem Gesicht begann Mollieri leise zu erzählen, und auch wenn keiner das hören wollte, berichtete er von der Front, und er berichtete das, was keine Zeitung schreiben durfte, was man nirgends zu lesen bekam.

»Die Hölle ist ein schönerer Ort als das, wo wir sind. Wir kauern uns in den Schützengraben, Schulter an Schulter, wir liegen im Schlamm und im Dreck und erfrieren halb in unseren dünnen Uniformen. Du zitterst und zugleich glüht dir die Stirn. Nachts ist es besonders schlimm. Es wird dunkel, und dann ist es wieder taghell, weil das Mörserfeuer den Himmel erhellt wie tausend Sterne, die auf dich herabstürzen. Die Erde bebt, du hast ständig das Gefühl, du reitest auf einem wilden Stier, dabei liegst du nur in deinen Exkrementen und im Erbrochenen, sofern es überhaupt etwas zu essen gegeben hat, das man wieder hochwürgen kann. Und es stinkt. Nach Salpeter, nach dem Pulver und nach dem verwesenden Fleisch. Überall die Leichen, die keiner holt. Du musst über sie drüberklettern, dich durch kalt gewordenes Gedärm wühlen, wenn du den Befehl hast, die Position zu ändern. Und immer pfeifen die Granaten über deinen Kopf, du bist taub, weil dir die unendlich dauernden Explosionen das Trommelfell verklebt haben.«

Zum Schweigen gesellten sich betretene Mienen, und nicht der trinkfreudige Mollieri griff nach der offenen Weinflasche und schenkte sich ein, nein, das taten die Männer aus der Mannschaft, die nun den Schock im Rausch zu ertränken versuchten.

»Irgendwann spürst du nichts mehr, irgendwann hörst du nichts mehr und irgendwann siehst du auch nichts mehr. Nicht den Donner, nicht das Wimmern, wenn sie sterben, nicht die Augen, die dich anstarren, wenn du wieder über einen Misthaufen aus menschlichen Gliedmaßen robben musst, um die nächste Leiter zu erreichen. Nachts sterben die meisten, wenn die Dunkelheit sie zudeckt und sie den Weg zurück zu Gott finden. Ich habe Männer gesehen, die waren zwanzig Jahre oder mehr älter als ich, die in diesem Moment nach ihrer Mutter gerufen haben. Sie winselten wie ein verängstigtes Kleinkind, das sich angemacht hat.«

Mollieris Gesicht zeigte keine Regung. Er schilderte diese schrecklichen Vorkommnisse mit versteinerter Miene und verhielt sich dabei wie einer, der emotionslos einen Text herunterliest. Umso besorgter blickten die drein, die ihn umringten, und geschwollene Augen hatten jene, die demnächst genau dorthin müssten, wo der Erzähler gerade herkam.

»Mollieri, was reden Sie da?«, tönte es von der Tür herein und es erschien die breite Gestalt von Ispettore Capo Spetich. »Sie machen mir ja die Truppe noch ganz scheu. Ich glaube, Sie sollten besser aufpassen, solch unbedachtes Reden kann einen heutzutage schnell in Schwierigkeiten bringen. Und ihr, habt ihr keine Arbeit?«

Die Versammlung hatte sich aufgelöst, noch ehe der Chef wieder bei der Tür draußen war. Mollieri saß verlassen auf seinem Platz wie ein vergessenes Gepäckstück auf dem Bahnsteig.

»Es würde mich freuen, wenn Sie noch kurz in mein Büro kämen«, lud Lamprecht den ehemaligen Kollegen zu sich ein.

Mollieri saß Lamprecht matt gegenüber.

»Sie dürfen das Spetich nicht übel nehmen, er versucht nur, die Ordnung hier aufrechtzuerhalten, was immer schwieriger wird. Haben Sie es schon gesehen? Jetzt arbeiten sogar schon Frauen in der Polizeidirektion zu Triest.«

Mollieri nickte, ihm waren die beiden Stenotypistinnen im großen Zimmer vorhin nicht entgangen.

»Also, ich wollte Ihnen nur noch meine Achtung auf den Weg mitgeben. Ich fand das sehr mutig, wie Sie gehandelt haben.«

»Es war nicht mutig. Es war genau das Gegenteil. Ich hab das einfach nicht mehr ausgehalten, diese Anspannung, dieses ständige Grauen. Ich bin genau deswegen aus der Deckung, weil ich es beenden wollte. Ich wollte, dass sie mich erwischen, damit sie mich töten und es endlich vorbei ist. Doch kaum hatte ich meine Hand erhoben, hat es mich zurückgerissen und ich lag blutend wieder im Graben, doch die Kameraden folgten meinem Beispiel und sind hinaus und haben die gegnerische Stellung zerstört. Wahrscheinlich bekomme ich sogar einen Orden. Einen Orden dafür, dass ich mein Leben wegwerfen wollte.«

Jetzt war es Lamprecht, der in sich gesunken dasaß, als wollte er seinen Oberkörper im Bürostuhl verstecken. »Das wusste ich nicht«, sagte er kleinlaut. »Ich meinte Ihre schonungslose Schilderung vorhin. Es ist mutig, die Wahrheit auszusprechen.«

»Das war nicht die Wahrheit. Ich habe stark untertrieben. Die Wahrheit vermag niemand zu beschreiben.« Zum ersten Mal war Mollieris Blick fest und klar, und es war Lamprecht unangenehm, ihn zu erwidern. Er war verwirrt und Mollieri am Ende. Der Alkohol hatte über die Jahre ein Wrack aus ihm gemacht und der Krieg hatte nun dieses Wrack trockengelegt. Ein schwimmender Kahn würde er nie wieder sein.

Es klopfte an der Tür. Die Sacher betrat nach einem Nicken Lamprechts den Raum und legte einen Stapel Papiere auf dem Schreibtisch des Ispettore ab. Mollieri erhob sich.

»Wenn sonst nichts ist, Ispettore?«

Lamprecht schüttelte den Kopf. »Alles Gute, Mollieri, passen Sie auf sich auf.«

Wie ein Schatten verschwand Mollieri aus dem Büro. Die Sacher blickte ihm nach.

»Was war denn das für ein Gespenst?«, fragte sie.

»Ich wüsste nicht, was Sie das angeht«, ärgerte sich Lamprecht über ihre abfällige Bemerkung. »Was haben Sie da?«, setzte er etwas höflicher nach.

Die Sacher machte einen Schmollmund, dann schlug sie das Konvolut auf und erklärte, dass es sich um die in der Urkundensammlung hinterlegten Dokumente aus dem Grundbuch handle.

»Ich habe Ihnen die wesentlichen Eckpunkte zusammengefasst.«

»Danke, und ich habe hier noch etwas, von dem ich Sie bitte, es entsprechend zu verteilen, also an alle Dienststellen in der Stadt.« Er reichte der Sekretärin einen Zettel, wo er die wesentlichen Merkmale des mutmaßlichen Liebhabers des Opfers nach Grembis Schilderung zusammengefasst hatte. Die Sacher nahm ihn entgegen, doch kaum hatte sie dessen Inhalt überflogen, bildeten sich Falten auf ihrer Stirn: »Sie wollen das wirklich die Runde machen lassen?«

»Warum nicht, was stört Sie?«

»Wir suchen nach einem Mann, von dem wir keine anderen Anhaltspunkte haben, als dass er groß ist, dürr, die Hände in Handschuhen trägt und eine Vorliebe für«, sie räusperte sich auf der Suche nach dem richtigen Wort, »reife Frauen hat?«

Lamprecht zuckte mit der Schulter und deutete ein Nicken an. Mehr hatte er nicht. Auch wenn diese Beschreibung wohl nicht sehr präzis war, konnte man es ja probieren, vielleicht meldete sich jemand, der etwas gehört hatte. Er wollte sich jetzt dem Faszikel auf seinem Schreibtisch widmen. Er blätterte vor und zurück und schon auf den ersten Blick erkannte er, dass die Sekretärin gewissenhaft und sauber gearbeitet hatte. Aber auch die Abfrage des Namensverzeichnisses im Kataster hatte nichts Neues ergeben. Sein Mordopfer hatte das Haus erworben und nicht etwa geerbt. Beim Abgleich der Einträge mit dem Auszug aus dem Einwohnermeldeamt trat zutage, dass das kurz nach der Geburt der Tochter Flora gewesen war. Ein Hinweis auf deren Vater fand sich aber nicht. Lamprecht seufzte. Immerhin war nach dem Hinweis Grembis auf einen Liebhaber Eifersucht als Tatmotiv nicht ganz ausgeschlossen.

Erst jetzt bemerkte Lamprecht, dass die Sekretärin noch immer im Zimmer stand. Er blickte von der Unterlage auf und sah ihr direkt ins Gesicht.

»Ist noch etwas? Sie dürfen wegtreten.«

Sie machte ein langes Gesicht und drehte sich um. An der Tür hielt sie inne und wandte sich noch einmal zu ihm.

»Warum sind Sie eigentlich immer so schroff zu mir?«

»Wie kommen Sie darauf, dass ich …«

Lamprecht konnte den Satz nicht fertigsprechen, da hatte die Sacher die Tür bereits ein wenig zu laut ins Schloss fallen und ihn mit dieser Frage allein gelassen. Warum eigentlich war er tatsächlich immer wieder unfreundlich zu der Frau, die bessere Arbeit leistete als die meisten der männlichen Kanzlisten, die oft mit seinen Ansprüchen überfordert waren? Er konnte keinen wirklichen Grund finden, außer einer Skepsis, dass man Frauen im Allgemeinen hochgeistige Aufgaben nicht zutraute. Er teilte diese Einstellung nicht, musste aber zugeben, dass er, von seiner Schwester und vielleicht Viola abgesehen, bislang kaum Umgang mit intelligenten Frauen gehabt hatte. Er war der Sacher gegenüber distanziert, wie sich das als Vorgesetzter gehörte, und wie es sich auch als Mann gehörte.

Während dieser 8. Dezember vorbeizog wie ein entfernter Ozeandampfer am Horizont, träge und doch in Bewegung, dachte er erneut an Adina, die zum Missfallen des Vaters von einem Medizinstudium träumte und als Beispiel immer Evelina Rawicz anführte, die als erste Triestinerin vor zwei Jahren in Wien ihren Abschluss gemacht hatte. Er dachte an Viola, fragte sich, welche Pläne sie wohl für ihre Zukunft hatte, dann kreisten seine Gedanken um Alessia und später sogar um das Fräulein Sacher, und irgendwo waren da auch noch ein paar Überlegungen für die Franciulos nötig. Dringend nötig.

24.
AUCH LAMPRECHTS ELTERN TRAGEN EIN GEHEIMNIS MIT SICH

Bei seiner Heimkehr am Abend wurde Gaetano Zeuge einer Diskussion, wie er sie seit Jahren kannte, nur diesmal mit umgekehrten Vorzeichen.

»Ich dachte, wir feiern, wie es sich für Österreicher gehört, und der Weihnachtsbaum wird erst am Heiligabend aufgeputzt?«, hörte er seine Mutter.

Seit Jahren, sogar schon in Wien, hatte es die Diskussion darüber gegeben, ob man die Adventszeit, wie in Italien üblich, mit einem Baum feiern wollte, der am 8. Dezember im Wohnzimmer aufgestellt und bereits geschmückt wird, oder nach der österreichischen Tradition.

Lamprecht musste lächeln, als er seinen Vater sah, der sich, auf charmante Weise leicht angeheitert, am Baumstamm anhalten wollte und dabei mit der übermannsgroßen Tanne hin und her schwankte wie ein Schiff bei Seegang. Offenbar hatte sein alter Herr heute den Sieg der Deutschen über die Russen bei Łódź gefeiert. Die Zeitungen hatten euphorisch über die Niederlage der zaristischen Truppen an der polnischen Front berichtet. Als ob das die eigenen Niederlagen wettgemacht hätte! Österreich-Ungarn hatte schon im Herbst einen herben Rückschlag gegen Russland erlitten und Lemberg am 2. September räumen müssen, wodurch eine der Kornkammern der Monarchie verloren gegangen war, was die Bevölkerung jetzt zu spüren bekam.

Franz Lamprecht hob den Zeigefinger und begann zu dozieren. »Ich habe heute einen Holzhändler getroffen, geschäftlich, der hat mir im Vertrauen erzählt, dass die Armee im großen Stil Christbäume aufkaufen wird, weil es die Idee gibt, unsere Soldaten an der Front damit ein wenig an die Heimat zu erinnern.« Er schlug die Hacken zusammen und versuchte einen militärischen Salut. Dabei entglitt ihm der Baum. Der Nadelbaum kippte und der Wipfel schlug gegen den Tisch, wo er eine Tasse mitriss, die nun in Scherben neben den grünen Zweigen auf dem Boden lag.

»Na, bravo«, sagte die Mutter.

»Eben, bravo. Das finde ich auch. Es war doch gut, dass ich schnell noch einen besorgt habe, bevor die alle an die Ostfront gehen. Was meinst du, Gaetano?«

Gaetano, der sich gegen den Türrahmen gelehnt hatte, trat ins Zimmer. Der Vater hatte sicher recht. Alles wurde knapper und alles wurde teurer. Heute waren wieder einige Regelungen für amtliche Höchstpreise verlautbart worden, um wenigstens die Grundversorgung sicherzustellen. Er hob den Baum auf und lehnte ihn ins Eck, wo er halbwegs sicher stehen blieb. Dann half er seiner Mutter, die Reste der zerbrochenen Tasse aufzuklauben, bevor er antwortete: »Ich glaube, dass es eine gute Sache ist, unseren Leuten ein wenig Hoffnung zu geben, und wenn es nur mit einem Christbaum ist. Die Hoffnung, wenigstens das nächste Weihnachten mit der Familie verbringen zu können, wird die Armen vielleicht trösten.«

»Mut soll es ihnen machen«, warf der Vater ein.

»Mit Mut kann man nicht überleben«, entgegnete Gaetano.

»Papperlapapp, du redest wie früher diese Sozialisten, die gegen den Krieg wetterten, wo es nur ging.«

»Erstens waren das nicht die Einzigen, die gegen diesen Krieg waren, und zweitens haben die ihre Meinung offenbar geändert, zuletzt hat auch die *Arbeiter-Zeitung* die Kriegsanstrengungen gewürdigt.« Er machte eine Pause. »Und drittens habe ich es aus erster Quelle.«

Dann berichtete er, was Mollieri heute erzählt hatte. Die Mutter stand nach dieser Schilderung schweigend und betreten da, nur der Vater stichelte weiter: »Dann ist dieser Mollieri eben ein Feigling.«

»Vater, glauben Sie mir, diese Tausenden Kilometer an Schützengräben sind kein Ort für Männer. Dort ist nur Platz für Leichen. Und wenn all die Helden dort verreckt sind, werden es die Feiglinge sein, die nach dem Krieg unser Land wieder aufbauen.«

Franz Lamprecht verstummte. Sein schlechtes Gewissen meldete sich und gebot ihm zu schweigen. In genau diese Schützengräben schickte er seinen Sohn. Sein Blick aus geröteten Augen sprach Bände. Schuld und Verzweiflung flossen durch die blutigen Äderchen, und dahinter saß die Hoffnung, dass Gaetano ihn nicht vor seiner Frau auffliegen lassen würde, wie er ihn eindrücklich gebeten hatte.

Alle schwiegen und diese Stille war drückend. Franz Lamprechts Lippen zitterten. Elodie Lamprecht ballte ihre Rechte zur Faust und drückte sie sich gegen die Brust. Die Ruhe schien den Raum zu sprengen. Es war wie vor einem Gewitter, wenn der Wind nachlässt und die Vögel verstummen und man den Kopf einzieht, um sich vor Donner oder geöffneten Himmelsschleusen zu schützen. Gaetano versuchte einzulenken: »Es tut mir leid, ich wollte euch den Abend nicht verderben.« Er lächelte gezwungen, in der Hoffnung, damit Zuversicht zu verstrahlen. Dann ging er zum Baum und fragte: »Was passiert jetzt damit?«

Seine Mutter überwand nun ebenfalls die Schockstarre und kehrte zum Eingangsthema zurück, als sie versöhnlich meinte: »Wir machen es österreichisch. Stell den Baum bitte hinaus, dort wird er frisch bleiben.« Sie trat an ihren Mann heran und drückte ihm einen flüchtigen Kuss auf die Wange. »Bravo, Franz, das hast du gut gemacht. Es ist ein schöner Baum und ich bin froh, dass wir ihn haben. Und ich bin froh, dass ich Weihnachten mit meinen beiden Männern feiern darf.« Sie schlug ein Kreuzzeichen und Gaetano dachte insgeheim, dass ihr der Herrgott diesen Wunsch wohl erfüllen wird. Zumindest zu diesem Weihnachtsfest. Die Dame des Hauses wechselte den Tonfall: »In einer halben Stunde bei Tisch. Und ich hoffe, wir schaffen das in einer der Würde des Hauses geziemenden Weise.«

Sowohl Franz als auch Gaetano Lamprecht nickten dazu artig.

Gaetano wollte nach diesem unangenehmen Disput den Anzug gegen bequemere Kleidung tauschen, wenn die Familie gemeinsam zum Abenddiner zusammentraf. Er hoffte, dass sein Vater seinen Kummer nicht weiter im Alkohol ertränken wollte, denn das tat seinem angespannten Herz nicht gut. Natürlich waren solche Diskussionen auch Gift dafür. Da konnte er genauso gut in einer der verrauchten Spelunken die halbe Nacht trinken und seine Zigarren rauchen. Gaetano schalt sich, dass er sich dazu hatte hinreißen lassen, seinem Vater zu widersprechen und damit die Diskussion erst richtig angefacht zu haben. In Hinkunft würde er sich zusammennehmen müssen, wenn er seinen alten Herrn, der beinah schon Mitte fünfzig war, nicht ins Grab bringen wollte.

Auf dem Weg zu seinem Zimmer lugte er durch die halb geöffnete Tür ins Zimmer seiner Schwester.

»Ciao, Adi«, rief er hinein, ohne den Raum zu betreten. »Nachricht von Viola?«

Die Schwester saß an ihrem Schreibtisch über aufgeschlagenen Büchern und lernte. Die Messingleuchte mit dem grünen Glasschirm entriss nur einen Teil ihres Oberkörpers dem sonst herrschenden Dunkel. Sie hob unmerklich den Kopf und schüttelte ihn. »Nein, und du?«

»Nemmeno io, aber sag, ist dieser Kerl wieder aufgetaucht?«

»Siehst du nicht, dass ich lernen muss? Wusstest du übrigens, dass die Sprache der Etrusker nach wie vor kaum entschlüsselt ist?«

»Ich glaub nicht, dass ich so einen werde verhören müssen, also ist mir das egal.«

»Scemo, aber was deine Frage betrifft: Nein. Der Widerling hat wohl Spundus vor dir, aber ich bin froh, dass er sich nicht mehr blicken lässt.«

»Ich eigentlich auch«, antwortete Gaetano mit gemischten Gefühlen. Zu gerne hätte er Biecher endlich geschnappt, aber er war auch froh, wenn er seine Schwester nicht in Gefahr brachte. Zu ihrer Sicherheit hatte er ihr einen Wachmann in einigem Abstand nachgeschickt. Dessen Berichte vermeldeten keine Feindsichtung. Aber es hätte sein können, dass der Beamte weniger aufmerksam war als seine Schwester. Doch Biecher war seit dem letzten Zusammentreffen wie vom Erdboden verschwunden.

Er sagte: »In einer halben Stunde wird gegessen.«

»Dann halt mich nicht länger auf«, verscheuchte Adina ihren Bruder mit einer entsprechenden Geste.

Draußen ging er an den Räumen des Onkels vorbei. Der ließ sich, anders als noch im Sommer, jetzt kaum blicken. Manchmal aßen sie gemeinsam, dann wieder nicht. Manchmal trug Ladislaus Frauenkleider, dann wieder nicht. Der Onkel konnte sich frei im Haus bewegen, und dennoch hatte er sich wieder in sein Schneckenhaus zurückgezogen. Das war im Moment vermutlich auch besser. Die Straßen waren voll von grölenden Soldaten, die sich hier einschifften oder mit einem der vielen Züge ihrem Tod entgegengeführt wurden und daher noch ein letztes Mal ihr Leben auskosten wollten. Wer die Aussicht hatte, bald vom Mörserfeuer zerfetzt zu werden, für den war eine trunkene Schlägerei ein fröhlicher Zeitvertreib.

In seinem Zimmer kleidete Gaetano sich um, warf den bequemen Hausrock über, ohne das Licht anzumachen. Ihm reichte das vom Schein der Laternen vor dem Haus entstehende Spiel von Licht und Schatten, das in den abendlichen Grautönen des Winters variierte. Er trat ans Fenster. »Wo bist du?«, murmelte er und suchte die wenigen einsichtigen Winkel der umliegenden Gasse nach einer Mönchskutte ab. Oder nach Biecher. Der wäre ihm jetzt sogar lieber gewesen. Doch weder dieser noch der Mönch gaben sich zu erkennen. Und doch waren sie da, war er überzeugt. Nur weil man etwas nicht sah, bedeutete das nicht, dass es nicht da war. Er schüttelte den Kopf. Offenbar hatte er es heute mit dem Diskutieren, und wenn niemand da war, dem er widersprechen konnte, dann tat er das mit sich selbst im Zwiegespräch. Genug! Er wandte sich ab, um sich aus dem Salon noch einen Aperitif zu holen.

Das Abendessen verlief den Wünschen der Mutter entsprechend ruhig und gesittet. Der Aperitif auf nüchternen Magen hatte Gaetano seinem Vater gegenüber milder gestimmt, wohingegen der Altvordere sich offenbar mit einer innerlich und äußerlich angewandten Wasserkur erfrischt hatte. Wie immer Luisa es angestellt hatte, sie hatte Fleisch besorgen können, und so gab es einen Hasenbraten in Sauce und dazu Nockerl, aber solche aus Mehl, wie in Wien üblich.

Jetzt saßen alle da, ließen ihr Besteck zwischen Teller und Mund wandern und lauschten den heiteren Erzählungen Ainas, die während der Mahlzeit etwas aus der Schule, aber auch ein wenig Klatsch aus der Stadt zu berichten wusste. Als dann die Sprache auf Weihnachten kam und Franz Lamprecht Adina nach ihren Wünschen fragte, platzte es aus ihr heraus: »Ich habe doch alles, was ich brauche. Aber ich möchte so gern Fahrrad fahren lernen. Auf einem Rennrad. Gaetano hat es versprochen. Als Gegenleistung.«

Der Vater unterbrach die Mahlzeit und blickte irritiert in

Richtung seiner Frau. Doch Adina war nicht zu bremsen. »Es ist so spannend, an der Arbeit Gaetanos teilhaben zu dürfen« – nach diesem Satz gab es einen tadelnden Blick der Mutter in Gaetanos Richtung –, »ich hoffe, dass ich ihn bald besser unterstützen kann und er diesen Wüstling, der mich verfolgt, endlich verhaften kann.«

Bevor Gaetano etwas darauf sagen konnte, donnerte der Vater los: »Also das kommt ja wohl überhaupt nicht infrage, dass du Adina in deine Arbeit hineinziehst. Wie kommst du überhaupt auf die Idee …?«

»Aber Vater!«, fiel ihm Gaetano ins Wort, »Sie haben doch selbst gesagt, dass …«

»Das ist völlig egal, jetzt untersage ich dir, deine Schwester in Gefahr zu bringen. Ist das klar?«

»Natürlich«, antwortete Gaetano, der sich seines Vorsatzes erinnerte, den Vater nicht zu provozieren.

Eine Zeit lang war nur mehr das Klappern von Besteck zu hören, bis Adina leise fragte: »Onkel Ladislaus ist jetzt so selten bei uns, soll ich ihn holen?«

Ihre Mutter legte Messer und Gabel beiseite, tupfte sich mit der bestickten Stoffserviette die Lippen ab und sagte: »Lass gut sein, Kind. Die rüden Umstände dieser schrecklichen Zeit haben ihn wieder zum Einsiedler werden lassen. Er will niemanden sehen. Wie das nur alles weitergehen wird?«

Dann herrschte wieder eine Zeit lang betretenes Schweigen, das erst vom Vater unterbrochen wurde, der offensichtlich das vorherige Thema noch nicht abgeschlossen hatte.

»Offenbar kommst du mit deinem Fall nicht so recht weiter, wenn du sogar schon deine kleine Schwester einspannen willst – oder täusche ich mich?«

Gaetano kaute seinen Bissen Fleisch besonders gut, weil er Zeit für eine Antwort schinden musste.

»Das mag so scheinen, aber wir haben im Moment auch viel um die Ohren, was diese Aufrührer betrifft, wie Sie sich vorstellen können.« Dafür erntete er ein zufriedenes Nicken des Vaters, der an seinen imperialen Backenbart griff und »gut, gut« sagte. Doch dann setzte Gaetano noch unbedacht eins drauf: »Außerdem ist dieser Fall nicht so wichtig.« Er dachte an Valerios Worte, der ihm nahezu unverblümt dazu geraten hatte, die Ermittlungen zu verbummeln, um so seinen Fronteinsatz hinauszuzögern. Der Vater schien diese Bemerkung überhört zu haben.

Dafür stoppte seine Mutter ihre Gabel knapp vor dem Mund und fragte: »Wieso das? Ich meine, da geht es doch um einen bestialischen Mord?«

»Ja, aber das Opfer war nur eine ehemalige Zimmermaid.«

»Und? Sind das denn keine Menschen?« Adina entging nicht, wie der von der Gabel aufgespießte und vor dem Mund schwebende Fleischbrocken zu tanzen begann, weil die Hand der Mutter angespannt zitterte, doch Gaetano nahm davon anscheinend keine Notiz. Sein rhetorischer Karren steckte im Schlamm fest und sank immer tiefer.

Er blies Luft aus: »Man kennt ja solche Frauen. Für ein wenig Trinkgeld machen die ja nicht nur das Bett, sondern auch noch die Wärmflasche dafür.«

»Es reicht!«

Die Mutter ließ ihr Besteck auf den Teller fallen, dass es nur so klirrte, und warf wütend die Serviette auf den Tisch, ehe sie aufsprang und mit glänzenden Augen aus dem Zimmer stürmte.

»Na bravo«, sagte Franz Lamprecht. »Schlimmer hättest du deine Mutter nicht mehr beleidigen können. Jetzt kannst du dir eine wirklich gute Entschuldigung einfallen lassen, du Tropf!«

»Ich verstehe nicht«, stammelte Gaetano.

»Deine Mutter war früher auch eine Stubenmagd.«

Auch der Vater sprang auf und eilte seiner Frau nach. Adina legte die Serviette ebenfalls auf das Gedeck und verließ den Raum.

»Aber wie konnte ich denn wissen …?«

Wenn heute schon nicht sein Abend sein sollte, konnte er sich ebenso gut noch eine blutige Nase beim Campo San Giacomo holen, sagte er zu sich, als er am späteren Abend nochmals das Haus mit einer Flasche Tokaier verließ.

25.
DIE ERRETTUNG DES KLEINEN FELIX

Am nächsten Tag fühlte er sich nicht mehr ganz als der Wurm, der am Vorabend allein am Tisch zurückgeblieben war.

Lamprecht hatte dienstfrei, und weil das Wetter annehmbar war, hatte er seinen Wollpullover und seine Mütze angezogen und war mit dem Rad nach Capodistria gefahren. Es gab eine Strecke, die kurz vor Muggia durch die hügelige Landschaft teilweise neben der Bahnstrecke nach Parenzo die Landzunge querte und dann am Meer entlang bis zu der kleinen Inselstadt führte. Capodistria hatte schon zur Römerzeit bestanden und war lange unter venezianischem Einfluss gestanden. Die Serenissima hatte es zum Verwaltungszentrum für das von ihr beherrschte Istrien erhoben, bevor das Gebiet wieder an Österreich-Ungarn gefallen war.

Während der gesamten Fahrt musste er daran denken, was die Mutter seiner Schwester und ihm am Morgen beim Frühstück von sich aus offenbart hatte. Nie hatten seine Eltern darüber gesprochen, wie sie sich kennengelernt hatten. Er hatte es auch nie wissen wollen. Erst Adina hatte als Kind bei einem Ausflug ins Kahlenbergerdorf danach gefragt. Sie waren in einer Buschenschank gesessen. Gaetano erinnerte sich an den unwilligen Kellner, der, anstatt eine Bestellung aufzunehmen, nur in Richtung des Buffets gewiesen und dann, beim Servieren der Getränke, ständig etwas vertauscht oder vergessen hatte und sich am Ende über das seiner Meinung nach zu knapp bemessene Trinkgeld beschwerte.

»Mamma, wie hast du eigentlich den Papà kennengelernt?« Die Mutter hatte sich fast an ihrer Limonade verschluckt. Gaetano erinnerte sich, wie Franz Lamprecht seine Hand auf die der Mutter gelegt hatte, eine seltene Geste, und für sie das Antworten übernahm: »In Triest, eher zufällig, ich wollte damals eurem Onkel ein wenig zur Hand gehen, als das für ihn mit dem Geschäft schwierig geworden war, da haben sich unsere Wege gekreuzt.«

»Ja, aber wie und wo?«

Der hilflose Blick der Mutter sprach Bände und Gaetano hatte der vorlauten Schwester unter dem Tisch gegen das Schienbein getreten, der Vater mit strenger Miene genickt und Adina hatte den Versuch, weiterzubohren, hinuntergeschluckt.

Seit heute Morgen wussten sie, dass der Vater als junger Geschäftsreisender im Hotel de la Ville abgestiegen war, wo die Mutter als Stubenmädchen beschäftigt gewesen war.

Die Mutter stammte aus der Toskana. Doch war ihr Kontakt zu ihrer Familie abgebrochen, und so erklärte sich auch der Umstand, dass sie nie jemand dort besucht oder von dieser Seite eine Aufwartung erhalten hatten. Als Kind war ihm das nicht aufgefallen, doch eigentlich hätte er sich irgendwann fragen müssen, was mit seinen Großeltern aus San Cipriano war. Sein Vater hatte immerhin noch seinen Bruder, und einmal hatte Gaetano ihn auf den Friedhof Sankt Peter in Graz begleitet, wo seine Eltern und seine ältere Schwester bestattet waren. Und so waren Adina und er ohne Großeltern aufgewachsen.

Aber wenn die Hochzeit seiner Eltern offensichtlich eine Liebesheirat gewesen war, wieso hatte der Vater so wenig Verständnis für seine Irrungen gezeigt, die doch ebenfalls nur der Liebe zu Marie-Sophie entsprungen waren?

Der Rückweg führte ihn durch den Stadtteil Rozzol. An einer der Kreuzungen der Hauptstraße mit einer bergan zu Landsitzen und Villen führenden Gasse stoppte er, weil ein Tumult seine Aufmerksamkeit auf sich zog. Er erfasste die Lage schnell: Bei einem Pferdewagen war die Deichsel gebrochen und die Karosse bahnte sich nun ungebremst ihren Weg talwärts. Es war eine leere, offene Kutsche, die Gefahr bestand also vor allem darin, dass der Wagen mit einem anderen Fahrzeug kollidierte oder einen Passanten überrollte.

»Attenzione, fate largo!«, rief der Kutscher zur Warnung seinem Gefährt nach.

Der Wagen rumpelte an Lamprecht vorbei. Der wendete sofort sein Fahrrad und nahm die Verfolgung auf. Er beugte sich flach über den Lenker und trat nach Kräften in die Pedale, bis er gleichauf mit dem herrenlosen Gefährt war und danach greifen konnte. Sein Versuch, die schwere Kutsche irgendwie zu verlangsamen, war aber chancenlos, im Gegenteil, er drohte nun selbst zu Sturz und unter die Räder zu kommen. Schließlich schaffte er es wenigstens, sich mit seinem Oberkörper gegen die Holzkarosserie zu drücken, um den Wagen so durch die Kurve zu lenken, wobei er die Füße bremsend auf dem Boden schleifen ließ. Sie gelangten zur ersten Kreuzung, wo die Passanten zum Glück von dem aufgebrachten Geschrei bereits gewarnt waren und schnell auswichen. Auf einem Stück von vierzig Metern wurde die rollende Gefahr von einem leichten Gegenanstieg etwas abgebremst. Lamprecht nutzte diese

Chance und sprang von seinem Rad ab. Er lief los wie einer der Athleten bei den Olympischen Spielen und erreichte den Wagen. Er zog sich an einem der Griffe an der Seite hinauf und landete auf dem Kutschbock. Das Gefährt hatte durch das zusätzliche Gewicht und weil seine Füße es nicht mehr abbremsten, wieder beschleunigt und raste auf das nächste Gefälle zu. Menschen standen neben der Straße und schrien und fuchtelten mit den Händen in der Luft, als könnten sie damit den Dämon besänftigen, der hier seine irre Fahrt aufgenommen hatte. Lamprecht betätigte den Bremshebel, die Funken sprühten, doch es war, als ob die Hand des Teufels das Rad mit Öl überzogen hätte. Es drehte sich fast ohne Verzögerung weiter auf seiner Achse. Sie rasten auf eine Böschung zu und Lamprecht wusste, dass unterhalb dieser Böschung ein Schulhof lag. Womöglich befanden sich dort Kinder, war sein erster Gedanke.

Seine letzte Chance sah er in der Mauer neben der Straße. Wenn es ihm gelänge, den Wagen gegen die Ziegelwand zu lenken, würde er sich dort vielleicht verfangen und dadurch gebremst werden. Er zog nochmals den Hebel, so fest es ging. Zugleich drückte er seinen Fuß gegen das Speichenrad. Er spürte, wie seine Sohle heißer wurde und es nach versengtem Leder zu stinken begann, da gab es plötzlich einen heftigen Ruck.

Der Wagen wechselte die Richtung und kam unsanft zum Stillstand. Lamprecht fiel vom Kutschbock und landete in einem Strauch. Die trockenen Äste zerkratzten ihm die Haut, dafür hatte es ihn nicht gegen die Mauer geschleudert.

Als er sich nach einigen Sekunden wieder aufrappelte, erkannte er, dass der Wagen die Wand touchiert hatte und von seiner Bahn abgelenkt gegenüber gegen einen Laternenmast gekracht war, keine zwanzig Meter vor der Böschung. Er querte die Straße, da kam ihm der Kutscher schon entgegengelaufen.

»Grazie, signore, mille grazie!«, rief er Lamprecht zu. Er brachte Lamprechts Bianchi-Rennrad mit sich. »Sie sind ein wahrer Held.«

Lamprecht winkte ab und wischte sich über die Kratzer im Gesicht, die bluteten. Der Kutscher reichte ihm ein weißes Taschentuch. »Sie sind auch sein Retter«, sagte er erleichtert, als er sich in den Wagen beugte. Aus dem Inneren zog er ein verschrecktes Bündel, das nur aus zwei Augen zu bestehen schien, hervor. Als er es in seinem Arm hielt, kläffte der kleine Mops und streckte seine Zunge nach der vertrauten Haut aus. »Sie haben Felix gerettet! Er muss sich vorhin im Wagen versteckt haben, als ich ihn für die Fahrt in die Stadt herrichten wollte und das Pferd scheu wurde und gegen die alte Deichsel getreten hat.

Meine Herrin, die Freifrau von Sacher, wird Ihnen sicher persönlich danken wollen. Haben Sie vielleicht eine Visitenkarte dabei?«

Lamprecht kramte in der Tasche nach seinem Portemonnaie und zog eine Visitenkarte heraus.

Der Bedienstete nahm die Karte an sich, ohne sie näher zu betrachten, grüßte mit Diener und Lamprecht schaute dem Mann nach, als er mit dem Hund an der Brust zufrieden bergauf stieg und den havarierten Wagen am Straßenrand stehen ließ, als ginge ihn das alles nichts an.

Lamprecht betrachtete sein Fahrrad. Die Kratzer im hellblauen Lack schmerzten mehr als die Kratzer in seinem Gesicht und auf Armen und Beinen. Erst jetzt wurde ihm der Name bewusst, den der Mann genannt hatte. Ob das eine zufällige Namensgleicheit war?

Flora Franciulo kroch die letzten Meter auf allen vieren aus der Grotte. Sie hatte sich das zuletzt angewöhnt, weil sie so weit schneller aus dem Erdreich ausbrechen konnte und dabei auch nicht riskierte, sich den Kopf an den scharfen Felsen zu stoßen. Sie hatte zuletzt noch ein Goldstück von der Kette aus der Schatulle entnommen, wahrscheinlich war das mehr, als ihre Mutter erlaubt hätte. Aber jetzt war es ihres.

Sie kroch aus dem Erdloch und richtete sich auf. Mittlerweile kannte sie das Terrain so gut, dass sie nur noch selten die Lampe anmachen musste. Sie streckte den Rücken durch, als sie zunächst ein Rascheln im Laub und dann schnelle Schritte auf dem weichen Untergrund näher kommen hörte. Schon setzte sich gegen die schwarzen Äste und Baumstämme ein Schatten ab, der sich auf sie zubewegte. Sie suchte das Messer, das sie bei ihren Expeditionen in die Unterwelt immer mitführte. Zu oft schon hatte sie ein beunruhigendes Wispern oder Flehen in der Höhle wahrgenommen. Der Wind, hatte sie sich dabei zugeredet, doch insgeheim fragte sie sich, ob an den Geschichten, die über die ruhelosen Seelen der Toten im Umlauf waren, vielleicht doch etwas Wahres dran war.

»Ah, du bist es nur.«

»Hast du es gefunden?«

Es war sinnlos, zu lügen. Würde er darauf bestehen, dass sie ihm den Inhalt ihrer Taschen zeigte, sähe er ohnehin das Gold. Sie nickte und hielt ihm die Statuette hin, nachdem sie die Decke zur Seite geschlagen hatte.

»Der sieht ja fast so aus wie ich«, kam es.

»Ja, aber jetzt musst du handeln, sonst kommt er uns noch in letzter Minute in die Quere.«

WEIHNACHTEN 1914

26.
EIN SPITZEL HAT DURST

Zu Weihnachten kehrte der Friede nicht zurück.

Die Lage an allen Fronten wurde immer verzwickter. Sogar der zunächst flotte Feldzug gegen Serbien war ins Stocken geraten. Von einem Niederringen der aufmüpfigen Slawen am Balkan konnte keine Rede sein. Der fehlende Nachschub an Munition wirkte sich zusätzlich verheerend aus. Aber immerhin gab es Erfolge der k. u. k. Marine auf der Adria.

Die Familie Lamprecht hatte das Fest nie mit üppigen Gaben gefeiert. Man zelebrierte ein Festmahl, das dieses Jahr sehr viel karger als in den Vorjahren ausfiel – sogar der Vater hatte ohne Murren die Sardinen gegessen – und besuchte dann die Mette im nahen Dom. Nach Erfüllung der Christenpflicht, die dieses Jahr auch in einem Gedenken an die Gefallenen bestand, kehrte man heim und es gab die Bescherung. Der Onkel blieb der kleinen Feier im Familienkreis wie schon dem Essen zuvor fern.

Gaetano hatte noch vor zwei Tagen zufällig seinen Vater im Kaufhaus Öhler am Corso getroffen. Trotz ihrer Differenzen hatten sie sich zusammengetan und ein neues Nachthemd für die Mutter ausgesucht. Er hatte Adina ein Buch besorgt. Natürlich über die von ihr verehrten Etrusker. Und für den Vater hatte er eine Flasche Kognak gekauft. Infolge des Embargos war das französische Original nicht zu bekommen gewesen, also hatte er einen aus dem im Kaiserreich beliebten Haus

Keglevich besorgt. Nach einem kurzen Zucken mit der Augenbraue bedankte sich der Vater herzlich. Gaetano hatte von seiner Mutter und Adina eine kleine Ledertasche bekommen, die er unter den Radsattel schnallen konnte. Darin konnte er einen Werkzeugschlüssel oder sonst etwas verstauen.

Luisa brachte noch den Kuchen herein und Gaetano durchzuckte es. Er blickte über den Tisch zu Adina, doch die biss sich auch nur auf die Lippen. Sie hatten mal wieder auf die treue Seele des Hauses vergessen.

Mit einem Lächeln hielt Elodie Lamprecht aber die Hausangestellte am Arm zurück und führte sie nochmals zum Baum, wo scheinbar vergessen noch ein kleines Päckchen lag.

»Für mich?«, fragte Luisa ungläubig und öffnete vorsichtig die Schnur, die das Papier zusammenhielt.

»Ja, es soll kalt werden«, sagte die Mutter, kaum, dass die Angestellte ihr Geschenk ausgepackt hatte und überglücklich den warmen Schal gegen ihre Wange drückte.

Es war schon sehr spät, als sich Luisa und die Familienmitglieder voneinander verabschiedeten, um zu Bett zu gehen. Gaetano schlüpfte nochmals in seinen Rock. Aus seinem Zimmer holte er ein kleines Päckchen, das er in seine Manteltasche steckte.

»Du gehst noch einmal weg?«, fragte ihn seine Mutter mit müden Augen.

»Ja, Mamma, bitte wartet nicht auf mich, es kann spät werden.«

Adina trat von hinten an Mutter und Bruder heran. Offenbar hatte sie mitbekommen, wohin es Gaetano in letzter Zeit zog, wenn er nicht auf seinem Rad durch die Gegend strampelte. In einem beschlagenen Ton fragte sie: »Hast du Viola eigentlich eine Weihnachtskarte geschickt?«

»Natürlich! Was denkst du?«

»Besser, ich sage dir das nicht.«

»Hör mal, du Küken«, kam es jetzt schärfer von Gaetano. »Ich wüsste nicht, was dich das angeht. Immerhin bin ich im Gegensatz zu dir erwachsen.«

»Bist du sicher, dass du nicht ins nächste Unglück rennst?«

Gaetano blähte seinen Brustkorb auf. Das tat er nur bei Adina, denn die beeindruckte es wenig, wenn er an seinen Bartspitzen zog. Er baute sich vor ihr auf, wie er es als Teenager getan hatte, wenn sie ihm etwas von seinen Sachen wegzunehmen versucht hatte. »Ich warne dich …«

»Kinder, bitte hört auf«, bat die Mutter. »Ich bin wirklich erschlagen und will mich hinlegen.«

»Certo, Mamma, scusami«, sagte er und ging zur Tür. Er setzte seine Melone auf und legte sich die Handschuhe auf den linken Arm. »Buonanotte.«

»Viel Spaß bei deiner Witwe«, erfrechte sich Adina zum Abschied. Gaetano hob die Rechte und deutete eine Dachtel an, doch Adina drückte sich Schutz suchend gegen die Mutter und er ließ es bei der Geste bewenden und die Tür hinter sich ins Schloss fallen.

Lamprecht eilte beschwingt über die Stufen. Durch die verwinkelten Gässchen der Altstadt am Burghügel wanderte der Nebel und die wenigen Laternen leuchteten das Pflaster nur schlecht aus. Er blickte immer wieder um sich und über seine Schultern, ob sich ein Verfolger an seine Fersen geheftet hatte. Doch nirgends war eine Mönchskutte oder sonst jemand zu sehen. Die Straßen waren leer, aus einigen Fenstern fiel Licht und man hörte Gesang. Die Menschen feierten noch und sie sangen im Kreis ihrer Liebsten. Also jene, denen ein Weihnachtsfest bei der Familie möglich war. Dieses Jahr wahrscheinlich das schönste Geschenk, das man vom Schicksal erbeten konnte, wenn er an die armen Kerle dachte, die bei Kälte und Schnee in den Schützengräben dem Artilleriefeuer standhalten mussten. Er bog um die nächste Ecke, die völlig im Finstern lag, da die Lampe an der Hausmauer ihren Dienst versagte.

»Buon Natale!«

Eine Hand hielt ihn an der Schulter zurück.

Lamprecht fuhr herum. In letzter Zeit verließ er das Haus oder die Direktion nie ohne Dienstwaffe. Die Zeiten waren zu unruhig, um ungeschützt durch die Stadt zu gehen, wo es jederzeit ohne Vorwarnung einen Tumult geben konnte. Er griff nach dem Holster, lockerte aber die angespannten Muskeln schnell wieder, als er das schmutzige Gesicht Grembis, des Polizeiinformanten, erkannte. Dessen Atem und die blutunterlaufenen Augen verrieten ihm, dass der Spitzel den Heiligen Abend auf unheilige Weise in einer der Spelunken verbracht haben musste. Vielleicht beim nahen Arco di Riccardo. Die Schenke war für den ausgeschenkten Opollowein, einen Rosé aus Lissa, in der ganzen Stadt bekannt.

»Was willst du? Ich dachte, du wolltest Triest verlassen?«

Grembi machte seine gewohnte Geste und hielt die Hand auf. »Plan geändert. Vorläufig. Aber ich habe einen Tipp, Herr Inspektor«, Grembi spracht den Amtstitel deutsch aus; das »H« nur gehaucht, ließ dafür das »R« rollen wie auf einer langen Kugelbahn. Lamprecht zwirbelte die Bartspitze und hob die Augenbrauen. »Ich höre?«

»Ich habe noch Durst.«

»Unverschämter Kerl«, sagte Lamprecht, griff aber dennoch in die Tasche, um mit ein paar Hellern das Schandmaul des Schnorrers zu lockern. Grembi nahm das Geld, setzte eine verschwörerische Miene auf und plapperte dann los: »Wenn Sie Biecher immer noch suchen, würde ich mal bei Suplina, dem Antiquitätenhändler nachfragen. Mir ist zu Ohren gekommen, dass er in letzter Zeit öfter dort gesehen wurde.«

Lamprecht war perplex. Er hatte nicht damit gerechnet, dass Grembi tatsächlich etwas zu berichten hatte. Er hatte gedacht, er wollte ihn nur um Geld angehen, um weiter saufen zu können, doch nun tat sich eine neue Spur auf.

»Antiquitäten? Wie kommst du darauf? Wo finde ich diesen Laden?«

Grembi drehte sich um und wankte wieder davon. Mit der Hand, die noch immer die paar Münzen umklammerte, fuchtelte er durch die Luft. »Für diese paar Mäuse müssen Sie das schon selbst herausfinden.«

»Warte«, wollte Lamprecht ihn stoppen und kramte in seinen Taschen, ob er noch wo Münzen eingesteckt hatte, doch da war Grembi schon in der Nacht verschwunden.

27.
EINE STANDPAUKE FÜR LAMPRECHT

Lamprecht lag, obwohl sie gestern spät eingeschlafen waren, bereits wach im Bett. Nicht einmal der Tagesanbruch war noch durch die zugezogenen Vorhänge zu erahnen. Er ließ die letzten Wochen Revue passieren. Seit seinem Besuch am Nikolaustag vor etwas über zwei Wochen hatte er Alessia so oft besucht, wie es ihm möglich gewesen war.

»Wohin wird das noch führen?«, hatte sie ihn gestern gefragt, bevor sie in seinen Armen eingeschlafen war. Es war dieselbe Frage, die sie ihm gestellt hatte, als sie sich das erste Mal flüchtig umarmt hatten. Das war unerwartet schnell gegangen und hatte wahrscheinlich beide überrascht. Er hatte das Herz der Witwe über die kleine Federica erobert. Die Kleine hatte ihn am Tag zuvor, bei einem seiner ersten Besuche, wie einen lieben Verwandten verabschiedet, indem sie sich an seine Beine klammerte. Alessia hatte ihn aus der Umarmung befreien wollen, da hatten sie sich einen Moment zu lange in die Augen geschaut und den Duft des jeweils anderen in sich aufgenommen. Statt die Kleine von seinen Beinen zu lösen, hatte sie den Arm um seine Schulter gelegt, geseufzt und gefragt: »Wohin wird das noch führen?« Er hatte diese Frage damals wie auch gestern nicht beantworten können.

Jetzt lag er neben ihr im Bett. Die Decke war verrutscht, und er betrachtete ihren Bauch und den Busen, der sich mit jedem Atemzug sanft hob und senkte. Mit heißen Händen hatte er wenige Stunden zuvor noch die weiche Haut liebkost. Und ihre Finger hatten sehnsüchtig Bahnen über seinen Körper gezogen. In diesen Momenten war der Krieg vergessen, war Wien vergessen, sein Beruf und sogar Viola.

Vielleicht war es falsch, was sie taten, doch es fühlte sich gut an. Unter den entsprechenden Vorzeichen war das Falsche mitunter das Richtige. Er deckte Alessia zu und kletterte aus dem Bett. Federica schlief noch in ihrem Bett, das in einem hinteren Winkel des Raumes postiert war. Seine Geliebte hatte es mit etwas undurchsichtigem Stoff verhängt, für den Fall, dass die Kleine wach werden sollte, und sie versuchten, so geräuschlos wie möglich zu bleiben. Doch auch von dort war nur leises Schnaufen zu hören, das Zimmer war in eine friedliche Stimmung getaucht. Lamprecht schlüpfte leise in sein Gewand, seine Augen abwechselnd auf Alessia und das Kinderbett gerichtet. Als er komplett bekleidet war, legte er das Päckchen unter die zusammengebundenen Tannenzweige, die anstelle eines Christbaums auf dem Tisch drapiert waren.

»Buon Natale«, flüsterte er und verließ auf leisen Sohlen das Zimmer, um im engen Vorraum in den Mantel zu schlüpfen.

Federica sollte ihn nicht zu sehen bekommen. Wie ein Einbrecher schlich er aus der Wohnung.

So heimlich, wie er die Witwe seines ehemaligen Kollegen verlassen hatte, betrat er nun sein Elternhaus. Leise und mit verstohlenen Schritten, die kaum den Boden berührten. Erste Sonnenstrahlen hatten auf seinem Heimweg die Mauern des Kastells in rosafarbenes Licht getaucht, doch noch bevor er das Haustor erreicht hatte, war die Sonne hinter einer dichten Wolkendecke verschwunden und die Kälte hatte ihn frösteln lassen. Vielleicht rührte das aber auch nur daher, dass er kaum geschlafen hatte. Das wollte er jetzt nachholen.

»Gaetano?«

In diesem Zustand, mit dem Geruch einer Frau auf der Haut und um diese Zeit, war die eigene Mutter die letzte Person, der ein Mann begegnen wollte.

»Gaetano?«

Er überwand die Scheu, seiner Mutter unter die Augen zu treten, und kam zu ihr in die Küche, wo sie mit offenem Haar und Ringen unter den Augen über einem Buch saß.

»Du bist schon auf?«, fragte er.

»Ich habe noch nicht geschlafen.«

»Aber warum denn? Soll ich dir Tee machen?«

Gaetano trat an den Herd und griff nach dem Wasserkessel. Elodie Lamprecht gebot ihm mit kaum merklichem Kopfschütteln Einhalt.

»Lass das, bitte. Sag mir, ob das stimmt, was ich von deiner Schwester erfahren habe?«

Diese Verräterin!, dachte Gaetano.

»Du darfst deiner Schwester keinen Vorwurf machen, sie hätte uns nichts erzählt, aber nach den Andeutungen von gestern Abend und deinem seltsamen Verhalten in den letzten

Tagen hat dein Vater sie zu einer ernsten Unterredung zu sich geholt.«

»Mamma, lass mich erklären …«

»Gaetano Lamprecht! Eine verheiratete Frau!«

»Sie ist verwitwet«, kam es kleinlaut.

»Gaetto! Wohin soll das führen?«

Die Frage, die alle Beteiligten seit Tagen quälte, da war sie wieder in leicht abgewandelter Form, doch auch hier blieb er eine Antwort schuldig.

Eine Hand legte sich auf seine Schulter. Sie war schwer, doch zugleich beruhigend. Sein Vater stand im Morgenrock hinter ihm. »Elodie, geh doch bitte noch ein wenig schlafen. Wir wollen noch etwas vom heutigen Feiertag haben. Ich kläre das hier.«

Die Mutter nickte, und Gaetano konnte unter dem Emailschirm der schwachen Lampe schwer erkennen, ob ihre Augenringe von Müdigkeit oder von Kummer herrührten. Sie klappte ihr Buch zu und erhob sich, um zu Bett zu gehen, während Franz Lamprecht mit seinem Sohn in den Salon wechselte.

Franz Lamprecht hatte sich in den Lederfauteuil niedergelassen, Gaetano musste vor ihm stehen.

»Ich will es kurz machen.«

Gaetano nickte.

»Dir ist hoffentlich klar, dass du diese Affäre mit der Witwe, die noch dazu ein Kind von einem anderen hat, beenden musst.«

»Aber Vater, Sie müssen verstehen …«

Franz Lamprecht erhob die Hand und gebot Gaetano zu schweigen, auch wenn sein Blick die Strenge verloren hatte. Die Falten um die Stirn waren verschwunden, die Augen lächelten milde: »Natürlich verstehe ich dich. Du bist auch nur ein Mann. Aber in deinem Umfeld ist so eine Affäre gefährlich. Die Frau könnte dich in die Pflicht nehmen, und was meinst du, was das für ein Gerede gäbe, wenn sie ein Kind von dir bekommt.«

»Wäre das das Schlimmste? Mamma kann es doch nicht mehr erwarten, endlich eine Nonna zu werden«, entgegnete Gaetano trotzig.

Der Blick des Vaters wurde strenger. »Ich hoffe für dich, dass das noch kein Thema mit dieser Frau ist.« Gaetano schüttelte den Kopf, sein Vater setzte fort. »Natürlich kann auch ich es kaum erwarten, dass ich mit meinen Enkeln einen Spaziergang unternehmen kann, dass ich ihnen vorlese und all das, was von einem Großvater erwartet wird. Aber das alles so, wie es sich gehört. Du heiratest eine junge, untadelige Frau, die dir dann diese Kinder schenken wird.«

Gaetano seufzte. Im letzten Moment ertappte er sich dabei, wie er seine Bartspitze in der Hand drehen wollte, so, als müsste er sich die Ausflüchte eines Verdächtigen anhören, dabei stand er seinem Vater Rede und Antwort. Er versuchte nochmals, seinen Standpunkt darzulegen: »Lassen Sie mich bitte erklären ...«, doch der Vater sprach unbeirrt weiter.

»Denkst du denn, ich war nicht auch einmal jung und kann mich nicht mehr daran erinnern, wie sich das anfühlt? Aber für die fleischlichen Bedürfnisse haben wir Häuser, die dafür eingerichtet sind. Also wenn du für ein paar Stunden in den Armen einer Frau liegen möchtest, wirst du als Polizist wohl wissen, an welche Adresse du dich richten musst.«

Gaetano stand der Mund offen. Mit vielem hatte er gerechnet, aber nicht damit, dass ihn sein Vater ins Bordell schickte.

»Du kannst wegtreten«, schloss der Vater nun wieder schroff seinen Sermon. »Du weiß, was wir von dir erwarten und was du zu tun hast.«

Er machte einen Diener und entfernte sich. Er wollte den Weihnachtsfrieden zu Hause nicht stören, daher ließ er die

Worte seines Vaters so stehen. Er hatte ihn ja nicht einmal mehr darauf angesprochen, in welchen Schlamassel er ihn mit dieser freiwilligen Meldung an die Front gebracht hatte. Das wog doch mehr als so eine Liebschaft, auch wenn sie vielleicht moralisch zu hinterfragen war. Ihm war jedenfalls die fröhliche Stimmung vergangen, seine Unsicherheit, was seine Liebelei zu Alessia betraf, war nun noch größer geworden, zwischen den süßen Räuschen der Hingabe und Zuwendung hatte er sich bereits gefragt, ob es eine gemeinsame Zukunft geben konnte, scheute sich aber davor, eine Entscheidung zu fällen. Seine Geliebte schien ihnen gleichfalls keine Zukunft zu geben. Ein Bekenntnis zu Alessia würde bedeuten, den Kontakt zu Viola abzubrechen. Zumindest dürfte er ihr keine Hoffnungen mehr machen. Und sich selbst auch nicht.

Er ließ von seinem Vorhaben ab, sich ein wenig auszuruhen, kleidete sich frisch ein und verließ das Haus, um sich in die Polizeidirektion zu begeben, wo er den Feiertag nutzte, einiges an Papierkram zu erledigen. Die Dienststelle war wegen Weihnachten spärlich besetzt und nicht einmal das Fräulein Sacher konnte ihn heute von der Arbeit abhalten. Sofort erinnerte er sich an den Zwischenfall mit der herrenlosen Kutsche und dem kleinen Mops als unfreiwilligen Passagier. Wieder sagte er sich den Namen vor. Das konnte kein Zufall sein, war er überzeugt. Aber es konnte erklären, woher das selbstbewusste Auftreten der Untergebenen kam. Aber das würde sie ihm am nächsten Arbeitstag zu erläutern haben. Sollte er sich getäuscht haben, dann würde er Abbitte leisten.

28.
EINE ZEUGIN MELDET SICH

Lodovico Biecher bedachte Franti, den Wirt, mit einer unfreundlichen Geste, als ihn dieser verabschiedete. Das Lokal lag hinter der Piazza Giuseppina in einer Seitengasse, die zu den Rive führte. Biecher hatte sich über Franti geärgert, der ihm weismachen wollte, dass der Braten schon aus sei und er ihm nur einen Baccalà vom Vortag offerieren könne. Doch er hatte nicht mit der Entschlossenheit des Kleinganoven gerechnet, der hinter seine Theke gestürzt war und ihn mit seinem Stock zur Seite gedrängt hatte, um durch die Schwingtür in die Küche zu gelangen. Dort stellte er fest, dass ihn seine Nase nicht getäuscht hatte, denn auf der Flamme köchelte ein Wildragout. Die Ausrede, dass er dies für einen Gast zubereite, der das Tier auf der Jagd erlegt hatte, ließ Biecher nicht gelten. Er schleuderte Franti ein paar Münzen hin und verlangte umgehend einen Teller von dem Zeug. Dieser Stronzo hatte tatsächlich geglaubt, ihn, Lodovico Biecher, hereinlegen zu können. Jemand wie er, der ein Könner im Auftischen von Lügen war, konnte selbst gut zwischen Wahrheit und Unwahrheit unterscheiden.

Er querte die Piazza Giuseppina, wo die Statue von Maximilian von Habsburg sehnsüchtig aufs Meer schaute. Biecher betrachtete im Laternenschein die Bronzefigur mit dem wallenden Backenbart. Vielleicht blickte er sogar nach Mexiko, hätte man meinen können.

Biecher fehlte zwar Respekt vor jeder Obrigkeit, dennoch hegte er Sympathie für den greisen Kaiser in Wien und dessen Familie, also deutete er einen Griff nach seinem Hut an und ging weiter, vorbei am Stadtpalais des Barone Pasquale Revoltella. Er trieb die Stockspitze im Takt seiner Schritte in den Boden, der mit hellen Steinquadern aus dem nahen

Karst gepflastert war, der Widerhall davon erfüllte die sonst ruhige und leere Gasse. In einer vom Lichtschein einer Laterne beleuchteten Glasscheibe betrachtete er sein Spiegelbild. Er lächelte zufrieden. Der Anzug passte und der pelzbestickte Mantel kleidete ihn auf vornehme Weise. Wüsste er es nicht besser, er könnte sich selbst für einen Mann von Welt halten.

Seine neu bezogene Wohnung war am Ende der Via di Cavana, wo diese von der Piazza Lipsia unterbrochen war. Das Haus hatte sogar eine Concierge, die untertags darüber wachte, wer es betrat. Die Wohnung hatte Licht und vor allem war sie trocken. Kein Vergleich zu dem feuchten Mauerwerk des Hauses, in dem er mit seiner Mutter gewohnt hatte. Mit etwas Trinkgeld, nie zu viel, um nicht die Gier der Frau zu wecken, hatte er es geschafft, dass die Hausmeisterin ihn regelmäßig verleugnete, wenn sich jemand nach ihm erkundigte. Auch wenn sie danach die Hand erneut aufhielt. Aber das war es wert. Bislang hatte ihn noch keiner seiner Gläubiger aufgespürt. Wahrscheinlich weil ihn hier im Stadtzentrum kaum jemand vermutete. Und dass das verruchte Viertel hinter der Piazza di Cavana nur wenige Schritte entfernt lag, störte ihn im Gegensatz zu der sonst bürgerlichen Nachbarschaft überhaupt nicht.

Er hatte das Haustor erreicht, das um diese Zeit versperrt war. Seine Hand wanderte auf der Suche nach dem Hausschlüssel durch die Manteltasche. Nach den paar Schritten an der frischen Luft spürte er doch ein wenig die Wirkung des Terrano, der ihn in seinen Bewegungen unsicher machte. Aber er würde ohnehin gleich in seiner Wohnung sein. Da konnte er seinen Dusel ausschlafen. Er hatte den Bund gefunden, hatte aber Mühe, den großen Bartschlüssel zu ertasten. Der erste Versuch, den Bart in das Schloss einzuführen, scheiterte. Es war, als müsste er mit einem Knüppel ein Nadelöhr treffen.

»Vi serve una mano?«

Die Gestalt war wie aus dem Nichts aufgetaucht. Biecher sah nur die Schultern. In der Hoffnung, so mehr erkennen zu können, machte er einen Schritt zurück, doch es schien, als hätte der Mann, der ihm Hilfe angeboten hatte, kein Gesicht. Er umklammerte den Schlüsselbund in seiner Hand wie einen Pistolengriff.

Lamprecht saß seit dem frühen Morgen an seinem Schreibtisch, auf dem er ein Büttenkuvert vorgefunden hatte. Auf dem Billet, das darin steckte, lud ihn die Freifrau Cordula von Sacher zum Tee ein und bat um ehestmögliche Zusage, gegebenenfalls auch fernmündlich. Über eine halbe Stunde hatte er in Gedanken abgewogen, ob er zu- oder absagen sollte, und wenn er absagte, mit welcher Begründung. Um sich abzulenken, blätterte er die Zeitung vom Vortag durch. Jemand hatte den *Piccolo* vom 27. Dezember auf dem Tisch bei den Toiletten liegen lassen. Die Titelseite behandelte den Krieg und seine verschiedenen Fronten in Galizien, aber auch in Ostpreußen, und beschrieb, dass der Kampf nun auch in der Luft und zu Wasser geführt wurde. Gaetano war Patriot und sicher keiner dieser weltfremden Pazifisten, doch er konnte den Eindruck nicht loswerden, dass sich das alles zu einem sinnlosen Hinschlachten entwickelte. Was Mollieri geschildert hatte und was er jetzt auch in den Zeitungen zwischen den Zeilen verstand, entsprach nicht dem, was man ihnen als junge Soldaten in Wien über das »Feld der Ehre« erzählt hatte. Im modernen Krieg, mit ebensolcher Technik geführt, zählten die klassischen Tugenden nicht mehr, im Gegenteil: Derjenige überlebte, der sich am besten vor den Mörsergranaten vergraben konnte, die Helden gab es nur mehr auf den alten Ölbildern. Wer es wagte, aus dem Schützengraben zu springen, um zum Sturm zu rufen, war innerhalb von Sekunden von den Kugeln eines Maschinengewehrs durchlöchert.

Er blätterte weiter. Unter den zu den Festtagen üblichen Grüßen der in der Ferne stationierten Bataillone an ihre Heimat fand er eine kleine, doch erfreuliche Notiz in diesen sonst vom Sterben überfüllten Zeilen: Der italienische Hof freute sich über Nachwuchs. Königin Elena und die kleine Prinzessin waren beide bei ausgezeichneter Gesundheit.

Die Tür öffnete sich und die Sacher stand vor seinem Tisch und tippte ungeduldig mit dem Fuß, weil er sie nicht sofort ansprach. Lamprecht dehnte den Moment. Sein Blick wanderte über die knöchelhohen rehbraunen Lederschuhe zum Rock aus dunkelgrauem Loden, an den knapp unter den Hüften eine Jacke aus cremefarbenem Wollstoff anschloss, die mit goldenen Knöpfen etwas zu festlich für die Arbeit wirkte.

»Ja?«, fragte er endlich.

»Da hat sich doch tatsächlich jemand gemeldet.«

»Wer hat sich gemeldet?«

»Auf den Aufruf hin. Sie wissen, wegen des gesuchten Liebhabers unseres Opfers.«

Lamprecht griff an seine Bartspitze, ließ diese manierierte Geste aber bleiben. Sie flößte ohnehin nur dummen Menschen Respekt ein, und er zählte die Sacher nicht zu dieser Kategorie. Sie setzte den Inspektor ins Bild: »Es ist eine Frau, so an die sechzig, sie wartet draußen.«

Lamprecht kam eine Idee.

»Da Sie jetzt zur Mannschaft gehören, schlage ich vor, dass wir die Dame gemeinsam vernehmen. Sie können mir bei der Befragung assistieren und gleich das Protokoll verfertigen. Was meinen Sie?«

Was für ihn vor allem eine Entlastung von einer lästigen Pflicht war, schien die Sekretärin in höchstem Maße zu erfreuen, die sich überschwänglich bedankte, so etwas wie einen Knicks andeutete und Hals über Kopf aus dem Zimmer stürmte.

»Einen Moment noch!« Er reichte ihr einen Zettel, auf dem er den Namen Suplinas notiert hatte. »Bevor wir uns um die Zeugin kümmern: Dieser Mensch soll hier in der Stadt einen Antiquitätenhandel betreiben. Ich brauche bitte die Adresse. Und jetzt gehen wir es an. Nervös?«

Lamprecht entließ die Zeugin bald wieder. Er spürte die Müdigkeit, die er den kurzen Nächten zu danken hatte, und auch dem Zwist mit seinen Eltern, da er letzte Nacht wieder bei Alessia gewesen war. Er stützte den Kopf auf die Hände und massierte seine Schläfen, als es an der Tür klopfte. Wahrscheinlich das Fräulein Sacher mit dem Protokoll, das er Spetich vorlegen wollte. Als die Schnalle von außen gedrückt wurde, rief er: »Nicht so zaghaft, nur immer herein!«

Doch es war nicht die Sacher.

»Adina?«, stellte er verwundert fest. »Was machst du denn hier?«

»Ich habe doch Ferien, da wollte ich dich besuchen kommen, und …«

Die Sorge in ihren Augen entging ihm nicht. »Bedrückt dich etwas?«

»Dieser Kerl …«

»Du meinst den, der dich verfolgt hat? Biecher. Hat er dir wieder aufgelauert?«

Die Schwester schlug die Augen nieder und schüttelte den Kopf. »Nein, das ist es ja. Er hat sich zum Glück nie wieder blicken lassen. Ich wollte dich fragen, ob du meinst, dass er vielleicht fort ist? Womöglich haben sie ihn eingezogen.«

Lamprecht bedauerte zwar, dass Biecher tatsächlich wie vom Erdboden verschluckt war, aber das war natürlich besser, als er drangsalierte und erschreckte seine kleine Schwester.

»Ich fürchte, solche Schmeißfliegen wie den können die beim Militär nicht einmal als Kanonenfutter brauchen. Aber mach dir keine Sorgen. Wenn er in der Stadt ist, werde ich ihn bald verhaftet haben. Es gibt einen neuen Hinweis.«

Erneut wurde die Schnalle gedrückt und diesmal tauchte der Kopf der Sacher hinter dem Türblatt auf.

»Chiedo scusa, ich wollte nicht stören.«

»Zu spät«, sagte Lamprecht. »Was haben Sie? Haben Sie die Aussage der Frau schon in Reinschrift gebracht?«

»Ich wollte Ihnen die Adresse von diesem Libero Suplina bringen.«

»Wie haben Sie das so rasch geschafft?« Lamprecht musste sich wieder einmal eingestehen, dass diese Dame sehr flott und zuverlässig arbeitete.

»Er hat einen Telefonanschluss, und da war es ein Leichtes, seine Anschrift über das Fernmeldeamt zu bekommen. Und die Zeugin hatte es eilig, sie musste wieder weg. Ich habe das Protokoll gleich mitgebracht.«

Lamprecht war über diese Effizienz erstaunt und auch erfreut. Er ließ sich zu einem lauten »Brava« hinreißen, was der Sacher tatsächlich ein zartes Rot auf die Wangen spülte. Er begutachtete nochmals die Aussage dieser Signora De Crinis, die nicht viel hergab, weil sie wenig zu berichten wusste, außer dass der Kerl sie einige Abende besucht hatte, weil sie sich aber geweigert hatte, ihn bei sich aufzunehmen, war er so schnell wieder abgetaucht, wie er gekommen war.

Aber immerhin hatte er die Adresse des Händlers, mit dem Biecher angeblich Geschäfte machte. Der Laden lag nicht weit hinter der Altstadt, deshalb wollte er ihn noch vor Mittag aufsuchen.

Adina hatte sich beim Erscheinen Sachers zunächst an die Wand gedrückt. Jetzt trat sie einen Schritt vor und wollte höflich grüßen, als die Frauen einander näher betrachteten und beide in eine erstauntes »Aber das sind ja wirklich Sie« ausbrachen.

Jetzt war doch die Bartspitze dran. »Die Damen kennen einander?«

»Aber das ist doch meine Retterin. Natürlich, Sie waren auch damals so schick angezogen.« Adina deutete auf die Sacher und Lamprecht erkannte endlich die Zusammenhänge.

»Da Sie schon einmal meiner Schwester so hilfreich zur Seite standen, möchte ich Sie bitten, dass Sie Adina nach Hause begleiten. Es läuft derzeit viel Gesindel durch unsere Straßen, ich fühlte mich wohler.«

»Und ich erst«, sagte Adina mit einem breiten Grinsen und Lamprecht konnte erahnen, wie sie sich bereits darauf freute, die Sacher über die neuesten Modetrends auszuquetschen. Ein Thema galt es für Lamprecht noch abzuhandeln. »Wenn wir schon beim Aufarbeiten der Bekanntschaften unserer Verwandten sind, verehrtes Fräulein Sacher, dann verraten Sie mir bitte, ob es sich bei der Freifrau Cordula von Sacher um eine Verwandte von Ihnen handelt?«

»Ja«, bestätigte die Sekretärin. »Das ist meine Mutter.«

»Dann grüßen Sie mir bitte Ihre Frau Mama und richten ihr meinen Dank für die freundliche Einladung aus. Leider bin ich in den nächsten Tagen unabkömmlich, aber sobald es meine Zeit zulässt, werde ich der Einladung gern Folge leisten.«

Jetzt glühten die Wangen der Sacher in Karmesin.

29.
LAMPRECHT TRIFFT AUF EINEN EHRENMANN

Als Lamprecht den Laden in der Via del Lazzaretto Vecchio erreichte, stand ein Brum davor. So nannte man in Triest die von nur einem Pferd gezogenen Kutschen mit einem geschlossenen Wagenaufbau, die nach Lord Brougham benannt waren. Offensichtlich hatte Suplina Kundschaft und der Fahrer war angewiesen worden zu warten. Die Fensterscheiben des Geschäfts waren mit Zeitungspapier beklebt, es wirkte wie ein aufgegebenes leckes Schiff, auf dessen Untergang man wartet.

Er wollte eintreten, als die Tür aufging und er mit einem Herrn in feinem Wollmantel zusammenstieß, der von einer Wolke teuren Rasierwassers umgeben war.

»Signore, mi perdoni!«, bat Lamprecht um Verzeihung. Der andere murrte nur etwas, warf sich den verrutschten Schal um die Schulter und eilte zur Kutsche, die mit ihm in Richtung Bahnhof abfuhr.

Lamprecht betrat den Antiquitätenladen.

»Wir haben geschlossen«, vermeldete eine männliche Stimme aus einer Kammer im hinteren Teil des Geschäfts.

Lamprecht zückte seine Kokarde und betrat das kleine Büro. »Ispettore Gaetano Lamprecht von der Polizeidirektion Triest«, stellte er sich vor und erntete einen verunsicherten Blick Suplinas, der fragte: »Und womit kann ich Ihnen dienen?«

»War das Pierpaolo Parentin? Der Kunstsammler und Mäzen aus Udine?«

Suplina war sichtbar verunsichert. Er stammelte »Ja, aber wieso wissen Sie …«

Woher Lamprecht den Sammler kannte, war leicht zu beantworten, auch wenn er es Suplina gegenüber nicht tat. Er hatte seine Eltern einmal zu einer Ausstellung eines Bildhauers im Museo Revoltella begleitet. Pasquale Revoltella hatte, ähnlich wie schon zuvor Domenico Rossetti, als Wohltäter der Kommune nicht nur einige Grundstücke geschenkt oder seine Parks für das Publikum geöffnet, er hatte auch verfügt, dass sein Stadtpalais der Öffentlichkeit als Museum dienen sollte. Zu Lebzeiten war er wohl weniger altruistisch veranlagt gewesen, wie man beim Umbau des Gebäudes nach seinem Ableben feststellte: Im ersten und im zweiten Stock fand man versteckte Periskope, die auf den Platz und den Hafen gerichtet waren, mit denen der Handelsmagnat den Eifer seiner Arbeiter unbemerkt überwachen konnte. Drei Jahre nach seinem Tod war es dann 1872 so weit und das nach ihm benannte Museum öffnete seine Pforten für die Kunst- und Kulturinteressierten und zeigte meist Ausstellungen lebender Künstler. Offenbar hatte sein Vater damals, kurz nach der Rückkehr der Familie nach Triest, die Idee noch nicht aufgegeben, Gaetano eine Karriere in der hiesigen Polizeidirektion auszureden, und gehofft, einer der geladenen Gäste würde vielleicht von einer vakanten Stelle wissen, die dem Ansehen der Familie besser zu Gesicht stünde.

Die Halle des eindrucksvollen Palazzos war von vier Säulen gestützt, von der Decke hing ein schwerer Luster aus schwarzem Metall mit goldenen Verzierungen. An jedem der fünf Arme trug eine schwarze Putte mit goldenen Flügeln eine Lampe über ihrem Kopf. Dahinter eine weiße Marmorgruppe, um die die geschwungene Treppe mit Steinstufen in die oberen Räume führte, die von den Stimmen der Gäste erfüllt waren. Lachen und Konversationsfetzen flogen wie verblasene Blütensporen durch die Halle, als die Familie sich den Ausstellungsräumen näherte.

Der Kustos stellte Lamprechts Eltern einigen der anwesenden Honoratioren vor, Gaetano blieb dabei meist im Hintergrund, so er nicht direkt angesprochen wurde. Hier gebot die Höflichkeit eine Antwort, da einen angedeuteten Diener, wenn einer der hohen Herren ihm die Hand reichte.

»Und mit deiner Ausbildung und deinen glänzenden Manieren willst du wirklich bei der Polizei verrohen?«, hatte ihm der Vater ins Ohr geflüstert, nachdem er ihn beiseitegezogen hatte.

»Vater, ich bitte Sie, lassen Sie uns den Abend genießen und hier nicht unsere übliche Diskussion führen.« Lamprecht hatte trotzig wie ein Kind die Lippen zusammengebissen, der Vater abermals seine Augenbrauen gehoben, diesmal beide, wobei dies jetzt mit den Stirnfalten den üblichen Tadel bedeutete. Auch sein Mund war schmal. Dann zogen sie weiter. Seine Mutter folgte mit etwas Abstand den Männern nach, deutete ein Kopfschütteln an, blieb aber stumm.

Sie kamen in den Raum, in dessen Mitte ein verhülltes Kunstwerk stand, das wenig später unter Applaus des versammelten Publikums mit viel Pomp und pathetischen Worten vom Direktor enthüllt wurde.

Lamprecht hatte wenig Sinn für die schönen Künste. Der Sport hatte ihn in seinen Bann gezogen, egal ob es sich um Boxen, Rudern oder Radfahren drehte. Was interessierte ihn der langweilige Monolog eines blasierten Schauspielers, der seinen geschminkten Sermon von sich gab, wenn er ihn mit den Begeisterungsrufen der Athleten vom Ruderklub Hansa verglich, wenn sie zum Sturm auf die Zielboje losruderten, was das Zeug hielt, und oft nur wenige Zentimeter die Sieger von den Verlierern dieses Duells trennten. Diese Menschen waren in ihrer Begeisterung weit ehrlicher, wenn sie ihre Gesichter beim Brüllen zu Fratzen verzerrten, als all die Bilder oder Standbilder, die nur einen geschönten Blick auf die Welt erlaubten.

Der Direktor überschlug sich förmlich, als er die ganz besondere Ästhetik der Figur lobte, ohne die großzügige Rolle des Förderers Signor Parentin zu verschweigen, dessen finanzielle Unterstützung den Ankauf dieses Meisterwerks, an dem sich noch künftige Generationen erfreuen würden, überhaupt erst möglich gemacht hatte.

Nachdem dieser Zirkus endlich vorüber war und Lamprecht von Minute zu Minute immer ungenierter auf die Kaminuhr am Ende des Raumes starrte, wurden die Gäste dem Gönner noch persönlich vorgestellt. Da Parentin aus Udine stammte, parlierte man auf Italienisch. Als die Reihe an seinen Eltern war und der Kustos »Signor Lamprecht e sua moglie« vorstellte, schien Parentin, kaum hatte er dem Vater die Hand beiläufig wie einem Domestiken geschüttelt und die Hand der Mutter für den obligaten Handkuss gefasst, wie vom Blitz getroffen. Er beugte sich vor und hielt die Hand von Gaetanos Mutter fest umschlungen, als wäre sie ein Schaustück, das er seiner Sammlung einverleiben wollte. Er trug das versteckte, schäbige Grinsen dessen, der glaubt, ein bestimmtes Wissen um Personen würde ihm das Recht geben, sich über diese zu erheben.

»Ich sehe, es ist dir in all den Jahren offenbar gut gegangen. Das freut mich.« Er sagte es auf Deutsch, damit es der Vater nur ja verstehen konnte, den er wohl aufgrund seines Namens der deutschen Volksgruppe zugeordnet hatte.

Der Vater blickte ungläubig in Richtung der Mutter, denn der Ehrengast des Abends hatte sie wie eine alte Bekannte angesprochen. Eine vertraute Bekannte. Die Mutter zog die Hand weg. Ihre Lippen zitterten und ihr Blick wollte zwei Pfeile abschießen. Doch dann nickte sie leicht und wisperte auf Italienisch: »Sie müssen mich mit jemandem verwechseln.«

Dann hakte sie sich bei ihrem Mann unter und die beiden verließen fluchtartig den Raum. Gaetano hatte diesen Vorfall schnell vergessen. Als angehendem Kriminalisten schien ihm klar, dass es sich nur um eine Verwechslung, wie von der Mutter vermutet, gehandelt hatte. Woher sollte sie diesen Angeber aus dem nahen Udine denn gekannt haben?

Damals wusste er noch nichts über die Lebensgeschichte seiner Mutter. Genau genommen kannte er sie immer noch nicht, aber jetzt wusste er wenigstens, dass sie früher als Zimmermädchen in einem Hotel gearbeitet hatte.

Nun dämmerte ihm, der reiche Schnösel musste sie aus dieser Zeit gekannt haben.

»Also, was ist jetzt? Was wollen Sie von mir?«

Erst jetzt fiel ihm auf, dass der Antiquitätenhändler ihn immer noch erwartungsvoll anstarrte.

»Ich will wissen, ob du den da kennst!« Lamprecht hielt Suplina das mittlerweile abgegriffene Foto Biechers vor die Nase, packte ihn an der Krawatte und zog ihn unsanft zu sich. Er hatte jede Distanz aufgegeben. Die meisten Zeugen oder auch kleine Gauner ließen sich mit ein paar Drohungen und zur Not auch mit ein wenig Gewaltanwendung einschüchtern.

»K… Keine Ahnung, was Sie von mir wollen«, stammelte Suplina. Lamprecht zog ihn näher, sodass dessen Oberkörper schon halb auf dem Verkaufspult lag. Suplinas Gesicht war rot angelaufen. Lamprecht drückte ihm das Foto aus den Polizeiakten ins Gesicht. »Schau genau hin. Wo ist der Typ?«, brüllte er ihn an.

Suplina hob die rechte Hand zum Zeichen, dass er aufgab. Lamprecht löste seinen Griff, dann ließ er ganz von dem Mann ab. Der richtete sich auf, lockerte die Krawatte und sog Luft ein. Schwer atmend sagte er: »Ich gebe es zu. Ja, Biecher war bei mir. Ich mache mit diesem Herrn aber keine Geschäfte mehr. Nie wieder, das müssen Sie mir glauben. Das war ein einmaliger Fehler. Und ich habe keine Ahnung, wo er sich aufhält. Glauben Sie mir, wüsste ich, wo ich ihn finde, würde ich das Geld, das er mir schuldet, zurückfordern.«

Lamprecht nickte. Seine Rechte hatte die Bartspitze zwischen Zeigefinger und Daumen eingezwickt, doch zum Zwirbeln kam es nicht, da er seine flache Hand brauchte, um damit die Wange von Suplina zu tätscheln. Gerade fest genug, dass es klatschte.

»Vielleicht kommt der Herr ja zu uns und macht eine Anzeige. Oder zeigt ein Gauner den andern nicht an?«

»Ispettore, mi creda, ich bin ein Ehrenmann. Ich weiß es wirklich nicht. È la verità!«

Lamprecht stieß den Antiquitätenhändler von sich weg und sagte: »Arrivederci, signor gentiluomo.«

30.
EINE EINLADUNG WIRD MIT NACHDRUCK WIEDERHOLT

Es war zum Verzweifeln. Wie konnte eine Ratte wie Biecher plötzlich spurlos verschwunden sein? Er hatte seine Mannen angewiesen, auf ihren Kontrollgängen durch die Stadt vor allem ein Auge auf die Spelunken zu haben. So einen Rumtreiber müsste man doch bei einem illegalen Wettspiel in einem Hinterzimmer oder einer Schlägerei unter Betrunkenen leicht finden können, meinte Lamprecht. Doch bislang ohne Erfolg. Entweder hatte der Kerl die Stadt verlassen oder er hatte seinen Lebenswandel radikal geändert. Dann noch die Sorge um Adina. Seine Mutter hatte recht. Es war ein ganz dummer Plan gewesen, Adina als Lockvogel einzusetzen. Was, wenn ihr dieser Kerl etwas angetan hätte? Oder sonst ein Kerl? Die Zeiten waren rau und die Sitten verroht. Sie war ein Mädchen, das noch die Schulbank drückte, aber schon die Reize einer jungen Frau ausstrahlte. Adina schien sich der wahren Gefahr nicht gänzlich bewusst zu sein, obwohl er am Vortag Fräulein Sacher gebeten hatte, seine Schwester nach Hause zu begleiten, oder sie überspielte geschickt ihre Furcht. Die beiden jungen Frauen verstanden sich prächtig und der Samen einer keimenden Freundschaft war gesät. Die Sacher war mit ihren fünfundzwanzig Jahren älter als Adina und etwas jünger als Lamprecht. Was Adina wohl am meisten imponierte, war die Selbständigkeit der polizeilichen Schreibkraft. Auch wenn sie als Frau klarerweise die Zustimmung der Eltern benötigte, so durfte sie doch ihr eigenes Geld verdienen. Stand auf eigenen Beinen, die sie, vermutete Lamprecht, im Privaten womöglich in Hosen steckte, so wie diese Frauenrechtlerinnen sie gern trugen.

Er wollte sie aufsuchen und fand sie im Dienstzimmer an der Schreibmaschine sitzend, wo sie eben einen Bogen aus der Maschine zog.

Als sie ihn erblickte, setzte sie einen Blick auf wie ein Jäger, der eben seine Beute ausgemacht hat. Lamprecht, der gedacht hatte, sich an ihre Selbstsicherheit bereits gewöhnt zu haben, fragte irritiert: »Was haben Sie denn da? Ich würde Ihren Blick als Triumph deuten – aber worüber?«

Sie rückte ihren Sessel nach hinten und erhob sich mit dem Bogen Papier in der Hand. Sie trug einen engen Rock, der ihre Taille besonders betonte, und registrierte, wie Lamprecht seinen Blick ihre Hüften entlangwandern ließ. »Sie haben mich gebeten, weitere Angaben über die Besitzverhältnisse der Familie Franciulo herauszufinden.«

Lamprecht kratzte sich verlegen am Hinterkopf. Ja, das hatte er angeordnet, auch wenn er zugeben musste, dass diese Idee nur einem Impuls entsprungen war. Er wollte mehr über die Verhältnisse der Familie wissen, auch wenn er nur seinem Instinkt folgte. Er ließ die Hand sinken, als sie zu lächeln begann.

»Sie haben es tatsächlich geschafft? Brava!«

Die Sacher lächelte geschmeichelt: »Die Besitztümer der Familie reichen fast hundertfünfzig Jahre zurück. Es hat viel Zeit gekostet und ich musste am Katasteramt öfter die weibliche Karte ziehen, wenn Sie verstehen, was ich meine.«

»Besprechen wir das besser in meinem Büro.«

***

»Ist es erledigt?«

»Ja.«

Sie schlug die Augen nieder. Schmerz und Erleichterung, beides wirkte zugleich. Bilder der Erinnerung und Hoffnungen für die Zukunft bildeten gemischte Paare und tanzten Walzer.

»Hast du es so getan, wie ich es dir aufgetragen hatte?«

»Ja, auch wenn ich nicht verstehe …«

»Du musst in seine Wohnung. Weißt du, wo sie ist?«

»Ja, natürlich. Ich habe ihn vor seiner Haustür erwischt. Der Rest wird sich ergeben.«

»Du musst die Briefe finden, bevor es die Polizei tut. Hast du mich verstanden?«

»Ja.«

»Es darf dich aber keiner erkennen, zieh das an.«

»Warum sollte ich das tun?«

»Weil sich in dem Aufzug keiner wundern wird, wieso du nicht an der Front kämpfst. Die werden nicht eingezogen.«

***

»Wenn ich Sie richtig verstehe, dann taucht der Name Franciulo das erste Mal um das Jahr 1775 in den Bestandsakten auf. Aber wie Roberta Franciulo zu dem Haus gekommen ist, wissen wir nicht?«

Die Sacher nickte und Lamprecht betrachtete sie jetzt ganz offen. Das schmale Gesicht war von nobler Blässe, was im Winter nicht verwunderlich war, und doch waren von vergangenen Sonnenbädern noch einige wenige Sommersprossen auf und um die schlanke und nicht zu große Nase zu erkennen. Lange Wimpern überragten die dunklen und tiefen Augen wie die Sonnenmarkisen die Scheiben des Caffè degli Specchi. Volle Lippen, die beim Sprechen die weißen kerzengeraden Schneidezähne freigaben. Die offenen, halblangen Haare waren nun an den Spitzen sanft gewellt, wie das zart gekräuselte Meer bei einer leichten Brise. Lamprecht musste sich eingestehen, dass er sich zu ihr hingezogen fühlte. Doch er bestrafte sich sogleich für seinen Gedanken. Sein Herz gehörte Viola, sein Körper Alessia. Liebe und Begehren bereiteten ihm aktuell genug Schwierigkeiten, da war kein zusätzlicher Platz mehr frei.

Die Sacher holte ihn zum Fall zurück: »Womöglich hatte sie die Immobilie schon gekauft, ehe es den Eintrag gab. Einen Vorläufer unseres aktuellen Grundbuchs hat es erst auf Entschließung Maria Theresias aus dem Jahr 1772 gegeben. Da musste aus den Vorperioden viel nachgearbeitet werden.«

»Ich sehe, Sie hatten offenbar gleich eine Einschulung.«

Die Sacher zuckte mit den Schultern und sagte: »Ich versuche nur, die Zusammenhänge für Sie darzustellen.«

»Schon gut, war nur ein Scherz. Und dieses Haus der Loredana Franciulo in Conconello hat dann die Tochter geerbt?«, fragte er.

»Ja, Carla Franciulo, doch die hat es später abgestoßen und ein anderes Haus in Scorcola gekauft.«

Lamprecht schaute sich die Liste an, die das Fräulein Sacher erstellt hatte. »Und als Carla starb, hat ihre Tochter Maria dieses geerbt, es aber kurz danach verkauft und wieder woanders ein Haus gekauft. Servola, das ist ganz am anderen Ende der

Stadt. Komisch«, bemerkte er nebenbei, »es erben immer nur Töchter von Müttern. Als ob es keine Männer in der Familie gegeben hätte.«

»Ja, das ist mir auch aufgefallen, aber so lauten die Eintragungen. Nach Maria Franciulo kam Olivetta, unser Opfer, das aber auch erst später nach Cologna gezogen ist.«

»Und jetzt erbt Flora, deren Tochter. Wäre interessant, ob auch sie bald verkauft.«

»Warum nicht? Vielleicht wollen die Töchter nicht in dem Haus bleiben, in dem die Mutter gestorben ist?«

»Oder es gibt einen anderen Grund dafür. Oft hängt man doch eher an der Bleibe, in der man aufgewachsen ist.«

»Etwas ist mir noch aufgefallen«, warf die Sacher noch ein: »Die Preise für die neuen Häuser waren jedes Mal weit höher als der Erlös aus den Verkäufen der alten. Ich habe mir zu jeder Immobilie die Urkundensammlung angesehen, wo auch die Kaufverträge zu finden sind.«

»Das nenn ich gründlich. Aber vielleicht waren die neuen Häuser einfach größer oder neuer.«

»Vielleicht, aber vielleicht war auch ein gewisser Druck da, schnell abstoßen zu müssen.«

Lamprecht strich sich über das Kinn und wog verschiedene Möglichkeiten gegeneinander ab.

»Darf ich Sie etwas anderes fragen, Herr Inspektor? Meine Mutter hat mich gebeten, Ihnen auszurichten, dass sie Sie höflich grüßen lässt und Ihnen, ohne Sie bedrängen zu wollen, ihre Einladung in Erinnerung rufen möchte und sich sehr darüber freuen würde, wenn wir Sie am nächsten Donnerstag bei uns zum Tee begrüßen dürften.«

»Das wäre ja am Silvestertag!«

»Warum nicht? Das wäre doch eine schöne Art, das alte Jahr ausklingen zu lassen. Die Worte meiner Mutter.«

Lamprecht stand wegen der ungestümen Art, mit der diese Frau über ihn verfügen wollte, der Mund offen. Da konnte die Mutter der Sacher gern eine »von und zu« sein, aber das gehörte sich nicht. Bevor er darauf eingehen konnte, klopfte es laut an der Tür.

»Avanti!«, rief Lamprecht und Negrelli, eine der uniformierten Wachen, erschien im Zimmer. Er nickte der Sacher zu und salutierte vor dem Inspektor.

»Ispettore, c'è un cadavere!«

»Eine Leiche? Wo denn?«

»In der Chiesa di Santa Maria Maggiore.«

Lamprecht wandte sich an die Sacher: »Wie Sie sehen, muss ich sofort aufbrechen. Wir klären den Rest später.«

Doch die Sacher war noch nicht am Ende. Als Lamprecht bereits in der Tür war, rief sie ihm noch nach: »Ein Letztes: Meine Mutter ist es gewöhnt, dass man ihren Einladungen Folge leistet.«

31.
LAMPRECHT BEGIBT SICH IN DAS GEWÖLBE DES ROTEN MÖNCHS

Die Barockkirche aus dem 17. Jahrhundert lag zwischen den Häusern der Via di Riborgo und dem Viertel unterhalb von San Giusto versteckt in der Altstadt. Das wuchtige Kirchenschiff kam mit einem eher bescheidenen Glockenturm aus. Gleich daneben lag die weit ältere Kirche von San Silvestro, die von der großen Schwester beschützt oder auch erdrückt wurde, das hing vom Auge des Betrachters ab. Lamprecht ging die gleichnamige Straße bergan und passierte das ehemalige Jesuitenkolleg, das nach der Säkularisierung zunächst als Schule, dann als Kaserne und zuletzt als Kerker gedient hatte.

Am Portal empfing ihn ein Polizist in Uniform, der ihn grüßte und ihm die schwere Eichenholztür öffnete. Er wirkte angespannt, als hätte er eben einen Kontrakt mit dem Teufel mit eigenem Blut besiegelt.

»Was ist passiert? Sie werden doch schon einmal einen Toten gesehen haben?«, fragte Lamprecht.

»Certo, Ispettore, aber so etwas habe ich noch nicht gesehen. Schrecklich. Die Leiche, vor allem aber der Ort, an dem der Priester die Leiche gefunden hat.«

Die Kirchenbänke waren leer, das Gotteshaus war auf Polizeiorder geräumt, lediglich in der Bank eines Seitenaltars entdeckte Lamprecht einen Geistlichen, der dort kniete und betete, die Arme unter dem Stoff seiner weiten Kutte zusammengefaltet. Sie gingen Seite an Seite durch den Hauptraum, wobei ihre Schritte auf dem Steinboden von der hohen Kuppel widerhallten. Das riss den Mönch aus seiner Meditation und er wandte den Kopf in Richtung der Polizisten. Als Lamprecht in die hervortretenden kohleschwarzen Augen blickte, war er irritiert, konnte aber nicht deuten, was die Ursache dafür war. Vielleicht weil der Mann ihn mit seinen eingefallenen, nass-glänzenden Wangen, der Hakennase und den kurzen Haarstoppeln irgendwie an einen Geier erinnerte. Lamprecht änderte seine Richtung, wandte sich dem Mann in der Kutte zu und rief: »Warten Sie, auf ein Wort!«

Doch da hatte sich der andere schon erhoben und war hinter einer Stele verschwunden. Lamprecht steuerte die massive Steinsäule an, doch der Mensch war plötzlich wie vom Erdboden verschluckt, so, als ob er über einen versteckten Ausgang entschwunden wäre. Da wurde Lamprecht am Arm gezogen.

»Ispettore, da müssen wir hin«, sagte der Polizist und zog Lamprecht wieder in die ursprüngliche Richtung.

Als sie die Apsis erreicht hatten, deutete der verängstigte Polizist auf eine halb offene, massive Tür hinter dem Altar: »Hier gibt es zwei Türen. Die eine ist mit der Sakristei verbunden, aus ihr treten die Priester heraus, um die Messe zu feiern. Und diese zweite hier führt in den Keller. Sie ist normalerweise mit einem dicken Vorhang verhängt, nur wenige wissen von ihrer Existenz. Dass der Vorhang beiseitegeschoben war und die Tür offen stand, hat den Priester stutzig gemacht und er ist nachschauen gegangen.«

Sie erreichten den halb offenen Abgang in die Unterwelt der Kirche. Der Uniformierte reichte Lamprecht seine Taschenlampe: »Die werden Sie unten brauchen. Da ist es finster wie in einem Grab.«

»Und Sie? Kommen Sie nicht mit?«

»Mich kriegen da keine zehn Pferde mehr hinunter. Sie haben keine Vorstellung davon, wie man die Leiche zugerichtet hat.«

Lamprecht nahm die Lampe an sich und stützte sich mit der Hand an der massiven Tür ab. Das Holz war von den Jahrhunderten gezeichnet.

»Sie werden es mir hoffentlich gleich sagen.«

Der andere ließ seinen Zeigefinger durch die Luft kreisen, um die Wichtigkeit seiner Aussage zu bekräftigen. »Da unten hat die Inquisition arme Sünder gepeinigt. Aus dieser Zeit gibt es auch überall in der Wand diese Eisenhaken. Glauben Sie mir, bei diesem Toten ist es nicht mit rechten Dingen zugegangen.«

Lamprecht schüttelte den Kopf. »Das tut es doch nie bei einem Mord!«

Er kannte den Aberglauben rund um die sogenannte Camera

Rossa. Aber es war nichts dran – die Kirche war fast zweihundert Jahre nach Abschaffung der Inquisition in Österreich errichtet worden und die Metallhaken und Eisenstangen dienten zur Sicherung der Fundamente des Baus. Die Skelette, die man hier vor Jahrzehnten gefunden hatte, stellten sich als zur letzten Ruhe gebettete Jesuitenbrüder heraus. Lamprecht wollte soeben in den Untergrund absteigen, als der Polizist ihn am Ärmel zurückhielt und ihm mit vor Aufregung hervorquellenden Augen zuflüsterte: »Seien Sie vorsichtig, sonst trifft Sie auch noch der Fluch. Den hat sicher der Rote Mönch umgebracht.«

Für einen Mann wie Lamprecht, der die Segnungen der modernen Technik kannte, waren solche Geschichten Unsinn. Doch der Mensch mochte sich in die Lüfte erheben oder in einem Unterseeboot auf den Meeresgrund tauchen – der Aberglaube der einfachen Gemüter ließ sich wohl nur schwer ausmerzen.

»Dann nehme ich jetzt besser noch Weihwasser mit hinunter?«

Der Mann presste die Lippen verstimmt zusammen. Endlich machte Lamprecht sich an den Abstieg. Eine gewundene Treppe führte hinab und er musste sich tatsächlich in Acht nehmen, zwar nicht vor Geistern, sondern vor der Rutschgefahr auf den feuchten und ausgetretenen Stufen, die in die Wand eingelassen waren. Es ging gut zwanzig Meter in die Tiefe und es gab kein Geländer, wo er sich hätte festhalten können. Wenn er geglaubt hatte, der Abgang würde wie in einem Abenteuerroman von Fackeln an der Wand beleuchtet, deren zuckende Flammen das rußgeschwärzte Gemäuer erhellten und den Weg in ein Verlies wiesen, so hatte er sich getäuscht. Seine Lampe beleuchtete die dunklen, verwitterten Steine nur schlecht, es war, als müsste er in die zunehmende Dunkelheit eines Brunnens hinabsteigen.

Mit jedem Schritt tauchte er tiefer in ein schwarzes Meer ein, dessen Grund in die Unendlichkeit zu entfliehen schien. Er hörte entfernt den Klang seiner Schritte und spürte sein Herz schlagen.

Da!

Eine kalte Hand in seinem Nacken. Die Härchen richteten sich auf. Lamprecht fuhr herum, doch seine Augen blieben blind. Er schwenkte die Leuchte herum, doch da war nichts, nur ein Riss in der Wand, durch den sanft etwas Luft strömte, die ihn wohl soeben am Hals gekitzelt hatte. Lamprecht ärgerte sich über den Polizisten, der es mit seinen blöden Geschichten doch geschafft hatte, ihn zu verunsichern. Er trat nun fester auf und beschleunigte seine Schritte.

Unten angelangt, durchquerte er einen kleineren Raum, den eine Art Tunnel mit dem Hauptgewölbe, der »Roten Kammer«, verband. Von dort drang schwacher Lichtschein bis zu ihm. Auf einmal tauchte ein Schatten auf. Diesmal ließ er sich nicht irritieren.

Als er den Hauptraum betrat, der unter dem Kirchenschiff liegen musste, erkannte er die Umrisse des Arztes, der in der Hocke über seinen Koffer gebeugt war und einen Schatten an die rohen Ziegel an der Decke warf. Und an der Wand sah er etwas, das tatsächlich wie ein der Hölle entstiegener Engel aussah.

Die Arme weit ausgestreckt an die in die Mauer eingelassenen Eisenträger gekettet, hing eine traurige Gestalt blutleer an der Wand. Um seine Füße glänzte der Boden feucht, einige kleinere Blutlacken waren noch nicht ganz im Erdreich versickert.

Die Steine knirschten unter Lamprechts Schritten und erregten Doktor Skerls Aufmerksamkeit, der sich erhob und zu ihm drehte.

»Buongiorno Dottor Skerl.«

»Salve Ispettore! Sonderbar, wie die Menschen in letzter Zeit umgebracht werden. Früher hat man jemanden erschlagen oder erstochen und ihn dann am Tatort liegen lassen, jetzt bekommen wir solche Inszenierungen.« Er deutete auf die Leiche mit dem hängenden Kopf. Skerl trat heran und hob den Kopf an den Haaren an, um das Gesicht zu sehen. Ein Gesicht, das Lamprecht bislang nur von einem alten Foto kannte: Biecher!

»Und dann haben wir noch das hier.« Der Arzt deutete auf ein mit Blut an die Wand gemaltes Kreuz. Es erinnerte an die Kreuze an der Wand in der Kammer der ermordeten Franciulo.

»Und wurden diesem Toten auch Male ins Fleisch geschnitten?«

Skerl machte einen Schritt auf Lamprecht zu und zog ihn etwas näher zu sich. »Habe ich bislang keine entdeckt, aber wenn Sie von hier aus schauen …«

»… schaut der Leichnam selbst aus wie ein Kreuz«, komplettierte Lamprecht den Satz.

»Aber der ganze Körper ist übersät von Abschürfungen und Hämatomen.«

»Das Ergebnis von Misshandlungen?«, fragte Lamprecht.

»Ich glaube eher, dass die von einem Sturz stammen, Sie haben ja den Abgang selbst gesehen. Vielleicht wurde der Körper auch hierhergeschleift. Wahrscheinlich kann ich Ihnen nach der Obduktion mehr dazu sagen.«

»Mir ist das ein bisschen zu viel an Theatralik«, sagte Lamprecht, »aber darf ich aus Ihrer Andeutung schließen, dass das hier vermutlich nicht der Tatort ist?«

Skerl lächelte, und in dem schwachen Licht der Lampen, die auf den Boden liegend an die Decke schienen, wirkten seine Züge mit dem spitzen Kinn, das zur Hälfte vom Dunkel verschluckt war, tatsächlich ein wenig diabolisch.

»Wenn Sie das Blut auf dem Boden betrachten, würde ich schon meinen, dass er hier gestorben ist.« Er deutete auf die rostbraunen Sprenkel auf dem Boden, dann trat er an den Körper heran und zeigte dort die geöffneten Adern an den Handgelenken. Seine Hand fuhr weiter über den Körper, wo sie auf einem kleinen Blutfleck auf Höhe der Leber zu ruhen kam. »Diese Wunde war wahrscheinlich nicht tödlich, hat das Opfer aber vielleicht hilflos gemacht. Der Täter hat möglicherweise woanders zugestochen. Wenn Ihre Leute in der Kirche oder schon davor Spuren finden, werden Sie mit Glück vielleicht den Ort finden, wo das passiert ist. Aber machen Sie sich nicht zu viel Hoffnung. Wenn Sie einzelne Blutstropfen draußen finden, haben Sie mehr Glück als Verstand. Stark hat die Wunde nicht geblutet.«

»Und die Tatwaffe?«

»Keine Ahnung. Irgendetwas Spitzes, die Eintrittswunde ist rund und nicht sehr groß. Ein Messer kann ich fast ausschließen.«

»Danke, dann lass ich Sie jetzt allein«, meinte Lamprecht, den es zurück hinaus drängte, da er sofort nachprüfen lassen wollte, ob man auf dem Boden oder im Umkreis der Kirche Blutstropfen finden konnte, wie vom Arzt angedeutet. Er wollte sich also aufmachen, da hielt Skerl ihn zurück. Er verlangte, dass Lamprecht ihm ein paar Männer schicke, die den Leichnam wieder in die Oberwelt brachten. Lamprecht nickte, da wiederholte der Arzt seine Bitte mit Nachdruck: »Aber vergessen Sie bitte nicht auf die Männer, ich will hier unten nicht zu lange bei der Leiche bleiben müssen.«

»Haben Sie womöglich doch Angst, dass der Rote Mönch Sie heimsuchen könnte?«

»Nein, aber es geht auf Mittag zu.«

32.
EINE SPUR FÜHRT LAMPRECHT ZU EINER CONCIERGE, DIE ER NICHT ZUM ERSTEN MAL TRIFFT

Als Lamprecht wieder in der Oberwelt angelangt war, konnte er sein Glück kaum fassen, denn er entdeckte tatsächlich an der Schwelle zur Pforte auf dem Kirchenboden ein paar winzige eingetrocknete Blutstropfen. Er beugte sich zu den Steinfliesen hinunter und fand eine schwache Spur, die bis zum Eingang reichte.

»Habe ich Ihnen zu viel versprochen?«

Lamprecht richtete sich auf. Es war der uniformierte Polizist.

»Ich habe gefunden, was ich erwartet hatte: eine Leiche. Wie heißen Sie überhaupt?« Lamprecht störte die Art, wie der Untergebene ihn salopp angesprochen hatte. Als wären sie die engsten Kollegen. Er war sein Vorgesetzter! Der junge Polizist nahm sofort Haltung an und stand jetzt stramm vor ihm.

»Giuseppe Milic, aber meine Freunde nennen mich Beppo.«

»Also gut, Milic, Sie holen jetzt Verstärkung und dann helfen Sie dem Doktor, der unten wartet, dass die Leiche rasch ins Ospedale Civile kommt.«

Milics Gesichtsausdruck machte kein Hehl daraus, was er von der Order hielt, doch er salutierte widerspruchslos und Lamprecht machte sich auf die Suche nach weiteren Spuren.

Auch auf den Stufen vor der Kirche erkannte er nun einzelne rostbraune Tropfen des eingetrockneten Blutes. Was für ein Glück, dass es letzte Nacht nicht geregnet hatte, sonst wäre diese Spur weggewaschen worden. Doch es war nicht leicht, ihr zu folgen. Der Ispettore musste immer wieder einzelne Gabelungen zurückgehen, wenn er einem falschen Wegstück gefolgt war. Die Spur führte vorbei an der Biblioteca Civica an der Piazza Lipsia, weiter über die Via Cavana in Richtung Josefsplatz, wo Maximilian auf seinem Podest vielleicht auf seine nächste Chance wartete. Doch ein gutes Stück davor endete sie vor einem Hauseingang. An der Türschwelle sah er einen etwas größeren Fleck, vielleicht hieß das, dass der Täter Biecher hier den Stich versetzt hatte. Aber wieso hatte der Mörder Biecher genau hier, an diesem noblen Hauseingang abgepasst? Das ergab nur dann einen Sinn, wenn …

Lamprecht betrat das Haus. In der Eingangshalle erkannte er, dass er hier schon einmal gewesen war, und zwar vor einigen Wochen, bei einer der Razzien, die er begleiten hatte müssen, so unangenehm ihm das auch immer war. Der Eingangsbereich verstrahlte mit den breiten Steintreppen und dem darüber ausgerollten Teppich eine Grandezza aus, wie sie den vornehmen Häusern in der Gegend hier eigen war. War es möglich, dass Biecher hier Unterschlupf gefunden hatte? Er erinnerte sich von seinem letzten Besuch, dass es eine Portiera gab. Eine alte, besonders unfreundliche Frau, die ihn als Vertreter der Staatsgewalt schon beim letzten Besuch argwöhnisch betrachtet und sich jedes Wort aus der Nase hatte ziehen lassen. Damit hatte sie die Polizei hingehalten, während es dem gesuchten Subjekt, einem Studenten aus angesehener Familie, der auf der Handelsschule die falschen Flugzettel verteilt hatte, gelang, über das Dach zu flüchten.

Hinter einer Glasscheibe saß die Alte in ihrer Loge, ihr weißhaariger Kopf war über eine Zeitung gebeugt. Lamprecht klopfte gegen die Glasscheibe und hielt ihr Biechers Foto hin.

»Va via, wir kaufen nichts!«, sagte sie, ohne ihre Lektüre zu beenden, und deutete auf ein Schild, auf dem geschrieben stand, dass Betteln und Hausieren verboten war.

»Ich suche diesen Mann hier«, sagte Lamprecht forsch, da wandte ihm die Frau endlich ihr Gesicht zu.

»Sie sind von der Polizei, oder?«

»Sì, Ispettore Lamprecht von der Polizeidirektion Triest, hier ist meine Kokarde.«

»Lasci stare, la riconosco. Sie waren schon einmal hier.«

Lamprecht hielt ihr abermals das Foto Biechers hin: »Also, was ist jetzt. Wohnt der hier?«

Die Alte zuckte mit den Schultern. »Wenn Sie dieses Mal wegen dem hier sind, dann suchen Sie endlich einmal den Richtigen. Das ist kein guter Mensch, so wie der mit dem Trinkgeld knausert.«

»Also wohnt der hier?«, drängte Lamprecht.

»Aber erst seit Kurzem. Ich verstehe auch nicht, wieso der die Wohnung bekommen hat.«

Ohne sich an den Bart zu greifen und ohne laut zu werden legte Lamprecht ungeduldig die flache Hand auf die Scheibe: »Per favore, welcher Stock, welche Wohnung?«

»Jetzt haben Sie mir die Scheibe schmutzig gemacht und ich muss sie putzen.«

»Wohnungsnummer, Stockwerk, oddio!«

»Junger Mann, versündigen Sie sich nicht und lassen Sie den Herrn aus dem Spiel. Zweiter Stock, Tür fünf.«

Er ließ die Frau in ihrem Glaskäfig sitzen und wandte sich dem Stiegenaufgang zu. Zwei Stufen nahm er am Stück, weil er ein Kribbeln in seinem Magen spürte. Dieses setzte immer dann ein, wenn er sich der Lösung eines Falls näher gekommen wähnte.

Die alte Frau, die ein abgestoßenes Hauskleid trug, dessen Blumenmotive mit den Jahren verblasst waren, trat aus ihrer Loge. Sie hatte diesen Heißsporn zurückhalten wollen, um ihm zu sagen, dass sich schon einer seiner Kollegen die Schlüssel von ihr hatte aushändigen lassen. Zumindest hatte der dürre Kerl behauptet, von der Polizei zu sein. Doch nacheilen wollte sie Lamprecht nicht. Sie setzte sich also wieder auf den Stuhl und widmete sich ihrer Zeitung.

33.
LAMPRECHT ÜBERSTEHT EINEN KAMPF UND FINDET ETWAS, DAS LANGE VOR DER WELT VERBORGEN WAR

Warum nur hatte er vergessen, die Hausmeisterin aufzufordern, ihm die Tür aufzuschließen? Das Holz machte einen massiven Eindruck. Die Schnitzerei auf dem Türblatt, die einen Bock mit gewundenen Hörnern darstellte, unterstrich diesen Eindruck. Bevor er kehrtmachte, um den Schlüssel von unten zu holen, probierte er intuitiv die Türklinke. Sie gab nach, die Wohnung war unversperrt und im nächsten Augenblick stand Lamprecht im Vorzimmer.

Es roch nach verbrauchter Luft, da die Fenster dick verhängt waren, wahrscheinlich, um die Kälte abzuhalten. Lamprecht betätigte den Lichtschalter, doch die Deckenlampe blieb dunkel. Er schob einen der Vorhänge beiseite, aber das Ergebnis ließ zu wünschen übrig. Offenbar ging diese Maueröffnung in einen Lichthof, der seinem Namen kaum gerecht wurde. Aber immerhin konnte er sich nun etwas besser umblicken. Auf dem hölzernen Kleiderständer hingen ein Schal und eine alte Schiebermütze. Daneben stand ein Schrank, der aber außer einem abgetragenen Sakko nur ein paar alte Stiefel enthielt. Biecher war hier offensichtlich nicht wirklich häuslich geworden. Vom Vorraum ging es in eine kleine Küche, und dem Standard des Hauses entsprechend gab es sogar ein Badezimmer und ein Wasserklosett. Für einen kleinen

Gauner wie Biecher war das Domizil eindeutig eine Nummer zu luxuriös.

Lamprecht schreckte auf, weil er ein Knacken gehört hatte. Er maß dem aber keine weitere Bedeutung bei. Die alten Holzböden in den Häusern, die zwischen dem Salz des Meeres und den kratzenden Borastürmen langsam zerrieben wurden, konnten die unmöglichsten Geräusche von sich geben. Auch in Alessias Haus war das so. Sie hatte ihn beruhigt, als er sich hektisch die Hose hatte anziehen wollen, weil er vermeinte, die kleine Federica sei aufgewacht und auf dem Weg zu ihnen ins Bett. Alessia hatte ihn sanft am Arm zurückgehalten: »Calmati, es ist nur das Haus. Es spricht mit uns.«

Er verließ das Bad und betrat den großen Wohnraum. Dort zog er wieder einen der Stoffvorhänge zur Seite. Hier drang von der Straße ungleich mehr Licht herein. Eine halb offene Tür in seinem Rücken gab den Blick teilweise auf ein Bett frei.

Auch das Wohnzimmer wirkte ungemütlich, leer und dennoch unaufgeräumt. Die Laden einer Kommode standen offen und ein paar Papiere und auch Kleidungsstücke wie Socken und Unterhosen lagen auf dem Boden davor verstreut. Es wirkte, als ob jemand etwas gesucht hätte.

Er trat an die Kommode heran und kniete sich auf den Boden, um sich die verstreuten Papiere genauer anzusehen.

Da war wieder dieses Knacken. Doch diesmal hatte ihm das Haus nichts erzählen, sondern ihn warnen wollen.

Zu spät!

Bevor er aufschnellen konnte, nahm ihn der Angreifer von hinten in die Zange und zog ihn wie mit einer Seilwinde hoch. Jetzt würgte er ihn, das Schnaufen der Männer erfüllte den Raum. Lamprecht zog mit beiden Händen an dem Arm, der sich wie eine Eisenklammer um seinen Hals gelegt hatte.

»Polizia!«, kam es kratzig aus der verschnürten Kehle, ohne die gewünschte Wirkung auf den Angreifer. Der Arm schloss sich noch fester. Wenn er nur seine Pistole erreichen könnte! Doch es war unmöglich, eine Hand freizubekommen, ohne sich die Gurgel zudrücken zu lassen. Immer wieder änderte er seine Position und versuchte, den anderen, der ihn um gut einen Kopf überragte, wenigstens ein wenig wegzudrücken. Erst jetzt bemerkte er die Lederhandschuhe. Deswegen hielt dessen Griff wie eine eiserne Klammer. Er änderte die Taktik, drückte seinen Körper durch und schlug mit dem Kopf nach hinten. Er hatte den Langen am Kinn mit voller Wucht getroffen, doch sein Kopf brummte ebenfalls.

Zum Glück ließ der andere nun von ihm ab und lief weg. Lamprecht drehte sich zur Seite und griff nach seiner Dienstwaffe, doch der andere war ins Vorzimmer geflüchtet. Lamprecht hob die Pistole, um zu zielen, doch da war der Mann bereits an der Eingangstür und verschwand über das Stiegenhaus. Lamprecht ließ die Waffe sinken. Er hätte vermutlich ohnehin nicht getroffen, so dünn, wie diese Bohnenstange war. Offensichtlich hatte er heute nicht nur Biecher gefunden, sondern auch den zweiten Verdächtigen.

Was hatte der Kerl hier zu schaffen gehabt? Lamprecht massierte seinen Hals und setzte die Suche fort. Er riss die Laden ganz aus der Kommode und leerte ihren Inhalt auf den Boden. Dann fuhr er mit den Fingerkuppen über die Unterseiten der Laden um zu prüfen, ob dort etwas verborgen war, doch Fehlanzeige. Er untersuchte das Innere des Möbels. Ebenfalls ohne Ergebnis. Er richtete sich auf und blickte zu der Tür, hinter der ihm sein Angreifer aufgelauert haben musste.

Dieser hatte sich in der Schlafkammer versteckt. Hatte Lamprecht ihn bei der Suche überrascht? Er betrat den kleinen Raum, der nur eine winzige Fensteröffnung hatte. Er suchte unter dem Bett, öffnete das Fenster, um nachzusehen, ob Biecher dort etwas auf dem Sims verwahrt hatte. Nichts, er schreckte nur eine Taube auf. Als Polizist kannte er die unmöglichsten Verstecke. Er kannte aber auch die einfachen. Er hob die Matratze an.

Tatsächlich fand er auf dem Metallfederrost eine kleine, an den Kanten abgestoßene Ledermappe. Er holte sie hervor und öffnete sie. Sein Herz pochte dabei aufgeregt und ungeduldig. Er zog zwei Umschläge heraus. Der eine vergilbt und das Papier brüchig und dünn, die Schrift alt und schlecht zu lesen. Das Papier des zweiten war fest und noch blütenweiß. Konnten die Briefe ein Mordmotiv sein? Er holte das eine Schreiben aus dem Kuvert. Der Brief war von der ermordeten Olivetta Franciulo kurz vor ihrem Tod verfasst worden und war offensichtlich so etwas wie eine Erläuterung des uralten Briefes, den er ebenfalls neben sich liegen hatte.

Nach der Lektüre der beiden Briefe stand Lamprecht für eine Zeit sinnierend im Raum und trachtete danach, das Gelesene gedanklich zu ordnen: Denn der vergilbte Brief beschrieb, wie ein Reisender namens Winclman vor gut hundertfünfzig Jahren in der Locanda Grande am Hauptplatz Triests auf seinen Mörder getroffen war. Roberta Franciulo, die damals dort als Stubenmädchen arbeitete, hatte vom Sterbenden einen Auftrag erhalten, den sie aber nicht erfüllt hatte. Der Brief war vor langer Zeit geschrieben und an die Tochter adressiert worden, und er versprach Reichtum. Es war tatsächlich eine Art Vermächtnis. Aber auch eine Anleitung mit zum Teil merkwürdigen Anweisungen, darunter der, dass das Geheimnis erst nach dem Tode tradiert werden sollte.

Das erklärte den weiteren Brief von Olivetta Franciulo an ihre Tochter Flora, in dem diese auch beschrieb, wo der in dem abgegriffenen Schreiben versprochene Schatz zu finden war.

Doch Lamprecht konnte mit den Hinweisen wenig anfangen, es musste sich um spezielles Wissen handeln, über das nur die Frauen verfügten, Anhaltspunkte, die nur den beiden etwas sagten. Er fragte sich, ob Flora von diesen Briefen wusste oder wissen konnte. Das würde ein anderes Licht auf so manches werfen.

Er steckte die Briefe zurück in die Ledermappe und überlegte, wie er den Inhalt mit den bisherigen Erkenntnissen zu dem Fall in Einklang bringen konnte.

Der Hinweis auf einen Schatz war in dem stockfleckigen Brief sehr vage. Wenn es in Triest jemanden gab, der sich mit Winckelmann und den Etruskern auskannte, dann war es Dottor Kopich, der Geschichtelehrer am deutschsprachigen Gymnasium, oder dessen gelehrige Schülerin: Adina Lamprecht, seine Schwester.

Doch bevor er Adina erneut um ihre Hilfe bitten wollte, musste er noch einmal zurück in die Kirche, denn er war sicher, dass es sich bei dem betenden Mönch von vorhin um Cannuccia gehandelt hatte, jenen Hungerhaken, der eben im Kampf bewiesen hatte, dass auch ein Strohhalm nicht immer leicht zu knicken ist.

34.
DIE KIRCHE HAT DIE LEICHEN NICHT NUR IM KELLER

Die wenigen Stunden dieses einzigen Tages, des 30. Dezember 1914, hatten Lamprecht mehr Erkenntnisse beschert als die Wochen seiner Arbeit zuvor. Aber so war das oft. Ein guter Teil der Ermittlungen war Aufbauarbeit. Man schuf ein Fundament, von dem aus man die weiteren Schritte plante, und wenn alles gut ging, fügten sich am Ende die richtigen Enden zusammen. Es war wie bei diesen modernen Telefonanlagen. Steckte man die richtigen Kabel zusammen, dann konnten die gewünschten Gesprächspartner miteinander fernmündlich kommunizieren.

»Ich bin Ihnen sehr verbunden, Hochwürden, aber ich benötige von Ihnen einige Auskünfte, die keinen Aufschub dulden, mehr kann ich Ihnen dazu im Moment nicht sagen.«

Lamprecht befand sich im Pfarrhof der Kirche Santa Maria Maggiore, da, wo in den Kellergewölben die Leiche Biechers gefunden worden war. Er saß am Schreibtisch von Padre Zinghetti, der der Pfarre seit vielen Jahrzehnten vorstand. Der Pfarrer hatte dichtes weißes Haar und schien sich trotz des fortgeschrittenen Alters bester Gesundheit zu erfreuen.

Außerdem hatte er die seinem Alter entsprechenden gütigen Augen. Wer sein Leben lang die Irrungen der Menschen gesehen hat, kann vieles nachvollziehen und durch den Filter der Milde rinnen lassen.

Der Geistliche hatte sofort alles über die Leiche wissen wollen, doch Lamprecht blieb ausweichend. Für konkrete Aussagen sei es noch zu früh, behauptete er. Der Ermittlungsstand reiche nur bis zur Identifikation des Opfers. Ein Spieler sei er gewesen, ein Ganove, sagte er und der Priester bekreuzigte sich.

»Gott sei seiner armen Seele gnädig! Wie kann ich Ihnen nun helfen?«

Wie es zum Auffinden der Leiche gekommen war, das hatten die Uniformierten bereits zuvor alles protokolliert, dennoch fragte Lamprecht nochmals danach und der Pfarrer bestätigte die Angaben seines zuvor vernommenen Glaubensbruders. Dann kam Lamprecht auf den Punkt zu sprechen, der ihn eigentlich hierhergebracht hatte: »Obwohl wir die Kirche für die Gläubigen gesperrt hatten, sah ich zuvor einen Ihrer Brüder in einer der Bänke beten, der jedoch, kaum, dass ich vom Fundort der Leiche zurückgekehrt war, verschwunden war.« Er begann das Aussehen Cannuccias zu beschreiben und hatte das Gefühl, sobald er die Merkmale des wenig schmeichelhaften Erscheinungsbilds aufgezählt hatte, dass er damit bei seinem Gegenüber etwas auslöste, das dieser zu verbergen suchte. »Haben Sie einen solchen Mitbruder in Ihrem Kloster?«

Die Frage wirkte auf Padre Zinghetti wie der Weckruf aus einem Tagtraum, und die wenigen Anzeichen einer inneren Unsicherheit schienen wie weggeblasen, als er antwortete: »Wir haben hier überhaupt kein Kloster mehr, seit dieses im Jahr 1773 unter Joseph II. aufgelöst wurde. Damals hat man unser Kolleg auch geschlossen und dann sogar in eine Kaserne umgewandelt. In den vielen Jahren ...«

Lamprecht spürte, dass der Priester sich in einen längeren geschichtlichen Exkurs flüchten wollte, um seiner Frage auszuweichen, also unterbrach er ihn: »Mi scusi, aber mir geht es um die beschriebene Person. Sie sind also sicher, dass dieser Mann nichts mit Ihrer Kirche zu schaffen hat?«

Padre Zinghetti saß stumm da und es war ihm anzusehen, dass er mit sich rang.

»Oder mit Ihnen? Sie scheinen vorhin, wenn Sie mir diesen Schluss gestatten, anhand der Beschreibung durchaus jemanden wiedererkannt zu haben?«

Der Priester vergrub das Gesicht in seinen Händen. »Dann war er heute also wieder hier«, murmelte er. Er wirkte, als registrierte er, in Trance versunken, Lamprechts Gesellschaft nicht mehr.

»Hochwürden?«

Der Pfarrer strich sich die Haare aus dem Gesicht und erhob

sich schwerfällig, als ob ihm nun ein Rheumaschub eingefahren wäre, um sich stumm zu einem der Regale zu schleppen.

Padre Zinghetti holte ein dickes Buch hervor und befreite mit einem Pusten den Ledereinband von seiner Staubschicht. Er legte das aufgeklappte Buch neben Lamprecht auf den alten Eichenholztisch, nahm Platz auf einem herangezogenen Hocker und blätterte durch die stockfleckigen, an den Ecken gewellten Seiten, bis er das Gesuchte gefunden hatte.

Der Mann in der Soutane faltete die Hände vor dem Mund und richtete seine Augen nach oben, an die Decke. »Es war mir klar, dass diese Sache nun herauskommen wird, herauskommen muss, verzeih mir, oh Herr!«

»Kann ich das als Ja deuten?«

Ohne konkret darauf zu antworten, schob Zinghetti das Buch zu Lamprecht und deutete auf eine Spalte.

»Was ist das?«, wollte der Polizist wissen.

»Die Kirchenmatrikel meiner Pfarre. Es geht um diesen Eintrag hier.«

Als Lamprecht die alte Handschrift las, stieß er auf einen ihm bekannten Namen: Olivetta Franciulo. Einige Zeilen darunter war die Geburt der Tochter Flora vermerkt.

»Und was bedeutet das hier?«, fragte Lamprecht, der die Schrift unter den dick durchgestrichenen Zeilen schwer entziffern konnte.

»Hier wurde eine Berichtigung vorgenommen.«

»Was bedeutet das? Was für eine Berichtigung?«

»Es geht um den, nach dem Sie mich gefragt haben. Wir nannten ihn Giacinto.«

Lamprecht lehnte sich zurück und strich sich über den Bart, während er langsam begann, die Zusammenhänge herzustellen. Er deduzierte laut und wartete, ob ihm der Pfarrer widersprechen würde: »Die Signora Olivetta ist also zu Ihnen gekommen, weil sie die in Ihren Büchern vermerkte Geburt eines Sohnes löschen lassen wollte, den späteren Eintrag der Tochter hat sie aber stehen lassen. Warum?«

»Die Signora war eine Signorina, weder verheiratet noch verwitwet.«

»Warum nur der Sohn?«, insistierte Lamprecht und der Pfarrer hatte eine Erklärung parat.

»Ein Bastard tut sich immer schwer im Leben. Eine Waise hat es doch leichter. Für beide ist der Weg zwar steinig, doch bei einer Waise sind die Steine wenigstens nicht auch noch spitz.«

»Aber die Tochter Flora war doch genauso außerehelich geboren? Wo ist da der Unterschied?«

Der Priester machte eine wegwerfende Geste: »Was zählt schon eine Frau in unserer Gesellschaft! Die hat es immer schwer. Sie ist ja auch nur aus Adams Rippe gemacht worden. Es fehlt ihr an Herz und Verstand. Sie ist nur ein Stück Knochen.«

Lamprecht ließ diese Aussage unwidersprochen stehen, auch wenn er schluckte. Er blickte stattdessen auf die Jahreszahlen und ihm fiel auf, dass die Tochter Flora kurz vor dem Erwerb des neuen Hauses zur Welt gekommen war.

»Was haben Sie mit dem Knaben gemacht?«

»Wir haben uns um ihn gekümmert, was sonst? Er kam in eines der Waisenhäuser der Kirche, sollte eine Ausbildung bekommen, aber er war ein schwieriges Kind. Das hing vielleicht auch damit zusammen, dass er sich sehr schwer mit den anderen tat. Am liebsten war er hier in der Kirche und hat die Messen vorbereitet.«

Daher kannte sich Cannuccia also hier so gut aus, dachte sich Lamprecht, der wissen wollte, ob er als Ministrant eingesetzt gewesen war.

»Nein, das nicht. Die anderen Knaben haben das nicht gewollt. Giacinto fand keinen Anschluss an die anderen, die ihn dafür ständig gehänselt haben.«

»Wegen seines Aussehens, er scheint ja keine Schönheit gewesen zu sein, wenn ich ihn mir als Erwachsenen vor Augen führe.«

»Ja, aber vor allem wegen des Fingers. Also ihm fehlte ein Stück am kleinen Finger. Von Geburt an.«

Lamprecht durchzuckte es. Er erinnerte sich des Telefonats mit Skerl. Auch wenn der Arzt diesem Detail keine Bedeutung zugemessen hatte, konnte es jetzt eine solche erlangen.

»Und warum sind Sie damals auf das Drängen der Frau eingegangen?«

Zinghetti seufzte und griff an das an seiner Soutane hängende Kreuz, ehe er antwortete: »Ich war damals ganz frisch in dieser Pfarre, es war in meiner Anfangszeit hier und ich war unsicher.« Nach einer Pause setzte er fort: »Und ich benötigte Geld für die Pfarre.«

»Sie haben sich also kaufen lassen?«

»Richtet nicht, auf dass ihr nicht gerichtet werdet.«

Padre Zinghetti setzte eine Miene auf, die zu verstehen gab, dass er dem nichts hinzuzufügen hatte.

»Mit einem Bibelzitat sind Sie bei mir an der falschen Adresse. Ich bin, das muss ich gestehen, nicht sonderlich fest in derlei Dingen. Dafür bin ich im Strafgesetz sehr gut bewandert. Ich hoffe für Sie, dass hier keine Anklage wegen Urkundenfälschung auf Sie zukommt, aber ich vermerke, dass Sie sich sehr kooperativ gezeigt haben.«

»Dafür werde ich ohnehin von einer höheren Macht zur Rechenschaft gezogen werden.«

»Eine letzte Frage noch: Wieso können Sie sich an diese Vorkommnisse nach so langer Zeit noch so genau erinnern? Das ist ja jetzt bald fünfzig Jahre her?«

»Weil vor einem halben Jahr Flora Franciulo gekommen ist und um Einsicht in genau diesen Eintrag gebeten hat. Da ist das, was ich damals im Brunnen meiner Seele zu ertränken versucht habe, alles wieder an die Oberfläche gekommen.«

35. ADINA KANN MIT IHREM WISSEN AUFTRUMPFEN

Als Lamprecht die dunklen und engen Gassen durch die Città Vecchia zum Colle di San Giusto emporstieg, fragte er sich, ob er während des Krieges an einen Start bei einem Rennen wie dem Giro denken durfte, waren doch die Beziehungen mit Italien erkennbar abgekühlt. Er musste froh sein, wenn er in der aktuellen politischen Lage wenigstens sporadisch zu einem Training kam. Sein Jahrgang war großteils an die Front im Osten geschickt worden. Nach dem feindlichen Vormarsch im Herbst hatte man zuletzt einige militärische Erfolge an dieser Frontlinie erzielen können. Doch er wusste, dass jeder zurückgewonnene Hügel vom Blut der jungen Männer getränkt war, jeder Meter Landgewinn kostete ungleich mehr an Leben, und zahlen musste nicht der Kaiser, zahlen musste kein Land, keine Nation, zu begleichen war dieser Tribut von den Soldaten, und die waren die Jugend eines Landes. Wie lange noch würde Spetich sein Vorgesetzter bleiben? Immerhin behauptete der auch schon seit dem Sommer, bald an die Front zu müssen. Und jetzt, da er vielleicht vor der Lösung seines Falles stand, wäre es bald auch an ihm, die Dienstwaffe abzulegen und den Karabiner zu schultern. Er wollte eine günstige Gelegenheit abwarten, es seiner Mutter beizubringen. Sie würde aus allen

Wolken fallen, doch sie war nicht die einzige Mutter, die um ihren Sohn bangen musste. Aber vielleicht hatte er Glück und der Krieg war im Frühjahr zu Ende.

Es war traurig, dass das mit Österreich-Ungarn verbündete Italien seinem Paktpartner nicht zur Seite stand, doch die königliche Regierung hatte verlauten lassen, dass man der Habsburgermonarchie nicht beistehen könne, da diese Pflicht nur im Falle eines Angriffs auf die Monarchie schlagend geworden wäre, und da Österreich der Aggressor gegen Serbien gewesen sei, müsse man selbst friedlich bleiben. Das war die offizielle Sprachregelung. Es gab bereits nicht wenige Stimmen, die sich für einen Kriegseintritt starkmachten – allerdings nicht an der Seite Österreich-Ungarns. Lamprecht wollte sich dieses Schreckgespenst, die Front könnte wenige Kilometer vor Triest verlaufen, gar nicht vorstellen. Besser, der alte Kaiser in Wien blieb hier allein und Italien schielte weiter nach Afrika.

Er band seinen Schal um den Hals, denn es hatte am Abend abgekühlt und nur mehr wenige Grad über null. Die Straßen waren leer, dafür brannten in einigen Fenstern Kerzen. Wahrscheinlich fürchtete man um Väter und Söhne im Krieg oder man betete für die Gefallenen, derer es auch in Triest schon genug gab. Die Listen in den Zeitungen wurden von Tag zu Tag länger. Irgendwo am Himmel kreischte eine Möwe und in einem dunklen Eck rauften zwei Kater mit aufgestelltem Fell und ausgefahrenen Krallen um Küchenabfälle. Es roch feucht und nach dem Rauch, der aus den Kaminen stieg.

Lamprecht musste mit Adina sprechen, auch wenn er sie nicht mehr in seine Ermittlung hineinziehen wollte. Er musste sie fragen, ob sie Nachricht von Viola hatte. Der letzte Brief lag Wochen zurück und bis auf die kurze Botschaft auf der Weihnachtskarte hatte er keine Nachricht, ob sie jetzt tatsächlich nach Triest kommen würde. Er hatte gehofft, sie würde vielleicht zu den Feiertagen kommen. Freilich musste er sich eingestehen, dass seine Sehnsucht mit den Monaten abgekühlt war. Er hätte sie gern wiedergesehen und vielleicht hätte er da auch wieder dieses Hüpfen in der Brust gespürt, aber etwas war anders geworden. Er fühlte sich jetzt reifer und erwachsener, und sie war ja doch noch ein Mädchen.

Vor allem war Alessia Pirona mit der kleinen Federica in sein Leben getreten. Und dann war da noch etwas: Fräulein Sacher war in letzter Zeit bei der Arbeit fast so etwas wie ein Kollege geworden, ein Kollege in Rock und mit Rundungen unter der Bluse. Und das gefiel ihm außerordentlich gut.

Er sperrte das Haustor auf. Auf dem Gang war sein Bianchi abgestellt. Schon hielt er die Griffe umklammert, doch dann widerstand er dem Impuls, sich wenigstens für einen Moment daraufzusetzen. Stattdessen strich er über den Ledersattel wie über die Wange einer Geliebten.

»Ciao tesoro«, grüßte ihn seine Mutter, als er im Vorzimmer aus dem Mantel schlüpfte. »Wenn du dich umziehen möchtest, dann mach bitte schnell, wir können gleich essen.«

Gaetano tauschte sein Sakko gegen einen Hausmantel. Es war auch im Haus kalt geworden. Der Vater hatte sich noch nicht dazu durchringen können, eine moderne Zentralheizung installieren zu lassen, und die Öfen heizten die Räume nur mangelhaft. Außerdem war auch das Brennmaterial teuer geworden.

Adina würde er nach dem Essen aufsuchen. Er wusste, mit seiner Schwester hatte er eine Expertin in Sachen Etrusker im Haus, vielleicht wusste sie als ausgewiesene Kennerin von Winckelmanns Leben auch etwas über dessen Ermordung beizusteuern. Und er interessierte sich dafür, wie sie den vergilbten Brief aus dem Nachlass der Franciulo deutete. Vielleicht stieß sie auf ein ihm verschlossenes Detail?

»Polenta?«, fragte der Vater ungläubig und schwenkte seinen Löffel vor dem Licht wie eine Weinprobe. »Ich hasse Polenta.«

Die Mutter nickte ungeachtet dieser Rüge Luisa zu, die weiter den Maissterz austeilte.

»Und ich hasse Kohl«, lamentierte Franz Lamprecht weiter.

»Kohl ist gesund und Polenta ist nahrhaft«, erwiderte seine Frau. »Außerdem sollten wir froh sein über das, was wir haben. Ich war heute mit Luisa einkaufen und das ist unsere ganze Ausbeute. Und das hier.«

Die Augen des Vaters begannen zu leuchten, als Elodie Lamprecht den Deckel der Fleischschüssel hob und der Duft der geselchten Ripperln aufstieg.

Nach dem Essen entschuldigte sich Gaetano unter dem Vorwand, in seinem Zimmer noch Papiere für die Arbeit studieren zu müssen. Keine zehn Minuten später verriet ihm ein zartes Klopfen gegen die Tür, dass er Adinas Neugier, wie erhofft, geweckt hatte.

»Seit wann musst du denn Papiere für die Arbeit zu Hause studieren? Also sag, was ist es?«

Adina setzte sich zu ihm aufs Bett und er hielt ihr sofort den Brief der Roberta Franciulo hin. Er war aufgeregt wie ein Kind vor der Bescherung. Was er in Händen hielt, war ein Stück Geschichte, ein Stück der Geschichte dieser Stadt.

»Sei vorsichtig, das Papier ist sehr abgegriffen und brüchig, das ist ein wichtiges Beweisstück.«

Behutsam holte Adina den Papierbogen aus dem Kuvert und begann zu lesen. Dabei bewegte sie ihre Lippen, als spräche sie die gelesenen Worte stumm mit. Sie las langsam, denn die Buchstaben waren sehr eng geschrieben und sie musste oft eine Zeile zurückgehen, da sie nicht alles beim ersten Mal entziffern konnte. Sie wandte das Blatt und las die zweite Seite, bis sie zum Ende kam. Sie gab ihm den Brief zurück und schloss die Augen, als wollte sie sich das Gelesene vorstellen.

»Und?«, wollte Gaetano wissen. »Was sagst du dazu?«

Doch Adina blieb stumm. Sie öffnete die Augen, schüttelte aber nur den Kopf und ihr Blick sagte: Das kann ich nicht glauben, ehe sie aufstand und wortlos das Zimmer verließ.

Wenig später kehrte sie mit einigen Büchern unter dem Arm zurück: »Das ist vielleicht ein wichtiges Beweisstück, aber der Brief ist vor allem eine Sensation. Ist dir klar, was das bedeutet?«

»Nicht ganz, sonst müsste ich dich nicht um deine Einschätzung bitten. Eine Schülerin!«

Adina schnaufte. »Eine Maturantin, bitte schön. Also, dieser Brief wirft ein neues Licht auf die Ermordung des berühmten Archäologen Winckelmann in Triest 1768. Wenn das stimmt, was diese Roberta Franciulo zu Papier gebracht hat, dann hat sie als Zimmermädchen der Locanda Grande Winckelmann in seinen letzten Stunden noch gesehen. Sie schreibt von einem Winclman, offenbar hatte sie keine Ahnung, wer dieser Gast war, und sie muss den Namen phonetisch, wie es auf Italienisch geläufig war, niedergeschrieben haben. Dabei hat er ihr aufgetragen, ein Artefakt, das sich widerrechtlich in seinem Besitz befand, an die rechtmäßigen Besitzer zurückzugeben, doch sie hat ihn offenbar schmählich verraten. Und dafür hat er sie und ihre Nachkommen verflucht. Der Brief liest sich für mich auch wie ein Geständnis.«

Lamprecht legte den Kopf schief und lauschte seiner Schwester. Adina war in ihrem Element und dozierte, wie es sonst nur Dottor Kopich schaffte: »Winckelmann war auf dem Weg in seine deutsche Heimat, als ihn die Melancholie packte und er wieder umdrehte, um in seinen geliebten Süden zu fahren. Er trennte sich von seinem Reisebegleiter Cavaceppi, kehrte um, machte Station in Wien, bevor er im Juni 1768 Triest erreichte, wo er in der Herberge an der Piazza Grande, damals Piazza San Pietro, abstieg, in der er schließlich bei einem Überfall ermordet wurde. Und wo deine Roberta Franciulo zufällig Dienst machte, nachdem seine Magd vor Schreck davongelaufen war.«

»Aber offenbar hat sein Raubmörder die Preziosen, die er bei ihm vermutete, nicht gefunden. Hier steht etwas von einem Beutel mit einem antiken Goldschmuck und etwas von einer Kiste, in der ein Gott schlief, was immer das bedeuten mag.«

»Ein Gott?«, wiederholte Adina. »Ich glaube, mir kommt da eine Idee dazu. Höchstwahrscheinlich findet sich etwas in meinem Buch dazu.«

»Warte, was könnte er, außer diesem Goldschmuck, noch in seinem Gepäck gehabt haben, das einen Mord rechtfertigte?«, drängte Lamprecht.

Adina schüttelte den Kopf. »Der Mord an Winckelmann wurde damals sehr rasch geklärt. Es war sein Zimmernachbar, Arcangeli, der dafür auch verurteilt wurde. Der wollte ihm die Silbermünzen, mit denen er geprahlt hatte, stehlen und hat ihn deswegen niedergestochen.«

»Ich meinte etwas, wofür man heute töten würde?«

Adina schlug jetzt eines ihrer Bücher auf.

»Winckelmann erhielt viele Auszeichnungen und Ehrungen. Eine davon war, dass er in die Accademia Etrusca aufgenommen wurde. Er war also auch ein Spezialist für diese versunkene Hochkultur auf dem Gebiet der Toskana. Roberta Franciulo erwähnt in ihrem Brief eine altertümliche, eigenartige Statuette. Sie schreibt von einem langen und dürren Gott. Vermutlich hat ihr Winckelmann erklärt, was er da bei sich führte.«

Gaetano durchzuckte es. Genau so jemand hatte heute seinen Weg gekreuzt – doch der war sicher kein Gott. Adina bemerkte die kurze Irritation ihres Bruders nicht. Sie blätterte weiter und hielt ihm eine Seite mit der Abbildung einer länglichen Statuette hin: »Das passt doch perfekt zu der Beschreibung im Brief!«

»Die sieht ja aus, als wäre sie auf der Streckbank gefoltert worden.«

»Banause. Lies besser, das bildet nämlich.«

»Hier steht, die Statuette wird Ombra della Sera genannt und befindet sich im Museo Etrusco Guarnacci. Wie kann sie dann in Triest sein?«

Adina klappte das Buch zu und sprang vom Bett auf. In alter Philosophenmanier ging sie im Kreis und begann ihm zu erläutern: »Jetzt wird dein Fall wirklich spannend. Wenn die Spur bis zur Ermordung Winckelmanns im Jahr 1768 zurückreicht, dann sollten wir uns die letzte Lebenswoche Winckelmanns ansehen.«

»Wie sollen wir das denn anstellen? Steht das auch in deinem Buch?«

»Nochmals Banause! Und so einer nennt mich Schülerin!«

»Schon gut. Du bist der beste Beweis dafür, dass unser Schulsystem funktioniert. Willst du mich bitte an deiner Bildung teilhaben lassen?«

»Erstens hat Domenico de Rossetti genau darüber ein Buch verfasst und das alles festgehalten. Aber entscheidender dürfte sein, mit wem Winckelmann zuvor unterwegs war.«

Adina legte nach jeder ihrer Aussagen eine Kunstpause ein, wohl um Gaetanos Neugier zu steigern. Er deutete ihr, endlich fortzufahren.

»Also gut. Ich denke, interessant ist, wer damals bis kurz vor seiner Ermordung in Triest Winckelmanns Reisegefährte war – Bartolomeo Cavaceppi.«

»Und was hat der damit zu tun?«

»Vielleicht alles. Dieser Cavaceppi war nicht nur ein anerkannter und gefeierter Restaurator von Antiken, er hat manche dieser Stücke auf eine, sagen wir, eigene Art nachempfunden.«

»Du meinst, gefälscht?«

Adina nickte. »Warum nicht? Rate mal, wo er sich kurz vor der gemeinsamen Reise aufgehalten hat.«

Langsam dämmerte es Lamprecht. »In der Toskana?«

Adina grinste, als würden sie gemeinsam einen Streich aushecken. »Und dort hat er unter anderem die Familie Buonarotti beraten.«

Adinas Schlussfolgerungen griffen ineinander wie Zahnräder eines Antriebs. Lamprecht übernahm: »Die, deinem Buch von vorhin zufolge, die Besitzer dieser Statuette sind.«

»Sofern es das Original ist, das sie jetzt besitzen. Also ich habe jetzt meine Zweifel daran. Was meinst du?«

Jetzt sprang auch Gaetano von der Matratze auf. Er umarmte seine kleine Schwester und drückte sie an sich. Doch sie wand sich rasch aus dieser Umklammerung: »Du erdrückst mich ja. Mir bleibt die Luft weg.«

»Was soll ich erst sagen. Mir auch. Meine kleine Schwester findet im Handumdrehen den Schlüssel für die Lösung eines Falles, der mich seit vielen Wochen quält.«

Adina schielte nach dem zweiten Brief, den Gaetano ihr aber nur kurz unter die Augen hielt und ihn bald wieder wegzog, weil er seine Schwester nicht noch anspornen wollte, sich eigenmächtig auf Schatzsuche zu begeben. »Das muss reichen«, sagte er im rüden Ton eines Offizials in der Amtsstube, »und den Rest vergisst du am besten auch schnell wieder.«

Adina seufzte. »Aber was hatte jetzt dieser Biecher mit alledem zu tun?«

»Ein Aasgeier, der zu den Briefen gekommen ist und sich auf Schatzsuche begeben hat. Die Briefe habe ich in seiner Wohnung gefunden. Wobei die Begegnung mit dir nur einem Zufall geschuldet sein dürfte. Aber keine Sorge, der Kerl wird dich nie wieder belästigen.«

»Wie kannst du dir da so sicher sein?«

»Weil er tot ist.«

Adina hielt sich die Hand vor den Mund und atmete lautstark ein. Sie sah zum Fenster und ließ die Hand sinken, ehe sie einen Schritt nach vor machte, um hinauszuschauen. Sie flüsterte ihm zu, ohne sich zu ihm umzudrehen.

»Und wenn Biecher tot ist, wieso beobachtet er uns dann gerade?«

Jetzt sah auch Lamprecht die Gestalt auf der Straße, die in einiger Entfernung des Hauses den Kopf unter einer Mönchskapuze verbarg und zu ihnen heraufstarrte. Er musste diesem Spuk ein für alle Mal ein Ende setzen.

»Geh bitte hinaus und warte vor der Tür.«

»Ich verstehe nicht …«

»Tu bitte, was ich gesagt habe.«

Er ließ Adina auf dem Gang vor seinem Zimmer warten, schaltete das Licht aus und zog sie dann wieder zu sich herein. Schließlich schlüpfte er aus seinem Hausmantel und legte ihn seiner zierlichen Schwester an. Ihre Schultern stopfte er ein wenig aus, damit sie breiter wirkte.

»Lehn dich mit dem Rücken zum Fenster an meinen Schreibtisch und dreh die Lampe an.«

Adina befolgte die Anweisungen, während er nur im Hemd aus dem Haus auf die Straße stürmte. Der feuchte Nebel legte sich auf seine Haut, aber er war zu erhitzt, um die Kälte wahrzunehmen. Er rannte die Gasse entlang, um von hinten an den Mann mit der Kapuze zu gelangen, der immer noch auf das Fenster konzentriert war, wo Adina als sein Double mit dem Rücken zur Straße an seinem Tisch lehnte und in einem Buch blätterte.

Erst als er Lamprechts Schritte hörte, wurde der Mönch auf

ihn aufmerksam. Doch da war der Polizist schon losgesprungen.

36.
ZWEI ARBEITEN FÜR DIESELBE SEITE UND DOCH GEGENEINANDER

»Wer sind Sie?«, fragte Lamprecht, der auf der Brust des verschreckten Mannes hockte und ihn am Kragen zu sich zog.

»Steigen Sie bitte von mir runter«, keuchte der Mann, »ich kann mich ausweisen. Aber dazu muss ich die Hand frei haben und in meine Tasche greifen.«

Lamprecht blickte dem Mann in die Augen. Sie waren hellgrau mit leichtem Einschlag von Grün in den Pupillen. Der Blick war fest und hielt dem seinen stand, was selten vorkam, wenn Lamprecht einen Gauner stellte. Er schien nicht sonderlich groß, sein Gesicht war ohne besondere Merkmale, nicht einmal das Oberlippenbärtchen durchkreuzte diese Unauffälligkeit. Wäre er dem Mann auf der Straße begegnet, er hätte ihn sofort wieder vergessen. Lamprecht schätzte ihn als ungefährlich ein, also stieg er von seiner Brust und reichte ihm sogar die Hand, um ihm aufzuhelfen.

Der Mann klopfte die Kutte ab, als er wieder auf seinen Beinen stand, dabei verrutschte ein Teil des Stoffes und gab den Blick auf einen dunklen Wollanzug frei. Er griff in seine Tasche und holte etwas hervor, das er Lamprecht knapp unter dessen Kinn hielt. Auch wenn er ihn für harmlos hielt, waren Lamprechts Muskeln aufs Äußerste gespannt, jederzeit bereit, zuzuschlagen, sollte er sich geirrt haben. Doch vor seinen Augen prangte eine Kokarde mit Doppeladler.

»Lorenz Müller vom KÜA.«

»Sie kommen vom Kriegsüberwachungsamt?«, fragte Lamprecht ungläubig. Er deutete auf die Mönchskutte. »Und Müller ist wahrscheinlich genauso Ihr echter Name wie Ihr Aufzug?«

»Müller, Meier, Lamprecht. Namen sind Schall und Rauch. In diesen Zeiten kommt es nur auf die Qualität eines Mannes an. Und diese Kleidung hat sich hier angeboten.«

Offenbar spielte der Spion auf die Mönche der nahen Fraternità dei Frati Minori Cappuccini an, die man landläufig als die Brüder von Montuzza bezeichnete.

»Ich nehme an, Sie wissen, dass ich bei der Polizei arbeite?«

»Leider sind die Feinde unseres Staates überall anzutreffen. In der Bevölkerung, bei der Polizei, ja sogar in der Armee.«

Eine Einschätzung, der Lamprecht gar nicht widersprechen konnte, wenn er an das Chaos nach der Ermordung des Thronfolgers im letzten Sommer dachte. Zum Glück hatte damals noch alles ein mehr oder weniger glückliches Ende gefunden, vor allem war nichts von der Affäre bis nach Wien durchgedrungen.

»Aber warum beschatten Sie mich und meine Schwester?«

Müller zog ein paar Papierbögen aus der Innentasche. »Sie und Ihr Fräulein Schwester stehen in schriftlichem Kontakt mit Fräulein Cressini?«

Lamprecht nahm die Blätter entgegen. Es handelte sich um Abschriften der Briefe, die er zuletzt mit Viola ausgetauscht hatte. Die Zensur hatte sie abgefangen und studiert. Lamprecht malte sich aus, wie ein Beamter mit Ärmelschonern im Kriegsministerium saß und diese naiven Zeilen mit der Komplexität eines Kinderreims wie ein echtes Enigma behandelte. Er lachte. »Und deswegen bespitzeln Sie uns? Haben Sie nichts Wichtigeres zu tun?«

Müllers Augen verengten sich und Lamprecht bekam eine Ahnung davon, dass auch diese schmächtige Figur auf zartbesaitete Personen durchaus einschüchternd wirken konnte. »Dennoch sind die Nachrichten codiert. Darf ich Sie fragen, in welchem Verhältnis Sie und Ihre Schwester zu Viola Cressini stehen? Oder zu Herrn Cressini? Immerhin ist er aktuell in einem sensiblen Bereich tätig.«

Lamprecht wusste, dass es sich dabei um Festungsanlagen handelte, etwas, das tatsächlich höchster Geheimhaltung unterlag. Dennoch tat er sich schwer, ernst zu bleiben. Zugleich begann es ihn im Hemd zu frösteln.

»Kommen Sie, wir gehen das Stück zum Römerbogen, dort gibt es eine kleine Osteria, da kann ich Ihnen das bei einem Glas Wein erklären.«

Als sie losgingen, löste sich ein Schatten aus einem Hauseingang. »Das ist Alfred Meier, mein Kollege«, erklärte Müller. Offenbar hatte er im Hintergrund gewartet, um nötigenfalls einzugreifen, hätte sich die Situation für seinen Kollegen zugespitzt. Lamprecht erkannte den Mann sofort. Er war der gewesen, der sich ihm bei der letzten Verfolgung des Mönchs schon einmal in den Weg gestellt hatte. Meier zog kurz seinen Hut, ließ aber das Gesicht schnell wieder unter der breiten Krempe verschwinden.

Als Lamprecht nach zwei Gläsern Wein wieder von der Weinstube am Arco di Riccardo aufbrach, hatte der Alkohol die Kälte aus seinem Körper verscheucht, dafür klebte nun der Zigarettenrauch im Hemdstoff und auch auf seiner Haut. Das zweite Glas hätte es gar nicht mehr gebraucht. Die Sache war schon vor Ende des ersten Calice di Malvasia aufgeklärt. Es waren nur Grillen im Kopf und jugendlicher Unfug hatte ihr Zirpen entfacht. Nichts von Bedeutung für den Krieg führenden Staat. Müller hatte einen Notizblock hervorgezogen und einige Blätter herausgerissen. Er hatte sie zerknüllt und dann im Aschenbecher verbrannt.

»Dieser Vorfall wird in den Akten nicht aufscheinen«, hatte er gesagt und dabei seinen in der Ecke verschwundenen Kollegen angeblickt, der nur stumm genickt hatte. »Peinlich für Sie und peinlich für uns, wenn wir unsere Energie und unsere Zeit mit solch Kinderkram verschwenden, während unsere Männer im Dreck verrecken.«

Lamprecht hatte sich über die unverblümten Worte des Beamten aus dem Kriegsministerium gewundert, doch das war beim zweiten Glas gewesen und offenbar tat der Wein der Wahrheit auch diesmal gut.

Doch jetzt trug er ein schales Gefühl in der Brust. Nicht, weil ihn die Geheimpolizisten überprüft hatten. Damit hatte er immer gerechnet. Wenn der Staat die Italiener bespitzelte, warum sollte das bei den Österreichern anders sein? Was ihn belastete, war die Frage, wie die Sache mit Viola weitergehen sollte. Sie brachte ihm sicher mehr als nur kindliche Zuneigung entgegen, davon glaubte er genug Anzeichen aus ihrer Korrespondenz herausgelesen zu haben.

Aber war er noch der Richtige? War er für eine junge Dame wie Viola Cressini der richtige Umgang? Er musste als Polizist durch ein Meer von Gewalt und Lügen tauchen. Und demnächst würde er sogar an die Front müssen. Was, wenn er nicht zurückkehrte? Konnte er Viola diesen Schmerz zufügen? Doch diese Frage stellte sich nicht nur bei Viola.

Er dachte an Alessia. Womöglich war es auch hier geboten, einen Schlussstrich zu ziehen. Aus denselben Motiven. Sie würde es verstehen. Ob Federica es begreifen würde, warum er plötzlich nicht mehr käme, fragte er sich besser nicht. Die Kleine hing an ihm, das war ihm in den letzten Wochen nicht entgangen. Besser, er ließ alle diese Menschen zurück, noch bevor der Kriegsgott sein Leben von ihm einfordern konnte. So oder so mussten sie ihre Opfer an ihn bringen.

An seine Mutter wollte er besser gar nicht denken. Er würde ihr die Wahrheit am Neujahrstag beichten. Das war sein Vorsatz für den Jahreswechsel.

Als Gaetano nach Hause zurückkam, schien sich die Mutter bereits zu Bett begeben zu haben. Er suchte seinen Vater und wähnte ihn auf der Terrasse, doch die Gestalt, die er durch die halb offene Balkontür im Freien sah, war zu hager. Der Wind trieb sein Spiel mit dem Vorhang, kalte Luft strömte in den Salon. Er schlüpfte durch den Türspalt, weil er nicht noch mehr Kälte in die Wohnung lassen wollte. Die Gestalt hörte wohl seine Schritte und drehte sich zu ihm um. Gaetano sah im Laternenschein die nass glänzenden Wangen seines Onkels.

»Onkel Ladislaus? Was machst du hier?«

»Es wird zur Katastrophe kommen.«

»Geh zu Bett, du erkältest dich.«

»Das hat deine Tante auch gesagt.«

»Aber Tante …«

Tante Josefine war lange tot, doch Gaetano verschluckte diesen Satz, denn er erkannte, dass die Wangen seines Onkels nicht feucht von Tränen waren, sondern das gesamte Gesicht schweißnass war. Offenbar fieberte der Onkel.

»Komm, ich bring dich zu Bett.«

Er stützte ihn, indem er sich bei ihm unterhakte, und geleitete ihn zu seinem Zimmer. Dort legte er ihn, so wie er war, ins Bett und deckte ihn zu. Luisa oder seine Mutter wollte er jetzt nicht mehr wecken.

Kurz danach fiel er selbst wie ein Stein auf sein Bett. Immer noch drehten sich seine Gedanken um das törichte Spiel, das er mit Viola begonnen hatte. Da öffnete sich die Tür und Adina stand in dem Lichtkegel, der vom Vorraum in den Raum strahlte.

»Was willst du denn so spät?«, fragte er.

»Na was wohl. Ich will wissen, ob du den Kerl erwischt hast.«

Natürlich, er war seiner Schwester noch die Erklärung für diesen seltsamen Zaungast schuldig. Er berichtete, was vorgefallen war. Adina lachte leise auf. Um keinen unnötigen Lärm zu machen, hielt sie sich die Hand vor den Mund.

»Ich habe zuerst auch gelacht, aber das ist nicht angebracht. Das kann auch deine Freundin in Schwierigkeiten bringen. Oder ihren Vater. Überleg einmal, er erhält seine Aufträge jetzt vom Ministerium, stell dir vor, die beginnen, Verschwörer in seinem Umfeld zu suchen. Das ist nicht angenehm, zumal er von nichts wusste.«

»So schlimm wird es schon nicht werden. Es ist übrigens heute endlich ein Brief von Viola angekommen.«

»Leg ihn mir auf den Tisch, ich habe jetzt keine Lust, ihn zu lesen. Diese Sache war einfach eine Dummheit.«

»Was du in Wien getan hast, war eine Dummheit. Du bist es, der Dummheiten macht.«

Sie verließ mit flotten, kleinen Schritten das Zimmer und ließ die Tür hinter sich ins Schloss fallen. Gaetano musste ihr recht geben, was seinen bislang wenig glücklichen Umgang mit Frauen betraf.

31. DEZEMBER 1914, SILVESTER

37. LAMPRECHT SOLL BEIM TEE VOR DEN KARREN GESPANNT WERDEN

Der Bericht über die jüngsten Vorkommnisse war fertig und lag auf dem Schreibtisch des Oberinspektors. Sobald Spetich grünes Licht gegeben hatte, würde Lamprecht zur Verhaftung schreiten. Für Lamprecht deutete alles in eine konkrete Richtung. Doch das musste noch warten, da der Vorgesetzte erst nach Neujahr, wenn der Urlaub beendet war, in die Dienststelle zurückkehren würde. Nach Lamprechts Dafürhalten wähnten sich die Beteiligten noch in Sicherheit, also kam es auf ein paar Tage nicht mehr an. Am Vormittag hatte er nochmals mit Skerl telefoniert. Soweit war alles erledigt, um das neue Jahr willkommen zu heißen. Einen Pflichttermin hatte er am Nachmittag aber noch zu absolvieren. Er hatte es der Sacher versprochen, als sie ihm den nach seiner Anleitung abgefassten Bericht gebracht hatte, um ein letztes Mal ein Auge darauf zu werfen, bevor er ihn vorlegte.

»Sind Sie mit dem Ergebnis zufrieden?«, fragte das Fräulein Sacher. Sie hatte wieder einmal ordentlich gearbeitet, er hatte nur wenige Änderungswünsche gehabt.

»Sie haben die wesentlichen Punkte treffend dargestellt und sauber abgetippt, danke.«

»Das meinte ich nicht. Ich wollte wissen, ob Sie mit dieser Lösung zufrieden sind. Immerhin ist das doch ein starkes Stück und die historische Dimension nicht zu unterschätzen. Sogar der Name Winckelmann könnte Schaden nehmen.«

Lamprecht kniff die Augenbrauen zusammen. »Verehrtes Fräulein. Ich denke, es ist etwas früh für derartige Schlussfolgerungen. Sie kennen das Ergebnis, auf das ich abziele, aber ich brauche noch ein Geständnis, und davor die Verhaftung. Mir geht es um die Verantwortung für die letzten beiden Morde, und was Winckelmann vor gut hundertfünfzig Jahren bewogen haben mag, mit diesen antiken Stücken nach Triest zu kommen, mögen Kunsthistoriker klären. Darüber mache ich mir Gedanken, sobald ich das Stück habe.« Er blickte auf die Uhr und sagte: »Kommen Sie, es ist Zeit.«

Sie verließen die Polizeidirektion am frühen Nachmittag des 31. Dezember. Lamprecht winkte eine Kutsche herbei und die beiden stiegen ein. Kaum war das Gefährt angefahren, holte das Fräulein Sacher einen Spiegel aus der Handtasche und begann, sich die offenen Haare einzuflechten.

»Schön, dass Sie es einrichten konnten, Ispettore.« Lamprecht hauchte der Freifrau mit der Etikette entsprechend gebeugtem Oberkörper einen Kuss auf den Handrücken. Sie waren von der adligen Dame in der imposanten Eingangshalle empfangen worden und er wunderte sich abermals, wie es den Baumeistern dieser Stadt immer wieder gelang, den steilen Hängen eine ausreichende Grundfläche abzutrotzen, um derart imposante Paläste hinstellen zu können. Die Hausherrin nahm von ihrer Tochter kaum Kenntnis und führte die beiden in den Salon, wo es nach Kaffee, Tee und süßen Backwaren duftete.

»Ich hoffe, Clara hat Ihnen ausgerichtet, dass wir eine kleine Stärkung zum Tee einnehmen werden, eine Merenda, wie man hier bei Ihnen sagt. Nehmen Sie Tee oder lieber Kaffee?« Lamprecht nickte, bat um eine Tasse Tee und nahm neben der Schreibkraft aus herrschaftlichem Haus Platz auf einer Sitzgruppe, deren Polsterung mit Mustern der Wiener Werkstätte gestaltet war. Auch sonst war das Haus eingerichtet wie die Villen der Wiener Gesellschaft. Sein Vater hätte sich hier wohlgefühlt, er weniger, vor allem weil er nicht genau wusste, was der Zweck dieser Einladung war, die ihm für eine reine Danksagung überzogen schien. Um sich für die Abwehr gröberen Unglücks mit der herrenlosen Karosse zu bedanken, wäre es Lamprecht ausreichend erschienen, dies mit der übersandten Karte auszudrücken, anstatt ihn gleich ins Haus zu bitten.

Hinter ihnen führten große Fenster in den Garten, die Verandatür war einen Spalt geöffnet.

Die Dame des Hauses setzte sich nicht. Stattdessen flitzte sie durch den großen Raum. Ein bodenlanges Kleid in Champagnerfarbe betonte ihre schlanke Figur, um die Schultern lag ein Pelzkragen, und den langen weißen Hals zierte eine ebenso weiße doppelreihige Perlenkette. Die Tür wurde weiter aufgedrückt und der Vorhang aus dünner Seide bewegte sich, als der kleine Hund, den Lamprecht vor mehreren Tagen aus der herrenlos rollenden Kutsche gerettet hatte, hereinwieselte. Er schnüffelte an Lamprechts Hosenbein und legte sich dann zu dessen Füßen auf den Perserteppich.

In der Mitte stand auf einem Tisch aus dunklem Kirschholz ein frisch gebackener Apfelstrudel, es gab aber auch Cremeschnitten und Mandelgebäck in der Art toskanischer Amaretti, wie seine Mutter sie liebte. Die Gastgeberin lud Lamprecht von allem auf einen Teller, den er dankend entgegennahm. Kaum hatte das Fräulein Sacher sich drei Stück der Makronen genommen, setzte sich die Freifrau zu Lamprecht und ihrer Tochter und sagte zu dieser: »Clara, mein Kind, bist du bitte so gut und lässt mich für einen Augenblick allein mit dem Inspektor?«

»Gnädige Frau, ich denke, Ihre Tochter …«, wollte Lamprecht widersprechen, doch mit einem Fingerzeig hatte die Mutter Respekt von der Tochter eingefordert, die sich stumm erhob und den Raum verließ. Lamprecht begann, sich in der Umgebung der dominanten Person unwohl zu fühlen, seine Erziehung verbot es ihm jedoch, das Wort mit der Bitte um Aufklärung an die Frau zu richten. Denn offenbar ging es nicht oder nicht nur um den kleinen Vierpfoter unter dem Tisch.

»Lieber Herr Lamprecht. Ich danke Ihnen, dass Sie meine Einladung angenommen haben, auch wenn Sie sich sicher fragen, was der Grund dafür ist.« Sie hatte seinen Dienstgrad weggelassen und wirkte mit einem Mal jovialer, so als handelte es sich um ein Gespräch unter Menschen auf Augenhöhe. Lamprecht deutete auf das Tier, das sich eingerollt hatte und nun auf dem weichen Teppich schlief. Die Freifrau beugte sich zu ihm und ihr Blick verriet Lamprecht, dass sie nun endlich zum wahren Grund seiner Anwesenheit kommen würde.

»Natürlich will ich Ihnen für Felix danken. Das war sehr mutig, was Sie da getan haben, und Sie können sich vorstellen, wie freudig überrascht ich war, als ich feststellte, dass der Mann, der meinen Liebling gerettet hat, auch der Mann ist, der sich so distanziert meinem anderen Liebling gegenüber verhält.«

Dummerweise hatte er gerade einen Bissen Apfelstrudel in den Mund gesteckt, der ihm nun im Hals stecken blieb.

»Es geht also, wie Sie sich vielleicht jetzt denken können, um meine Tochter.«

Langsam begann es ihm zu dämmern. Er nickte und sagte, nachdem er die Mehlspeise hinuntergeschluckt hatte: »Ich kann mir vorstellen, dass eine Anstellung für ein Fräulein aus gutem Haus …«

»Alles andere als standesgemäß ist«, ergänzte die Hausherrin, Lamprecht ins Wort fallend. Sie klopfte mit dem Zeigefinger nervös auf eine Lehne. »Sie müsste heiraten, einen Mann haben, der für sie sorgt und ihr solche Flausen aus dem Kopf treibt. Von wegen, auf eigenen Beinen stehen.« Sie schüttelte angewidert den Kopf und blies sich dabei eine der Locken, die sich gelöst hatte, aus dem schmalen Gesicht, das kaum eine Falte zeigte. Der Freiherr von Sacher konnte sich glücklich schätzen, eine ausgesprochene Schönheit zur Frau zu haben. Lamprecht nahm einen Schluck Tee.

»Sie müssen ihr diesen Unsinn ausreden«, forderte sie von Lamprecht, der zögerlich die Hand hob, um ein Zeichen des Widerstands zu setzen, doch die Adelige sprach weiter, ihre Wortkaskaden sprudelten wie das Wasser des Brunnens der vier Kontinente auf der Piazza Grande: »Seien Sie ruhig weiterhin grob zu ihr, vielleicht bringt ihr das endlich das erforderliche Einsehen, wo der ihr zugedachte Platz ist.«

»Gnädige Frau, verzeihen Sie, wenn ich etwas fragen muss. Aber sie hat doch sicher um eine Einwilligung von Ihnen als Eltern für eine Anstellung bei der Polizeidirektion einkommen müssen?«

»Natürlich, aber die hat mein Ehemann erteilt, und der ist jetzt wieder länger auf Reisen. Außerdem ist sie volljährig und das hat ihren Dickkopf nicht kleiner werden lassen. Ich dachte, wenn Sie als ihr direkter Vorgesetzter …«

Sie blickte ihn in der Art von jemandem an, der gewohnt ist, dass man ihm jeden geäußerten Wunsch erfüllt.

Lamprecht wusste, dass eine quälende Steigung manchmal besser flott und aus dem Sattel stehend genommen werden muss, um die Mühsal des Anstiegs kurz zu halten. Der kurzfristig größere Kraftaufwand wird durch die geringere Dauer der Belastung ausgeglichen oder sogar mehr als wettgemacht.

»Gnädige Frau. Ich bedanke mich für die Einladung und bedaure, dass ich mich nicht entsprechend der in mich gesetzten Erwartungen verhalten kann, aber ich denke, Ihre Tochter erfüllt ihre Aufgaben in unserer Dienststelle hervorragend, und ich wäre ein schlechter Vorgesetzter, wenn ich eine solche unersetzliche Kraft gehen ließe.«

Er erhob sich und schlug die Hacken zusammen, als er erneut einen Handkuss andeutete. »Ich finde allein hinaus. Bemühen Sie sich bitte nicht. Ich wünsche Ihnen und dem Fräulein Tochter einen guten Jahreswechsel.«

Als Lamprecht die Straße in Richtung Piazza di Barriera Vecchia ging, war es bereits dunkel geworden. Dennoch waren viele Menschen unterwegs, die alle trotz des Krieges und der im Felde liegenden Liebsten heute den Jahresausklang feiern wollten, um wenigstens für ein paar Stunden das Leben wieder unbeschwert genießen zu können.

38.
EIN FRIEDE ZWISCHEN VATER UND SOHN

Die Familie traf sich am frühen Abend im Salon. Adina spielte eine Beethoven-Sonate, die Mutter lauschte, der Vater hatte einen Schwenker mit Kognak vor sich stehen. Die Damen trugen bauschige Kleider, später würden sie noch eine Jacke überziehen, sollte man um Mitternacht ins Freie treten wollen. Franz Lamprecht hatte sogar seinen Frack ausgemottet und auch Gaetano hatte den dunklen Anzug aus feinerer Wolle angelegt, den er nicht in der Arbeit getragen hätte. Dazu ein gestärktes weißes Hemd mit Stehkragen und dunkler Fliege. Obligat die Bauchbinde wie beim Frack des Vaters. Man wollte diesen Silvesterabend gemeinsam verbringen und auch feiern.

Der Onkel lag seit gestern fiebernd im Bett, wollte aber keinen Arzt zu sich lassen. Das Chininpräparat aus der Farmacia Serravallo hatte zumindest das weitere Ansteigen der Körpertemperatur gebremst.

Luisa, die für den Abend eigene Pläne mit einer Bekannten hatte, war von ihren häuslichen Pflichten entbunden und kam, um sich zu verabschieden und der Familie einen guten Rutsch zu wünschen, als es an der Tür läutete. Adina unterbrach ihr Klavierspiel und wollte zur Tür gehen, auch Luisa bot sich an, die Tür zu öffnen, ehe Gaetano beiden zuvorkam.

»Ich gehe nachsehen, wer das sein kann.«

Als er öffnete, blickte er in zwei trübe Augen, die von dunklen Ringen umrandet waren. Eine Frau Ende vierzig in einfacher Kleidung mit verfilzten Haaren stand vor der Tür und hielt einen Korb. Gaetano fielen die abgetragenen Schuhe an den Füßen auf und dass der Mantel für die Jahreszeit viel zu dünn war. Die Frau schaute an ihm vorbei in die Wohnung.

»Was kann ich für Sie tun?«, fragte er.

Die unangemeldete Besucherin hielt ihm den Korb hin. Darin waren Gläser, ein Milchtopf, Tassen, Besteck und sonstiger Hausrat.

»Können Sie etwas davon brauchen? Wollen Sie mir nicht etwas abkaufen? Bitte, ich will mir etwas zu essen kaufen. Mein Mann ist eingezogen worden und ich habe kein Geld mehr. Was er mir dagelassen hat, ist aufgebraucht.«

Lamprecht musterte die Frau nochmals. Eine Hausiererin also. Jetzt fingen offenbar auch schon Frauen an, ihre Habe an den Haustüren feilzubieten, weil sie nicht mehr wussten, wie sie sich und ihre Kinder ernähren sollten, weil diejenigen, die sonst für sie sorgten, in einem fernen Land für den Kaiser kämpfen mussten. Auch wenn solche Männer nach dem Gesetz eigentlich vom Kriegsdienst befreit gewesen wären, waren die »rücksichtswürdigen Familienverhältnisse« schwer vor den Militärbehörden zu beweisen, sonst hätte das halbe Land bei seinen Liebsten bleiben können.

Lamprecht rang sich ein verzweifeltes Lächeln ab. Die Frau tat ihm leid. Hätte sein Vater geöffnet, hätte er sie unfreundlich vertrieben. Der Alte glaubte immer noch an die ausreichende Versorgung der Bevölkerung durch die Krone und verschiedenste Hilfswerke, die man für die Ärmsten eingerichtet hatte. Viele nahmen diese Fürsorgeeinrichtungen aus Stolz nicht in Anspruch, letztlich war es doch eine Schande, wenn man auf Almosen angewiesen war.

»Hier, das ist böhmisches Kristall«, sagte sie und drehte ein Glas vor Lamprechts Augen, dem nicht entging, dass hier schon einige Ecken in den Rand geschlagen waren.

»Es tut mir sehr leid, liebe Frau, aber ich fürchte, wir brauchen von alledem nichts.«

Die Frau ließ den Korb sinken. Ihre Augen verloschen wie eine sterbende Flamme, wenn der letzte Docht vom flüssigen Wachs verschluckt wird. Sie stellte das Behältnis auf den Boden und legte behutsam das Glas zurück. Dann richtete sie sich wieder auf und drehte sich wortlos zum Gehen um.

Lamprecht steckte ein Kloß im Hals. »Warten Sie«, rief er der Armen nach und kramte in seinem Hosensack nach etwas Kleingeld. Er fand zwei Kronen und ein paar Heller, die er ihr hinhielt.

Sie sah ihn müde an und sprach auch ebenso: »Ich möchte Ihr Geld nicht. Ich bin keine Bettlerin. Ich habe nur Hunger.«

Gaetano dachte daran, was alles auf dem Jausentisch der Freifrau von Sacher unberührt geblieben war, während diese Frau offenbar nicht einmal mit dem Nötigsten versorgt war. Er hielt nochmals die Hand mit den Münzen hin. »Was bekomme ich dafür?«

Sie reichte ihm ein kleines Messer, das sich falten ließ und für ein Picknick ganz praktisch sein konnte. »Danke«, sagte er und steckte das Messer ein. Dann bat er die Frau, kurz zu warten, und eilte in die Küche. Zwischen den Fenstern hatte Luisa noch ein paar der Rippchen in einem Emailgeschirr eingekühlt. Lamprecht nahm ein paar Fleischstücke und wickelte sie in ein Stück Wachspapier ein. Dann kehrte er flotten Schrittes zur Eingangstür zurück, wo die Frau das wenige Geld, das sie beim Verkaufen ihrer Habseligkeiten bekommen hatte, zählte.

»Hier, lassen Sie sich das schmecken, ich wünsche Ihnen ein gutes Neues Jahr.«

»Altrettanto signore, grazie.«

Die Frau roch an dem Papier und für einen Moment blitzte in ihren Augen wieder etwas Leben auf, dann verschwand sie in der Nacht.

»Wer war es denn?«, wollte der Vater wissen.

»Hat sich nur jemand in der Tür geirrt«, log Lamprecht.

»Und das klarzustellen, hat so lange gedauert?«, meinte die Mutter.

Anstatt zu antworten, trat Gaetano an den Sessel seiner Mutter heran und umarmte sie. »Ti voglio bene, Mamma.«

Aus dem Augenwinkel sah er, wie der Vater sich zufrieden zurücklehnte und die Arme vor seinem Bauch verschränkte. Selten, dass es in den letzten Wochen so harmonisch zugegangen war wie an diesem letzten Abend des Jahres, an dem viele in sich blickten und versuchten, ein Resümee über das alte Jahr zu ziehen. Gaetano war vorhin an der Tür mit der Hausiererin klar geworden, wie viel ihm seine Familie bedeutete. Er würde alles daransetzen, sie zu schützen.

Zum Glück hatten sie die Diskussionen, wohin es am letzten

Abend des Jahres gehen sollte, hinter sich. Auch das trug jetzt zur friedlichen Stimmung bei.

Erstaunlicherweise hatte das Rossetti geschlossen, und für die vom Vater präferierten Bierhallen, wie der böhmischen hinter der Hauptpost oder der von Puntigamer, die sogar mit einer Tombola Publikum anzuziehen versuchte, hatte sich keine Mehrheit gefunden. Grundsätzlich war die Auswahl für die Abendgestaltung zu Silvester reichlich. Viele Caffès boten Unterhaltung mit Konzerten, so etwa das Caffè San Marco, und einige Lokale hatten die ganze Nacht über geöffnet wie die Trattoria Meneguzzi.

Die Familie – eigentlich die Damen – hatte sich für ein Cabaret-Varieté starkgemacht, und so ging es ins Maxim in der Corsia Stadion.

Nachdem es zuletzt einige Erfolge für die österreichisch-ungarische Armee zu vermelden gegeben hatte (an der Ostfront wurden die Russen zurückgeschlagen und man hatte ihnen große Verluste bereitet), war das Gewissen, im Krieg einen fröhlichen Abend zu verbringen, gleich um einiges weniger schlecht, vielleicht war das ja auch der Sinn hinter diesen Meldungen. Das Programm war bunt und die Kellner brachten nach jeder Nummer einen neuen Gang an den Tisch. In den Kühlern steckte der Wein und der Vater bestellte für Mitternacht eine Flasche Champagner.

»Was ist mit dir?«, fragte Adina und rüttelte Gaetano an der Hand.

Er war seinen Gedanken nachgehangen und den Abend über wenig kommunikativ gewesen. Ihn beschäftigte nicht nur der Fall. Auch der Versuch der Freifrau von Sacher, ihn vor den Karren zu spannen, um die Tochter aus dem Amt zu vergraulen, verwirrte ihn. Er dachte an Viola und an Alessia. Er musste eine Entscheidung treffen, wie es in seinem Leben mit den

Frauen weitergehen sollte. Alessia erwartete ihn heute Nacht, und er war sich nicht sicher, ob er sie sehen wollte. War es richtig, den Neubeginn des Jahres mit etwas zu belasten, dem womöglich keine Zukunft beschieden war?

Noch bedrängender als all das war der Gedanke daran, dass er seine Familie bald würde verlassen müssen, wenn es ins Feld ging. Er würde seiner Familie, die ihn hier in Triest in Sicherheit wähnte, reinen Wein einschenken müssen.

»Nichts, ich war nur in Gedanken …«

»Es ist gleich Mitternacht!«, drängte der Vater und befüllte die Gläser mit Champagner. »Lasst uns nach draußen auf die Straße gehen, vielleicht ist etwas zu sehen.«

Sie verließen den Tisch, das Orchester intonierte einen Strauss-Walzer und die Kellner servierten auch an anderen Tischen Spumante oder Sekt in Flöten.

Der Vater drängte zum Ausgang und zog seine Frau mit sich.

»Komm, es geht gleich auf Mitternacht zu. Für die Garderobe ist jetzt keine Zeit mehr.« Adina trug die Gläser, Gaetano hatte die geöffnete Flasche dabei.

Auf der Straße herrschte ein Treiben, wie man es abends die letzten Monate hindurch in Triest nicht mehr erlebt hatte. Kutschen, ein paar Autos und Menschen bevölkerten die Corsia Stadion, von überall drängten die Leute aus den Häusern oder standen an den geöffneten Fenstern. Elodie Lamprecht war froh, dass wenigstens die Stola ihre Schultern etwas wärmte. Adina hatte das Sakko ihres Bruders über die nackten Schultern gelegt.

Irgendjemand begann zu zählen und daraus erwuchs ein Chor: »Dieci, nove, otto, sette, …«, bis sie bei »uno, zero« angelangt waren und lauter Jubel aufbrandete.

»Buon anno!«

Die Menschen wünschten einander ein gutes neues Jahr und

jeder hoffte, dass darin mehr als eine hohle Phrase steckte. Die Lamprechts umarmten einander, Gaetano gab seiner Mutter einen Kuss auf die Wange und flüsterte ihr etwas ins Ohr. Etwas, das schwer wog wie die Felsen der Dama Bianca bei Duino. Sie fielen einander um den Hals, was in der ausgelassenen Stimmung um sie herum nicht besonders auffiel.

Auch Fremde, die den Weg kreuzten, schüttelten Hände, manche umarmten einander. Wer ein Glas in Händen hielt, stieß an und mit dem wurde angestoßen.

Obwohl die Stadtverwaltung das Abfeuern von Knallkörpern oder Raketen nicht verboten hatte, wie das etwa in Wien verordnet worden war, gab es nur spärliche Feuer am Himmel. Ein Gebot der Pietät, jetzt, da an fast allen Ecken der Monarchie die Haubitzen donnerten und Blitze über den Himmel jagten. Einzig beim Giardino Pubblico erfüllten Leuchtfontänen und bunte Blitze die schwarze Luft über den Baumwipfeln. Der Straßenbelag war feucht und reflektierte einzelne bunte Lichtblitze, die sich wie Fetzen einer versteckten Erinnerung nur kurz im Gedächtnis hielten.

Die Mutter hatte einen schmalen Mund bekommen. Sie zog sich die Stola enger um den Hals und winkte Adina zu sich: »Geh bitte unsere Sachen holen, ich möchte nach Hause.«

Der Vater versuchte seine Frau von diesem Vorhaben abzubringen. »Aber warum denn, das neue Jahr hat doch eben erst angefangen. Komm, wir gehen wieder rein, wenn dir kalt ist.«

Die Mutter schüttelte den Kopf. »Ich habe keine Lust mehr, bitte respektiere das. Außerdem muss jemand nach deinem Bruder schauen, du weißt, dass er immer noch nicht gesund ist.«

Während Franz Lamprecht seiner Frau an der Garderobe in den Mantel half, zischte Adina etwas abseits stehend ihren Bruder an.

»Was hast du zu ihr gesagt? Ist es wegen dieser Frau?«

Gaetano schüttelte den Kopf. »Nein«, erklärte er. »Ich habe ihr gestanden, dass ich demnächst werde einrücken müssen. Spätestens wenn der Fall abgeschlossen ist, muss ich an die Front.«

»Und ich hab dir auch noch dabei geholfen!« Adina klatschte sich mit der flachen Hand auf die Stirn. Sie hängte sich bei ihrer Mutter ein und die beiden machten sich auf den Heimweg.

Franz Lamprecht zog seinen Sohn in den Saal. »Komm mit, wir müssen noch zahlen.«

Als sie bei ihrem Tisch anlangten, stand eine neue Flasche Sekt im Kühler. »Aber die müssen wir noch austrinken.«

Franz Lamprecht befüllte zwei Gläser und schob eines davon seinem Sohn hin.

Doch auch seine Stimmungslage schien gedrückt. »Ich danke dir, mein Sohn, dass du mich bei deiner Mutter nicht verraten hast. Das werde ich dir nie vergessen.«

»Woher wissen Sie, dass ich es Mutter gesagt habe?«

»Das war klar zu erkennen.«

»Und woher wollen Sie dann wissen, dass ich Sie nicht bloßgestellt habe?«

»Ich säße jetzt nicht mehr hier. Deine Mutter hätte mich getötet. Und sie hätte recht daran getan.«

»Höre ich da etwa Bedauern in Ihrer Stimme?«

Franz Lamprecht schoss von seinem Stuhl in die Höhe, sein Glas fiel zu Boden. In dem allgemeinen Trubel nahm jedoch niemand davon Notiz. Er stellte sich vor Gaetano und schlug die Hacken zusammen, wie sich das für einen Offizier und Soldaten gehörte. Er sagte: »Ich bitte dich vielmals um Verzeihung, mein Sohn. Ich wollte dich nicht gegen deinen Willen verpflichten und würde es am liebsten rückgängig machen. Außerdem bin ich zu der Erkenntnis gekommen, dass ich dich schon in Wien hätte mehr unterstützen müssen, dann wäre vielleicht einiges anders gekommen.«

Gaetano nahm einen großen Schluck aus seinem Glas, das er umklammert hielt wie einen Bihänder. Mit allem hatte er heute Abend gerechnet, nicht jedoch mit einer Entschuldigung seines Vaters. Einer aufrichtigen Entschuldigung. Etwas perplex sagte er: »Ich habe nie gesagt, dass ich nicht für den Kaiser ins Feld ziehen würde, aber setzen Sie sich doch bitte wieder.«

»Sag bitte einfach Franz zu mir, oder besser: Papa.« Franz Lamprecht lächelte schüchtern, doch als Gaetano diese Mimik erwiderte, wurde sein Lächeln breiter. Er griff nach einem der anderen Gläser auf dem Tisch und schenkte sich schwungvoll nach. Dann setzte er sich, zog seinen Stuhl an Gaetano heran und stieß gegen sein Glas.

»Auf den Kaiser, mein Junge.« Er stürzte den Sekt in einem Zug hinunter. »Und auf seinen treuen Soldaten, meinen Sohn. Gaetano Lamprecht, Leutnant der Reserve.«

1915

39. DIE SCHLINGE ZIEHT SICH ENGER, DOCH EINE VERHAFTUNG BLEIBT (NOCH) AUS

Am Montag, dem 4. Jänner, brachen Lamprecht und zwei uniformierte Beamte der Sicherheitswache auf, um Flora Franciulo zu arretieren. Oberinspektor Spetich hatte für einen Moment die Schwermut abgelegt, die ihn seit Wochen umgeben hatte. Daher hatte er angeregt mit Lamprecht diskutiert und dabei war wieder Leben in den sonst getrübten Blick zurückgekehrt, als er nach der Lektüre von Lamprechts Bericht dessen Ermittlungsergebnisse und Schlussfolgerungen hinterfragt und wie ein Advocatus Diaboli zerpflückt hatte.

»Gut, das sollte für eine Verhaftung reichen. Doch Sie wissen so gut wie ich, ohne Geständnis ist das alles nicht viel wert. Was Sie haben, sind in erster Linie Indizien.«

Lamprecht hatte genickt, auch wenn er die Sache etwas anders beurteilte. Immerhin gab es die Briefe, und er hatte die Zeugenaussage von Padre Zinghetti, etwas, das doch im Zusammenspiel mit den sonstigen Fakten ein ganz konkretes Licht auf die Sache warf. Denn auch wenn das Opfer, Olivetta Franciulo, den Knaben vermutlich aus Angst vor Winckelmanns Fluch verstoßen und in ein Waisenhaus gesteckt hatte, musste seine Schwester oder Halbschwester, Flora, etwas darüber erfahren und sich auf die Suche nach ihm gemacht haben. Doch es war bislang wirklich mehr eine Theorie, die

Lamprecht sich Stück für Stück zusammengesetzt hatte. Auch wie er sich die Umzüge erklärte: Vielleicht wollte man ein Aufeinandertreffen der Geschwister verhindern und war daher in ein anderes Viertel gezogen. Eine überzeugendere These schien ihm aber, dass die Frauen vermutlich deswegen die Adresse gewechselt hatten, um dem Klatsch des angestammten Viertels zu entkommen. Der Zuwachs fiel Leuten im gewohnten Umfeld eher auf, als wenn eine Mutter mit ihrem Kind neu in eine Gegend zieht.

»Aber der Aufenthalt des Mannes, den Sie für den Mörder an beiden Opfern halten, konnte bislang nicht geklärt werden? Wie wollen Sie ihn dann finden?«

»In der Tat«, konzedierte Lamprecht, ohne viel zu seinen weiteren Vermutungen zu äußern. In diesem Punkt wollte er sich nicht einmal von seinem Vorgesetzten in die Karten blicken lassen. Noch nicht. Alles hing an einem seidenen Faden, den durfte man nicht zu sehr belasten im Moment. Für ihn schien klar, dass Giacinto, wie ihn der Pater genannt hatte, der Mörder von Biecher war. Und wahrscheinlich auch seiner Mutter. Doch er vermutete Flora als die Drahtzieherin hinter all dem. Er suchte noch nach der Bedeutung der Kreuze, die bei beiden Leichen zu finden gewesen waren, doch vielleicht hatte das auch mit seiner Vergangenheit und dem Erlebten in der Kirche oder im Waisenhaus zu tun. Er erkannte an Spetichs Blick, dass der mit der knappen Antwort nicht zufrieden war und ergänzte: »Seitdem er im Alter von fünfzehn Jahren aus dem Waisenhaus ausgerissen ist, verliert sich die offizielle Spur. Aber ich denke, über die Signora Franciulo werden wir ihn früher oder später schnappen. Auf einen Aufruf hin hat sich schon einmal eine Zeugin gemeldet. Ich denke, wir haben nun genug Anhaltspunkte, um diesen Cannuccia zu finden.«

»Ein sonderbarer Name.«

»Es ist hager und lang wie ein Strohhalm, daher wahrscheinlich.«

Spetich wünschte ihm Glück, dann forderte Lamprecht einen Dienstwagen und Verstärkung an.

Nun fuhren sie zu dritt in dem Automobil. Lamprecht vertraute auf die einschüchternde Wirkung seines Auftritts in Begleitung von zwei uniformierten Beamten. Und wenn er die Franciulo dann in die Polizeidirektion mitnahm, würde er sie schon zum Sprechen bringen, davon war er überzeugt.

Er hatte bislang herausgefunden, dass das Leben ihrer Familie von diesem Diebstahl in der Locanda Grande geprägt war. Roberta Franciulo sprach in ihrem Brief nicht nur von dem Schatz, sondern auch von einem Fluch, den Winckelmann im Sterben ausgestoßen habe, der aber nur mündlich erläutert werden könne. Mädchen sollten schon früh gewarnt werden und sich von Männern fernhalten. Überhaupt war das Ganze mehr als kompliziert, das Geheimnis um den Schatz wiederum dürfe erst nach dem Tod weitergegeben werden. Das erklärte womöglich, warum es diese Briefe gab, jenen aus dem achtzehnten Jahrhundert von Roberta, und jenen vom Opfer für die Tochter. Vielleicht gab es ja noch weitere, Hinweise darauf hatte er aber nicht. Er fragte sich, ob der erwähnte Fluch, der die Frauen der Familie vor männlicher Nachkommenschaft warnte, vielleicht ein selbst gewählter Schutzmechanismus war. Womöglich war Olivetta nicht die Erste, die einen Knaben weggegeben hatte. So betrachtet hatte Winckelmanns Fluch, was immer er auch in seinen letzten Momenten ausgestoßen haben mochte, tatsächlich eine Wirkung entfaltet und auf das Leben der Stubenmagd und deren Nachkommen eingewirkt. Lamprecht erinnerte das Ganze an ein Zauberkunststück, das auch nur funktionierte, wenn es im

Raum dunkel und das Publikum durch Nebensächlichkeiten abgelenkt war.

Der Wagen quälte sich die steile Straße empor. Neben der Fahrbahn braune Grasbüschel, auch die kahlen Bäume in den Gärten trugen die gedeckte Farbe der Winterruhe, sogar die Steinmauern wirkten grauer als im Sommer. Am Steuer saß Anton Weißkopf. Der junge Polizist war erst vor Kurzem aus Marburg nach Triest versetzt worden, man sah ihm an, dass es ihm nicht behagte, dass er seine untersteirische Heimat verlassen hatte müssen. Er fuhr zwar zielsicher durch die oft engen, mitunter von Karren, Tramways und Lieferwagen verstopften Straßen Triests, doch er war wortkarg und wirkte reserviert, vor allem, wenn sich die Kollegen auf Italienisch unterhielten. Sein Kollege, Titino Dema, sprach dafür fast nie Deutsch, sein Dialekt ließ darauf schließen, dass seine Familie venezianische Wurzeln hatte. Es herrschte also Stille im Wagen, auch Lamprecht hatte keine große Lust, die Konversation anzukurbeln und für gute Stimmung zu sorgen. Außerdem hatten sie ihr Ziel bald erreicht. Der Ispettore saß im Fond des Wagens, sein Hut touchierte mehrmals das stoffbezogene Innendach, als der Wagen über Unebenheiten wippte und er von der weichen Federung der Bank auf- und abgeschaukelt wurde. Am Himmel waren schwarze Wolken aufgezogen, die wirkten wie schwere Felsbrocken, die jederzeit auf die Erde stürzen konnten. Das Knallen von Fehlzündungen in der feuchten Luft begleitete die Fahrt.

»Da hinter der nächsten Biegung ist es«, sagte Lamprecht und Weißkopf schaltete einen Gang zurück. Er musste abrupt anhalten, da die Straße von einem Lieferwagen blockiert war.

Lamprecht stieg aus, um nachzusehen, was da im Gang war. Der Möbelwagen parkte direkt vor dem Haus der Franciulo.

»Mi segua!«, hieß er Dema, ihm zu folgen, als er die Autotür zuwarf und sich den Mantelkragen richtete. Weißkopf blieb bei laufendem Motor im Wagen.

Lamprecht ging auf die offene Haustür zu, als ihm zwei Männer im Arbeitsanzug mit umgebundenen Lederschürzen entgegentraten. Sie trugen die Kommode, die er aus der Küche kannte.

»Permesso«, forderte der vordere Träger ihn auf, Platz zu machen.

»Was passiert hier?«, fragte Lamprecht, wobei er sich nicht explizit als Polizist zu erkennen gab. Der Uniformierte im Schlepptau musste genügen, das staatliche Einschreiten erkennbar zu machen.

Die Männer stellten das Möbelstück ab. Der vordere Träger griff unter die Schürze, um sich mit einem aus dem Hosensack beförderten Taschentuch die Stirn abzuwischen. Mit Glatze und leichtem Bauchansatz war er als der ältere der beiden Packer zu erkennen. Es mochte sich bei den zweien um Vater und Sohn handeln, wie auch die Aufschrift am Wagen andeutete: Kresich & fil. Trasporti.

»Die Signora ist ausgezogen.«

Lamprecht durchzuckte es wie der Blitz, der sich eben über Banne entlud und kurz danach von einem entfernten Grollen untermalt wurde. Sie kamen zu spät.

»Aber wir haben die neue Adresse«, sagte nun der jüngere, und Lamprecht entspannte sich wieder. Er zog die rechte Bartspitze lang und machte einen Schritt auf den Burschen zu.

»Dann her damit, wir haben nicht den ganzen Tag Zeit!«, tönte es hinter ihm in ungewohntem Kasernenton.

Lamprecht riss vor Schreck an seinem Bart, als sich Weißkopf völlig unerwartet zu Wort gemeldet hatte. Er war ausgestiegen, der Motor lief noch immer.

»Nessun problema!«, sagte nun der Ältere. »Wir haben sie

hier«, sagte er und hielt Lamprecht einen zerknitterten Zettel hin, den er ebenfalls aus seiner Hose hervorgeholt hatte. Lamprecht zögerte zuzugreifen, war doch zuvor das erkennbar benutzte Taschentuch zwischen denselben Fingern gewesen.

»Es reicht, wenn Sie uns sagen, wo die Signora Franciulo sich nun aufhält, wir finden dann schon hin.«

Der Ältere schnaufte. »Wir sind hier gleich fertig. Wenn Sie wollen, können Sie mitfahren. Auf der Ladefläche ist noch ein Platz frei.« An seinen Sohn gerichtet zischte er: »Sbrigati! Es wird gleich regnen und dann wird es auch bald dunkel.«

»Die Adresse! Wir haben einen eigenen Wagen.«

Schon wieder Weißkopf! Der Bursche überraschte Lamprecht nun zum zweiten Mal.

Der Packer deutete in Richtung Karstbruch. »Opicina, direkt an der Strada per Vienna, keine hundert Meter nach dem kleinen Platz auf der rechten Seite. Das Haus hat rote Fensterläden. Wir fahren jetzt ohnehin gleich hin, aber hier wird es zu steil, das schafft mein Wagen nicht, wir müssen über die neue Straße fahren.«

Lamprecht nickte und die drei Polizisten stiegen in den Wagen ein, als die ersten Tropfen auf das Blech des Daches klatschten. Weißkopf fuhr an, doch schon nach wenigen Kurven kamen weder Scheibenwischer noch Reifen gegen den plötzlich einsetzenden Starkregen an. Die Räder drehten immer wieder durch und der Wagen bewegte sich seit- statt bergwärts.

»Hier ist es zu steil, der Wagen hat keinen Halt mehr. Wir kommen nicht weiter.«

»Mit dem Auto nicht, zu Fuß schon«, sagte Lamprecht und schickte die beiden Polizisten mit dem Wagen ebenfalls über die andere Straße nach Opicina, wo sie ihn mit der Verdächtigen abholen sollten. Nachdem er den Mantelkragen aufgestellt hatte, rückte er seinen Hut zurecht. Die Umstände waren vielleicht widrig, aber nicht schlimm genug, ihn aufzuhalten. Auf direktem Weg würde er vor den anderen dort eintreffen.

40.
WINCKELMANNS FLUCH

Nachdem Lamprecht sich durch Regen und teilweise schlammige Wegstücke bis zur Straße nach Opicina durchgeschlagen hatte, erkannte er von Weitem die Scheinwerfer des Lieferwagens, der sich langsam die Steigung emporkämpfte. Er hatte nicht damit gerechnet, dass die Möbelpacker den Weg so schnell bewältigen würden. Immerhin musste der Wagen zunächst wieder das Steilstück hinabfahren, ehe er nach einiger Zeit in die neue Straße einbiegen konnte. Aber dann würden auch Weißkopf und Dema bald mit dem Polizeiauto auftauchen. Er suchte den Straßenverlauf nach ihnen ab, doch auch hinter den nächsten Kurven konnte er kein weiteres Fahrzeug erkennen, also handelte er, klopfte sich die Regentropfen vom Mantel und hielt den Wagen an, wo er auf der Ladefläche zwischen den mit einer Plane abgedeckten Möbeln Platz nahm.

»Wie haben Sie mich so schnell gefunden?«, fragte die Franciulo überrascht, als Lamprecht zwischen den beiden Transporteuren hinter dem Kastenkorpus auftauchte.

»In unserer schönen reichsunmittelbaren Stadt Triest geht nichts und niemand verloren. Dafür sorgen wir schon, Signorina. Außer vielleicht einmal ein paar Antiken und etwas Gold. Können Sie mir etwas darüber erzählen?« Lamprecht holte die beiden Briefe, die er bei Biecher gefunden hatte, aus seiner Innentasche. Er hielt sie zum Schutz im Ledereinband eingeschlagen, doch die Franciulo wusste sofort, worauf er anspielte.

»Woher haben Sie die? Von Biecher, ich weiß.« Bevor Lamprecht geantwortet hatte, nickte Flora Franciulo und presste ein »Dieser Schuft!« heraus.

»Scusate, possiamo?«, meldeten sich die Träger, die einen Tisch abgeladen hatten und diesen nun ins Haus trugen. Die Hausherrin trat zur Seite und schickte sich an, über die Schwelle ins Haus zu gehen, doch der Ispettore hielt sie zurück.

»Ich muss Sie bitten, mich auf die Dienststelle zu begleiten«, sagte Lamprecht, wobei er seine Hand auf die Schulter der Franciulo legte. Die Frau betrachtete die Hand abschätzig, als handelte es sich um die Hinterlassenschaft einer Möwe. Dann schlug sie die Augen nieder und griff nach ihrem Mantel, der neben der Tür auf einem Haken hing. Sie folgte Lamprecht unter Kopfschütteln: »Wenn meine Mutter nicht so blöd gewesen wäre, ihrer Freundin an deren Totenbett alles zu erzählen, dann wäre das alles nie passiert. Biecher hat mich danach einmal bei meiner Arbeit abgepasst und damit geprahlt, wie er von unserem Schatz erfahren hat, und mir angeboten, ihn für mich zu Geld machen, aber ich habe abgelehnt. Dann wollte er mich erpressen und hat angedeutet, dass er die Briefe an sich genommen habe. Doch er wusste nicht, dass ich deren Inhalt schon kannte, da ich sie zufällig vor dem Tod meiner Mutter gefunden hatte.«

»So etwas hatte ich bereits vermutet, aber darf ich Sie bitten, Ihre Ausführungen für die Vernehmung in der Direktion in Triest aufzusparen, dann kann das meine Stenotypistin sogleich zu Protokoll bringen. Der Wagen wird gleich hier sein und uns in die Stadt bringen.«

Sie warteten gute zehn Minuten im Regen vor dem Haus. In der Zwischenzeit brachten die Möbelpacker ein Stück nach dem andern hinein. Lamprecht beobachtete die Männer bei der Arbeit, dann betrachtete er Flora Franciulo. Er wunderte sich, wieso sie im Vergleich zu den bisherigen Begegnungen gelöst wirkte, beinah froh, als dankte sie ihm sein Erscheinen. Er suchte nochmals die Straße nach dem Polizeiwagen ab, konnte diesen aber nirgends entdecken. Fand Weißkopf die Adresse nicht oder war sonst etwas dazwischengekommen? Selbst wenn die Polizisten etwas nach den Umzugsleuten losgefahren waren, müssten sie längst hier eingetroffen sein.

»Wollen wir nicht im Haus warten?«, fragte Flora. Lamprecht schüttelte den Kopf. »Nein, wir nehmen die Tramvia hinunter.«

Sie gingen in Richtung des kleinen Bahnhofs, der den Vorort mit der Stadt verband. Von dort fuhr die Straßenbahn fast bis ins Zentrum.

Sie wechselten die Straßenseite. Der Regen hatte nachgelassen, die Steine spiegelten nass im Licht der ersten Laternen, die angegangen waren. Ein einsames Auto rauschte vorbei und zog eine Fontäne nach sich. Lamprechts Blick folgte dem Fahrzeug, doch es war nicht der erhoffte Dienstwagen. Flora nutzte den Weg zur Straßenbahn, um sich zu erleichtern: »Ich bin froh, dass ich mich endlich jemandem anvertrauen kann.«

Lamprecht hob vor Überraschung eine Augenbraue, was sogar unter seinem Hut zu erkennen war. »Denken Sie, dass ich dafür der Richtige bin? Was immer Sie mir sagen, werde ich im Akt vermerken müssen oder von Ihnen nochmals für das Protokoll einfordern.«

Flora lächelte. »Ich halte Sie für einen guten Menschen, dem ich erzählen werde, was ich dem Polizisten niemals sagen würde.«

Lamprecht wollte keine Diskussion über die Milderungsgründe eines Geständnisses entfachen, ihn interessierte brennend, was Flora auf Basis des gewonnenen Vertrauens preisgeben würde, auch wenn er wusste, dass sie es später womöglich wieder abstreiten würde.

»Wenn Sie den Brief gelesen haben, wissen Sie, dass auf der Familie ein Fluch lastet.«

Lamprecht hatte nicht mit diesem Einstieg gerechnet. Er erwiderte: »Aber Sie werden doch nicht daran geglaubt haben. Oder Ihre Mutter?«

Doch die Frau blickte drein, als hätte der Totenvogel seine Arme ausgebreitet, um sie in seine endgültige Finsternis einzuhüllen. Sie lachte irre auf: »Oh, doch! Meine Mutter entwickelte eine richtige Besessenheit. Das war nicht mehr auszuhalten, ich musste etwas dagegen tun. Als ich den Brief gefunden hatte, wurde mir so manches schlagartig klar. Mein ganzes Leben habe ich darunter gelitten. Immer nur eingeschränkt. Schon als Kind fing es an. Kaum wurde ich zur Frau, hat sie mich immer mehr eingesperrt. Und immer wieder angefangen davon zu reden, dass es Unglück brächte, wenn ich Kontakt mit Knaben, später Männern hätte. Nicht einmal Lodovico sollte ich mehr zum Spielen treffen. Kein Mann dürfe unter unserem Dach verweilen, hat sie immer betont. So kann man auf Dauer nicht leben. Sogar meine …«, sie stockte.

»Sie kannten den Brief also schon vor dem Tod Ihrer Mutter?«, fragte Lamprecht nach.

»Ja, der nahe Tod der seit Wochen vor sich hin siechenden Biecher hat meiner Mutter wohl die eigene Endlichkeit bewusst gemacht. Daher hat sie mir, wie das ihre Mutter bereits bei ihr getan hat, in einem Brief alle Anweisungen erteilt, vor allem aber Hinweise hinterlassen, wo sich der Schatz befindet.«

Die Anleitung, die bereits die Ahnfrau, Roberta Franciulo, ihrer Tochter hinterlassen hatte, war Lamprecht ja vertraut. Sie hatte ihr und damit allen künftigen Nachfahren aufgetragen, nur eine einzige Tochter zur Welt zu bringen und aufzuziehen. Söhne waren nicht vorgesehen. Wenn doch, gab es ja Wege, diese loszuwerden. So hatte die Diebin ihre gesamte Nachkommenschaft in eine Art Geiselhaft genommen, sofern sich diese daran gehalten hatten, was zwar nicht erwiesen, letztlich aber auch unerheblich war. Er hatte aktuell zwei Tote, deren Ermordung nun aufzuklären war. Dennoch blieb er an dem Thema hängen.

»Und Sie? Haben Sie sich auch an diese Regeln gehalten?«

»Was denken Sie? Wenn Ihnen das schon als kleines Kind eingetrichtert wird, was wollen Sie dagegen machen?« Sie blieb stehen und schloss die Augen, als sie etwas mit der sonderbar verstellten Stimme eines kleinen Mädchens sagte: »Du untreue Person, die du mich und die Welt bestiehlst, sollst dein Glück damit nicht finden. Ich verfluche dich und alle, die dir nachfolgen. Kein männlicher Erbe soll deinem verderbten Schoß entspringen, kein Ehegemahl soll sich eurer Sippe je annehmen. So doch ein Knabe oder ein Mann unter deinem Dache verweilt, wird er dir den Tod bringen. Nur durch den Tod unter und mit dem Kreuz kann diese Schuld gesühnt werden!«

Lamprecht schauderte, auch wenn er sonst nicht abergläubisch war, doch offenbar war es Roberta durch die Beschwörung des Übersinnlichen gelungen, den Schatz lange in der Familie zu halten, ohne dass jemand ihn zu Geld gemacht hatte. Er versuchte, sich ein Bild zu machen, wie alles abgelaufen sein konnte.

Sie hatten sich wieder in Gang gesetzt, Lamprecht hielt Floras Unterarm umfasst.

Die Ereignisse mussten sich letzten Herbst für Flora Franciulo überstürzt haben, folgerte Lamprecht. Die einzige Freundin der Mutter stirbt, erfährt aber noch das Geheimnis von einem versteckten Schatz, das sie in einem lichten Moment an ihren nichtsnutzigen Sohn weiterflüstert. Olivetta Franciulo, die ihre Tochter ein Leben lang auf diesen Tag eingestimmt hatte, hinterlässt auch ihr eine Art Anleitung für den Fall ihres Todes, die diese aber noch zu Lebzeiten der Mutter findet, worauf sie aus allen Wolken fällt. Ein Wettlauf um den Schatz setzt ein. Flora, die nun begreift, was ihr bisheriges Leben eingeschränkt hat, hofft nun, einen Weg zu finden, diese generationenalten Ketten zu sprengen. Die Mutter muss sterben und sie wird sich mit dem Schatz ein neues Leben aufbauen.

Lamprecht breitete diese Erkenntnis vor seiner Verhafteten aus: »Sie wollten den Fluch sprengen, haben sich aber zur Sicherheit an die Vorgabe gehalten, die sie schon als Kind eingetrichtert bekommen hatten: Nur mit dem Tod mit und unter dem Kreuz, hofften Sie, dass es ihnen gelingen würde, sich von den Geistern, die ihre Mutter ständig beschworen hatte, zu lösen. Deswegen war der Körper Ihrer Mutter derart entstellt, als man ihn gefunden hat.«

Sie hatten den Bahnhof erreicht. Eine Garnitur wartete auf die planmäßige Abfahrt. Bis dahin dauerte es noch. Lamprecht trat nervös von einem Bein auf das andere. Dazwischen schielte er immer wieder zur Straße, ob er den Dienstwagen ausmachen konnte. Neben ihm seufzte Flora erleichtert. Die Luft war frisch und vom Regen ausgewaschen. Die Frau hob den Kopf und betrachtete den Himmel, der sich zusehends verdunkelte.

»Ich habe meine Mutter nicht getötet.«

»Davon bin ich ausgegangen«, antwortete Lamprecht mit einem Nicken, der deswegen zuvor davon gesprochen hatte, dass sie die Verantwortung für diese Tat trug. »Das war Ihr Bruder.«

»Auch das wissen Sie?« Sie drehte ihr Gesicht zu Lamprecht und er konnte die Reste dessen erahnen, was in der Jugend vielleicht einmal Hoffnung gewesen war.

Obwohl er weit jünger war, legte Lamprecht der Frau tröstend seine flache Hand gegen die heiße Wange. Es war, als nähme ein Priester mit all der Milde und Nachsicht, die seine himmlische Stellung mit sich brachte, eine Beichte ab. »Als Sie nach dem Fund der Briefe selbst Ahnenforschung betrieben, kamen Sie auf die Idee, in den Kirchenmatrikeln nachzusehen. Es war naheliegend, dort Einschau zu nehmen. Von Padre Zinghetti weiß ich, wie das damals abgelaufen ist, als Ihre Mutter Giacinto in die Obhut der Waiseneinrichtung übergeben hat. Ich habe den Eintrag, der ausradiert werden sollte, gesehen, und Sie haben das auch. Oder war es, als sie den verkümmerten Finger an ihm gesehen haben, als er Ihrer Mutter den Hof machte?«

»Sie muss es sofort erkannt haben, denn sie hat ihn hochkant aus dem Haus geworfen.«

Lamprecht betrachtete die Hände der Flora Franciulo mit ihren regelmäßigen Fingern. Er erinnerte sich an das Gespräch mit Skerl, der ihm erklärt hatte, dass Brachydaktylie, wie die Kurzfingrigkeit in der medizinischen Fachsprache hieß, vererbt werden kann. Auch bei ihrer Mutter fehlte ein Glied am kleinen Finger.

»Giacinto ist eines Tages aufgetaucht, warum, das weiß ich nicht. Er scheint sich wirklich für meine Mutter als Frau interessiert zu haben. Später hat er mir gesagt, dass er sich immer für ältere Frauen interessiert hat.« Sie räusperte sich, da gab der Fahrer das Signal zur Abfahrt und sie stiegen in den Waggon ein. Lamprecht war dabei, im Geiste das Protokoll zu verfassen, als ihm noch etwas einfiel: »Und Lodovico Biecher ist euch wiederholt in die Quere gekommen, deswegen musste er sterben.«

»Er wollte uns ausbooten. Und er war zu gierig, wollte den Schatz am liebsten für sich allein. Die Statuette und auch vom Gold wollte er die Hälfte, aber das hätte dann für mich und

Giacinto nicht mehr gereicht. Ich wusste ja nicht, dass diese Bronzefigur so ein Vermögen wert ist. Das hat Biecher Giacinto verraten, als sein letztes Stündlein geschlagen hatte. Geprahlt hat er damit, was er vom Suplina erhalten würde.«

Der Zug war angefahren. Vor den Fenstern zogen einige der Villen an der Hauptstraße vorüber, durch die Gärten flossen Nebelfetzen. Flora Franciulo hatte ihren Kopf gegen die Scheibe gelehnt und summte leise vor sich hin. Lamprecht umfasste den Unterarm der Frau, die ihn kurz anblickte, dann aber ihren Kopf zum Fenster drehte. Lamprecht fragte sich, ob er sie nicht besser gleich verhaften hätte sollen. Ihm wäre wohler, könnte er der Frau Handschellen anlegen, doch die waren bei den Kollegen im Wagen. Außerdem schien sie ohnehin keine Anzeichen von Widerstand zu zeigen.

Einige Punkte gab es noch zu klären. Für einige Thesen benötigte er Bestätigung. Er musste herausfinden, wie weit er Suplina als Händler und Parentin als Sammler belangen konnte. Immerhin mussten sie wissen, dass die Herkunft womöglich fragwürdig war, wenn eine Ratte wie Biecher sie zum Verkauf angeboten hatte. Daher fragte er: »Und hat Ihnen Suplina den Namen des Endabnehmers genannt? War es womöglich Pierpaolo Parentin?«

»Suplina hat uns mit einem Almosen abgespeist, aber er hat erwähnt, dass er einen Interessenten habe, wenn ich ihm die Figur bis Weihnachten bringe.«

»Wer war dieser Interessent?« Er packte die Frau an der Schulter. »Hat er einen Namen erwähnt oder haben Sie etwas von ihm aufgeschnappt? Ich muss das wissen!«, Lamprecht wurde lauter. Ein Paar, das eine Reihe vor ihnen saß, drehte sich um und Lamprecht deutete mit einem Nicken eine Entschuldigung an. Der Mann schüttelte den Kopf, dann wandte er sich wieder seiner Frau zu.

Lamprecht beugte sich zur Franciulo hinüber und insistierte nun leiser. »Sie müssen mir sagen, was Sie wissen. Und Sie müssen mir sagen, wo Ihr Bruder ist.«

Die Tram stoppte bei der Station am Obelisken, die Türen öffneten sich. Eine ältere Dame mit Hut und Pelzkragen stieg ein. Beschwerlich hob sie den Saum ihres Mantels an und tat sich dennoch schwer, den Fuß auf die erste Stufe zu setzen.

»Warten Sie, Signora, ich helfe Ihnen«, sagte Lamprecht, der sofort von seinem Sitz aufsprang und der Frau stützend unter den Arm griff. Während dieses ehrenvollen Einschreitens wurde er selbst von hinten angerempelt. Er musste Halt suchen, um nicht zusammen mit der Frau aus dem Waggon zu stürzen. Flora Franciulo nutzte den günstigen Moment. Sie drängte sich an Lamprecht vorbei aus dem Waggon und floh auf das Plateau.

41.
EIN RAUBVOGEL HEBT SEINE SCHWINGEN ZUM ABFLUG

Lamprecht sah der Frau nach, wie sie im Dunkel des nahen Wäldchens verschwand, als die Straßenbahn sich wieder in Gang setzte.

Er winkte dem Fahrer mit seiner Kokarde und bedeutete ihm, den Wagen erneut anzuhalten, dann sprang er selbst aus dem Straßenbahnwaggon. Die Franciulo war vermutlich die Strada Napoleonica in Richtung Prosecco losgelaufen. Sie konnte nicht wissen, dass Lamprecht sich hier gut auskannte und daher durchaus gute Chancen hatte, ihr den Weg abzuschneiden und sie zu stellen, wenn sie nicht den waghalsigen

Versuch unternahm, durch das Unterholz über die steilen Hänge in Richtung Scorcola abzusteigen.

Lamprecht kam mit einem dumpfen Knall auf dem Boden auf. Er wollte loslaufen, als ihn eine Hand an der Schulter packte und zurückhielt.

Er fuhr herum. »Weißkopf?«, rief er erstaunt aus. »Wie kommen Sie hierher? Sie schickt der Himmel. Kommen Sie!«

Der junge Untergeordnete folgte Lamprecht schwer atmend und berichtete, dass der Wagen eine Panne gehabt hatte und in einer Kurve nach der Gabelung nach Basovizza hängen geblieben war. »Dema wartet unten auf Hilfe und ich habe ein Fahrzeug angehalten und habe mich zur besagten Adresse bringen lassen, wo ich von den Möbelpackern erfahren habe, dass Sie mit der Signora zur Tram aufgebrochen sind, also bin ich hierhergelaufen und habe versucht, die Straßenbahn zu erwischen, aber dann sind Sie …«

»In diese Richtung ist sie gelaufen. Wir müssen sofort die Verfolgung aufnehmen.« Lamprecht steuerte den in den Wald führenden Weg an und Weißkopf nickte.

Doch dann deutete er auf einen Steig, der hinter dem Obelisken in Richtung Bergkamm führte. »Ich schlage vor, Sie folgen ihr über den Weg und ich komme von oben. So können wir sie in die Zange nehmen.«

Lamprecht griff sich ans Kinn: »Sehr gut. Also dann los. Passen Sie auf, dass Sie nicht abstürzen.«

Dann liefen die beiden Polizisten ins Halbdunkel des Waldes los. Dichte Bäume und Sträucher gab es hier oben erst seit Burgstaller Edler von Bidischini die Aleppo-Kiefer heimisch gemacht und den Boden nachhaltig für eine weitere Bepflanzung aufbereitet hatte.

Lamprecht wünschte sich jetzt wieder die beinah kahlen Hänge her, wie er sie von alten Landschaftsansichten kannte, dann hätte er sich leichter getan, einen sicheren Tritt zu finden. Er hatte bald einen der ersten Aussichtspunkte auf der Strecke erreicht. Weißkopf musste schon bei der Anhöhe angelangt sein, er selbst folgte im Laufschritt dem Weg. Da hörte er rechts hinter sich ein Rascheln und erschrak. Er blieb stehen, und als er sich umdrehte, entfernte sich ein offenbar aufgescheuchtes Wildtier. Zum Glück kein Wildschwein. Solche Begegnungen gingen für Menschen meist übel aus.

Er lauschte für einen Moment, ob er sonst etwas wahrnehmen konnte. Schritte, ein Schnaufen oder ein Scheren von Schuhsohlen über den Boden. Er meinte, in einiger Entfernung der Anhöhe tatsächlich einen Menschen auszumachen. Das musste Weißkopf sein! Wenn sie beide so zügig das Gebiet durchkämmten, musste ihnen die Geflüchtete ins Netz gehen. Da war er sich mit einem Mal sicher.

Als er sich eben wieder zum Loslaufen umwenden wollte, entdeckte er die gesuchte Person.

»Si fermi! Keinen Schritt weiter!«, forderte sie ihn auf.

Im Dunkeln zeichnete sich gegen das schwache Mondlicht, das vom Meer wie von einem Spiegel reflektiert wurde, die Gestalt der Franciulo bei einer der Ausbuchtungen am Wegrand ab.

Mühsam kletterte sie auf die niedrige Steinmauer, die hier die Straße vom Abgrund abschirmen sollte, wo sie sich aufrichtete.

»Signora! Machen Sie keine Dummheit«, versuchte Lamprecht auf sie einzuwirken. Hinter der Frau, die wackelig auf der schmalen Brüstung stand, fiel es steil bergab. Wenn sie das Gleichgewicht verlor, würde ihr Körper wahrscheinlich bis zur Bahntrasse hinabstürzen. Lamprecht hob beschwichtigend die Arme, getraute sich aber nicht, näher an sie heranzutreten.

Die Franciulo streckte etwas, das Lamprecht für ein Kreuz hielt, in Richtung Himmel. Sie murmelte vor sich hin, als hätte sie Lamprecht ausgeblendet. Wie in Trance reckte sie den Hals hoch. Der Polizist verstand nur einzelne Satzfetzen, die für ihn keinen Sinn ergaben. Vorsichtig bewegte er sich auf die Frau zu.

»… es ist nun ausgestanden, ich komme zu dir … unter dem Zeichen des Kreuzes wird der Fluch von der Familie genommen … es braucht ein Opfer, … ein letztes Opfer. Ich tue das alles nur für dich, mein Kind. Wie konnte ich nur …? Du hast es nicht verdient. Ich tue das nur für dich …«

Ihr Oberkörper schwankte bedenklich wie der eines Seemanns auf sturmgepeitschtem Deck. Lamprecht näherte sich der Frau wie einem waidwunden Tier. Ein Fuß nach dem anderen, Zentimeter für Zentimeter. Die Frau fantasierte und er hoffte, dass sie einen ebenso fleißigen Schutzengel hatte wie die Trunkenbolde im Hafen, die sich sturzbesoffen doch nicht den Hals brechen. Wenn er noch einen halben Meter bis zu ihr schaffte, konnte er mit einem Sprung wahrscheinlich ihren Arm greifen und sie zu sich ziehen.

»Stopp, bleiben Sie stehen!«

Die Franciulo fixierte ihn aus wachen, stechenden Augen. Sie wirkte jetzt stocknüchtern und alles andere als dieser Welt entrückt.

»Bitte«, sagte Lamprecht, »kommen Sie herunter und lassen Sie uns reden.«

»Es gibt nichts zu reden.«

Lamprecht schüttelte den Kopf. »Oh, doch. Ich verstehe nicht, warum Sie das alles inszeniert haben, wenn Sie Ihr Leben jetzt wegwerfen?«

»Ich hab alles nur für meine Tochter getan.«

»Nein!«, brüllte Lamprecht in die Nacht.

Er hatte einen Satz nach vor gemacht, doch seine Hand griff ins Leere. Nicht einmal ihren Ärmel hatte er noch streifen können. Lamprecht blickte ungläubig dem Körper nach, der, die Arme ausgebreitet wie die Schwingen eines Raubvogels, in die Tiefe stürzte.

Schon hörte man den dumpfen Aufprall auf dem Felsen unter der Plattform, dann ein Kullern von gelockertem Geröll und einen letzten Schlag, als die Frau gegen einen Baum prallte.

»Verdammte Scheiße!«, ertönte eine Stimme hinter Lamprecht. Weißkopf kam über einen steilen Weg gelaufen und blieb keuchend neben dem Inspektor stehen. Als er wieder bei Atem war, fragte er: »Soll ich da runter? Vielleicht lebt die Frau noch.«

Lamprecht schüttelte den Kopf und deutete zur Stelle hinunter, wo der Körper der Frau an einem Baum zu liegen gekommen war, durchbohrt von einem Aststumpf.

Weißkopf zischte durch seine gebleckten Zähne. Dann fragte er: »Hat Sie noch etwas gesagt?«

»Ja, aber es ergibt keinen Sinn.«

Weißkopf hakte nicht nach. »Ich mache Meldung bei den Kollegen. Jemand muss die Leiche bergen. Hier gibt es nachts jede Menge wilde Tiere.«

42. LAMPRECHT SETZT SPETICH INS BILD, KANN DEN FALL JEDOCH NOCH NICHT ABSCHLIESSEN UND ERHÄLT POST

Es dauerte bis zum nächsten Tag, bis der Leichnam der Flora Franciulo geborgen werden konnte. Für einen Abstieg in der Nacht war es zu dunkel gewesen, die angeforderten Polizisten hatten sich dazu entschieden, die Stelle zu sichern und am nächsten Morgen Unterstützung anzufordern.

Skerl lieferte seinen Befund noch am selben Tag, weswegen Lamprecht die Ergebnisse des Mediziners gleich in seinen Bericht über die Ereignisse vom Vortag hatte einarbeiten können, als er ihn der Sacher angesagt hatte. Er hatte auch einen Teil dessen festgehalten, was ihm die Frau freiwillig erzählt hatte, soweit es sich logisch in Einklang mit den weiteren Ereignissen hatte bringen lassen.

Er beobachtete Spetich, wie er bei der Lektüre über seinen Backenbart strich. Er saß nur im Hemd aus weißem festem Stoff da, über das sich die Hosenträger spannten. Seinen Rock hatte er auf den Ständer gehängt, obwohl Lamprecht es in der Amtsstube kühl fand. Die für die Heizung bestimmte Kohle kam jetzt woanders zu einem dringenderen Einsatz.

»Das liest sich einigermaßen abenteuerlich, muss ich sagen.«

Lamprecht nickte, auch wenn er mit seinen Gedanken ganz woanders war. Nachdem die Flucht der Flora Franciulo zu diesem unglücklichen Ende gefunden und Weißkopf sich um die weiteren Formalitäten gekümmert hatte, hatte er nicht nach Hause gehen wollen. Er hatte Trost gesucht, einen Trost, wie ihn die Familie nicht hätte geben können: Er wollte sich an den warmen Körper einer Geliebten anschmiegen und dem unerquicklichen Alltag in ihrem Schoß entfliehen. Auch wenn ihn ein schlechtes Gewissen plagte, weil er sie letzte Woche zu Silvester allein gelassen hatte, musste er Alessia jetzt sehen. Doch die Begegnung war alles andere als erfreulich verlaufen.

»Allein gelassen? Im Stich hast du mich gelassen. Uns«, hatte die Witwe Pirona nachgeschoben, »Federica hat nach dir gefragt. Zum Glück ist sie dennoch bald eingeschlafen. Wir hätten den Abend und den Jahreswechsel für uns gehabt.«

Gaetano hatte zu erklären versucht, dass er mit seiner Familie hatte feiern müssen, dass er sich dabei mit seinem Vater hatte aussprechen können.

»Was bin ich für dich? Ein Flittchen, das man nur für das Eine aufsucht? Ich war einmal eine geachtete Frau, aber das hast du mir alles zerstört. Geh bitte. Geh einfach. Schnell!«

Und so wie diese Affäre begonnen hatte, mit beinah denselben Worten, hatte sie geendet.

»Ispettore?« Spetich holte Lamprecht an seinen Schreibtisch zurück. Er nickte. Spetich blätterte in dem Bericht an den Anfang zurück und resümierte: »Also wenn ich ehrlich bin, verstehe ich kaum ein Wort von dem, was Sie zu Papier gebracht haben. Sie verweisen da auf einen alten Brief aus dem achtzehnten Jahrhundert als Beweisstück. Ich verstehe nicht, was das mit den Morden in der jüngsten Zeit zu tun haben soll? Was hatte diese, wie hieß sie doch gleich …?«

»Roberta Franciulo.«

»… ja, diese Roberta, was hat die mit dem Ganzen zu schaffen? Die gute Frau wandelt doch sicher schon lange nicht mehr über Gottes Erdboden. Außer sie ist ein Geist.« Spetich lachte auf, musste dann aber husten. Lamprecht bemühte sich, sachlich zu bleiben: »Roberta Franciulo war im Jahr 1768, als Johann Joachim Winckelmann von Arcangeli ermordet wurde, eine Stubenmagd in der Locanda Grande, wo die beiden Männer zufällig aufeinandergetroffen sind. Knapp vor seinem Tod hat der Archäologe ihr eine Statuette und Goldschmuck, beides aus etruskischer Epoche, anvertraut, die sie an sich genommen hat.«

Spetich blätterte vor. »Sie schließen das aus dem Brief, den Sie als einziges Beweisstück Ihrer These haben. Nicht?«

»Und aus dem Brief, den die Ermordete, Olivetta Franciulo, ihrer Tochter hinterlassen wollte, aber den die schon vor deren Tod gefunden hat.«

Der Ispettore Capo schüttelte den Kopf. »Aber welches Motiv hatte die Tochter?«

Lamprecht dachte an das vertrauliche Gespräch mit Flora vom Vortag und diese sonderbare Geschichte mit Winckelmanns Fluch, der ihr so in Fleisch und Blut übergegangen war, dass sie tatsächlich glaubte, sich davon befreien zu müssen. Oder sie hatte sich für Jahrzehnte der Unterdrückung rächen wollen, für ein Leben am Rande der Gesellschaft. Seine These war, dass sie Giacinto angestiftet hatte, ihr Werkzeug für den Mord zu sein. Warum und wie würde sich erst klären lassen, wenn er Giacinto, respektive La Cannuccia, aufgespürt hatte und ihn entsprechend verhören konnte. Spetich forderte wieder seine Aufmerksamkeit ein: »Und nun zu dem Mord an Biecher. Wie hängt das mit dem Mord an der Frau zusammen? Und was hatte der mit den Leuten zu schaffen?«

Lamprecht rekapitulierte: »Flora Franciulo erzählte gestern, ihre später getötete Mutter, Olivetta Franciulo, habe ihrer im Sterben liegenden Freundin, Lodovico Biechers Mutter, das Familiengeheimnis um den Schatz anvertraut, woraufhin diese ihren Sohn einweihte. Der war von klein auf einer der wenigen, die Umgang mit der zurückgezogen mit ihrer Tochter lebenden Frau pflegten, vor allem aber ein notorischer Kleinkrimineller, der überall Spielschulden angehäuft hatte. Nun sah er seine Chance gekommen, sich aus dieser Misere zu befreien. Doch der aufgehusste Bruder der Flora Franciulo kam ihm zuvor und tötete Olivetta Franciulo, also die eigene Mutter. Biecher wollte auf eigene Faust nach dem Schatz suchen und entdeckte dabei zufällig die Leiche seiner Wahltante. Er nutzte sofort die Gelegenheit und durchsuchte das Haus, fand aber nur die Briefe, die Flora an ihrem Platz gelassen hatte. Nun kam es zu einem Wettlauf zwischen Flora Franciulo und Lodovico Biecher, wer zuerst in den Besitz der Etrusker-Statuette gelangte, für die ein Sammler in Udine bereit war, ein Vermögen zu zahlen.«

»Und Sie meinen, Biecher musste sterben, weil er die Statuette an sich bringen und an Suplina, diesen Händler, verkaufen wollte?«, fragte Spetich.

»Biecher war in seiner Gier zu einer Gefahr geworden und die Tochter beschloss, dass sie ihn loswerden musste.«

Spetich schüttelte den Kopf. »Ich denke, das liegt im Bereich des Möglichen. Aber wie auch immer: Wir müssen diesen Cannuccia fassen und brauchen sein Geständnis. Warum versuchen Sie nicht, über diesen Suplina an ihn heranzukommen?«

Spetich hob eine Braue und fixierte Lamprecht, der den gleichen Gedanken auch schon gehabt hatte. »Ich würde Suplina gerne auf den Zahn fühlen. Aber da müsste ich Sie um einen Gefallen bitten.«

»Einen Gefallen? Raus damit.«

»Der Beamte Weißkopf hat sich als große Hilfe bewährt und ich müsste den Laden Suplinas womöglich länger observieren lassen. Wir haben bereits eine Patrouille vorbeigeschickt, aber die fand den Laden geschlossen vor. Im Moment wirkt es so, als wäre er abgetaucht, aber ich glaube, er hat seine Zelte in Triest noch nicht ganz abgebrochen. Einen Versuch wäre es wenigstens wert.«

Spetich hob gönnerhaft die flache Hand und nickte. »Wenn Sie meinen, dann soll Weißkopf seine Augen offen halten. Wenn wir über diesen Suplina vielleicht wirklich an La Cannuccia kommen, soll es mir recht sein. Aber Sie wissen, wie knapp wir personell sind. Wochen darf das aber nicht dauern. Wir müssen den Kerl jetzt rasch festnehmen.«

Lamprecht nickte. Spetich war zufrieden.

»Wenn das alles ist, dürfen Sie sich entfernen.«

Am selben Tag erreichten Lamprecht daheim zwei Briefe.

Einer war von Viola. Sie entschuldigte sich dafür, dass es ihr um Weihnachten doch nicht möglich gewesen war, nach Triest zu kommen. Aber im Frühjahr werde sie kommen. Es gab keine Geheimbotschaften mehr und der Ton war sachlich, als handelte es sich bei diesem Versprechen um ein amtliches Schreiben wie bei dem anderen Brief.

Denn der stammte von der Armee. Lamprecht hatte sich in vier Wochen in der Kaserne beim 97. Regiment einzufinden.

43.
WIE EIN STROHHALM ES SCHAFFT, ABZUTAUCHEN

Er blickte hinter seine Schulter. Es war wenige Wochen her, dass er das letzte Mal sein Geschäft geöffnet hatte, auch wenn es sich für ihn länger anfühlte.

Suplina hatte den Rollladen nur zur Hälfte nach oben geschoben und sich darunter durchgezwängt. Er hatte tatsächlich einen neuen Laden gefunden. Seine Wahl war auf Mailand gefallen. Rom war ihm dann doch zu fremd erschienen. Die Città Eterna, die Ewige Stadt, war doch ein einziger Freiluftantiquitätenladen. Da fand er Mailand in vielerlei Hinsicht angenehmer, nicht nur wegen des Klimas, auch für sein Geschäft vielversprechender. Er hatte ein Lokal unweit des Doms gefunden und der Vermieter hatte ihm einen guten Preis gemacht. Er musste nur noch die letzten Angelegenheiten in Triest zum Abschluss bringen, dann würde er sich unter die Fittiche des italienischen Königreichs begeben und dem habsburgischen Triest für immer Lebewohl sagen.

Es herrschte beinahe völlige Dunkelheit in seinem Antiquitätenladen. Der schmale Lichtstreifen, der durch die zur Hälfte abgeschattete Tür fiel, reichte nicht bis zur hinteren Wand.

Die Fratze, die ihn aus dem Dunkeln angrinste, ließ ihn für eine Schrecksekunde zurückfahren. Sein Herzschlag hatte Fahrt aufgenommen wie ein Raddampfer. Er nickte und beruhigte sich schnell wieder. Die Maske aus dem fernen Indien, für die er keinen Käufer gefunden hatte, wachte noch über seinen Laden. Er ging weiter nach hinten, um die Papiere aus dem Büro zu holen. Er tastete die Wand nach dem Lichtschalter ab, doch die Lampe an der Decke ging nicht an, nachdem er ihn gedreht hatte. Bedächtig schob er seinen Körper um das Pult, weil er in einer der Schubladen noch Kerzen und Streichhölzer vermutete. Er schob eine nach der anderen auf und griff vorsichtig hinein, um sich nicht an einem Brieföffner oder einem anderen spitzen Gegenstand die Finger zu verletzen.

Wie üblich lag das Gesuchte in der letzten Lade. Er nahm einen Kerzenstumpen heraus und hatte soeben ein Schwefelholz entflammt, als er von draußen ein metallisches Scheppern hörte. Er blies das Streichholz aus und ging Richtung Eingangstür.

Im schwachen Lichtschein tauchte am Eingang eine Figur auf. Lang und dünn, wie der Stamm einer Birke stand sie ihm gegenüber.

»Das Geschäft ist geschlossen.« Seine Stimme war schwach und kratzig. Doch der ungebetene Besucher machte nicht den Anschein, als würde er sich durch einen festeren Tonfall vertreiben lassen. Er streckte seine Hände vor und machte einen Satz auf ihn zu. Das Letzte, was Suplina bemerkte, bevor er ihm die Gurgel zudrückte, war der schwarze Lederhandschuh, der ihn packte.

Lamprecht steckte seine Dienstwaffe in den Holster und stürmte aus der Polizeidirektion. Jetzt hätte ihm sein Rennrad gute

Dienste geleistet, um rasch in Richtung San Vito zu gelangen. Er lief den Canal Grande entlang zur Riva Carciotti, wo er einen Pferdewagen aufhielt und sich das kurze Stück bis zur Fischhalle bringen ließ.

Weißkopf hatte eben aus einem kleinen Caffè angerufen und ihm mitgeteilt, dass der Gesuchte aufgetaucht war. Was für ein Glück. Lamprecht war schon drauf und dran gewesen, die Observierung des Antiquitätenladens von Suplina einzustellen. Seit einigen Tagen lag Weißkopf dort auf der Lauer.

Die letzten Meter legte Lamprecht im Laufschritt zurück. Keuchend traf er auf den uniformierten Untergebenen, der auf der Straßenseite gegenüber des Ladens wartete und sogleich berichtete.

»Soeben ist ein Mann hineingegangen, auf den die Beschreibung unseres Verdächtigen passt. Ich wollte aber auf weitere Anweisungen warten, bevor ich einschreite.«

Lamprechts Vermutung, dass der Händler auch ins Visier der beiden Missetäter geraten war, schien sich als richtig zu erweisen.

»Sie bleiben hier und sichern den Ausgang!«, wies er Weißkopf an und bückte sich unter dem halb heruntergelassenen Rollladen durch. Das Klirren eines auf Stein zerspringenden Gefäßes drang nach draußen.

Als Lamprecht im Laden stand und sich seine Augen an das Halbdunkel gewöhnt hatten, sah er einen auf dem Boden liegenden Menschen, in dem er den Händler erkannte. Wie ein Geier hockte der hagere Mann, der in den Kreisen der Halbwelt La Cannuccia genannt wurde, über ihn gebeugt, die Hände umfassten den Hals seines Opfers. Suplinas Gesicht war im Todeskampf zu einer Fratze verzerrt, der umklammerten Kehle entkam kein Laut mehr. Das erregte Keuchen kam nicht vom ihm, sondern von seinem Peiniger.

Lamprecht zückte seine Steyr Repetierpistole vom Kaliber siebeneinhalb und trat an den Würger heran, um ihn mit angelegter Waffe vom Antiquitätenhändler zu ziehen.

Für einen Moment traf sein Blick jenen Suplinas, der mit vorquellenden Augen zu ihm starrte und ihn klar fokussierte.

Lamprecht streckte seine Hand nach der Schulter des Angreifers aus, da löste sich dieser von seinem Opfer wie eine befreite Sprungfeder und stürzte auf ihn zu, der, von der Kraft des Hageren und der Wucht von dessen Angriff überrascht, zu Boden ging. Seine Pistole rutschte ihm dabei aus der Hand und schlitterte über den Boden.

Suplina machte einen Atemzug, der entfernt an den Schrei eines Esels erinnerte.

»Weißkopf, schnell, ich brauche Sie!« Es war nicht der geeignete Moment, den Helden zu spielen.

Der Hilferuf zeitigte Wirkung: Die hagere Figur ließ von ihm ab und stürzte zum Ausgang, Lamprecht fasste noch nach seiner Hand, doch das Einzige, was er erwischte, war ein schwarzer Lederhandschuh. Als der Inspektor endlich wieder auf die Füße kam, war der Verdächtige schon unter dem Rollbalken hinweg ins Freie entschwunden. Von draußen hörte er die Stimme von Weißkopf, der laut »Stehen bleiben!« rief.

Während Suplina sich langsam aufrappelte und sich matt gegen eine Wand lehnte, kroch Lamprecht nun auch unter der Barriere hindurch ins Freie.

Das Licht blendete ihn. Er kniff die Augen zusammen. Doch vor dem Laden sah er nur mehr seinem Verdächtigen nach, wie dieser davonlief. Er suchte nach Weißkopf. Der junge Polizist lag auf dem Straßenpflaster und rieb sich den Kopf. Er deutete dem Flüchtenden nach und Lamprecht startete los.

La Cannuccia war vor zur Riva dei Pescatori gelaufen. Lamprecht rannte hinterher. An der nächsten Kreuzung musste er über die Deichsel eines Zugwagens springen, der seinen Weg kreuzte. Er stützte sich an der Schulter des verschwitzten Arbeiters ab, der den Karren zog. »Scusate«, rief er aus. Dann wich er im letzten Moment einem Kriegsveteranen aus, der sich auf Krücken über die Straße schleppte. Die Straßen und Plätze hatten sich erschreckend schnell mit Kriegsversehrten gefüllt, die man zur Erholung nach Triest geschickt hatte. Die Firma Merck kam wohl mit der Produktion des Morphiums kaum nach.

Der Himmel über ihm hatte aufgerissen und erste Sonnenstrahlen brachen durch die Wolken. Der Pferdemist auf den Straßen dampfte und verbreitete einen scharfen Geruch.

An der Uferpromenade machte er die ausgemergelte, hünenhafte Gestalt aus. Sie kletterte soeben auf einen langsam vorbeifahrenden Zug. Lamprecht sah am Eck eine Kutsche, die in der gleichen Richtung unterwegs war. Der Mann in der Kabine drehte sich irritiert um, als Lamprecht hinten aufsprang.

»Signore, nehmen Sie sich einen eigenen Wagen«, empörte sich der Mann und rückte seinen Zylinder zurecht, der ihm bei Lamprechts Manöver verrutscht war.

Der Ispettore hatte auf der hinteren Achse der Kutsche sicheren Halt und zückte seine Kokarde: »Schaffen Sie dem Fahrer bitte an, dass er die Lok da drüben verfolgen soll.«

Der Insasse beäugte die Dienstmarke, hob eine Braue, dann gab er das Kommando an den Kutscher weiter.

Die Lok hatte an einem Signal angehalten, Lamprechts Verdächtiger war wieder abgesprungen und rannte jetzt weiter, Richtung Molo San Carlo. Als die Kutsche in etwa auf gleicher Höhe war, schlug Lamprecht mit der flachen Hand aufs Verdeck, der Kutscher zügelte das Tempo, sodass der Polizist gefahrlos abspringen konnte. Lamprecht traute seinen Augen nicht: Der Flüchtende lief auf die Mole. Von hier würde es kein Entrinnen geben. Schon war auch er beim steinernen Steg, der weit ins Hafenbecken ragte, angelangt.

Cannuccia lief die Mole immer weiter. Am Ende angekommen warf der Hagere seinen Mantel von sich und sprang ansatzlos ins Meer, wo die dunklen Wellen ihn sofort verschluckten. Lamprecht erreichte nun auch das Ende, seufzte auf, schlüpfte aus seiner Jacke und den Schuhen und sprang ihm nach.

Er tauchte ins kalte Wasser, das noch die eisige Bora vom letzten Sturm in sich gespeichert hatte. Cannuccia blieb jedoch verschwunden. Lamprecht tauchte immer wieder unter die Wasseroberfläche und suchte ergebnislos das Becken nach dem Verdächtigen ab.

Als er nach einigen Minuten wieder auf die Mole kletterte, war er durchfroren, seine Lippen waren blau und bebten vor Kälte. Einige Schiffsleute kamen von ihren angelegten Booten zum Ende der Mole gelaufen. Einer hatte eine Decke dabei, die Lamprecht sich über den zitternden Körper legte. Mit dem wärmenden Stoff über seinen Schultern schritt er über die Mole die vertäuten Schiffe ab, in der Hoffnung, dass sein Verdächtiger sich dort irgendwo versteckt hatte. Doch keine Spur von dem Mann. Auch die gerufenen Beamten, die später alle Boote durchsuchten, wurden nicht fündig.

Konnte es sein, dass er im eisigen Wasser ertrunken war? Am nächsten Tag ließ Lamprecht von einer nahen Werft angeforderte Taucher, die sonst Arbeiten an Bootsrümpfen unter Wasser ausführten, das Hafenbecken nach einer Leiche durchsuchen.

Auf die Kampfschwimmer der Armee konnte er nicht zurückgreifen. Die in Triest gegründete Einheit war schon wenige Wochen nach ihrer Gründung in den Kriegshafen Pola verlegt worden.

Das Durchkämmen des Meeresbodens blieb jedoch ohne Ergebnis. Wahrscheinlich war die Leiche abgetrieben worden. So lautete der offizielle Vermerk in den Akten.

44.
DER AMTSSCHIMMEL SPERRT SICH GEGEN DAS SCHLIESSEN DES AKTENDECKELS

Das Berufsleben ist eine Kette von Wiederholungen, aneinandergereiht wie an einer Schnur aufgefädelte Perlen. Abermals saß Lamprecht seinem Vorgesetzten gegenüber, der den Kopf schüttelte und die Augenbrauen hochzog.

»Wie es scheint, suchen Ihre Verdächtigen ihr Heil im Freitod.«

Lamprecht unterdrückte den Impuls zu widersprechen. Spetichs Laune war auch schon einmal besser gewesen, und trotz der paar Tage Urlaub, die er sich zu den Feiertagen gegönnt hatte, wirkte er unausgeglichen und fahrig. Also besser keine Diskussion vom Zaun brechen.

Spetich warf den letzten Bericht in die geöffnete Aktenmappe. Zur Linken des Vorgesetzten stand ein übermannshoher vollgefüllter Aktenschrank aus dunklem Eichenholz. Manche Akten lagerten schon seit vielen Jahren dort, wie die aufgebogenen Einbanddeckel vermuten ließen. Das Holz und auch das Papier hatten den Geruch der Zigarren angenommen, die der Oberinspektor gegen Dienstschluss zu rauchen pflegte. Lamprecht fiel auf, dass der Aschenbecher schon längere Zeit leer blieb. Spetich blickte zu Weißkopf, der an der Tür Aufstellung genommen hatte. Im Gegensatz zu Lamprecht musste der uniformierte Polizist stehen bleiben.

»Schade um die Zeit, die der Beamte vertan hat, um das Geschäft von diesem Suplina zu observieren. Und dann entwischt uns dieser Cannuccia erst wieder.«

Lamprecht und auch Weißkopf nickten. Spetich zog einen Schlussstrich: »Wie dem auch sei, der Fall wandert vorläufig zu den Akten, solange wir weder ein Geständnis noch die Leiche Cannuccias haben.«

Jetzt kam er doch, der Widerspruch.

»Mit Verlaub, aber was ist mit Suplina? Und ich denke, wir sollten uns auch für Parentin interessieren. Suplina hat ausgesagt, dass er ihm die Statuette verkauft hat.«

Sobald Weißkopf wieder einsatzfähig gewesen war, und das ging bei ihm schneller als bei Suplina, der noch länger um Luft gerungen hatte, hatte er ihn in die Direktion mitgenommen und nach Lamprechts Rückkehr mit ihm gemeinsam vernommen. »Diesem Parentin musste die ungeklärte Herkunft des Stücks bekannt gewesen sein, nach dem, was Suplina über die erste Verkaufsanbahnung mit Biecher erzählt hat.«

Auf Spetichs Stirn zeichnete sich eine Ader ab. Ein Lidschlag in Richtung Zigarrenbox und Aschenbecher, ehe er tief einatmete.

»Lamprecht, Sie ziehen mir den letzten Nerv. Wird Zeit, dass der Drill beim Militär endlich Ihre Kanten abschleift, mir fehlt mittlerweile die Energie dazu.« Dann knallte er doch mit der flachen Hand auf die Tischplatte. »Was bilden Sie sich ein?«, wurde er laut. »Der eine ist eine hochstehende Persönlichkeit und, auch wenn er Italiener ist, über jeden Zweifel erhaben, und der andere hat nichts verbrochen. Im Gegenteil: Auf ihn hatte dieser Verrückte es abgesehen. Er war das Opfer, und nachdem wir seine Aussage hatten, haben wir ihn folgerichtig gehen lassen. Jetzt ist er auf dem Weg nach Mailand, wie ich erfahren habe.« Er deutete auf den Akt, klappte ihn zu und setzte seine Belehrung fort: »Der Akt wird geschlossen und der Fall auch. Und über etruskische Statuetten will ich nichts mehr hören.«

»Ich bedaure«, widersprach Lamprecht erneut, »aber ich habe bereits das Ministerium für Kultus und Unterricht in Wien über den möglichen Fund eines derartigen Artefakts informiert.« Lamprecht zog die Schultern zusammen und den Kopf ein, da er mit einem Wutausbruch Spetichs rechnete. Doch der Vorgesetzte schüttelte nur den Kopf und klatschte sich mit der Handfläche auf die Stirn. »Ja, aber warum denn das?«

Und so begann Lamprecht seinem Vorgesetzten zu erklären, was ihn zu diesem Schritt veranlasst hatte: »Als Winckelmann in Triest ermordet wurde, hatte er laut dem Brief seines Zimmermädchens die seinem Freund Bartolomeo Cavaceppi entwendete Statuette im Gepäck. Der Restaurator hatte vermutlich zuvor sein Talent als Bildhauer dazu genutzt, eine täuschend echte Kopie anzufertigen und sich das etruskische Original angeeignet. Diese Kopie hat er den bisherigen florentinischen Besitzern hinterlassen.«

»Das war aber in dem Brief nicht alles so zu lesen, wie Sie das schildern. Haben Sie weitere Erkenntnisse dazugewonnen?«, wollte Spetich wissen, dem Lamprecht mit seinen Ausführungen die Skepsis noch nicht ganz aus dem Gesicht vertrieben hatte. Tatsächlich hatte er sich jüngst nochmals mit Adina ausgetauscht. Dabei war sie dieser Idee verfallen. »Und was ist, wenn die im Museum ausgestellte Figur niemals das Original war, sondern immer nur die Kopie? Guarnacci, der sie der Stadt Volterra hinterlassen hat, könnte schon in den Besitz der Kopie gelangt sein«, hatte sie ausgerufen, als hätte sie damit einen weiteren Schlüssel für die Lösung des Rätsels gefunden. Diesen Part ließ er besser in seiner Erklärung aus, doch in einem legte er sich fest: »Von der Beschreibung und den Details, die Suplina über die Machart und das Aussehen ausgesagt hat, bin ich mir sicher, dass es sich um ein Stück handelt, das optisch mit der in einem Museum in der Toskana als Ombra della Sera bekannten Figurine beinah ident sein muss. In jedem Fall handelt es sich um einen Kunstschatz von übergeordneter Bedeutung.«

»Aber was interessiert das unsere Kultusbehörde?«

»Dazu muss man bedenken, dass diese knapp sechzig Zentimeter große Statuette bereits Anfang des achtzehnten Jahrhunderts in der Toskana, wahrscheinlich beim Pflügen eines Ackers, entdeckt wurde.«

Jetzt dämmerte es Spetich, der folgerte: »Die Statuette wurde gefunden, als die Toskana zu Österreich gehörte.«

Auch wenn die Ländereien in Mittelitalien bereits 1860 an Italien gefallen waren, trug der Monarch in seinem »großen Titel« noch immer die Bezeichnung »Großherzog von Toskana und Krakau«.

Lamprechts Schlussfolgerung war daher naheliegend: »Wenn nun also das Original einer solch wertvollen Antiquität auf österreichischem Boden gefunden wurde und nun zuletzt wieder auf kaiserlichem Terrain auftauchte, dann ist es wohl Sache der zuständigen Abteilung im Kultusministerium, sich um den weiteren Verbleib in österreichischem Besitz zu kümmern.«

»Aber wie sollten wir das Stück zurückverlangen können? Parentin hat die Statuette von einem befugten Gewerbsmann erworben. Damit ist er jedenfalls gutgläubig zum Eigentümer geworden.« Spetich hatte den korrekten Rechtsbegriff aus dem Allgemeinen Bürgerlichen Gesetzbuch wiedergegeben.

»Erstens gibt es bei besonderen Kulturgütern eine Ausnahme zugunsten des Staates und zweitens fehlt es Parentin genau an dem geforderten ›guten Glauben‹. Suplina hat ihm angedeutet, dass die Provenienz bedenklich sein könne.«

Spetich drückte seinen Rücken gegen die Lehne, kratzte sich am Kinn, dann wandte er sich Weißkopf zu. »Sie können wegtreten.«

Weißkopf salutierte und verließ das Büro des Vorgesetzten, der nun Lamprecht gegenüber zugab: »Vielleicht war ich etwas voreilig. Ganz so sauber scheint dieser Cavaliere auch nicht zu sein. Was gedenken Sie nun zu tun?«

»Im Wege der Rechtshilfe muss ich die Kollegen in Udine kontaktieren. Wenn ich allein dorthin fahre, besitze ich auf dem fremden Territorium keinerlei Amtsgewalt, also bin ich auf die Kooperation mit den dortigen Behörden angewiesen.«

»Gut«, konstatierte Spetich, »ich werde ein entsprechendes Amtshilfeersuchen aufsetzen. Dann müssen wir abwarten.«

»Viel Zeit bleibt leider nicht. Ich muss in wenigen Tagen beim Militär erscheinen.«

»Gut, dann will ich diese Formsache schnell erledigen«, schloss Spetich die Unterredung und entließ den Ispettore, der den restlichen Nachmittag mit einer Ausgabe des *Triester Tagblatts* im Caffè Stella Polare verbrachte. Der Sacher hatte er gesagt, wo er zu finden war, doch es ergaben sich an diesem Tag keine dienstlichen Belange, die seine Lektüre unterbrochen hätten.

FEBRUAR 1915

45.
LAMPRECHT WIRD IRRTÜMLICH GEMUSTERT UND ERHÄLT EINEN AUFTRAG, DEN ER NICHT ABLEHNEN KANN

Lamprecht stand nackt in einer Reihe mit vielen weiteren jungen Männern. Durch die zugigen Fenster kam ein kühler Luftstrom, der ihm eine Gänsehaut bescherte. Auch den anderen war anzusehen, dass es sie fröstelte. Sie hatten die Schultern hochgezogen und drückten ihre Arme gegen den Oberkörper. Manche versuchten schüchtern ihr Geschlecht abzudecken.

Er dachte an seine gestrige Ausfahrt zurück. Auf dem Rückweg hatte er in Barcola eine Rast eingelegt. Er hatte sich auf eine der Klippen gesetzt, die von der Sonne aufgewärmt waren. Obwohl es erst Anfang Februar war, hatten ihre Strahlen bereits ausreichende Kraft, die Feuchtigkeit, die über den Winter in die Knochen der Menschen gekrochen war, aufzusaugen. Zugleich roch die Luft nach dem frischen Quellwasser, das die Bora nach der Schneeschmelze über die Kante oberhalb der Stadt drückte.

Er war die Straße zur Franz-Joseph-Warte gefahren, mehr oder weniger dieselbe Tour, die er damals mit Pirona unternommen hatte, bevor dieser an der Uferstraße Richtung Miramare unter die Räder des Lieferwagens gekommen war. Das war jetzt über ein halbes Jahr her, doch die Ereignisse waren ihm immer noch präsent. Er dachte an den Freund, wie er zum

Sterben hingestreckt gelegen war, und gleichzeitig noch intensiver an Alessia und den Duft ihrer weichen Haut. Er hatte einen Fehler begangen. Nie hätte er sich mit ihr einlassen dürfen. Niemals durfte er die Hintergründe des Todes ihres Mannes verraten, und daher durfte er sie am besten nicht mehr sehen. Federica tat ihm leid, er mochte das kleine Mädchen wirklich gern, doch das war der Preis, um Pietro Pironas Geheimnis im Grab zu lassen und es irgendwann in das eigene mitzunehmen.

»Drehen Sie sich zu mir und öffnen Sie den Mund.«

Der Militärarzt riss Lamprecht aus seinen Gedanken und begutachtete seinen Rachen wie ein Bauer das Gebiss eines Pferdes. Nachdem er ihm den Rücken und den Brustkorb abgeklopft hatte, musste er weiterrücken.

Er war einer der älteren unter all den jungen Burschen, die der Staat nun zu den Waffen beorderte. Etwas hinter ihm stand ein pummeliges Bürschchen in der Reihe, dem er noch keine achtzehn Jahre gegeben hätte. Er war verschreckt, hatte bläuliche Lippen und klapperte mit den Zähnen.

»Jetzt nehmen Sie Haltung an! Augen geradeaus!«, brüllte der Arzt diesen unbeherrscht an, so laut, dass sein Speichel auf dem Glas der Nickelbrille des Knaben landete. Zur Untermauerung boxte er dem Objekt seiner Untersuchung noch in die Magengrube, dass sich dessen Körper krümmte. Lamprecht konnte nicht wegsehen. Warum verwechselten manche Militärs Ausbildung und Drill mit gemeiner Schikane? Wenn der Bursche Glück hatte, war er untauglich und ersparte sich viele Tausend Angsttode, bevor ihn eine Haubitze endgültig vom Albtraum des Schützengrabens erlösen würde. Er war versucht etwas zu sagen, hatte bereits seine Finger an der Bartspitze. Dem Arzt war nicht entgangen, wie Lamprecht zu ihm hinüberstarrte. Er klemmte sein Monokel ins rechte Auge und seine buschigen gelbgrauen Brauen verfinsterten sich, als plötzlich alle, die Chargen, die Unteroffiziere und auch das medizinische Personal, stramm Haltung annahmen und salutierten. Ein Oberleutnant kam flotten Schrittes auf Lamprecht zu.

»Sie sind Ispettore Lamprecht, oder?«

Lamprecht salutierte und nickte.

»Oberleutnant Stolzenburg. Was machen Sie hier unter all den Rekruten? Sie sollten doch direkt zu mir gebracht werden?«

»Als ich unter Angabe von Namen und Dienstgrad vorstellig wurde, hieß man mich, hier Aufstellung zu nehmen. Ich habe mir gleich gedacht, dass …«

»Wie sollen wir denn diesen Krieg gewinnen, wenn schon einfachste Orders nicht korrekt ausgeführt werden?«, unterbrach der Offizier ihn in scharfem Ton, der den Heeresangehörigen galt, und nicht nur die Soldaten zogen ihre Köpfe verschreckt ein. Doch Stolzenburgs Zorn war ebenso schnell verflogen, wie er gekommen war. Er wandte sich an Lamprecht: »Kleiden Sie sich bitte wieder an und folgen Sie mir.«

In dem großen Untersuchungsraum herrschte Schockstarre, solange der ranghohe Offizier auf Lamprecht wartete, der währenddessen in seine Sachen schlüpfte.

»Was ist, meine Herren? Haben Sie nichts zu tun?«, schnauzte der Oberleutnant die Chargen und den Arzt an, der nun seinerseits zusammenzuckte wie zuvor das von ihm drangsalierte Opfer.

»Ihr Ruf eilt Ihnen voraus«, sagte Stolzenburg zu Lamprecht, der überlegte, ob diese Feststellung als Tadel oder als Lob gemeint war. Seit er vorhin aus der Gruppe geholt worden war, fragte er sich, was der Grund dafür sein mochte. Sie saßen in einem Büro, das für einen Offizier von ausgesprochen bescheidener Ausstattung und Größe war. Es gab neben dem

Schreibtisch, an dem sie saßen, nicht einmal den sonst üblichen Besprechungstisch, von den in Offiziersräumen üblichen Barmöbeln ganz zu schweigen.

Stolzenburg hielt Lamprecht eine Zigarrenkiste hin, entnahm ihr eine Zigarre und entflammte ein Streichholz. Lamprecht lehnte dankend ab.

»Natürlich, der Sportler«, stellte Stolzenburg fest, die Zigarre in den Mundwinkel geklemmt, während er das Streichholz mit schnellen Handbewegungen löschte. »Das ist der Grund, warum ich Sie zu mir gebeten habe.«

Stolzenburg hatte nun Lamprechts volle Aufmerksamkeit. Der Rauch hing bereits schwer in der Luft.

»Wir möchten eine Radmeldeeinheit aufbauen und sind auf der Suche nach dem besten Mann dafür, sie zu führen. Was sagen Sie? Trauen Sie sich so eine Aufgabe zu?«

Lamprecht schossen gleichzeitig viele Gedanken durch den Kopf. Er fühlte sich geehrt, er fühlte sich überfordert und er fühlte sich überfragt. Und er war sich der Tragweite bewusst, die seine Antwort nun haben würde – und die sollte schnell kommen, wie er am leichten Vornüberkippen von Stolzenburgs Oberkörper schloss.

»Natürlich!«, kam es selbstsicher. Gleichzeitig lief dem Ispettore, dem künftigen Soldaten, ein Schauer über den Rücken. Die Gänsehaut war nicht dem kühlen Luftzug geschuldet, sondern dem Spundus vor einer möglichen Selbstüberschätzung. Mit dem Fahrrad einen Gipfel hinaufzujagen war etwas anderes, als eine Truppe sicher durch feindlichen Artilleriebeschuss zu führen.

Stolzenburg nickte zufrieden. »Ich dachte mir, dass Sie das interessieren wird, aber ich muss Sie zugleich vorwarnen: Leicht wird es nicht werden.«

Lamprecht wollte etwas darauf erwidern, doch Stolzenburg

lachte nur: »Damit meinte ich die Räder. Das wird kein leichtes Renngerät sein, wie Sie es gewohnt sind. Die Anforderungen im Feld verlangen vor allem Robustheit und Pannensicherheit, und das bedeutet viele zusätzliche Kilo. Ihre Einheit wird ohne Ausnahme damit ausgestattet. Dafür haben wir ein paar gute und tapfere Männer für Sie ausgewählt.«

Und während der Oberleutnant weitere Erläuterungen zu dem Vorhaben ausbreitete, trieb in Lamprecht eine Idee an die Oberfläche seines Bewusstseins wie ein Kork, der sich im Wasser unter einem Stein verfangen hat, jetzt aber von der Strömung befreit wird.

»Verzeihen Sie, aber weil Sie von guten Männern sprachen, musste ich an meinen Vorgesetzten, Ispettore Capo Spetich, denken, der auch bald eingezogen werden soll. Wissen Sie, ob wir zumindest in derselben Einheit sein werden?«, unterbrach Lamprecht Stolzenburg und erntete einen verwunderten Blick, der aber nicht dem Affront galt, dem Ranghöheren ins Wort gefallen zu sein. Stolzenburg schüttelte den Kopf, er ging um den Tisch zu dem Schrank hinter Lamprecht, in dem wie in Spetichs Büro die Hochblüte der habsburgischen Verwaltungstradition gelebt wurde. Die Registerfächer quollen vor Akten über. Wie in der Theresianischen Zeit wurde über alles und jedes und auch über fast jeden ein ärarisches Dokument angelegt.

Stolzenburg zog eine dünne Mappe hervor, dann antwortete er: »Wusste ich es doch: Ihr Vorgesetzter war schon vor einigen Monaten bei uns. Er hat sich als einer der Ersten freiwillig melden wollen, doch leider ist er nicht in der Lage, den Dienst mit der Waffe zu versehen. Hat es an der Lunge.«

»Das kann doch nicht sein …«, sagte Lamprecht halblaut vor sich hin. »Er hat doch …« Dann dämmerte ihm, warum sein Chef immer sein baldiges Einrücken ankündigte. Er tat das zur Ablenkung! Lamprecht hob die Hand und Stolzenburg nickte ihm zu. »Aber wenn er für den Kriegseinsatz nicht mehr tauglich ist, dann …«

»Ja, dann könnte er womöglich auch dienstunfähig sein«, bekräftigte Stolzenburg mit einem verschmitzten Lächeln. Dann schob er die einzelnen Bögen wieder zwischen die Aktendeckel. »Aber es muss ja nicht jeder Durchschlag ins zuständige Amt geschickt werden. Im Moment haben wir sehr viel Papierkram zu erledigen. Leicht möglich, dass da etwas auf dem Dienstweg verloren geht.«

Lamprecht lächelte zufrieden. Er war jetzt Teil einer unbedeutenden Verschwörung gegen die Krone, auch wenn es sich um keinen schlimmen Verrat, sondern eher um einen Akt der Menschlichkeit handelte. Daher nahm er sich eine weitere Freiheit heraus: »Aber sollten wir Spetich nicht auch einweihen? Immerhin zittert der Arme jeden Tag, er könnte von seinen Dienstpflichten enthoben werden.«

Stolzenburg schüttelte den Kopf. »Das wäre zu viel der Gnade, und auch für uns alle riskant. Nein, das muss leider so bleiben, wie es ist. Wer weiß, vielleicht werde ich abgelöst und mein Nachfolger entdeckt den verloren geglaubten Durchschlag. Besser, wir wiegen ihn nicht in trügerischer Sicherheit und sind weiterhin alle ein wenig auf der Hut.«

Lamprecht nickte. Er wusste, dass der Offizier recht hatte. Er war ein aufrichtiger Kerl und Ehrenmann. Wären alle beim Militär von diesem Schlag, überlegte er, müsste er sich keine Sorgen um den Zustand der beiden Heere Österreich-Ungarns machen. Aber eine innere Stimme flüsterte ihm, dass Stolzenburg die Ausnahme war. Dieser sagte: »Ich danke Ihnen. Sie haben mich nicht enttäuscht. Halten Sie sich bereit. Wir benötigen noch einige Wochen für die weitere Vorbereitung, aber dann geht es für Sie los.«

»Sie schicken mich also nicht sofort an die Front?«

»Nein, es gilt zuvor noch weitere organisatorische Vorkehrungen zu treffen! Außerdem müssen Sie mit Ihren Leuten zuvor noch einige gemeinsame Übungen absolvieren. Dafür sind Sie auch vom Polizeidienst freigestellt.«

»Und wenn der Krieg bald gewonnen ist und sich mein Einsatz erübrigt?«, fragte Lamprecht.

»Ich hoffe, Sie erwarten darauf keine Antwort.«

Er nahm die von Stolzenburg gereichte Hand und schüttelte sie anstelle des gebotenen Salutierens.

Lamprecht nahm nun wieder sein Training mit dem Rad auf, um sich auf diese neue Aufgabe vorzubereiten. Da dies einem militärischen Zweck diente, wurde er dafür sogar öfter vom Dienst freigestellt. An den Fall oder die antike Statuette dachte er nicht weiter.

APRIL 1915

46.
LAMPRECHT ERHÄLT EINE NACHRICHT, MIT DER ER GAR NICHT MEHR GERECHNET HATTE

Im Giardino Pubblico blühten die Sträucher, und auf dem Weg in die Polizeidirektion sah er vor der Kirche die ersten Stände der Blumenfrauen. Sie trugen ihre Tracht aus den jeweiligen Dörfern im Karst mit dem typischen weißen Tuch um die Schultern. Er ließ seinen Blick über den Platz und die nahen Hügel um die Stadt schweifen, wo die Sonne den weißen Karst zum Strahlen brachte. Über den indigoblauen Himmel zogen die Möwen majestätisch ihre Bahnen.

Adina lernte für die Matura, Gaetano hatte sie die letzten Wochen mehrmals abgeprüft und war dabei jedes Mal erstaunt gewesen, wie klug und gelehrig sie war. Zumindest gab es jetzt auch keine Diskussion darüber, wann er seine Schuld einlösen und ihr das Rennradfahren beibringen wollte.

Ostern war vorüber und der Marschbefehl an die Front ließ immer noch auf sich warten. Er hatte es nicht eilig, an die Front zu kommen. Und seine Mutter dankte dem Herrgott für jeden weiteren Tag, den ihr Sohn im Kreis der Familie verbringen durfte. Der Onkel hatte endlich die Spätfolgen seiner Lungenentzündung auskuriert und mischte sich wieder öfter unters Volk. Es bereitete ihm Freude, die luftigen Kleider, die im Winter im Kasten hängen hatten müssen, endlich wieder auszuführen.

Es war eine Zeit des Wartens. Auch die neuen Zahnkränze, die er für eine andere Übersetzung direkt in Mailand bei Bianchi geordert hatte, kamen nicht und nicht daher. In einem Brief hatte der Hersteller sich für die Verzögerung zwar entschuldigt, aber kein Lieferdatum in Aussicht stellen können.

Viola hatte in ihrem letzten Brief wieder einmal angekündigt, dass sie noch im Mai nach Triest kommen werde und sie es kaum erwarten könne, Adina und Gaetano wiederzusehen. Er fragte sich, warum sie seine Schwester erstgereiht hatte. Auch das Postskriptum an Adina machte ihn stutzig: Ich muss dir etwas berichten …

Und so zog der Mai ins Land.

Stutzig machten ihn auch Aussagen von italienischen Triestinern, die er im Caffè Chiozza aufgeschnappt hatte. Aktuell war er wieder mit der langweiligen Aufgabe betraut, sich bei möglichen Aufwieglern umzuhören. Die meiste Zeit saß er dazu entweder im Caffè San Marco oder eben in besagtem Caffè, das unweit an der Ecke der Corsia Stadion mit der Via Giosuè Carducci untergebracht war. Er tat, als läse er Zeitung, und lauschte. Manchmal las er tatsächlich. Zuletzt berichtete der *Piccolo* über die Siege der österreichischen und deutschen Truppen in Galizien. Die russische Front in den Karpaten sei erobert. Dabei seien neununddreißigtausend Gefangene gemacht und auch einige Kanonen und Maschinengewehre in Besitz genommen worden. Zugleich hatte der Staat aber immensen Appetit bekommen: Es war die Generalmobilmachung beschlossen worden und alle Männer im Alter von achtzehn bis fünfzig Jahren mussten einrücken. Blut, Fleisch und Knochen, die dem Kaiser gehörten und die er wie Vieh überallhin beordern durfte. Und Vieh, das wusste man, wird früher oder später immer in den Schlachthof gekarrt.

»Lange wird es nicht mehr dauern, dann werden auch wir

befreit sein«, flüsterten einander manche der Gäste unvorsichtig zu. »Der König wird uns erlösen«, zischten sie, als ob es sich bei Vittorio Emanuele um einen Messias handelte.

Doch schon die nächste Seite beruhigte den hellhörigen Ispettore wieder. Die Liste der täglichen Zerstreuungen war lang: Die Theater wie das Fenice, das Eden oder das Alfieri spielten fast jeden Tag ein anderes Stück, im Ideal Kino gab es täglich wechselnde Lichtspiele und das Caffè Nueva York lockte seine Gäste mit einem Konzert. Solange man sich kulturellen Vergnügungen hingeben konnte, war das Ende der Welt noch weit.

Mindestens so unvorsichtig wie die nicht mehr nur unter vorgehaltener Hand geäußerten Hoffnung auf eine Vereinigung Triests mit dem Königreich war, dass die Polizeidirektion einen Boten schickte, der ihn zu seinem Vorgesetzten beorderte und der mit dem aufgesetzten Flüstern hinter der Zeitung wohl mehr Aufmerksamkeit erregte als das Signalhorn der Panamericana beim Auslaufen aus dem Hafen.

Lamprecht legte ein paar Münzen auf den Tisch und verließ mit dem Boten das Kaffeehaus. Auf dem Weg sinnierte er darüber, worum es gehen mochte, wenn Spetich ihn hier wegholte.

Er stand vor der Tür des Chefs und klopfte an.

»Avanti!«, tönte es von innen und er drückte die Klinke.

»Haben Sie es also schon vernommen?«, fragte Spetich und hielt ihm einen Briefumschlag mit amtlichem Wappen entgegen.

Wenig später klopfte es an Lamprechts Tür und die Sacher trat ein. Er hatte ihr ein Schreiben zu diktieren: »Endlich sind die von mir erwarteten Rückmeldungen gekommen.« Er deutete auf den Brief aus der für Altertumsforschung zuständigen Sektion des Kultusministeriums. »Nachforschungen über den Verbleib der Statuette werden ausdrücklich erwünscht, doch mangels Personals in Triest mögen wir uns darum kümmern«, erklärte er den Inhalt des Amtsschreibens.

»Setzen Sie bitte eine Nachricht an das Polizeikommissariat in Udine auf und teilen Sie den dort Zuständigen mit, dass ich beabsichtige, demnächst persönlich nach Udine zu kommen, da ich eine Befragung von Pierpaolo Parentin anregen und dieser beiwohnen möchte. Spetich hat es genehmigt. Am besten schreiben Sie Folgendes …«

Er diktierte ihr den Inhalt seiner Mitteilung und die Sacher schrieb Wort für Wort mit, auch wenn sie wusste, dass sie die blumigen Ausführungen des Ispettore nachher in trockene, einsilbige Kurznachrichten würde zerteilen müssen. Sie nickte, als sie die Notizen beendet hatte. Heute trug sie ein lachsfarbenes Kleid aus hellem Sommerleinen und eine neue Frisur. Die halblangen, leicht gewellten Haare waren geschnitten, reichten bis knapp über die Ohren und waren nun onduliert. Sie erinnerte Lamprecht an den Filmstar, den er vor zwei Wochen auf der Leinwand gesehen hatte.

»Ich wollte mich noch bei Ihnen bedanken«, sagte sie.

»Wofür wollen Sie sich bedanken?«

»Dafür, dass Sie meine Arbeit schätzen.«

»Das tue ich besonders, wenn sie von Ihnen erledigt wird«, schloss Lamprecht die Unterredung. Sie deutete ein Nicken an und verließ sein Büro, um das Telegramm aufzugeben.

Weil die Temperaturen den Tag über kontinuierlich angestiegen waren, drehte er am späten Nachmittag seine ersten Runden im Bagno alla Lanterna. Das Becken war voll mit Soldaten, die nur im Wasser standen und es ihm unmöglich machten, schnelle Runden zu ziehen, wie er es gewohnt war. Es ärgerte ihn, dass er nicht seinem ersten Impuls gefolgt war und das Bagno Fontana an der Sacchetta aufgesucht hatte. Dieses war weit luxuriöser und schreckte mit den hohen Eintrittspreisen wahrscheinlich die Armeeangehörigen von einem Besuch ab.

MITTE MAI 1915

47.
EIN LANGE ERWARTETER ANRUF AUS UDINE BLEIBT MYSTERIÖS

»Da ist ein Anruf für Sie, Ispettore Lamprecht«, kam Santini in sein Büro gerannt. Lamprecht zog die Schultern hoch.

»Und warum klingelt es nicht auf meinem Apparat?«

»Das weiß ich nicht. Der Anruf kam ins Dienstzimmer, aber er scheint wichtig. Die Polizei von Udine ist am anderen Ende der Leitung.«

»Warum sagen Sie das nicht gleich?«

Lamprecht sprang auf und folgte dem Wachtmeister eilig in den Raum nach, in dem geschäftiges Treiben herrschte. Santini deutete auf einen Schreibtisch, wo der Hörer neben dem Apparat abgelegt auf ihn wartete.

»Pronto? Hier Ispettore Lamprecht von der Polizeidirektion in Triest.«

»Salve, Ispettore, mein Name ist Stevio. Ich bin Capitano der Carabinieri und habe Ihr, sagen wir, ungewöhnliches Ersuchen erhalten. Sie möchten also kommen?«

Lamprecht hatte auf dem freien Stuhl Platz genommen und spielte mit seiner Bartspitze. Er musste sich anstrengen, Stevio zu verstehen, da der Geräuschpegel im Raum hoch und auch die Verbindung nicht frei von Nebengeräuschen war. »Scusi?«, musste Lamprecht nachfragen.

»Sie wollen zu uns nach Udine kommen?«

»Certo«, bekräftigte Lamprecht sein Begehren. »Das war der Inhalt meines Ersuchens an Ihre Behörde.«

»Ja, aber das ist im Moment nicht so einfach«, kam die ausweichende Rückmeldung aus Udine.

»Hören Sie, wie ich versucht habe darzulegen, wäre die Sache für mich und meine Behörde sehr wichtig. Ich weiß, so etwas kommt nicht oft vor, aber wir sind hier auf Ihre Dienste angewiesen. Wir stehen als Gesetzeshüter doch auf derselben Seite. Ich bitte Sie von Polizist zu Polizist.«

So schlecht Lamprecht zuvor noch den italienischen Kollegen verstanden hatte, so deutlich hörte er ihn jetzt durch die Leitung atmen. »Capitano?«

»Sì, sì, ci sono, ich musste nur etwas nachdenken, also wann wollen Sie kommen? Je schneller, desto besser, dann haben wir die Sache zu einem Abschluss gebracht, bevor …«

»Bevor?«

»Ich weiß nicht, bevor die Dinge vielleicht schwieriger werden. Am besten, sie kommen morgen oder übermorgen.«

»Impossibile«, musste Lamprecht das Ansinnen ablehnen, er war für eine Woche zum ersten gemeinsamen Training mit seiner neuen Einheit eingeteilt. Die nächsten Tage würden sie im Sattel verbringen und den Isonzo entlang ins krainische Hinterland fahren, um Räder, Material und die Fahrer zu testen. »Ich bin ab morgen leider eine Woche unaufschiebbar verhindert, aber die folgende Woche könnte ich kommen.«

»Das wäre der 22. Mai, ein Samstag?«

»Esatto«, bestätigte Lamprecht. »Und wir brauchen unbedingt Parentin, ohne ihn hat das Ganze keinen Sinn, verstehen Sie?«

»Ich glaube, das wird nicht so einfach sein. Haben Sie es nicht gehört?«, fragte Stevio, als sich im Hintergrund eine weitere Stimme einschaltete, die mit ihm zu diskutieren begann. Lamprecht fragte sich, worum es ginge. Vielleicht wollten sie die Sache ohne sein Beisein angehen? Während er den Gedanken durchspielte, diskutierten seine italienischen Kollegen am anderen Ende der Leitung immer heftiger.

Offenbar hielt Lamprechts Gesprächspartner seine Hand vor den Sprechtrichter, denn es drangen nur dumpfe Sprachfetzen an Lamprechts Ohr, bis er den letzten Satz aufschnappte: »... das wird er dann schon mitbekommen, wenn er erst einmal da ist.«

Der Termin wurde bestätigt, der Rest würde vor Ort geklärt werden. Gleich nach dem Telefonat schickte er nach dem Fräulein Sacher.

»Ich brauche eine Zugkarte nach Udine für den 22. Mai. Am besten, Sie gehen gleich zum Südbahnhof und kaufen sie. Mit Rückfahrt am selben Tag, bitte.«

Als er eine Woche später zum Bahnsteig auf dem Südbahnhof kam, war die Halle voll von Soldaten, die an die Front geschickt wurden, aber von seinem Zug, der ihn ins benachbarte Königreich bringen sollte, war keine Spur. Es warteten auch andere Fahrgäste ungeduldig darauf, Triest zu verlassen. Vor allem Italiener, die gehetzt wirkten, als wäre man hinter ihnen her. Der Fahrdienstleiter schüttelte verärgert über die vielen Fragen, die von allen Seiten auf ihn niederhagelten, den Kopf. Lamprecht, der eben erst von seiner einwöchigen Militärübung kam, wollte seinen Termin mit den Carabinieri in Udine nicht verpassen. Auch am Montag, wenn er einrücken müsste, würden die Züge nicht pünktlicher verkehren. Also fasste er einen spontanen Entschluss. Er rannte nach Hause, packte Wäsche zum Wechseln in einen Rucksack und holte sein Fahrrad. Dann würde er eben nach Udine strampeln.

»Gaetano, hast du es gehört?«

Der Vater rief ihm nach, als er sich gerade in den Sattel geschwungen hatte und nach wenigen Kurbelumdrehungen hinabradelte. Er drehte den Kopf zur Seite. »Es tut mir leid, Vater, ich habe es eilig.« Dann war er auch schon um die Ecke gebogen.

Es war noch früher Vormittag. Wenn der Rückenwind anhielt, würde er bei der Strecke über Contovello, Nabresina und Sistiana in gut einer Stunde Monfalcone hinter sich lassen. Von dort ging es weiter über Ronchi durch die vielen kleinen Orte der Ebene, an die sich südlich die Lagune von Grado anschloss. Er trachtete danach, die Strecke nur auf Straßen erster Klasse zurückzulegen, weil er sich so, trotz kleinerer Umwege, ein schnelleres Fortkommen versprach.

In der Ebene führte sein Weg an Feldern und Weingärten vorbei. Die Sonne ließ die Luft über der feuchten Erde flimmern und eine leichte Brise brachte den Duft von Gräsern und Schilf. Dächer von entfernten Bauerngehöften glänzten in den Strahlen. Lamprecht machte nach einer Stunde eine kurze Pause, um aus seiner Feldflasche zu trinken und nochmals einen Blick in die Straßenkarte zu werfen. Er befand sich kurz hinter Ajello und Janniz, kleine Bauerndörfer, die aus wenigen Häusern bestanden, Flecken auf der Landkarte, nicht zu vergleichen mit Städten wie Görz oder Monfalcone, in deren Sprengel fünfzig- bis über siebzigtausend Menschen lebten. Die Grenze bei Trivignano Udinese war nun bald erreicht. Von dort würde er in nordwestlicher Richtung nach etwa einer halben Stunde Udine erreichen. Mit dem Zug wäre er nur unwesentlich rascher an seinem Ziel gewesen.

Als er den Grenzposten erreichte, war der Balken geschlossen und die Gendarmen stellten sich ihm in den Weg.

»Halt!«, rief einer, der ihm seine Handfläche entgegenhielt, während die beiden anderen ihre Gewehre auf Hüfthöhe umklammerten. »Die Grenze ist dicht, du musst umkehren. Sofort!«

Lamprecht wunderte sich weniger über den vertraulichen Ton des Gendarmen als darüber, dass um den Posten noch eine Handvoll Soldaten in Bereitschaft standen und hinter dem Zollhäuschen sogar ein gepanzertes Militärfahrzeug abgestellt war. Er stieg ab und lehnte sein Fahrrad gegen eine Wand der Zollstation, schälte seinen verschwitzten Oberkörper aus den Lederriemen seines Rucksacks, um die Papiere, die seinen Einsatz und den dazu nötigen Grenzübertritt bescheinigten, hervorzukramen und vorweisen zu können. Die Kokarde hielt er dem verwunderten Gendarm auch noch hin.

Der Uniformierte griff sich mit der Fingerspitze an den schmalen Oberlippenbart und fuhr diesen entlang. Lamprecht hob zu dieser obrigkeitlichen Geste anerkennend die Augen, erinnerte sie ihn doch an seine eigene Zwanghaftigkeit.

»Das ist ja schön und gut, Herr Inspektor, aber wo waren Sie die letzten Tage?« Der Gendarm schüttelte den Kopf und drehte sich zu seinen Kollegen um, die ihm bestätigende Blicke zuwarfen. Es war, als wäre sein Begehren um Grenzübertritt etwas völlig Absurdes.

»Ich weiß nicht, worauf Sie hinauswollen, aber wenn Sie des Lesens mächtig sind, werden Sie diesem amtlichen Schreiben entnehmen können, dass ich …«

»Klar, kann ich lesen, sonst wüsste ich nicht, dass der Befehl lautet, die Grenze abzusichern und niemanden passieren zu lassen. Aber vielleicht sollten besser Sie die Zeitung lesen«, kam die Retourkutsche, »dann wüssten Sie, dass sich alle Einheiten umgehend bei ihrem Kommando einfinden müssen.«

Lamprecht hatte weder am Vortag noch heute einen Blick in die Zeitung getan. Zu sehr war er mit den Vorbereitungen beschäftigt gewesen. Hätte er die Zeitung an diesem Samstag gelesen oder wenigstens seinem Vater zugehört, hätte er gewusst, dass es eine diplomatische Verstimmung des deutschen Kaiserreichs und der Habsburgermonarchie mit dem italienischen Königreich gab, das angekündigt hatte, den Dreibund, also das bisherige militärische Bündnis, zu verlassen. Scharfe Noten wurden nach Rom geschickt. Aber selbst, wenn er von all dem gehört oder gelesen hätte, hätte er es nicht geglaubt. Zu lange schon währte das Geplänkel mit dem Nachbarn.

Was keine Zeitung schrieb und bis auf wenige Eingeweihte auch sonst niemand wissen konnte, war, dass Italien zunächst mit Wien über Gebietsabtretungen als Preis für den Fortbestand des Bündnisses verhandelt, dann aber im April mit den tonangebenden Mächten der Entente in London in einem Abkommen einig geworden war. Man beanspruchte Südtirol, den Trentino und sogar das Küstenland. Zu solchen Zugeständnissen und Versprechungen war der Kaiser in Wien nicht bereit gewesen, Großbritannien, Frankreich und Russland dagegen schon.

Zähneknirschend machte Lamprecht kehrt.

48.
GROSSER ABSCHIED UND EIN WIEDERSEHEN

Als Lamprecht am Abend des folgenden Tages noch ein paar letzte Wege in der Stadt erledigte, um sich von einigen Bekannten zu verabschieden, blickte er wiederholt zu den Dächern auf. Der Himmel über Triest war voll mit Göttern. Sie reckten sich in die Luft, schienen über der Stadt zu schweben und diese zu bewachen. Man musste allerdings mit nach oben gerichtetem Kopf durch die Stadt wandern, sonst blieben einem die Statuetten verborgen, die überall auf den Dächern, oft auf dem Vordergiebel, angebracht waren und der antiken Mythologie entsprangen. Christliche Statuetten waren dafür rar. Als die Kirche überall in den Städten ihre Marmorheiligen aufstellte, war Triest zu unbedeutend gewesen und nur eine Ansammlung von Fischerdörfern um die Gebiete der weitläufigen Salinen. Erst mit dem Privileg des »porto franco«, des Freihafens, unter Karl VI. konnte sich ein prosperierender Handel entfalten und der Stadt den Aufschwung bescheren, der auch zur Gestaltung ganzer Stadtteile führte. Maria Theresia ließ die Salinen trockenlegen, die dort errichtete Città Nuova wurde nach ihr benannt. Und in den geradlinigen Gassen und entlang des Kanals waren im vorigen Jahrhundert weitläufige Prachtbauten mit Lagern im Erdgeschoß entstanden, wo man Neptun und Merkur in einer Vielzahl in schwindelerregender Höhe antreffen kann. Neptun, der Gott des Meeres, scheint ganz klar gefordert und verehrt, wenn es um eine Stadt am Meer geht, die ihren Wohlstand dem Seehandel verdankt. Und auch Merkur ist in so einem Fall gefragt. Der Gott der Händler wie auch der Diebe. Von beidem gab es in Triest sonder Zahl.

Ein anderer Gott hatte jedoch im Moment die Oberhoheit: Mars, der Gott des Krieges. Lamprecht passierte das Teatro Verdi und betrachtete die in einer Nische postierte Figur, und sofort drängte sich ihm das Gefühl auf, dass dessen steinerner Blick auf Italien gerichtet sei, das sich seit gestern Mitternacht mit Österreich-Ungarn im Kriegszustand befand. Es war der 23. Mai 1915 und der Herzog von Avarna, der italienische Botschafter in Wien, hatte die italienische Kriegserklärung bei Hof überreicht. Der Krieg hatte Triest erreicht. Einige Triestiner aus der überwiegend italienischen Bevölkerung der Stadt hofften auf ein baldiges Abschütteln des Habsburgerjochs, dem man sich vor unzähligen Generationen freiwillig unterworfen hatte. Doch mindestens genauso viele (wenn nicht sogar der größere Teil) waren über diesen Verrat des ehemaligen Verbündeten empört. Die Austriacanti, die Habsburgtreuen, zogen protestierend durch die Stadt, bald hatten sie die

Einrichtung des Caffè San Marco zertrümmert, wenig später brannten die Redaktionsräume des *Piccolo*. Die Zeitungen im italienischen Königreich berichteten von groß angelegten Angriffen und Überfällen dieser »Leccapiatti« gegen die italienische Volksgruppe, die nur unter Duldung durch die lokalen Ordnungskräfte möglich waren.

Lamprecht trug am nächsten Morgen seine Uniform, als er sich durch das Gedränge kämpfte, das am Südbahnhof herrschte. Er hatte die Haare vom Barbiere auf wenige Millimeter stutzen lassen und sogar seine Bartspitzen waren dem militärischen Kodex zum Opfer gefallen und auf ein Oberlippenbärtchen reduziert.

»Er schaut aber schon sehr fesch aus«, sagte Adina zu ihrer Mutter, die mit Mühe ihre Tränen zurückhalten konnte.

»Bleibt hinter der Säule«, ermahnte sie Franz Lamprecht, der auch versuchte, seine vor Rührung zitternden Gesichtsmuskeln unter Kontrolle zu halten. Gaetano hatte seiner Familie verboten, ihn am Tag seiner Abfahrt zum Bahnhof zu begleiten. Doch kaum war er in der Uniform und aus dem Haus gewesen, hatte sich der Rest der Familie an seine Sohlen geheftet. Sogar Onkel Ladislaus war mit von der Partie. Doch in der herrschenden Hektik fiel er an diesem Tag in seinem schlichten schwarzen Kleid mit den blassen Wangen, über denen er einen schwarzen Netzschleier trug, nicht besonders auf. Schwarze Kleidung und Kopftuch in derselben Trauerfarbe war nun die Tracht vieler Frauen und Mütter geworden.

Sie drückten sich eng hinter eine Säule und jeder kämpfte für sich mit der Ungewissheit, die in diesem Abschied lag. Wenigstens ein letztes Bild wollten sie von Gaetano erhaschen, bevor er mit dem Zug nach Osten aufbrach. Er hatte seinen Verwandten eingetrichtert, dass sein Einsatz höchster Geheimhaltung unterliege und er ihnen daher nichts Konkretes über seinen Bestimmungsort verraten dürfe.

Gaetano hatte endlich den richtigen Bahnsteig erreicht und auch den richtigen Zug gefunden. Davor warteten schon ein paar seiner Kameraden, die er letzte Woche bei der Truppenübung kennengelernt hatte: Franchini etwa, Immobile oder Stercovich. Franchini bot ihm eine Zigarette an, die er dankend ablehnte, ehe er zusammen mit seinen Kameraden beobachtete, wie ihre Fahrräder in den hinten angehängten Güterwaggon verladen wurden.

»Allora partiamo«, sagte Immobile, der das Angebot Franchinis gern annahm und sich von diesem Feuer geben ließ. Er paffte eine Wolke in die Luft und grinste schelmisch, als ob in diesem Moment das große, lange erwartete Abenteuer anbrechen würde.

Lamprecht überlegte, ob er schon in den Zug steigen und sich einen Platz suchen sollte, da rief jemand laut seinen Namen.

Adina zog ihre Mutter an Ärmel, als sie Gaetano in dem Durcheinander entdeckte. »Wer ist diese Person?«, fragte Elodie Lamprecht, als sie sah, wie eine ihr fremde Frau mit dunklen offenen Haaren sich durch die Menschen zu Gaetano durchkämpfte. Natürlich hatte sie eine Ahnung, wer das sein könnte, doch sie war zu aufgebracht, als die Frau ihrem Sohn um den Hals fiel und ihn lange auf den Mund küsste, wie es nur einem Eheweib zukam.

»Impertinent«, bemerkte Franz Lamprecht, »Unerhört«, sagte seine Frau. Nur der Onkel fand diesen Abschied »rührend«.

»Alessia! Woher wusstest du …?«

Lamprecht hatte sich aus ihrer Umarmung gelöst. Es entging ihm nicht, wie die Kameraden und auch die anderen Leute auf dem Bahnsteig verstohlen Blicke in ihre Richtung warfen oder tuschelten.

»Ich wollte dir Lebewohl sagen. Denkst du, ich habe gar keine Kontakte mehr in die Polizeidirektion?«

»Vielleicht komme ich nicht wieder. Das wollte ich dir und Federica ersparen.«

»Ich musste dich aber noch einmal sehen.«

Sie umarmte Lamprecht nochmals und er spürte das Beben ihres Oberkörpers, dann wandte sie sich ohne ein Wort ab und stürmte so schnell, wie sie erschienen war, davon.

Gaetanos Familienmitglieder waren nicht die einzigen Zeugen dieses Abschieds. An diesem Morgen war auch einer der seltenen Züge aus der Steiermark gekommen. Viola war ihm entstiegen und hatte sich in dem Menschengewimmel erst orientieren müssen. Ihr Herz blieb fast stehen, als sie Gaetano zufällig auf dem gegenüberliegenden Bahnsteig erkannte und Zeugin eines Kusses wurde, der sie mehr als verwirrte. Er hatte ihr zuletzt nicht reinen Wein eingeschenkt. Natürlich war ihr klar, dass er ihr gegenüber in keiner Weise verpflichtet war, doch diese innige Umarmung mit der Frau, die mindestens so alt war wie er, überraschte sie allemal. Er war in seinen Briefen ihr gegenüber nicht ganz ehrlich gewesen, sagte sie sich, doch das war sie auch nicht gewesen. Auch sie hatte kein Wort in ihren Nachrichten darüber verloren. Das war etwas, das man nur unter vier Augen besprechen konnte.

Umso erfreuter war sie, als sie beim Ausgang des Bahnhofs zufällig auf ihre Freundin Adina mit deren Familie traf. Sie wurde begrüßt wie eine Verwandte, die man lange nicht gesehen hat. Die Mutter umarmte sie gleich einer Tochter und Adina drückte sie so fest an ihre Brust, dass Viola kaum atmen, geschweige denn sprechen konnte.

»Du bist natürlich unser Gast. Schade, du hast Gaetano verpasst, der sitzt wahrscheinlich schon in seinem Zug, aber wenn du möchtest, warten wir hier und du schaust, ob du ihn noch findest«, sagte Adina, doch Viola winkte ab.

»Wirklich?«, fragte sie unschuldig. »Das ist aber schade, doch ich fürchte, ich kann nicht noch mal durch so ein Getümmel gehen. Dafür war die Reise zu anstrengend.«

Sie folgte der Familie zu einer Kutsche, als sie Adina kurz zu sich und dann ins Vertrauen zog: »Ich muss dir etwas erzählen … ich habe auch jemanden kennengelernt.«

Dieses »auch« verriet dann doch mehr, als ihr lieb war, denn Adina wurde daraus klar, dass Viola Gaetano am Bahnsteig erkannt haben musste, wie er diese Frau geküsst hatte.

49. AM ENDE SIEGT DIE GERECHTIGKEIT

Der Zug hatte Triest vor drei Stunden verlassen. Lamprecht saß auf der Holzpritsche im Mannschaftswagen, als ihn der Schaffner holte und bat, ihm zu folgen.

»Was gibt es denn?«

»Herr Leutnant. Ich habe ein Abteil für sie gefunden.«

Lamprecht dankte dem Schaffner, nahm auf der gepolsterten Sitzbank Platz und streckte seine Beine aus. Der Komfort des Abteils war ohne Frage angenehm, und er hing seinen Gedanken nach. Doch etwas drückte gegen seinen Rücken und störte ihn beim Sinnieren. Er griff in den Spalt hinter der Bank und zog eine zusammengefaltete Zeitung heraus, die schon wochenlang dort eingequetscht gewesen sein musste. So viel zur gründlichen Reinigung der Abteile durch das Personal, dachte er und faltete das *Giornale di Udine* auf. Nachdem ihm eine großformatige Werbeannonce für Bianchi-Fahrräder ins Auge gestochen war, blieb sein Blick an der Meldungsübersicht der Cronaca Cittadina hängen. Er musste den Artikel zweimal lesen, doch kein Zweifel: Es ging um den Sammler und Mäzen Parentin, der Opfer eines Anschlags geworden war. Die Zeitung berichtete, dass er in seinem Haus einen Empfang gegeben hatte, um seinen Gästen eine archäologische Sensation zu präsentieren. Doch unter den Gästen war einer gewesen, der Parentin mit einem Becher Salpetersäure angriff. Ein Mann von auffälliger Größe und Dürre, der Handschuhe trug. Eine der privaten Wachen hätte den Mann, einen gewissen Giacinto Lussardo, zwar nach kurzem Handgemenge erschossen, doch da habe der schon das Gesicht des Gönners mit der ätzenden Flüssigkeit getroffen. Der Artikel schloss mit den Worten, dass der Sammler die Schönheit seiner Artefakte nie wieder werde genießen können, da er trotz umgehend erfolgter Operation durch die besten Spezialisten sein Augenlicht verloren habe.

Lamprecht faltete die Zeitung wieder zu. Man hatte den Täter anhand seines Passaporte identifiziert. Ihm wurde klar, warum sie Cannuccia nicht hatten aufspüren können. Er hatte sich neue Dokumente auf den Namen Lussardo besorgt. Giacinto Lussardo war wohl der Letzte aus der Nachkommenschaft der Franciulos gewesen. Nun war auch er tot.

Seine Gedanken kreisten noch eine Zeit lang um diese ganze seltsame Sache, die vor Langem in Triest ihren Ausgang genommen und bis in die heutige Zeit gewirkt hatte. Doch schon bald drückten bedrohlichere Gespenster auf sein Gemüt, und er fragte sich, wie er diesen Irrsinn überleben konnte. Denn eines war für ihn klar: Er wollte zurück in seine Stadt, nach Triest. Dort wartete seine Familie, dort hatte er sein Rennrad, dort waren seine Träume.

EPILOG

Teresina wunderte sich, dass sie einen Brief erhalten hatte. Sie bekam nie Post. Niemand schrieb ihr, weil sie niemanden hatte, der ihr schreiben könnte. Sie öffnete das Kuvert und wunderte sich über den beiliegenden Bogen, der aussah wie eine schlampig gezeichnete Landkarte. Sie überflog die Zeilen, die eine ihr zunächst unbekannte Hand geschrieben hatte. Ihr stockte der Atem. Sie sprang auf und suchte das Billet, das abgegriffen und dessen Papier vergilbt war. Eine getrocknete Blume war zusätzlich darin eingeklemmt. So lange war das her, dass sie diesen kurzen Gruß zu ihrem Geburtstag erhalten hatte, danach gab es nie wieder eine solche Botschaft.

Sie verglich die beiden Schriften, die einander ähnelten, auch wenn der Brief nun zeigte, wie viele Jahre dazwischen vergangen waren. Teresina rollten Tränen über die Wangen. Sie kannte sich nicht aus. Sie hatte sich ihr Leben lang nicht ausgekannt. Doch jetzt war es gut, jetzt arbeitete sie als Zimmermädchen, die schrecklichen Jahre im Waisenhaus waren vergessen. Und mit einem Mal kam alles zurück. Die Erinnerung kroch hoch wie eine saure Speise aus dem Magen. Sie klatschte mit der Hand auf ihren Schenkel. Nein, sagte sie sich wütend, sie hatte keine Mutter mehr, was immer die Verfasserin der Zeilen nun behaupten mochte. Sie hatte sich damit abgefunden, dass sie ganz allein auf der Welt war, völlig auf sich gestellt.

Die Bilder, die sie in sich trug, von dieser bösen, alten Frau, die sie der weinenden Frau entriss und zu den Schwestern hinschob, während die junge auf die Knie sank und ihr mit tränenerstickter Stimme nachrief, sie tat sie als Trugbilder ab, als etwas, das sie sich einbildete.

Erst nach zwei Tagen wurde ihr klar, was der Sinn dieser aufwühlenden Zeilen war. Die Briefeschreiberin hatte ihr keinen zusätzlichen Schmerz zufügen wollen. Sie hatte ihr ein Geheimnis anvertrauen wollen. Denn in einer Höhle liege der Rest eines goldenen Halsdiadems, das nun ihr gehöre. Und am Ende des Schreibens fand sich eine Zeile, deren Bedeutung ihr nicht sofort klar war. Die Frau, die von sich behauptete, ihre Mutter zu sein, entschuldigte sich bei ihr und erteilte ihr einen Rat:

»Mach es anders als ich: Lebe!«

ANHANG 1
STAMMBAUM DER FAMILIE FRANCIULO

Stand 5.1.1915

Roberta Franciulo
geb. 1744 – gest. 1795

Loredana Franciulo
geb. 1768 – gest. 1831

Carla Franciulo
geb. 1799 – gest. 1866

Maria Franciulo
geb. 1822 – gest. 1879

Olivetta Franciulo
geb. 1842 – gest. 1914

Flora Franciulo
geb. 1870 – gest. 1915

Teresina Franciulo
geb. 1894 –

ANHANG 2
DER BRIEF ROBERTA FRANCIULOS AUS DEM JAHR 1795

Meine liebe Tochter, innig geliebte Loredana!
Wenn du diese Zeilen liest, dann sollte mein Plan aufgegangen sein und du hast diesen Brief nach meinem Tod gefunden.

Ich muss dir etwas mitgeben, was dir viel erklären und verständlich machen wird, worauf ich dich dein Lebtag vorbereitet habe, so schmerzlich es dir damals vorgekommen sein mag. Ich hoffe, du wirst mir verzeihen, dass ich immer so hart zu dir sein musste, aber du wirst es bald begreifen, denn es geht um etwas, das ich dir anvertrauen will, das all das rechtfertigen wird.

Es ist viele Jahre her, ich war gerade guter Hoffnung mit dir, als ein wohlhabender Reisender namens Winclman aus dem Norden Station in der Locanda Grande machte. Dieser Signore wurde dort Opfer eines Mordanschlags und in seinen letzten Lebensstunden hat er mir etwas anvertraut, das sich, wie er mir selbst gestand, zu Unrecht in seinem Besitz fand, da es einer seiner Bekannten an sich genommen habe. Er trug mir auf, es den wahren Besitzern in Florenz zukommen zu lassen, einer Familie Buonarotti. Als Lohn reichte er mir mit letzter Kraft ein Etui, in dem sich ein güldenes Geschmeide befand, das mir gehören sollte. Er muss es mir angesehen haben, als ich die Kiste unter seiner Bettstatt hervorgeholt hatte, dass meine Intention eine andere war, denn ich vermutete noch mehr Preziosen in dieser Kiste und wollte mir die Chance auf ein unbeschwertes Leben nicht nehmen lassen. Vielleicht hat ihm der nahe Tod die Gabe beschert, durch meine Augen in mein Herz zu blicken, und er erkannte mein Begehren. Er stieß einen Fluch gegen mich und meine Nachkommen aus, der mich so entsetzte, dass ich nie ein Wort davon vergessen könnte. Du kennst ihn, oft haben wir ihn zusammen wie ein Abendgebet aufgesagt. Denn nie soll er schriftlich festgehalten werden, um nicht noch mehr Macht über uns zu erlangen. Mich aber hat er als baldigst eingeholt: Noch ehe du geboren wurdest, war mein Ehegemahl dahin. Doch für diese Verwünschung erhielt ich einen Schatz.

Du kannst dir vorstellen, wie entsetzt ich war, als ich in der Kiste nicht die erwarteten Juwelen fand, sondern diese Statuette, die mir Angst bereitete. Doch dann verstand ich, warum der Sterbende von einem langen, dürren Gott sprach. Zunächst dachte ich daran, die Figur zurückzugeben, aber ich hatte Angst, hätte ich diese Figur tatsächlich nach Florenz gebracht, dass man auch nach dem Schmuck, der mir gehören sollte, fragen und ihn mir wieder abnehmen könnte. Dann wurde mir bewusst, dass der Reisende bereit war, wertvolles Gold hinzugeben, nur um die Statuette zu retten, also musste ihr Wert ungleich größer sein. Doch sie machte mir Angst. Also habe ich sie versteckt, um sie nicht um mich zu haben. So konnte keiner danach fragen, und um unsere Nachbarn nicht zu neugierig zu machen, habe ich in einem anderen Teil der Stadt ein Haus gekauft, mit einem Teil des Goldes aus dem Etui. Als ich feststellte, wie mir die Leute dort mit Argwohn begegnet sind, habe ich gelernt, dass es auch ein Vorteil sein kann, wenn man gefürchtet wird.

Auch du solltest die Menschen meiden, denn sie würden uns nichts Gutes wollen, wenn sie erführen, was wir nun unser Eigen nennen können. Bedenke die Worte, die ich dich gelehrt habe und halte dich von einem Gemahl fern, nur so kann das Gleichgewicht der guten zu den bösen Kräften gewahrt werden, und so du einmal eine Tochter hast, lehre sie dasselbe.

Und jetzt werde ich dir beschreiben, wie du unseren Schatz finden kannst …

DANKSAGUNG

Das Schreiben eines Buches ist ein langer Prozess. Von der Entwicklung der Idee bis zu ersten Textskizzen, hin zur ersten Fassung des Textes begleiten einen als Autor viele liebe Menschen, mit denen man sich über Fragen austauscht und die einem wichtige Hinweise liefern. Mein Dank gilt allen, die mir diese Hilfe zuteilwerden ließen (die Reihenfolge ist willkürlich gewählt):

Meinen ersten (Test-)Leser*innen: Andreas Hartl (der auch mit viel Geduld meine Homepage betreut), Andreas Pittler, Gregor Gatscher-Riedl, Wolfgang Salomon, Günther Wildner und Barbara Giller. Danke euch für den wertvollen Input.

Oberst Mag. Martin Senekowitsch für seine militärhistorischen Auskünfte. Tatiana Yaell Silla für die Hilfe bei Text und den italienischen Passagen.

Alexander Potyka, ohne dessen Anmerkungen das Buch nicht geworden wäre, was es ist.

Alessandro Sgambati der mit mir auf der Suche nach möglichen Schauplätzen unter widrigsten Wetterverhältnissen die steilsten und engsten Straßen in Triest abgefahren ist.

Den Freunden in Triest und auf Facebook, die mir immer schnell Antwort auf spontane Fragen gaben: Sonia Sicco und Zeno Saracino u. a. Danke auch Loriana, Rita, Alexander, Simone.

Vor allem den vielen Leser*innen des ersten Teils »Ein Giro in Triest«, deren Feedback mich angespornt hat, die Figur des Gaetano Lamprecht weiterzuentwickeln und dem Schauplatz Triest treu zu bleiben.

Weitere Fälle für Gaetano Lamprecht:
Ein Giro in Triest
Eine Corsa in Triest *(erscheint 2024)*

Foto © Paul Feuersänger

Christian Klinger, 1966 in Wien geboren, Studium der Rechtswissenschaften. Seit 2017 Zweitwohnsitz in Triest. Er veröffentlichte zahlreiche Krimis und Beiträge in Anthologien, erhielt den Luitpolt-Stern-Förderungspreis und war auf der Auswahlliste des Agatha-Christie-Krimipreises (2011). Im Picus Verlag erschien sein Roman »Die Liebenden von der Piazza Oberdan« und 2022 Gaetano Lamprechts erster Fall, »Ein Giro in Triest«.
www.christian-klinger.at